KNAUR

LIN RINA

You found me in Paris

ROMAN

KNAUR

Besuche uns im Internet:
www.droemer-knaur.de
Hat dir dieses Buch gefallen? Lesetipps und vieles mehr rund um unsere romantischen Lieblingsbücher findest du auf Instagram: @knaurromance

MIX
Papier | Fördert gute Waldnutzung
FSC® C083411

Originalausgabe Juni 2024

Ein Imprint der Verlagsgruppe
Droemer Knaur GmbH & Co. KG, München

Redaktion: Anika Beer
Covergestaltung: FAVORITBUERO, München
Coverabbildung: unter Verwendung von Illustrationen von Lin Rina
U2 und U3: Illustrationen von Lin Rina
Abbildung im Innenteil: surachet khamsuk / Shutterstock.com, nereia / Shutterstock.com
Satz und Layout: Adobe InDesign im Verlag
Druck und Bindung: CPI books GmbH, Leck
ISBN 978-3-426-44692-8

2 4 5 3 1

Für die Eine, die mich genau dann traf,
als ich mich gefunden hatte.

Playlist

Paris – Yael Naim
The Day That I Met You – Matilda Mann
Pancakes for Dinner – Lizzy McAlpine
Paris in June – Johnnyswim
Fallen nach oben – Cassandra Steen
I Want To Be With You – Chloe Moriondo
Accidentally Told You – Tamzene
She Chose Me – Bruno Major
Silk Chiffon – MUNA, Phoebe Bridgers
She's Mine – Eva Westphal

1
Paris und ich

Mit beiden Händen packe ich den Griff meines grünen Koffers und hieve ihn die zwei Stufen aus dem Zug auf den schmierigen Bahnsteig. Die warme Juniluft schlägt mir entgegen, riecht nach verbranntem Bremsöl und dem aufdringlichen Parfüm des Mannes, der sich hinter mir aus dem Zug drängt und anfängt zu rennen. Die Stimmen in dem gewaltigen Bahnhof sind laut, und überall dröhnt die Maschinerie der Lokomotiven. Das Gewusel aus Menschen und Farben überfordert mich, verschwimmt vor meinen Augen. Ich packe meinen Koffer fester und mache, dass ich von hier fortkomme.

Ich habe es mir anders vorgestellt, in Paris einzutreffen. Irgendwie romantischer. Wie in einem alten Schwarz-Weiß-Film, mit tanzenden Damen in schicken Kleidern und mit höflichen Gentlemen, die einem eine Schneise freigeben, um adrett aus dem Zug zu schweben. Mit Glück im Herzen und Leichtigkeit in der Seele und einem Croissant in der Hand. Oder so.

So hätte ich es zumindest geschrieben. Doch die Realität ist selten so verträumt wie meine Romane.

Stattdessen klebt mir mein Rock knitterig an den verschwitzten Beinen, mein Magen ist leer, weil ich vergessen habe, mir etwas zu essen einzupacken, und ich komme in dem Gewühl kaum vorwärts. Ein Typ in Trainingssachen rempelt mich an, ohne sich dafür zu entschuldigen, und reißt mir dabei beinahe die Umhängetasche von der Schulter.

»Geht's noch?!«, rufe ich ihm erbost hinterher, doch er hat

Kopfhörer in den Ohren und hört mich gar nicht. Außerdem bin ich auch nicht mehr in Deutschland, und er hätte mich höchstwahrscheinlich gar nicht verstanden.

Mir ist warm, unter meinen Armen bilden sich bereits Schweißflecken auf meiner weißen Baumwollbluse, und mein Rollkoffer schlägt mir immer wieder schmerzhaft in die Hacken, wenn er über den unebenen Asphalt hoppelt.

Ich habe nicht erwartet, dass es mir so schnell zu viel werden würde. Was habe ich mir nur dabei gedacht, in den Zug zu steigen und nach Paris zu fahren?

Heute Nacht, in meiner Verzweiflung zwischen Schreibblockade und Chaos im Kopf, hat es wie eine fantastische Idee geklungen. Jetzt, wo ich hier bin, schwankt meine Entschlossenheit gewaltig, und ich kann nur hoffen, dass sich dieser Kurzschluss in meinem Kopf als eines meiner wenigen genialen Abenteuer herausstellt und nicht als einer meiner vielen Fehltritte.

Ich schlängele mich zur Metro, checke dreimal die Anzeige auf meinem Handy, um auch wirklich in die richtige einzusteigen, und habe das unbestimmte Gefühl, dass alles ganz anders aussieht als beim letzten Mal.

Ich muss in die Linie 4 und von dort in die 12 nach Montmartre. Nicht mehr weit, und dann komme ich …

Als ich versuche, auf dem gesprungenen Display die Zahlen in der unteren Ecke zu erkennen, klingelt mein Handy und erschreckt mich dabei so sehr, dass es mir aus den Fingern flutscht. Mein Herz macht einen Satz, ich schnappe nach dem Gerät, bekomme es zweimal beinahe zu fassen, bis es schlussendlich eingekeilt zwischen meinem Ellbogen und meiner Leiste stecken bleibt.

»Fuck«, fluche ich und ziehe das immer noch klingelnde Telefon mit spitzen Fingern aus meiner Verrenkung.

Wenigstens beachtet mich niemand, und ich kann peinlich verpeilt sein, ohne dass mich noch jemand dafür schräg ansieht.

»Ja?«, nehme ich den Anruf entgegen, wechsle die Kofferhand

und klemme mir das Handy zwischen Ohr und Schulter. Meine verspannte Schultermuskulatur protestiert mit einem wilden Stechen, doch ich ignoriere es.

»Romina, hast du verschlafen?«, fragt Sophia mit Lieblichkeit in der Stimme, die mich aufhorchen lassen sollte, doch ich bin zu abgelenkt davon, die Hinweisschilder zu lesen, um den richtigen Bahnsteig zu finden.

»Wieso?«, erkundige ich mich daher nur verwirrt, und meine Literaturagentin gibt ein kleines Schnauben von sich.

»Wir haben ein Meeting. Im Alfredo. Um zehn. Erinnerst du dich?«

Mist! Vergessen. Der Schreck fährt mir durch die Glieder, und ich sehe mich automatisch nach einer Uhr um, als brauchte ich eine Bestätigung.

»Was? Wir haben schon zehn? Tut mir leid. Echt! Ich wollte dich anrufen, sobald ich im Ferienapartment bin«, sage ich zerknirscht. Ich habe es wirklich vorgehabt, jedoch kann ich nicht sagen, ob ich mich nachher tatsächlich daran erinnert hätte. Wahrscheinlich nicht. Mein Kopf ist voll und leer gleichzeitig. Zu viele Eindrücke, zu viel Gepäck, zu viele Sorgen, zu wenig Schlaf. Eigentlich gar kein Schlaf.

Ich rattere mit meinem Monster von einem Koffer auf die Rolltreppe. Das Rad verkeilt sich, und ich verliere beinahe ein weiteres Mal das Handy, als ich daran ziehe.

»Ferienapartment? Wo bist du denn?« Sophia ist verständlicherweise irritiert, doch ich kann sie wegen des Lärms der einfahrenden U-Bahn kaum verstehen.

»Ich bin in Paris«, sage ich unsicher und kann es selbst nicht glauben. Ich bin in einen Zug gestiegen und nach Paris gefahren, einfach so.

»Bitte *was??!!*«, reagiert Sophia genau so, wie ich es erwartet habe. »Wann hast du das denn geplant? Du hättest mir Bescheid sagen können.«

»Ähm. Ich hab's gar nicht geplant. War eine spontane Eingebung heute Nacht um halb drei«, gebe ich zu und starre auf meinen Koffer. An einer Ecke löst sich ein Sailor-Moon-Aufkleber, und ich drücke ihn wieder fest.

Heute früh habe ich haufenweise Klamotten hineingestopft und das Ding achtlos zugemacht. Das ist sonst gar nicht meine Art. Ich packe normalerweise Tage im Voraus, lasse mir von meiner Schwester kleine Zeichnungen zu meinen Outfits erstellen, damit ich visualisieren kann, wann ich was tragen will, um bloß nichts zu vergessen. Vittoria ist richtig gut in so was. Immer organisiert, immer mit der passenden Liste, um das Leben zu meistern.

Nicht so wie ich. Ich bin mir absolut sicher, die Hälfte der wichtigen Dinge nicht eingepackt zu haben. Doch auch wenn mich das normalerweise im Bauch gedrückt hätte, fühle ich gerade nichts anderes als das kribbelnde Adrenalin des Abenteuers.

Oder des Wahnsinns. Das wird sich noch herausstellen.

Es bleibt zu lange still auf Sophias Seite, und ich checke schnell, ob die Verbindung noch steht oder hier unten in den U-Bahn-Schächten gestört wurde. Doch es scheint alles in Ordnung zu sein.

»Sophia?«, frage ich und höre ein Knistern.

»Bin hier«, antwortet sie hektisch, und ich kann quasi vor mir sehen, wie sie mit den Händen herumwedelt und zu schnell hinter ihren runden Brillengläsern blinzelt. »Okay … okay! Du bist in Paris. Ist es wegen des Kapitels, das du mir gestern geschickt hast? Denn, mein Herz, das ist eine absolute Katastrophe!«

»Ich weiß«, seufze ich.

Die richtige U-Bahn schiebt sich wie ein dicker Wurm in den Bahnhof und kommt pfeifend und stöhnend zum Stehen.

»Du hast Monsieur Lire ermordet!«, fährt Sophia auf, und ich stöhne genervt, weil ich, schon als ich es schrieb, wusste, dass sie mir deshalb eine Standpauke halten würde. Und ich habe es trotzdem getan.

»Das ist ein schlechter Scherz. Und der Verlag möchte das Exposé für Band dreizehn nächste Woche«, meint meine Agentin, und ich drücke mir das Handy fester ans Ohr, als ich meinen Koffer in die Bahn hieve. Die Türen schließen sich hinter mir mit einem penetranten Piepen, ich lasse mich auf einen der siffigen Plastiksitze sinken und habe endlich eine Hand frei, um mir die wirren Haare aus dem Gesicht zu schieben.

»Das ist kein Scherz«, erwidere ich leise, weil es mir unhöflich vorkommt, in einem Waggon voller Menschen laut zu telefonieren, und sinke in mich zusammen. »Ich finde das eine wundervolle Wendung, um dem Ganzen ein bisschen Schwung zu geben.«

»Aber klar doch, Schatz. Wir warten elf Bände darauf, dass Aveline und er endlich miteinander glücklich werden, und dann töten wir in Band zwölf den Love Interest. Beste Wendung. Dafür werden uns sicher nicht drei Millionen Fans meucheln.« Sophias Stimme trieft vor Sarkasmus, und ich beiße mir auf die Unterlippe, weil das Drücken in meinem Magen wieder einsetzt. Das Gefühl, das mich seit Monaten begleitet, das mir sagt, dass irgendwas nicht stimmt, das mich nachts wach hält und mich dazu gebracht hat, um halb drei in der Früh einen Zug nach Paris zu buchen.

Mir ist natürlich klar, dass es nicht schlau ist, den Love Interest zu töten. Ich schreibe seit Jahren an dieser Reihe. Ich kenne meine Leserinnen und ihre Wünsche. Sie wollen verträumte Blicke, romantisches Knistern und dramatische Liebesschwüre. Die volle Portion Kitsch zwischen meiner Protagonistin Aveline und ihrem Monsieur Lire.

Früher habe ich selbst darauf hingefiebert. Doch dann hat sich etwas verändert, ich habe mich verändert. Wenn ich jetzt daran denke, will ich mich nur erschießen.

Oder besser Looïs Lire. Dem will ich gerade mit Vorliebe den Garaus machen. Am besten so grausam wie möglich.

Die Papierfabrik ragte in den wolkenverhangenen Himmel. Das Licht war grau, und Monsieur Lire zog seinen Mantel enger um sich, damit die abendliche Kälte nicht hineinkriechen konnte.

Der Winter stand bevor, tastete sich mit langen, spinnendünnen Fingern heran und nahm der Welt die Farben. Der Wind sang schiefe Lieder von sterbenden Blättern und kalter Dunkelheit, die sich anschlich und Monsieur Lire einen Schauer den Rücken hinunterjagte.

Er beschleunigte seine Schritte, den Blick auf das Kopfsteinpflaster vor ihm geheftet, und sah dabei nicht zu den wenigen Arbeitern, die als Letzte die Fabrik verließen.

Die Turmuhr der nahe gelegenen Kirche schlug halb sieben, und Monsieur Lire trat durch den Seiteneingang in die Fabrikhalle.

Ote drehte seine große Runde, den gewaltigen Schlüsselbund in den prankigen Händen, und lüftete seine Mütze zum Gruß, als er an seinem Boss vorbeikam und all die Tore und Türen für die Nacht verriegelte.

»Schönen Feierabend, Monsieur Lire«, sagte er mit seiner kratzigen Stimme, die nach zu viel Tabak klang, und Monsieur Lire versuchte sich an einem angedeuteten Lächeln.

Er konnte noch nicht an Feierabend denken. Ihm stand eine lange Nacht bevor.

Rousel Landon saß ihm im Nacken, holte viel zu schnell auf und würde die ganze Unternehmung zerschlagen, wenn sie nicht schnell handelten.

Monsieur Lire entzündete eine der Gaslampen, und der Schein wurde von dem Metall der schweren Maschinen eingefangen. Zellulosestaub tanzte in der Luft wie Schnee, und der Fabrikant schloss das Glas der Laterne schnell, ehe das Feuer noch irgendetwas entzünden konnte.

Die Absätze seiner Schuhe ließen seine Schritte laut durch das Gebäude hallen, als er nach hinten zu den Druckerpressen lief und sich ans Werk machte. Wie schon die Nächte zuvor.

Er hatte Aveline Lügen erzählt, und das schlechte Gewissen wühlte sich durch seinen Bauch wie ein Monster mit scharfen Klauen.

Doch er hatte keine Zeit für Gewissensbisse. Nicht jetzt.

Mit fahrigen Fingern hängte er die Laterne an einen Haken, zog seine Schlüssel aus der Tasche an seiner Weste und wollte damit den Aktenschrank öffnen, der in der Ecke an der kahlen Steinwand stand.

Doch etwas stimmte nicht. Das Holz des Schrankes war zerkratzt, das Schloss aufgebrochen. Panik kochte Monsieur Lire wie Säure durch die Adern, als er schockiert die Schlüssel fallen ließ und die Schublade aufzog.

Sie war leer. Die Druckplatten fort.

»Verfluchte Scheiße«, stöhnte er, und Schwindel erfasste ihn.

Wenn die falschen Leute sie in die Finger bekamen, war es aus mit ihm. Mit der Fabrik. Mit Aveline!

Das durfte nicht wahr sein. Er durfte nicht scheitern. Nicht so kurz vor der Weltausstellung. So kurz vor dem Ziel.

Ein Geräusch ließ ihn aufschrecken. Ein kleines Klimpern wie von einer Glasscherbe, die von einem Fuß über die Fliesen getreten worden war.

War jemand hier?

Er drehte sich um, da huschte ein Schatten die Wand entlang.

»Wer ist da?!«, rief Monsieur Lire und versuchte sich den Horror nicht anmerken zu lassen, der in seiner Brust wütete und ihm den Schweiß auf die Stirn trieb. »Ote? Bist du das?«

Doch es antwortete ihm niemand.

Schnell hob er die Schlüssel auf, die er fallen gelassen hatte, und sah sich nach etwas um, das er als Waffe verwenden konnte.

Ein schwerer Schraubenschlüssel, lang wie ein Unterarm, lag ne-

ben der Druckerpresse, dafür gedacht, die Textplatten im großen Metallrahmen festzuziehen. Er wollte ihn greifen, doch bevor sich seine Finger darum schließen konnten, trat jemand danach, und das Werkzeug schlitterte scheppernd davon.

Monsieur Lire schnellte nach oben, wollte denjenigen stellen, der sich da angeschlichen hatte, da traf ihn etwas im Gesicht. Die Wucht des Schlages war so heftig, dass er zur Seite geschleudert wurde. Schmerz schoss ihm unerbittlich in den Kopf, nahm ihm sämtliche Orientierung. Seine Ohren klingelten, er konnte nichts sehen und knallte mit den Oberschenkeln gegen etwas, das ihn den Halt verlieren ließ.

Er stürzte nach hinten, landete hart auf etwas Kaltem und schmeckte Blut auf seiner Zunge. Er konnte kaum atmen, spürte nur Schmerz an der Stelle, an der seine Nase gewesen war, und dann ertönte ein Geräusch.

Es war eine Mischung aus Pfeifen und Knirschen, etwas, das er schon Millionen von Malen gehört hatte. Etwas, das ihn sein Leben lang begleitet hatte und das ihm jetzt das Blut in den Adern gefrieren ließ.

Es war der Mechanismus der Presse.

»Du hättest dich nicht einmischen sollen«, sagte eine Stimme, die ihm weit weg erschien. Sie war wie kaltes Licht und erinnerte ihn an eisblaue Augen. Er wusste, wer diese Person war.

»Das ist dein Ende«, wisperte Jeanne und betätigte den Hebel.

Die Presse tat ihre Arbeit, und es wurde finster.

»Dann ist es vielleicht ja sogar ganz gut, dass du in Paris bist. Inspiration finden, die Romantik der Stadt in dich aufnehmen, sexy Franzosen anschmachten«, holt Sophia mich aus meinen Gedanken, und ich ziehe die Nase kraus. Ich habe es ihr nicht erzählt, aber ich habe kein Interesse an Männern. Nicht an französischen und auch an keinen anderen.

»Oh! Und ich kann mich bei NiNet France melden und denen

sagen, dass du vor Ort bist, und ihr könnt das Meeting dort machen. Das wäre perfekt!«, ruft Sophia aufgeregt, und ich höre im Hintergrund ihre Computertastatur klackern.

Mir wird ganz flau im Magen, wenn ich an NiNet denke. Ein viel zu großes Projekt für eine so kleine Träumerin wie mich, und ich mache mich noch kleiner als ohnehin schon.

»Kann ich nicht nur ein bisschen Pariser Luft schnuppern, ohne dass gleich die ganze Welt weiß, dass ich hier bin?«, will ich wissen, und Sophia gibt ein abweisendes Geräusch von sich.

»Ich weiß, du magst keine neuen Menschen, Schatz, aber du verstehst den Ernst der Lage nicht«, predigt sie mir, obwohl ich den Ernst der Lage sehr wohl verstehe. Das ist ja das Problem.

»Ein milliardenschwerer Streamingdienst möchte eine Serie aus deiner Buchreihe machen. Eine ziemlich große Serie, Romina. Eine teure Produktion mit toller Besetzung und fantastischem Setting und Kostümen«, zählt sie mir auf, was ich selbst weiß, und ich falle ihr ins Wort.

»Die Kostüme sind eine Katastrophe! Die sind kostümgeschichtlicher Humbug! Die wollen eine moderne Version daraus machen. Ich hab ’ne Menge schlechter Buchverfilmungen gesehen, um zu wissen, was da schieflaufen kann«, empöre ich mich.

Sophia atmet hörbar aus. Diese Diskussion haben wir nicht zum ersten Mal. Die Sache mit der NiNet-Produktion steht schon seit einem Jahr im Raum, wie ein gigantisches Raubtier, das nur darauf wartet, meine Bücher in kleine Fetzen zu reißen.

»Du weißt, dass jede andere Autorin dankbar dafür wäre, so eine Chance zu bekommen«, sagt Sophia, und ich kneife die Augen zusammen. Das Licht ist zu grell, das Quietschen der Bremsen zu laut, mein Magen immer noch zu leer.

»Ich will auch keinesfalls undankbar klingen, aber …«

»Aber du bist eine Diva, wenn es um deine Bücher geht. Ich weiß, ich weiß«, beendet sie meinen Satz anders, als ich es vorgehabt habe, und ich bin mir nicht sicher, ob ich mit der Einschätzung meiner Agentin zufrieden bin.

»Du hältst mich für eine Diva?«, frage ich, doch das Quäken der U-Bahn wird so laut, dass sie mich wahrscheinlich nicht gehört hat, denn sie geht auch nicht darauf ein.

»Ich schreibe denen jetzt, dass du da bist. Und dann könnt ihr euch zusammensetzen und die Sache mit den Kostümen besprechen. Das sind gute Leute, mein Kontakt bei denen ist immer sehr freundlich und entgegenkommend. Die haben ein wirkliches Interesse daran, es dir recht zu machen. Tu mir also einen Gefallen und sei kein einsilbiger Einsiedlerkrebs, okay?«

Ich bin zu verdattert, um eine gute Antwort darauf zu haben, und Sophia lässt mir auch keine Zeit, eine zu finden.

»Ich melde mich, sobald ich Termine für dich habe. Wie lang hast du vor zu bleiben? Du bleibst doch ein paar Tage, oder?«, will sie wissen.

»Äh, ja. Ich hab die Ferienwohnung bis zum Achtzehnten«, sage ich. Zwei Wochen Paris. Zwei Wochen, in denen ich vorgehabt habe, auf das Wasser der Seine zu starren, während der Sommerwind mir durch die Haare gleitet, und vor dem Eiffelturm auf der Wiese zu sitzen und Käse, Trauben und Baguette zu picknicken.

Doch das kann ich mir jetzt wohl abschminken. Sophia ist gut darin, meine Zeit optimal auszunutzen und Struktur in mein Chaos zu bringen. Meistens ist das etwas Gutes. Diesmal versaut es mir meinen Plan, allumfassende Realitätsflucht zu betreiben.

»The show must go on!«, trällert sie, schickt mir platonische Küsse und legt auf.

Ich seufze, stopfe mein Handy zurück in meine Umhängetasche und kontrolliere zweimal, ob der Verschluss auch wirklich zu ist. Ich will ja niemanden dazu einladen, mich zu beklauen. Nicht schon am ersten Tag.

Ich verpasse meine Station beinahe, weil mir der Koffer wegrollt, als die Bahn bremst, und stolpere gerade noch rechtzeitig raus auf den Bahnsteig, um umzusteigen. Nicht lange, und die Rolltreppe trägt mich gemächlich aus der düsteren Welt der Metro zurück ans Tageslicht, und ich bin endlich, wo ich sein wollte.

Um mich erstreckt sich die Place des Abbesses, gesäumt von Platanen, die ihre tanzenden Schatten auf den Asphalt werfen. Die Häuser mit ihren cremefarbenen Fassaden und weißen Fensterläden sind geschmückt mit fliederfarbenen Blumen, die von schmiedeeisernen Balkonen quellen. Die gesamte Szenerie ist in pastellfarbenes Junilicht getaucht, und ich lächle.

Das ist Paris. Mein Paris. So, wie es in meinen Träumen existiert.

Ich atme auf, als sich der Knoten in meinem Bauch löst und ich das Gefühl habe, dass meine Kopfschmerzen leichter werden. Es war eine fantastische Idee, herzukommen, finde ich und laufe beschwingt weiter.

Ich war oft genug hier, um den Weg zu meiner Unterkunft zu kennen, ohne noch mal aufs Handy zu sehen. Es ist ein kleines Wohnhaus in einer Seitenstraße, keine fünf Minuten von hier, in dem mehrere Ferienwohnungen angeboten werden.

Es fühlt sich großartig an, loszuspazieren, als wäre ich eine Heimkehrerin.

Es erinnert mich allerdings auch daran, wie ich das erste Mal hier angekommen bin, vor vielen Jahren zusammen mit meinen Eltern und meiner Schwester, die damals noch ein Kleinkind gewesen ist. Es war wie das Eintreten in ein Wunderland. Von dem abgasbelasteten Stuttgart in das bildgewaltige Paris zu kommen, hatte mein Leben verändert und mein Herz gestohlen.

Ich erreiche das Haus schnell und bin froh, endlich da zu sein. Ich bin durchgeschwitzt, rieche unangenehm, und mir tut der Unterarm vom Kofferziehen weh. Der Teil an meinem Körper, der generell immer kurz vor der Sehnenscheidenentzündung steht. Berufskrankheit.

Ich brauche drei Versuche, das Schloss mit dem Zahlencode zu öffnen, den mir meine Host, Viviane, per Mail geschickt hat, und schaffe es schließlich in den Flur und von dort in die kleine Wohnung im Erdgeschoss.

Zum Glück muss ich nicht die Treppen nach oben. Da hätte ich den Koffer jetzt nicht mehr hochbekommen.

Es riecht nach warmer, abgestandener Luft, und ein Hauch von Rosenduft hängt im kleinen Flur mit der dunklen Tapete. Sie ist so französisch mit den dunklen petrolfarbenen Blättern und den senfgelben Vögeln, und ich schmeiße erleichtert die Tür hinter mir zu.

Endlich angekommen.

Auch wenn alle Wohnungen ähnlich aufgebaut sind, bin ich in dieser das erste Mal. Das Bad ist klein und dunkel, und ich wasche mir erst einmal gründlich die Hände am winzigen Waschbecken mit Libellengriffen am Hahn. Es ist so kunstvoll, dass ich mir wie eine Prinzessin vorkomme. Der Blick in den Spiegel darüber sagt mir allerdings, dass ich nicht wie eine aussehe.

Mein Gesicht ist rot von der Anstrengung und der Hitze, und mein geflochtener Zopf sieht aus wie ein zerzauster Straßenhund. Unter den Augen habe ich dunkle Schatten, die einer Vampirgottheit alle Ehre gemacht hätten, und schlagartig wird mir auch meine Müdigkeit bewusst, die sich unter all der Aufregung und der Abenteuerlust versteckt hat und nun aus ihrer Gruft kriecht, um mich zu Boden zu ringen.

Meine Beine schmerzen vom Laufen, und meine Knie sind wie Gummi, als ich in die kleine Küchennische schlurfe und den Wasserkocher suche. Er steht hinter einer blauen Kaffeemaschine und sieht aus wie ein antiker Kessel, was mir richtig gut gefällt.

Tee gibt es auch. Sehr gut. Dann muss ich jetzt noch nicht den

Koffer öffnen, um meine Dose mit meinen Lieblingsteesorten zu suchen.

Während der Kocher leise zu zischen beginnt wie ein Korb voller Schlangen, bewundere ich das stilvoll eingerichtete Wohnzimmer und das dahinterliegende Schlafgemach. Es ist winzig wie der Rest der Wohnung. Es passt gerade das schmale Doppelbett hinein und ein Regal aus dunklem Holz, das die ganze Rückwand des Zimmers bedeckt. Es ist voller Bücher und gibt mir das Gefühl, zu Hause zu sein. Bücher haben diesen Effekt immer auf mich. Ich liebe den Geruch von Papier, das leise Knacken, das ein neues Buch von sich gibt, wenn man es das erste Mal öffnet, das Gefühl beim Umblättern, wenn man zwischen den Zeilen versinkt.

Ich lasse meine Umhängetasche auf den Boden gleiten, fahre mit den Fingerspitzen die Buchrücken entlang und lese die Titel. Ich bin zu müde, um sie zu übersetzen, obwohl mein Französisch solide ist, und lasse mich schließlich aufs Bett fallen. Es ist so weich, ich sinke tief in die dunkelviolette Steppdecke ein und schiebe mir die Ballerinas von den Füßen, um mich zu einem kleinen Ball zusammenzurollen.

Ich sollte mir auch die Füße waschen, denke ich noch, während der Wasserkocher lauter wird und das Rauschen mein Gehirn in ein warmes, vertrautes Wohlbefinden hüllt. Die Welt um mich herum wird immer unschärfer, verschwimmt zu Pastellfarben und schwebenden Gedanken, und es ist unmöglich, die Augen wieder zu öffnen.

2
Der nackte Mann

Das Klingeln meines Handys reißt mich aus dem Schlaf, und ich fahre auf. Sabber klebt an meiner Wange, und ich wische sie mit dem Handrücken ab. Verschlafen stöhne ich auf und blinzele ein paarmal, ehe ich weiß, wo ich bin.

Paris, erinnere ich mich. Ich bin wieder in Paris.

Unkoordiniert schiebe ich mich an die Bettkante und fische nach meiner Umhängetasche, um mein Handy herauszuziehen.

Es ist Luna, also nehme ich ab, auch wenn ich keine Ahnung habe, ob ich schon einen geraden Satz herausbringen kann.

Sie ruft mich per Video an, und ihr Gesicht erscheint vor mir wie ein Dschinn aus einer Lampe. Sie trägt ihre roten Locken offen, und sie fallen ihr über die mit weißer Spitze bedeckten Schultern. Ihr Make-up sitzt perfekt, und das Gold ihrer Brille funkelt mit ihren riesigen blätterförmigen Ohrringen um die Wette.

»Ich hab das perfekte Forever-Ghost-Outfit gefunden!«, eröffnet meine beste Freundin die Unterhaltung ohne Begrüßung, und ich nicke, noch zu verpeilt, um eine angemessene Reaktion zu zeigen.

Ich sehe mich selbst auf dem kleinen Bild in der Ecke und stelle fest, dass meine Augenringe nicht mehr halb so schlimm ausfallen, ich dafür aber den Abdruck der Steppdecke auf der Wange habe.

Irgendwo rauscht Wasser, und ich kann mich nicht mehr erinnern, ob ich mir schon Tee gemacht habe oder nicht. Da ich die

Tasse nirgendwo entdecke, gehe ich davon aus, dass sie wohl doch nur in meinem Traum existiert hat.

Ich versuche mich auf Luna zu konzentrieren, die ein paar Schritte von ihrem Handy wegtritt und ihr neues Kleid präsentiert. Es ist ein weißes Nachthemd aus dünnem Baumwollstoff, dessen oberer Teil komplett aus Spitze besteht und skandalös viel von Lunas Brüsten entblößt.

»Schick«, sage ich wenig enthusiastisch, weil ich noch nicht dazu fähig bin, Emotionen Ausdruck zu verleihen, und reibe mir die Augen.

Luna fragt mich nicht, ob ich mitten am Tag geschlafen habe. Das ist nichts Ungewöhnliches, wenn mich die Muse küsst und ich nächtelang durchschreibe.

Ich wünschte, das wäre der Grund für meinen Mittagsschlaf gewesen. Zu viel Inspiration! Und nicht etwa zu wenig.

Und wer in diesem Fall meine Muse sein dürfte, wusste ich leider auch ziemlich genau …

»Du bist nicht zu Hause«, stellt Luna fest, und ich schüttele den Kopf, während ich mich mühsam vom Bett schiebe.

»Nope«, bestätige ich und halte das Handy von mir weg, damit sie mehr von dem hübschen Zimmer sieht. Die cremefarbene Tapete, der gerahmte Kunstdruck von Degas' Ballerinamädchen und das dunkle Bücherregal.

»Ich bin in Paris«, eröffne ich ihr, und sie blinzelt, das perfekte Resting-Bitch-Face aufgesetzt.

»Wieso?«, will sie wissen und klingt dabei so vorwurfsvoll, dass ich weiß, sie hat mich durchschaut.

Ich habe einen Grund, hier in Paris zu sein, und das ist meine Schreibblockade. Doch wieso ich Entschlüsse mitten in der Nacht fälle und sie dann auch noch sofort umsetze, obwohl ich eigentlich alles andere als spontan bin, liegt an Grund zwei. Eigentlich ein Geheimnis, aber wenn es jemand weiß, dann ist es Luna. Ich schwöre, diese Frau hat magische Kräfte und kann mir direkt in den Kopf schauen. Anders ist es nicht zu erklären, dass sie alles über mich weiß. Sogar vor mir.

Ich schaffe es nicht, überzeugt unschuldig auszusehen, und schon gar nicht, etwas vorzubringen, das sie mir nicht direkt als Lüge ausgelegt hätte, da verschärft sich schon ihr Blick.

»Es ist diese Schauspielerin«, sagt sie, und es ist keine Frage. Sie weiß es, ich weiß es, ich sollte nicht mal versuchen, es abzustreiten.

»Welche Schauspielerin?«, tue ich es trotzdem und erhebe mich vom Bett, um nach meinem Koffer zu sehen. Wenn ich ihn auspacke, habe ich wenigstens etwas, womit ich meine Finger beschäftigen kann.

»Mina! Verarsch mich nicht. Ich weiß, dass du jedes freaking TikTok von ihr gesehen hast. Du hast eine Benachrichtigung für ihre Instagram-Storys eingestellt, und dann grinst du wie eine geisteskranke Ziege, wenn du sie dir anschaust«, hält sie mir vor, und ich lache glucksend.

»Sie heißt Amelie Mariné«, erinnere ich sie und fühle, wie mir ganz warm im Bauch wird.

Ich habe vor einem Monat ihren Bewerbungsclip für die Rolle der Aveline gesehen, und sie ist tatsächlich das Einzige, das mich gerade davon abhält, diese vermaledeite Verfilmungssache zu canceln.

Sie ist perfekt für die Rolle. Die goldenen Locken und die himmelblauen Augen, die so sanft und gleichzeitig sinnlich mit der Kamera geflirtet haben. Ich wusste sofort, sie ist die Richtige. Meine Aveline. Meine Protagonistin. Wie gemacht dafür, in einem adretten Nachmittagskleid an dem verschnörkelten Balkongeländer ihrer Pariser Stadtwohnung zu lehnen, Kaffee aus einer blumenbemalten Porzellantasse zu trinken und verträumt das Treiben der Stadt zu beobachten.

»Und du willst sie treffen?«, fragt Luna, und ich ziehe skeptisch die Stirn in Falten, während ich versuche, mit einer Hand meinen Koffer vom Flur in die Mitte des Wohnzimmers zu bugsieren und gleichzeitig das Handy so zu halten, dass Luna keinen perfekten Blick auf mein Doppelkinn hat.

Sie hat zu viel Spaß daran, diese Momente zu screenshotten und schräge WhatsApp-Sticker daraus zu machen. (Wofür braucht man Feinde, wenn man eine beste Freundin hat?)

»Ich bin doch keine Stalkerin. Nur weil sie in Paris wohnt, werde ich sicher nicht vor ihrer Haustür auftauchen«, murmle ich mit ein klein wenig Schmetterlingen im Bauch. Denn ich kann nicht leugnen, dass ich einen absolut dummen Celebrity-Crush auf sie habe.

»Bist du dir sicher?«, fragt Luna nach, und ich weiß, dass ich jetzt das Thema wechseln muss, sonst wird Luna mich aufziehen, dass ich mich in eine Schauspielerin verknallt habe wie ein Teenagerin. Und dann auch noch das erste Mal seit Längerem.

Ich habe nicht vor, Amelie aufzulauern. Falls sie allerdings zufällig die Straße entlangkäme und mich erkennen würde, dann könnte ich sie auf einen Kaffee einladen, und vielleicht passiert dann ein kleines Wunder, und wir sehen uns in die Augen, und ihr Herz fliegt mir zu.

Gott*, ich muss aufhören, Fan-Fictions zu lesen. Diese Tatsache ist mir so peinlich, dass ich mich in der Seine ertränke, wenn Luna es rausfindet. Und zusätzlich verquirlt es mir auch das Gehirn, sodass ich den ganzen schrecklichen Kitsch, den ich da lese und aus schlechten Weihnachtsfilmen kenne, dann auch will. Nur in Wirklichkeit. Und in lesbisch.

»Ich bin hier eigentlich, weil ich immer noch diese beschissene Schreibblockade habe«, lenke ich ab und hoffe, dass Luna zerstreut genug ist, es nicht zu merken. Ich lege den Koffer auf dem flauschigen Teppich ab, der sich wundervoll zwischen meinen nackten Zehen anfühlt, und mühe mich mit dem Reißverschluss, bis ich auf die Idee komme, das Handy aus der Hand zu legen.

»Hast du die Playlist angehört, die ich dir gemacht habe?«, will Luna wissen, und ich nicke.

»Ja. Und die ist super. Es ist diesmal leider nur schlimmer, als dass es sich mit Musik lösen lassen könnte.«

»Nichts ist jemals so schlimm, dass es sich nicht mit Musik lösen lässt, Mina!«, hält sie streng dagegen und klingt dabei wie aus einem Filmmusical aus den Sechzigerjahren. Ich gehe nicht weiter darauf ein, lehne mein Telefon auf dem Wohnzimmertisch gegen eine ockerfarbene Glasvase und widme mich meinem Gepäck.

Ich hoffe inständig, dass ich Unterwäsche eingepackt habe.

»Manchmal bin ich dieser Geschichte so überdrüssig«, sage ich gepresst und versuche, den Koffer aufzuklappen, ohne dass mir alles entgegenfällt. »Und Monsieur Lire. Dieser bescheuerte, grummelige Arsch. Wieso ist er so ein Widerling und kann eine Frau nicht wie einen Menschen behandeln?«, beschwere ich mich, und Luna dreht sich ihr schweres Haar im Nacken zusammen.

»Wieso hast du ihn so geschrieben?«, wirft sie mir vor, und ich stöhne zutiefst genervt.

»Weil es 1889 spielt. Und auch wenn ich diese Zeit stark romantisiere, ist und bleibt es nun mal eine Zeit, in der Gleichberechtigung noch weit entfernt war.«

»Dann hat sich ja nicht viel verändert.«

»Wir dürfen wählen gehen«, witzle ich humorlos und ziehe eins meiner Vintagekleider aus einem Stapel wahllos zusammengewürfelter Klamotten.

»Meine Leserinnen stehen auf verschrobene, unnahbare Männer mit zweifelhafter Moral und unstetem Charakter. Das ist der Bad-Boy-Effekt«, erkläre ich und suche den zum Kleid gehörenden Gürtel.

Der Inhalt meines Koffers ist genau die Katastrophe, die ich erwartet habe. Ich werde alles herausholen und durchsehen müssen, um herauszufinden, ob ich schneller eine Shoppingtour machen muss als gedacht.

»Oh, Gott* sei Dank, Unterhosen!«, rufe ich, als ich einen Stapel schwarzer Baumwollschlüpfer entdecke, und drücke sie mir dramatisch an die Brust.

»Du hast nicht besonders lange darüber nachgedacht, zu verreisen. Kann das sein?« Lunas Tonfall ist tadelnd.

»Keine fünf Minuten«, gebe ich ungeniert zu und finde meine Zahnbürste. Jackpot!

»Äääh, Mina!«, wird Luna plötzlich laut. »Wieso ist da ein nackter Mann in deinem Zimmer?«, fragt sie zutiefst verstört, und ich drehe mich irritiert um.

Ich erwarte einen Männerkalender oder einen kunstvollen Akt in einem Rahmen, den ich vorhin übersehen habe, und kann daher im ersten Moment gar nicht verstehen, was ich vor mir habe.

Da steht ein nackter Mann. Ein echter. Er hält ein Handtuch vor seinen Körper, sodass die schlimmsten Stellen bedeckt sind, und aus seinem dunklen Haar tropft Wasser auf den Boden.

Er starrt mich mit so riesigen Augen an, als wäre ich eine Geistererscheinung, und zuckt zurück, als sich ein Schrei ganz von allein meiner Kehle entwindet.

Panik erfasst mich, kratzt mir über die Haut, und ich springe so schnell auf die Füße, dass ich mir den Ellbogen am Wohnzimmertisch anschlage.

Der Mann beginnt ebenfalls zu schreien, schrill und unerwartet hoch, und drückt sich das Handtuch ganz fest an den Körper.

Ich bin so schockiert, dass mein Gehirn komische Sprünge macht und mir auffällt, was für seltsam sehnige Füße dieser Typ hat, ehe ich nach dem Erstbesten fasse, das ich zwischen die Finger bekomme, um mich zu verteidigen. Es ist einer meiner marineblauen Riemchenschuhe, und ich werfe ihn nach ihm.

Der Kerl zuckt zur Seite, doch ich treffe ihn trotzdem, und es bringt ihn dazu, quiekend in den Flur zurückzuweichen.

Ich packe einen zweiten Gegenstand, eine Handcreme mit Eukalyptusduft, und schleudere sie ihm ebenfalls entgegen.

»Raus!«, brülle ich und wiederhole es noch einmal auf Französisch. »Raus aus meiner Wohnung, du …«, setze ich an und weiß nicht mehr, was *Perversling* auf Französisch heißt. Doch der Mann scheint genug Angst vor mir zu haben, um weiter zurückzuweichen.

Ich mache einen verzweifelten Satz auf ihn zu, reiße die Wohnungstür auf und scheuche ihn nach draußen, tunlichst darauf bedacht, nicht mit ihm in Kontakt zu kommen. Ich habe keinerlei Interesse daran, seine komische Männerhaut auch nur eine Winzigkeit lang zu berühren, und schmeiße sofort die Tür ins Schloss, als er über die Schwelle stolpert und sich dabei hektisch das Handtuch um die Lenden wickelt.

»Verdammte Scheiße!«, fluche ich laut und lege mit zitternden Fingern die Kette vor die Tür. Wieso war die überhaupt noch offen? Wieso habe ich die nicht schon vorhin vorgelegt, als ich so arglos in dieser fremden Wohnung eingeschlafen bin?

Mein ganzer Körper bebt, als ich gegen die Tür sinke, und mir ist ganz flau im Magen. Es ist so viel Adrenalin in mir, dass ich die Spannung nicht aushalte und noch einen Schrei von mir gebe, um meinem Schreck Luft zu machen. Mein Puls dröhnt mir so laut in den Ohren, dass ich das zaghafte Klopfen erst beim zweiten Mal als eines wahrnehme.

»Wer bist du?«, fragt der Mann vor der Tür in so deutlichem Marseiller Dialekt, dass ich mir ziemlich sicher bin, dass er irgendwo aus dem Süden Frankreichs stammt.

Ich atme tief durch, suche nach meiner Stimme und meinem Französischwortschatz und räuspere mich.

»Die Frage ist doch eher, wer du bist? Findest du es witzig, armen Frauen aufzulauern? Und das auch noch nackt?!«, schimpfe ich und stocke dabei immer wieder, weil ich viel zu lang nicht mehr fließend gesprochen habe. Es ärgert mich, denn es nimmt meinen Worten die Kraft.

»Aufgelauert? Was machst du in meiner Wohnung?«, kommt es

empört von draußen, und ich stemme genervt die Hände in die Seiten, selbst wenn mein Gegenüber das gar nicht sehen kann.

»In deiner Wohnung?! Ich habe dieses Apartment gebucht!«, rufe ich und werde von einer Angstwelle gepackt, vielleicht irgendwas falsch gelesen zu haben und zur falschen Zeit am falschen Ort zu sein.

Schnell renne ich zurück ins Wohnzimmer und grapsche nach meinem Handy. Luna ist immer noch dran und sagt etwas zu mir, doch ich habe keinen Kopf, ihr zuzuhören, und schiebe den Anruf zur Seite, um in meine Mails zu gehen. Schnell habe ich meine Reisedaten gefunden und atme erleichtert auf. Das Datum stimmt, ich habe sogar auf das Jahr geachtet, und auch die Adresse ist korrekt. Es ist also tatsächlich nicht mein Fehler. Puh. Glück gehabt.

»Hey? Hey?!«, ruft der Kerl von draußen, als ich zurück zur Tür komme, und sein Klopfen wird lauter. »Bist du noch da?«

»Ich bin noch da. Ich habe hier meine Buchungsdaten, und die sagen eindeutig, dass ich dieses Apartment für diese Zeit gebucht habe. Du musst dich also irren«, sage ich laut und halte mein Handy hoch.

Wieso tue ich das eigentlich? Er kann mich doch sowieso nicht sehen.

»Ich irre mich nicht«, erwidert er trotzig und senkt dann die Stimme. »Lass mich rein, und ich beweise es dir.«

Ich muss das Ohr an die Tür halten, um ihn zu verstehen, und ziehe die Nase kraus.

»Nein. Ich bin doch nicht bescheuert und mach einem … einem Perversen die Tür auf. Du könntest ein Vergewaltiger sein!«

»Ich schwöre beim Leben meiner Mutter, dass ich kein Vergewaltiger bin. Bitte. Mach mir die Tür auf. Ich trage nur ein Handtuch. Bitte, bitte«, fängt er an zu betteln, wird noch leiser, und seine Stimme klingt aufgeschreckt.

Ich sehe mich um und entdecke tatsächlich einen langweiligen, schwarzen Koffer neben der Küchentür stehen. Er ist so adrett und kompakt, dass ich sicher nicht einmal Gepäck für ein Wochenende darin hätte verstauen können. Leider ist er aber auch so nichtssagend, dass er mir keine Rückschlüsse auf seinen Besitzer erlaubt.

»Bitte, kleine Lady. Ich bin quasi nackt. Lass mich rein. Hier draußen sind seltsame Typen. Und die starren zu mir rüber. Bitte«, wird er immer eindringlicher, und ich höre Angst in seiner Stimme.

Oder er spielt sie mir vor, um mich dazu zu bringen, ihm aufzumachen.

Ich bin hin- und hergerissen, weiß nicht, was richtig ist, habe nicht genug Zeit, die Situation zu überdenken. Und das stresst mich extrem!

»Lass ihn nicht rein!«, sagt Luna entschieden, und ich hole den Anruf wieder in den Vordergrund.

»Aber er ist nackt, und seine Klamotten sind hier drin«, halte ich dagegen, und sie zieht eine Schnute.

»Du kannst sie ihm auch rausreichen, und er soll das Weite suchen«, erwidert sie, und das Klopfen an der Tür wird dringlicher.

»Bitte!«, höre ich den Typen vor der Tür, und dann höre ich laute Schritte.

»Na? Was haben wir denn da? Hat deine Freundin dich rausgeworfen?«, ruft eine weitere Stimme. Männlich, unangenehm, wie jemand, der vorhat, Ärger zu machen.

An meinem Körper stellen sich alarmiert sämtliche Härchen auf, und mir wird ganz mulmig zumute. Jeder meiner Instinkte sagt mir, dass die Stimme, die da gerade gesprochen hat, Gefahr bedeutet. Wie eine bullige Silhouette in einer dunklen Gasse. Wie der betrunkene Typ in einer Bar, der einen am Arm packt, obwohl man Nein gesagt hat.

»Oder dein Boyfriend? Bist du eine kleine Schw…«, höre ich

draußen und warte nicht darauf, dass der Mann seine Beleidigung beendet.

Sofort ziehe ich die Kette ab, öffne die Tür, packe den zitternden, nackten Kerl am Handgelenk und zerre ihn zurück in die Wohnung.

Er ist blass wie ein Laken, doch ich sehe nicht zu genau hin, weil es mir unangenehm ist, dass er so wenig anhat. Stattdessen drücke ich die Tür wieder zu und hänge die Kette erneut vor, nur für den Fall, dass der Widerling aus dem Treppenhaus auf die Idee kommt, uns weiter zu belästigen.

»O mein … Danke! O danke! Du hast mich gerettet. Dieser Kerl war drei Meter groß. O mein …«, keucht der nackte Mann und sinkt an der Wand in sich zusammen, die Hände vors Gesicht geschlagen. Dabei verliert er sein Handtuch.

Ich sehe erschrocken weg und weiche in die Wohnung zurück. Es gibt eine Menge Dinge, die ich gehofft hatte, in meinem Leben nie wieder zu sehen. Und männliche Genitalien gehören definitiv ganz oben auf die Liste.

»Zieh dir etwas an«, antworte ich gepresst, wende mich ab und laufe in die Küche, um Abstand zwischen mich und diesen Kerl zu bringen.

»So was kann auch wieder nur dir passieren«, meint Luna.

»Aber wieso? Wieso passieren immer mir solche Sachen?«, will ich wissen und stelle mein Handy neben dem Gasherd auf die Anrichte, sodass sie mich wieder sehen kann.

Ich denke nicht im Traum daran, jetzt aufzulegen, und sie würde mich auch niemals mit einem fremden Mann alleine lassen. Selbst wenn sie weit weg in Deutschland ist, kann sie ja immer noch die Polizei rufen, wenn der Kerl mir etwas antun sollte.

Ich sollte ihr meine Adresse zuschicken.

Schnell schicke ich ihr meinen Standort rüber, was sie mit einem Nicken kommentiert.

»Fuck«, seufze ich und streiche mir meine wirren Strähnen

aus dem Gesicht. Ich bleibe mit meinem Ring in einem Haarnest hängen und reiße es mir beinahe vom Kopf. Umständlich ziehe ich meinen Ring aus meinen Locken heraus. Meine Güte! Ich brauche jetzt erst mal Tee. Oder etwas Stärkeres.

Ich schalte den Wasserkocher ein, um das Wasser von vorhin ein zweites Mal zu erhitzen, und öffne den Kühlschrank in der Hoffnung auf Alkohol. In meinem letzten Ferienapartment hatten mir die Vorurlauber eine halbe Flasche Rotwein hinterlassen, doch diesmal habe ich leider kein so großes Glück.

Generell scheint das Glück heute nicht auf meiner Seite zu sein, und ich setze gedanklich *Wein* auf meine Einkaufsliste.

»Zieht er sich an?«, fragt Luna, und ich zucke mit den Schultern.

»Bist du schon fertig?«, rufe ich auf Französisch in den Wohnraum, der von der Küche nur durch einen offenen Bogen getrennt ist, und wage es nicht, auch nur einen Zentimeter weit rauszublicken.

»Nein. Tut mir leid. Ich brauche einen Moment«, kommt es von dem Kerl zurück, und ich höre das Geräusch eines Reißverschlusses.

»Er zieht sich an«, übersetze ich für Luna und durchsuche die Schränke nach den Tassen. Ich entdecke eine mit Katzenöhrchen und finde sie der Situation angemessen dramatisch.

Ich suche mir einen Schwarztee mit Ingwer aus, quasi das Stärkste, das ich finden kann, und gieße grade das Wasser auf, da räuspert sich hinter mir jemand.

»Und da ist er wieder«, meint Luna, und ich drehe mich zum Durchgang.

»Darf ich reinkommen?«, fragt der nicht mehr nackte Mann, und ich traue mich endlich, ihn zu mustern. Er ist mittelgroß, schlaksig und hat eine sehr französische Nase. Was bedeutet, dass sie aussieht wie eine Kartoffel. Zu meiner Überraschung hat er ein schwarzes T-Shirt und eine Anzughose an, die trotz der nackten Füße natürlich an ihm aussieht. Wie jemand, der es gewohnt ist, Anzüge zu tragen.

»Okay«, antworte ich und nehme meinen Tee zur Hand. Nur für den Fall, dass es notwendig werden sollte, ihn mit kochend heißem Wasser zu übergießen.

»Ich bin Pierre«, sagt er lächelnd und kommt einen Schritt auf mich zu.

»Und ich bin lesbisch«, erwidere ich viel zu panisch, weiche zurück und stoße mit dem Hintern an den Schrank. Tee schwappt über und klatscht laut auf den Fliesenboden.

Pierre bleibt sofort stehen. »Oh, klar. Nein. Ich wollte nicht andeuten, dass …«, plappert er und hebt beschwichtigend die Hände. »Tut mir leid. Ich wollte mich nur vorstellen. Ist das Tee?«, fragt er fahrig, fährt sich mit den Fingern durchs nasse Haar und weiß ganz offensichtlich nicht, wohin mit sich.

»Ja. Willst du auch?«

»Ähm, ja. Gerne.«

Ich traue mich nicht, ihm den Rücken zuzudrehen, und hole ganz umständlich eine Tasse aus dem Regal über mir. Sie ist wie ein Panda geformt, und ich fische nach einem Teebeutel, ohne zu schauen, um was es sich dabei handelt. Normalerweise habe ich bessere Manieren und frage die Leute, was sie gerne hätten. Diesmal bin ich zu verkrampft, um daran zu denken.

»Ich bin Romina«, sage ich, auch wenn ich ihm meinen Namen nicht unbedingt mitteilen wollte. Doch vielleicht macht es die ganze Sache ja dann doch ein bisschen weniger unangenehm.

»Luna«, kommentiert meine beste Freundin, und das bringt mich zum Lachen. Ich wünschte, sie wäre in persona hier. Ich würde mich wesentlich selbstsicherer fühlen.

Er hebt die Hand in Richtung des Handys, und Luna verzieht keine Miene, um ihm ganz offensichtlich zu zeigen, für wie unerwünscht sie ihn hält.

Pierre holt sein Handy aus der Tasche, während ich Wasser in die Tasse gieße, und hält es mir nach ein paar Sekunden hin.

»Hier«, meint er, und ich sehe auf die Mail, die er mir zeigt. Die gleiche Buchungsbestätigung, die auch ich habe. Gleicher Tag, gleiche Adresse. Nur dass er lediglich eine Woche bleiben wollte.

Er hat also nicht gelogen. Er hat diese Wohnung genauso gebucht wie ich. Mein Bauch fühlt sich an, als würde er sich mit Steinen füllen.

»Wie seltsam«, sage ich, und Pierre sieht mich irritiert an.

»Deutsche?«, fragt er, und da fällt mir erst auf, dass ich es nicht auf Französisch gesagt habe.

Ich nicke nur, während ich mir mein Handy schnappe und Luna wieder zur Seite schiebe, um ebenfalls meine Mails aufzurufen. Die richtige ist von gerade eben noch offen, und ich halte mein Handy neben Pierres.

»Und was machen wir jetzt?« Er sieht mich an wie ein Golden Retriever. So als müsste ich die Lösung für dieses Problem haben.

Doch ich zucke mit den Schultern.

»Ich rufe Viviane an«, sage ich und hoffe inständig, dass die Vermieterin dieser Wohnung uns weiterhelfen kann. Dass es nur ein kleiner Buchungsfehler ist und Pierre eigentlich die Wohnung nebenan hat oder so.

Doch wie ich mich kenne, ziehe ich dumme Verwicklungen geradezu magisch an, und es wird sich um einen großen Buchungsfehler handeln, bei dem am Ende einer auf der Straße sitzt.

Und ich schwöre mir selbst, dass das nicht ich sein werde. Denn ich war zuerst hier!

Viviane nimmt nicht ab, und ich hinterlasse ihr eine aufgeregte Nachricht auf ihrer Mailbox. Zusätzlich schicke ich ihr eine Mail, um auch sicherzugehen, dass sie mitbekommt, dass hier ein dringendes Problem vorliegt. Denn ich kann mir sehr viel Besseres vorstellen, als meine Auszeit mit einem Fremden in einer winzigen Wohnung zu verbringen.

Ich nehme den letzten Schluck von meinem Tee. Er ist bitter und scharf vom Ingwer, aber es passt zu meiner Stimmung.

Mein Laptop gibt ein Geräusch von sich, und ich richte mich sofort in den bestickten Sofakissen auf in der Hoffnung, Nachricht von Viviane zu haben.

Sie ist von Sophia, und der kleine Funke Erleichterung verglüht augenblicklich. Denn ihre Mail ist laaaaaaang und gespickt mit Terminen.

Im ersten Moment klappe ich den Laptop zu, um so zu tun, als hätte ich es nicht gesehen. Wenn ich es nicht lese, kann ich einfach aus Versehen alles verpassen. Doch ich bin gleichzeitig viel zu neugierig, was Sophia da zusammengesammelt hat, um mich zu unterhalten, dass mein Widerwillen nur wenige Minuten anhält.

Da stehen ein paar Grüße und gutes Zureden und eine Liste mit Treffen und Events. Eine Vernissage, mehrere offizielle Meetings in den Büros von NiNet France, eine Lesung von meiner geschätzten Kollegin Chiara Nino, ein geführter Besuch im Schloss Versailles und noch ein paar andere Dinge.

Mein Blick fällt aufs Datum.

Die Vernissage ist heute Abend?

Allein der Gedanke, heute noch mal dieses Apartment zu verlassen, bereitet mir Bauchschmerzen. Außer vielleicht, um Wein zu kaufen. Das wäre aber ja auch was vollkommen anderes.

Mir gegenüber auf dem Boden sitzt Pierre, locker an ein Regal gelehnt, und sieht von seinem Buch auf, als ich genervt aufstöhne.

»Hat Viviane geschrieben?«, möchte er wissen, und ich schüttle den Kopf.

»Nein, nur meine …«, beginne ich und stocke, weil ich keine

Ahnung habe, wie man Literaturagentin übersetzt. »Meine … Chefin«, sage ich schließlich, und er schließt sein Buch. Sein Blick liegt erwartungsvoll auf mir. Er scheint darauf zu warten, dass ich weiterspreche, und ich fühle mich dazu eingeladen, ihm meine Sorgen auf die Nase zu binden. Wir müssen die Zeit ja auch irgendwie absitzen, bis unsere Situation gelöst ist. Solange er hier ist, kann ich mich unmöglich entspannen.

»Sie möchte, dass ich mich heute Abend noch mit Geschäftskontakten auf einer Vernissage treffe«, erzähle ich und bleibe absichtlich vage.

Es sind die Leute von NiNet France. Also nicht mal eine kleine Freizeitaktivität, die ich leicht skippen kann, sondern ein tatsächliches wichtiges Treffen. *Ein Erstkontakt in ungezwungener Umgebung*, schreibt Sophia, und ich will mich in den Kissen des Sofas verstecken.

Ungezwungene Umgebung bedeutet Small Talk, und darin bin ich grottenschlecht. Entweder ich bin stumm wie ein Fisch und kann mich kaum zu einem Lächeln zwingen, oder ich falle direkt mit der Tür ins Haus und binde meinem Gegenüber meine komplette Lebensgeschichte auf die Nase. Kein Dazwischen!

Ich wünschte, es wäre direkt ein richtiges Meeting, etwas Gezwungenes. Damit hätte ich besser umgehen können. Rein, wichtige Fakten klären, Meinungen austauschen, raus.

Die Vorstellung, nach einer Nacht ohne Schlaf, einer Reise im Zug und einer nervenaufreibenden Auseinandersetzung mit einem nackten Mann auch noch sozial sein zu müssen, ist der blanke Horror.

»Uh, eine Vernissage klingt wundervoll«, meint Pierre, und ich umschlinge eins der Kissen mit den Armen, um mich an etwas festzuhalten.

»Es klingt schrecklich. Ich bin viel zu überanstrengt. Ich kann da unmöglich jetzt hingehen«, empöre ich mich und vergrabe mein Gesicht in der Samtoberfläche des Kissens.

Meine Güte, sind die weich!

»Magst du keine Kunst?«, möchte Pierre wissen.

»Ich liebe Kunst«, erwidere ich, und er zuckt mit den Schultern, als wüsste er dann nicht, wo das Problem liegt. »Aber nicht mehr heute!«

»Ich verstehe nicht«, sagt er, und ich schenke ihm einen skeptischen Blick.

»Was verstehst du nicht?«

»Deine Chefin schickt dich da hin. Da kannst du doch nicht *Nein* sagen. Willst du deinen Job verlieren?«

»Sie ist nicht wirklich meine Chefin. Sie ist eher meine Organisatorin …«, versuche ich zu erklären und gleichzeitig nicht zu viel zu verraten. Ich mag es nicht, Fremden auf die Nase zu binden, dass ich Autorin bin. Ich hasse die Fragen der Unwissenden, die darauf folgen und die immer gleich ausfallen.

Meine Anti-Favoriten sind »Kann man vom Schreiben denn überhaupt leben?«, »Wo kann man deine Bücher denn kaufen?« und »Ich habe auch schon mal was geschrieben!«.

Ich nehme mein Handy zur Hand, um zu signalisieren, dass ich nicht weiter darüber sprechen möchte, doch Pierre merkt es entweder nicht oder es ist ihm egal.

»Und das Treffen ist wichtig?«, hakt er nach.

»Also …«, versuche ich mich aus der Affäre zu stehlen, aber er bleibt dran.

»Ist es wichtig?«

»Vielleicht«, bleibe ich vage, und Pierre erhebt sich vom Boden. Er sieht dabei aus wie eine Wasserboje, die leicht in den Wellen schwankt, und kommt zu mir rüber.

»Wo ist diese Vernissage?«, will er wissen und steht neben dem Sofa, als erwartete er, dass ich zur Seite rutsche, damit er sich neben mich setzen kann. Doch dafür fühle ich mich bei Weitem nicht wohl genug mit ihm und bleibe demonstrativ in der Mitte sitzen.

Ich drehe ihm aber meinen Laptop zu und zeige auf die Adresse.

»Oh, das kenn ich. Da war ich schon mal«, ruft er freudig aus und grinst mich breit an. Sein Lächeln ist makellos genug, um für Zahnpastawerbung genutzt zu werden, doch ich verziehe keine Miene. »Das ist nicht weit von hier. Nur den Hügel runter und direkt auf der anderen Seite vom Boulevard de Clichy. Da können wir sogar zu Fuß hinlaufen.«

Ich blinzle irritiert und lasse das Kissen sinken. »Was heißt hier wir?«, frage ich, und sein Grinsen wird verschmitzter.

»Ach, komm schon. Ich habe heute Abend nichts vor, und du hast deutlich gemacht, dass du dich alleine nicht mehr dazu aufraffen kannst. Lass mich dein Motivator sein. Ich schleppe dich da hin, und wenn du deine Arbeit gemacht hast, kann ich einen Hustenanfall vortäuschen, und du hast eine tolle Entschuldigung, um wieder zu gehen«, schlägt er vor, und ich richte mich auf, ein kleines Lächeln auf den Lippen.

Dieser Vorschlag klingt wirklich verlockend.

Nein, Moment. Ich will da doch gar nicht hingehen!

»Naaaaaa?«, raunt Pierre und zeigt mir Pistolenfinger. Er weiß, dass seine Idee gut ist. Mein Gesichtsausdruck hat mich verraten.

»Ich will da wirklich nicht hin«, versuche ich dagegenzuhalten und setze mir das Kissen auf den Kopf wie einen komischen Hut. Es hält nur wenige Sekunden, ehe es runterrutscht und beinahe meine Teetasse erwischt.

Ups. Zum Glück war nichts mehr drin.

»Aber du musst«, sagt er. »Es ist wichtig.«

»Woher willst du das wissen?«, halte ich trotzig dagegen und spüre wieder diesen Knoten in meinem Bauch, der mir Stresswellen durch den Körper sendet wie ein kaputtes Radio.

Pierre zeigt auf den Bildschirm meines Laptops. »Da sind eine Million Ausrufezeichen hinter dem Termin. Nur weil ich kein

Deutsch kann, bin ich nicht dumm«, erklärt er selbstgefällig, als wäre er Hercule Poirot höchstpersönlich, und ich ziehe angewidert die Nase kraus.

»Na schön. Es ist wichtig. Aber …«, beginne ich und zeige an mir herunter. Ich bin völlig zerknittert, meine Augen sind erschöpft, und ich will gar nicht wissen, wie meine Haare gerade aussehen.

»Aber? Du hast nichts anzuziehen? Lüge. Vorhin hattest du ein Kleid in der Hand. Ich habe es gesehen«, fängt er an und läuft zu meinem Koffer, um auf besagtes Stück zu zeigen.

Es ist mein dunkelrotes Leinenkleid, ein Replikat aus den 1950ern, und ich verfluche den Moment, in dem ich letzte Nacht dachte, dass es sicher nett wäre, damit die Champs-Élysées hinunterzuspazieren.

»Du gehst duschen, ziehst das Kleid an. Und ich besorge solange etwas zu essen, da das Bad keinen Schlüssel hat und du mich sicher dabei nicht hierhaben willst. Dann füttern wir dich, und ich sorge dafür, dass wir genau dramatische zwanzig Minuten zu spät zu dieser Vernissage auftauchen«, zählt er aufgeregt auf, als könnte er sich nichts Besseres vorstellen, als seine Zeit so zu verbringen, und ich spüre Misstrauen in mir aufkommen.

»Was ist falsch mit dir?«, werfe ich ihm an den Kopf, was ich denke. »Wieso willst du mir helfen? Was versprichst du dir davon?«

Pierre lacht auf, fährt sich mit der Hand durch die dunklen Locken und verstrubbelt sie zu dem perfekten Nice-Guy-Look.

»Ich verspreche mir gar nichts. Tut mir leid, wenn das komisch rüberkam«, entschuldigt er sich und versenkt seine Hände in den Hosentaschen seiner Anzughose. »Du erinnerst mich ein bisschen an meinen kleinen Bruder. Der hasst auch Menschen und muss zu jeder sozialen Interaktion überredet werden. Ich bin's also gewohnt.« Er schlendert in Richtung Flur, zwinkert mir zu und schnappt sich dort eine lederne Umhängetasche, die so natürlich an einem Blumentopf gelehnt hat, dass ich sie bisher nicht bemerkt habe.

»Außerdem brauche ich eine Beschäftigung. Ich dachte, ich gehe heute Abend in eine Bar. Aber eine Vernissage klingt zu verlockend.«

Ich behalte meinen skeptischen Gesichtsausdruck bei, während ich mir die ganze Sache noch einmal durch den Kopf gehen lasse. Sophia will, dass ich dort hingehe.

Ein Seitenblick auf mein Handy zeigt mir, dass ich sechzehn Textnachrichten von ihr habe und mindestens ein Sprachmemo, in dem sie mir die Wichtigkeit dieses Abends ausführlich erläutern wird. Sie wird mich anflehen, zu gehen, und mir drohen, falls ich es nicht tue. Ich kenne sie und sie mich, und ich weiß, dass ich gehen muss.

»Okay, einverstanden«, sage ich zu Pierre, und er reckt mit einem triumphierenden Ausruf die Fäuste in die Luft.

»Sehr gut«, freut er sich und schiebt sich den Träger seiner Tasche über den Kopf. »Irgendwelche Vorlieben beim Essen? Allergien?«, erkundigt er sich schnell.

»Ähm. Ich bin Vegetarierin«, antworte ich. »Und bring Wein mit. Ich brauche einen Roten!«, schiebe ich hinterher, und Pierre lacht wieder.

3

Ein Cello mit Zylinder

Mein Handy gibt einen Laut von sich, und ich höre es zwischen all den Menschen kaum, die sich durch Montmartre schieben wie eine klebrige Masse.

Ich ziehe mein Handy aus meiner winzigen Umhängetasche mit dem kaputten Verschluss und gerate dabei auf dem unebenen Kopfsteinpflaster aus dem Gleichgewicht.

Sophia 📖
Ich bin so aufgeregt. Erster echter Kontakt mit NiNet. Ich wünschte, ich wäre dabei. Ich hoffe, bei dir kommt auch ein bisschen Vorfreude auf. Sag ihnen liebe Grüße von mir.

Es fühlt sich an, als würde sich in meinen Eingeweiden etwas verknoten, und ich will direkt umkehren, zurück ins Apartment, mich ins Bett legen und weiterschlafen.

Man sollte annehmen, ich wäre aufgeregt. Schließlich lebe ich den geheimen (und manchmal auch weniger geheimen) Traum eines jeden Schreibenden. Das eigene Werk wird durch Schauspieler und Kameras zum Leben erweckt.

Doch wenn ich daran denke, empfinde ich nichts. Nur leere Gefühle ohne Substanz, weil der Gedanke so unwirklich ist, so unerreichbar, dass es nicht der Wahrheit entsprechen kann. Mein Kopf ist nicht dazu in der Lage, es tatsächlich zu fassen, und ich sträube mich auch dagegen.

Wenn es eine Emotion schafft, sich an die Oberfläche zu wühlen, dann ist es Angst und ein gutes Stück Überforderung. Es ist zu viel, zu groß, hat das Potenzial, beschissen zu werden, und bedeutet für mich Arbeit, die ich sonst nicht hätte.

Ich habe ja schon keine Energie, das Buch dazu weiterzuschreiben, wie soll ich mich denn gleichzeitig auch noch auf die Verfilmung einlassen?

Außer Amelie Mariné wäre auch dabei. Das würde mich sicher dazu anspornen, diesem Treffen hoffnungsvoller entgegenzublicken.

Schnell öffne ich Instagram und schaue in ihrer Story nach, ob sie ihre abendlichen Pläne mit uns teilt.

Ich grinse bei dem Gedanken, auch wenn ich weiß, dass ich sicher katastrophale Gay-Panic hätte, wenn Amelie so ohne Ankündigung bei der Vernissage auftauchen würde. Aber ich kann ja davon träumen, dass ich cool und adrett genug auftreten könnte, um sie zu beeindrucken.

Ich bin schließlich die Autorin des Buches, in dem sie die Hauptrolle spielt. Vielleicht würde sie sich mit mir anfreunden, damit sie die Rolle besser erfassen kann, und wir würden den Text auf ihrer Couch üben, und leider wäre es dann viel zu spät, um nachts noch nach Hause zu fahren, und wir wären dann gezwungen, zusammen in einem Bett zu schlafen …

»Naaaaa? Mit wem schreibst du da?«, fragt mich jemand, ganz dicht neben mir, und ich schrecke aus meiner kleinen Blase aus fiktiven Flirts.

Ich habe wohl immer noch auf mein Handy gestarrt, ohne es zu merken, und Pierre grinst mich wissend von der Seite an. Ich habe kurz vergessen, dass er da ist.

»Mit niemandem«, sage ich ganz automatisch und klinge dabei so unverdächtig wie ein Kind, das noch mit den Fingern in der Keksdose hängt. Dabei ist es ja tatsächlich nur meine Agentin, die ihren Job macht.

»Ja, klar«, gibt Pierre ironisch von sich. »Wie heißt er?«

Ich starre ihn für einen Moment sehr irritiert an, weil ich nicht verstehe, wovon er spricht. Doch dann macht es bei mir klick und bei ihm wohl auch.

»Äääh, ich meine, *sie*. Tut mir leid«, verbessert er sich sofort, und ich schiebe mein Handy zurück in meine Tasche.

»Ich habe nur rumgeträumt. Es hatte nichts mit der Nachricht zu tun«, sage ich so ehrlich wie möglich, damit er nicht weiterfragt, und wedle mit den Händen abwehrend in der Luft herum, sodass meine Armbänder klimpernd aneinanderstoßen.

»Okaaay …«, sagt er gedehnt. Er glaubt mir wohl nicht, aber das ist mir egal.

Ich schweige und bin froh, dass ich am Ende der Straße ein großes Banner mit dem Logo der Kunsthalle entdecke.

Ich beschleunige meine Schritte und trete auf den dunkelblauen Teppich, der bis auf die Straße ausgerollt ist. Er fühlt sich weich an und wie die Zunge eines Monsters, das mich ins Innere ziehen will, um mich zu verschlingen. Überdramatisch, wie ich bin, winde ich mich bei der Vorstellung, im Sumpf aus Small Talk und widerlichen Häppchen langsam verdaut zu werden.

Allein die Tatsache, dass Amelie Mariné in ihrer Story keinen Hinweis darauf gibt, wo sie ist, und damit auch hier sein könnte, hält mich davon ab, nicht auf der Stelle Reißaus zu nehmen, als ich Menschen in schicken Kleidern am Fenster durchs Foyer flanieren sehe.

Meine Hände schwitzen, als eine junge Frau mit dunkelrotem Lippenstift mich nach meinem Namen fragt und mich dann auf ihrer Liste abhakt. Ihr Kopf neigt sich dabei adrett zur Seite, ihre dunklen Haare rutschen ihr von der Schulter und entblößen ihren langen schlanken Hals.

Sie ist wirklich sehr hübsch, was mich noch nervöser macht.

Zum Glück wendet sie ihre Aufmerksamkeit Pierre zu.

»Er gehört zu mir«, sage ich schnell, und sie tritt mit einem professionellen Lächeln beiseite, um uns durchzulassen.

Ich bin irritiert. Den halben Weg hierher habe ich überlegt, wie ich erklären soll, dass Pierre mich begleitet. Ich habe alle möglichen Szenarien im Kopf durchgedacht und sie auf Französisch formuliert, um vorbereitet zu sein.

Und nun brauchte ich sie gar nicht.

Besser so. Denn ich bin richtig, richtig, richtig schlecht darin, mit hübschen Frauen in der Wirklichkeit zu sprechen.

Pierre folgt mir nicht sofort, und ich drehe mich zu ihm, nur um zu sehen, wie er der Frau mit den dunklen Lippen ein charmantes Zwinkern schenkt und ihr Lächeln zu einem verlegenen Grinsen zerschmilzt.

Ich verdrehe die Augen, als wäre mir seine Flirterei lästig. Doch eigentlich ärgere ich mich darüber, dass er es einfach tut, während ich mich in Grund und Boden schämen würde. Es ist wahrscheinlicher, dass ich von einem Bus erfasst werde, als dass ich einer attraktiven Frau auf gut Glück zuzwinkere.

Ich schiebe es darauf, dass er ein Mann ist, in einer Welt, in der Männer alles dürfen. Es könnte aber auch sein, dass er Franzose ist und ich eine verklemmte Deutsche.

Ich betrete das schlicht eingerichtete Foyer mit weißen Wänden und dezentem Blumenschmuck. Stimmen und leise Musik dringen von links aus einem Durchgang, der offensichtlich in den Ausstellungsraum führt.

Noch mit den Gedanken woanders, schlendere ich darauf zu und stoße prompt mit einem älteren Herrn mit Halbglatze zusammen.

Ein kleiner Schreck lässt mich zusammenzucken, und ich muss mich an seinen Arm klammern, um nicht rückwärts über die Teppichkante zu stolpern.

Er zieht mich zurück auf die Füße, und wir starren uns atemlos an. Seine Wangen sind rosig, wie bei einem Puttenengel, seine Nase zu groß für sein Gesicht, und die Augenfarbe kann ich bei den trüben Lichtverhältnissen nicht erkennen.

Es dauert eine Schrecksekunde, dann beginnt er zu lachen, und ich versuche mich ebenfalls an einem Lächeln, doch mein Puls rast mir noch in den Ohren, und ich mache mich peinlich berührt von ihm los.

Ich wünschte, dies hier wäre wirklich der Bauch eines Monsters und ich könnte schnell mein endgültiges Ende finden.

»Welch stürmischer Auftritt«, feixt er in feinstem Pariser Dialekt, und ich breite in einer tänzerischen Geste die Arme aus.

»Tada«, sage ich, als wäre dies nur Teil einer Show und ich würde innerlich nicht tausend schamvolle Tode sterben.

Pierre taucht neben mir auf, die eine Hand in der Hosentasche wie ein Gentleman, und hält mir etwas hin. Es ist mein Handy.

»Dir ist was runtergefallen«, raunt er mir zu.

Verflucht! Wieso kann ich nicht einmal wie ein normaler Mensch einen Raum betreten. Reinlaufen, ohne über meine eigenen Füße zu stolpern oder all meine Sachen auf dem Boden zu verstreuen.

Ich kann von Glück sagen, dass nicht Winter ist und ich keinen Mantel brauche. Da bin ich bei der letzten Weihnachtsfeier im Verlag drin stecken geblieben und habe eine Panikattacke erlitten. Nicht schön. Nichts, was ich empfehle nachzumachen.

Pierre sieht äußerst amüsiert aus, und ich bereue bereits, mich hierzu breitschlagen lassen zu haben. Ich hätte den Abend auch, mit einem Tee in der Hand, deprimiert auf einem Sofa liegend verbringen und mir K-Dramen ansehen können.

Eilig schnappe ich Pierre mein Handy aus der Hand und schiebe es zurück in meine kleine bestickte Umhängetasche, die ich mit Nachdruck zudrücke. Doch der Schnappverschluss lockert sich sofort wieder.

»Entschuldigung, sind Sie Romina Ciantia?«, fragt mich der Mann mit Halbglatze, der immer noch bei uns steht, und ich sehe überrascht zu ihm auf.

»Äh, ja«, antworte ich vorsichtig und warte mit angehaltenem Atem auf seine Reaktion. Ich hoffe inständig, dass er einer von den NiNet-Leuten ist und kein verrückter Fan meiner Bücher.

Ich werde selten in der Öffentlichkeit von Fremden erkannt und meistens auch nur in Buchhandlungen. Denn das Beste daran, als Autorin berühmt zu sein, ist die Anonymität, die damit einhergeht. Jeder weiß, was du geschrieben hast, und niemand weiß, wie du aussiehst.

»Ihre Agentin hat mir geschrieben, dass Sie hier sind«, sagt er, und mir fällt ein Stein vom Herzen. Glück gehabt.

Ich spüre Pierres Blick von der Seite, der sich förmlich in meine Stirn bohrt, als er das Wort *Agentin* hört. Doch ich ignoriere ihn.

»Ich bin Hugo Bouilloire«, stellt er sich vor und reicht mir seine große, schwammige Hand, die ich nur zögerlich ergreife.

»Sehr erfreut«, sage ich und klinge wirklich so, als würde ich es auch meinen. Dabei bin ich im Moment eigentlich überfordert mit diesem Körperkontakt. Zum Glück drückt er meine Hand nur ganz leicht und lässt sie sofort wieder los, sodass ich mich wieder an die schwarze Satinkordel meiner Umhängetasche klammern kann.

»Ich bin stellvertretender Leiter unseres Projekts für NiNet France«, gibt er mir mehr Informationen, damit ich die Chance habe, ihn irgendwo einzusortieren.

Pierre schnappt nach Luft. »Moment! NiNet, so wie NiNet, das mit den Filmen?«, ruft er dazwischen, und ich schließe für einen Moment die Augen. Es war natürlich dumm von mir zu hoffen, dass er nicht herausfinden würde, wieso wir hier sind. Doch das ändert nichts daran, dass es mir jetzt unangenehm ist, dass er seine Überraschung so offen zur Schau trägt.

»Genau das«, sagt Hugo fröhlich und richtet sich stolz auf. Er ist kleiner als Pierre, und sein dunkles Hemd spannt sich über seinen kleinen Wohlstandsbauch. »Folgen Sie mir. Ich stelle Sie der Chefin vor«, richtet er sich wieder an mich und weist auf den Durchgang.

Ich folge ihm, nervös, mit schwitzigen Händen.

Hier drin riecht es nach frischer Ölfarbe und Klimaanlagenluft. Die Musik lässt sich am besten als Elektroklassik bezeichnen, und ich bin mir sicher, dass Mozart diese Version seiner Lieder sehr gefeiert hätte. Der alte Rockstar.

Der Raum ist nicht voll, doch es sind genug Menschen hier, dass ich ihre Anzahl nicht schätzen kann. Sie flanieren durch den Raum, bleiben vor sehr bunten Dingen stehen, die überall verteilt sind, und nippen an ihren Champagnergläsern. Es sieht genauso aus, wie man sich eine Vernissage vorstellt, und ich schmunzle über die Klischeehaftigkeit.

»Romina, bist du Schauspielerin?«, wispert Pierre mir von der Seite zu, und ich wische unauffällig meine nassen Handflächen am Kleid ab.

»Nein«, gebe ich bestimmt zurück und nehme dankbar zwei Getränke von dem Tablett, das mir eine in Schwarz gekleidete Bedienstete hinhält.

»Aber …«, setzt Pierre an, und ich bringe ihn zum Schweigen, indem ich ihm eins der Gläser in die Hand drücke.

Hugo nähert sich einer kleinen Gruppe Menschen, die lachend zusammenstehen, und ich spüre beißenden Widerwillen in meinem Innern. Es ist ein kaltes, flaues Gefühl, das mich jedes Mal befällt, wenn ich gezwungen werde, vor neuen Leuten professionell zu wirken.

Hugo stellt sie mir alle nacheinander vor, ich versuche verzweifelt, mir die Namen zu merken, während ich Hände schüttle und froh bin, dass Pierre irgendwo im Hintergrund verschwunden ist.

Amelie Mariné ist natürlich nicht dabei. Wäre auch zu schön gewesen.

»Wie gefällt Ihnen Paris bisher?«, fragt mich Danielle, die Einzige, deren Name bei mir hängen geblieben ist. Ich habe von Sophia schon ein paarmal von ihr gehört, da sie die Idee zur Verfilmung hatte. Sie ist die Chefin dieses Projekts, und das zeigt sich mir auch offensichtlich. Sie ist der Mittelpunkt der Gruppe, die anderen unterbrechen sie nicht, wenn sie spricht, und sie hat etwas Hoheitsvolles, das die Blicke auf sich zieht. Sie steht sehr gerade da, eine Hand in der Hosentasche ihres marineblauen Anzugs, und hält ihr Champagnerglas wie eine Königin.

Ich finde sie gut, und das erleichtert mich. Es ist sicher ein gutes Zeichen, wenn ich die Frau mag, die mein Buch verfilmt. Etwas, an das ich mich klammern kann, wenn mich meine Zweifel zu dem Thema wieder überfallen.

»Ich liebe Paris. Es ist aber nicht mein erster Besuch«, antworte ich brav und lächle, auch wenn es mich Kraft kostet. Meine soziale Batterie geht langsam gegen null, und ich würde mich lieber zu einem unsozialen Ball zusammenrollen. Außerdem hasse ich Small Talk. Es ist wie ein Spießrutenlauf, ein Halbmarathon, nur dass ich nicht mal weiß, ob ich in die richtige Richtung renne.

Lieber wäre mir, wenn sie nach meinen Kindheitstraumata gefragt hätte oder wieso wir die Klimakrise immer noch nicht aufgehalten haben. Wir könnten unsere letzten peinlichen Momente austauschen oder darüber sprechen, dass ich vorhin in meinem Ferienapartment einem nackten Mann begegnet bin, der sich direkt zu meiner Begleitung für diesen Abend auserkoren hat. Irgendwas mit Substanz.

Nur nicht diese immer gleichen Fragen, auf die eigentlich niemand wirklich die Antwort hören will. »Wie geht's dir?« zum Beispiel. Meine Höllenfrage. Was sagt man darauf? »Gut«, auch wenn allen klar ist, dass niemals alles nur gut sein kann und es damit eine Lüge ist? Oder packt man vor fremden Leuten sein wahres Befinden aus, und alle sind dann verschreckt von der

Menge an Informationen, die es benötigt, um dem Ausdruck zu verleihen?

Ich nippe an meinem Champagner, frage mich, wie gut der sich mit den zwei Gläsern Wein vertragen wird und wie lange es wohl her ist, dass ich sie getrunken habe. Gut, dass Pierre mir Sushi mitgebracht hatte. Sonst hätte ich mal wieder vergessen zu essen.

»Denken Sie nicht auch?« Danielle sieht mich erwartungsvoll an, und ich blinzle zu schnell.

»Tut mir leid, ich war kurz abgelenkt«, gebe ich zerknirscht zu, und Danielle lacht zum Glück nur.

»Sie sind auch grade erst angekommen. Wie wäre es, wenn Sie die Tage zu uns in die Büros kommen. Da haben wir ein Meeting mit Arnaud Brissall. Er steht dort drüben.« Sie zeigt auf einen hageren Mann komplett in Schwarz, der auf der anderen Seite des Raums mit jemandem spricht. Er scheint zu spüren, dass wir zu ihm sehen, denn in genau dem Moment richtet er seinen strengen Blick auf uns und nickt uns zu wie eine kaputte Maschine.

Ich mag ihn nicht. Nur eine Bewegung seines Kopfes, und ich weiß, dass ich von der Meinung dieses Typen gar nichts halte. Sein Blick zeugt von Arroganz, seine Haltung von Selbstüberschätzung, und wäre er einer meiner Buchcharaktere, hätte er zwar eine tragische Backstory. Was aber nicht entschuldigte, dass er andere Menschen schlecht behandelte.

»Er ist leitender Designer bei Marielle Bernard und unterstützt uns bei der Suche nach neuen Kostümdesignerinnen oder -designern für die Produktion. Seine Schützlinge haben diese Ausstellung kreiert«, erzählt sie mir, und ich fühle mich direkt noch unwohler hier.

»Ah«, mache ich so interessiert wie möglich und klammere mich an den schmalen Stiel meines Glases. »Sie können sich gerne bei meiner Agentin melden. Sie koordiniert meine Termine«, sage ich, weil ich Angst habe, dass ich es mir sonst nicht merke und dann nicht dort bin, wo ich sein soll.

»Mach ich.« Sie streicht eine verirrte Haarsträhne hinters Ohr und zuckt schelmisch mit einer Augenbraue, was mein Gehirn für einen Moment aus dem Konzept bringt. Doch dann stellt sie ihr halb volles Glas auf den Stehtisch hinter sich und nimmt dem Mann zu ihrer Rechten die schwarze Ledertasche ab, die er anscheinend für sie gehalten hat.

»Und euch sehe ich morgen. Ich muss mich leider verabschieden«, richtet sie sich an ihr Team, gibt zweien von ihnen die typischen Wangenküsse, zupft ihre Jacke zurecht und winkt mir noch einmal zu, ehe sie sich aufmacht. Die Gruppe zerstreut sich daraufhin mit kleinen Verabschiedungen und bedeutenden Blicken auf mich, und ich bin wieder frei.

Erleichtert atme ich auf, merke erst jetzt, wie verkrampft ich die ganze Zeit dagestanden habe, und rolle mit den Schultern, um mich etwas zu lockern. Meine Wirbelsäule knackt unangenehm laut, und ein Typ, der sich gerade an mir vorbeischiebt, sieht mich irritiert an.

Ich versuche ihn nicht zu beachten und drehe mich schnell weg, um nach Pierre Ausschau zu halten. Wollte er nicht mitkommen, um mein emotionaler Support zu sein? Einsatzbereit, mich aus unangenehmen Situationen zu retten, wenn ich keine Energie mehr für diese Veranstaltung habe?

Dafür hätte er definitiv in der Nähe bleiben müssen. Oder?

Seufzend stelle ich mein leeres Glas zu dem von Danielle, streiche mein Kleid glatt und begebe mich in die eigentliche Ausstellung, auf der Suche nach einem schlaksigen Franzosen mit Hang zu übermotivierendem Verhalten.

Ich kann nicht ohne Pierre gehen. Wir kennen uns zwar kaum, aber wir sind zusammen hergekommen, wie asozial wäre es bitte von mir, ohne ihn wieder zu verschwinden?

Ich bin müde, und mein Kopf füllt sich immer mehr mit Watte, als ich in den indirekt beleuchteten Raum trete und mich von den schlendernden Leuten mitziehen lasse. Man unterhält sich leise, ab und an lacht jemand auf, und Gläser stoßen gegeneinander.

Vor mir auf dem ersten Podest steht ein Klavier. Es trägt ein Hochzeitskleid und sieht aus wie ein Dackel, den man in Tüll gewickelt hat. Daneben schwebt eine Klarinette an durchsichtigen Fäden, gekleidet in eine glänzende Königsrobe samt bestickten Säumen.

Ich weiß nicht, wie ich das finde. Es sieht aufwendig aus, ist aber nicht meine Art von Kunst. Mir gefällt jedoch der Vibe von *Die Schöne und das Biest* und dem in Möbel verwandelten Personal.

Danielle sagte, diese Ausstellung sei von den Schützlingen eines Modedesigners gestaltet worden. Es geht also höchstwahrscheinlich um Kleidung und Ästhetik.

Ich wandere zu den nächsten Instrumenten, um zu sehen, was sie noch alles in Stoff gewickelt haben. Eine Bratsche in einem wirklich akkurat passenden Blaumann, einen Dudelsack im Kilt (was ich persönlich recht einfallslos finde) und eine Triangel in einem hauchzarten Gebilde aus Perlen und Chiffon, das sie zu einer kleinen Burlesquetänzerin macht.

Das Cello lässt mich innehalten und genau hinsehen. Es trägt einen Anzug, der ganz typisch für den Anfang des 20. Jahrhunderts ist. Eine Zeit, mit der ich mich sehr gut auskenne. Von der Luna behauptet, dass ich besessen bin.

In dezenten braunen Karos, doppelreihig geknöpft, spannt sich das Jackett um den Korpus des Saiteninstruments, zeichnet die Kurven nach und gibt dem Anzug, trotz des eindeutig männlichen Designs, eine sehr weibliche Note. Der Hemdkragen steht am Griffbrett steif nach oben und ist mit einer schmalen Krawatte geziert. Auf der Schnecke thront ein Zylinder, der im Licht so weich glänzt, dass ich mit den Fingerspitzen über den Stoff fahren möchte.

»Ich finde, es fehlt was«, sagt plötzlich eine Stimme direkt neben mir, und mir springt vor Schreck beinahe das Herz aus der Brust.

»Scheiße«, murmle ich atemlos auf Deutsch und sehe die Frau neben mir an.

Schwer zu sagen, was mir als Erstes auffällt, da ihr gesamtes Erscheinungsbild einer Sinnesexplosion gleicht. Ihre voluminöse magentafarbene Plüschjacke ist nicht zu übersehen, doch ihre glänzenden grüngelben Leggins machen dieser eindeutig Konkurrenz. Eine türkisblaue Federboa schmiegt sich um ihren Hals, betont ihre tiefpinken Lippen und führt meinen Blick direkt zu der sternförmigen Sonnenbrille, die beinahe ihr ganzes Gesicht bedeckt.

»Hast du grade auf Deutsch geflucht?«, fragt die Neonfee mich ebenfalls auf Deutsch, akzentfrei, und zieht sich die Brille von der Nase. An jedem ihrer langen Finger steckt ein glitzernder Ring.

»Äh, ja«, kann ich nur stottern, während mein Herzschlag sich nur ganz langsam wieder beruhigt.

Sie grinst mich an, und mein Blick bleibt an ihrem rechten Mundwinkel hängen, der sich kräuselt wie süßer Blätterteig.

»Sympathisch«, meint sie, zieht die Brille von der Nase und steckt sie an der Federboa fest. Ihre Gesichtszüge haben trotz all des Plüschs und der grellen Farben etwas Kantiges, Androgynes, das durch ihren schwarzen Eyeliner noch verstärkt wird.

Sie ist umwerfend cool.

Umständlich zieht sie etwas aus der magentafarbenen Jacke und hält mir die offene Hand hin. Es sind zwei Schnurrbärte. Einer blond und dicht wie eine Raupe, der andere schwarz und gezwirbelt wie ein haariger Wurm.

Ihr Ärmel rutscht ein paar Zentimeter nach oben, als sie sie mir hinstreckt, und entblößt dabei ihr elegantes Handgelenk.

»Welcher?«, will sie von mir wissen, und ich brauche einen Moment, um meine Augen von ihrer blassen Haut zu lösen.

»Die Raupe«, sage ich so gefasst, wie ich nur kann, und zeige auf die helle Bürste. Die passt am besten zu ihrem weißblonden Haar, das sich in kinnlangen, störrischen Wellen um ihr markantes Gesicht schmiegt.

Die Neonfee lacht auf, und in ihrer Stimme hängt ein kleines Gluckern, das meine Sinne streichelt und mich ebenfalls zum Lächeln verführt.

»Alles klar«, murmelt sie mehr zu sich selbst, dreht den Raupenschnurrbart um und zieht den Klebestreifen ab. Ich erwarte, dass sie ihn sich ins Gesicht drückt, doch stattdessen beugt sie sich vor und klebt das haarige Ding auf den Hals des Cellos, direkt unterhalb des Sattels.

Ich ziehe scharf die Luft ein und greife sofort nach ihren Armen, um sie davon abzuhalten, doch sie ist schneller als ich, und so halte ich sie fest, auch wenn sie ihren Vandalismus bereits begangen hat.

»Du kannst doch nicht … Was wird der Künstler davon halten?!«, werfe ich ihr vor, und sie grinst mich verschmitzt an. Sie ist etwa so groß wie ich und ihr Gesicht dadurch meinem so nahe, dass ich die Kirschnote ihres Lipgloss riechen kann.

»Die Künstlerin hält das für eine ausgezeichnete Idee«, sagt sie so betont, dass klar ist, dass ich hier die Dumme bin.

»Das Cello ist von dir«, flüstere ich, und es ist keine Frage. Scham steigt mir in die Wangen, und ich kann nur hoffen, dass man das bei der dezenten Beleuchtung nicht sehen kann.

Langsam lasse ich die Neonfee wieder los. Der Plüsch ihrer Jacke ist so flauschig, dass es schade ist, die Finger davon nehmen zu müssen. Durch die kühle Klimaanlagenluft kommt mir der warme Stoff sehr angenehm vor.

»Deine Jacke ist sooo weich«, kommt es aus meinem Mund, ehe ich genug darüber nachgedacht habe, und die Neonfee lacht wieder.

»Ja, ich weiß. Willst du mit rein?«, fragt sie mich verschmitzt und öffnet die Jacke, als wolle sie mich tatsächlich mit hineinnehmen. Sie trägt drunter lediglich ein Top aus schwarzer Spitze.

Ich schüttle sofort den Kopf, auch wenn mich das irritierende Gefühl befällt, dem Vorschlag gegenüber nicht abgeneigt zu sein. Betont langsam wende ich mich wieder dem Cello zu, um ihr nicht auf den halb nackten Bauch zu starren, und vertreibe das leise Flüstern aus meinem Kopf, das mir erzählt, dass ihre Taille wunderschön ist und ich meine Arme darum schlingen möchte.

»Findest du es gut?«, fragt sie mich und versucht nicht mal zu verbergen, wie sehr sie an meiner Meinung interessiert ist. Das macht mich nervös, und ich fühle mich unter Druck, etwas Schlaues zu sagen.

Sie rückt wieder einen Schritt näher an mich heran, um mit mir auf das Instrument zu starren.

»Obwohl er von einem Cello getragen wird, finde ich den Anzug historisch sehr akkurat. Vor allem die Stoffwahl ist sehr Weltausstellung 1900«, bringe ich heraus und hoffe, nicht das Falsche gesagt zu haben.

Die Augen meiner Neonfee weiten sich sichtlich. »Oha!«, sagt sie beeindruckt, und mein Gesicht wird sofort noch eine Nuance röter.

»Ich bin Fio. Bin vor einem Jahr aus Berlin hergekommen. Und du?«, stellt sie sich plötzlich vor und reicht mir die Hand. Ich ergreife sie zögerlich, spüre die weiche Haut ihrer Handfläche an meinen Fingerspitzen, und mein Puls beschleunigt sich. Ich hoffe, dass sie es nicht verräterisch an meinem Handgelenk fühlt.

»Romina«, sage ich und unterdrücke ein Räuspern, auch wenn ich es zu gerne tun würde, um meinem trockenen Hals zu entkommen. »Heute aus Stuttgart angereist. Ich bleibe aber nur zwei Wochen.«

»Weißt du, wie schwer es ist, historische Klamotten von Männern zu recherchieren«, redet sie drauflos und scheint glücklicherweise gar nicht zu merken, wie nervös sie mich macht. »Frauenkleidung? Kein Problem! Da gibt es Zeichnungen und Fotos und Artikel ohne Ende. Aber Männerkleidung ist echt 'ne Herausforderung«, erzählt sie mir, und ich nicke wissend.

»Ich weiß genau, was du meinst.« Viele Hundert Stunden Buchrecherche haben mich das ebenfalls gelehrt.

Fio lässt sich ein Glas mit Champagner von einem Angestellten reichen, der mir ebenfalls eins anbietet. Ich lehne ab. Ich hatte genug.

»Bist du in der Modebranche?«, will Fio wissen und nippt an ihrem Getränk. Die Blubberblasen steigen nach oben, schmiegen sich an ihre geschwungene Oberlippe, und ich kann dabei zusehen, wie sie zerplatzen, als Fio das Glas wieder absetzt.

In meinem Bauch kribbelt es ganz leicht, als wäre ich diejenige, die den Schluck getrunken hat.

»Nein. Gar nicht«, erwidere ich und trete unauffällig einen Schritt zurück, bringe etwas Abstand zwischen mich und diese Frau, mit der es viel zu leicht ist, sich zu unterhalten.

»Ich bin hier eher aus Zufall gelandet. Ich hab keine Ahnung, was das für eine Ausstellung ist«, gebe ich zu und zucke verlegen mit den Schultern. Sie kommen mir plötzlich viel zu nackt und ungeschützt vor, und ich wünschte, ich hätte wenigstens ein Tuch, in das ich mich hüllen könnte.

»Uh, das ist *Musique en robes*«, erzählt Fio mir gespielt großspurig, und ich hebe skeptisch die Augenbrauen. Die Ausstellung heißt wörtlich übersetzt *Musik in Kleidern.*

»Wow, wie einfallsreich«, sage ich ironisch, und Fio schmunzelt.

»Wie würdest du sie nennen?«, will sie wissen, und ich überlege eindeutig nicht lang genug.

»Die tragende Rolle von Musik«, schlage ich vor, und Fios Mundwinkel zuckt zweimal, als könnte sie sich nicht entscheiden, ob sie darüber lachen will oder nicht.

»Das ist mit Abstand der mieseste Wortwitz seit Langem«, meint sie schlussendlich.

»Dann sollte ich meine Karriere wohl lieber an den Nagel hängen.«

»Wieso? Bist du Comedian?«, fragt sie herausfordernd, fährt mit ihrem Finger am Rand ihres Glases entlang und steht schon wieder ganz dicht neben mir. Ich weiß nicht, wie ich mit ihrer Nähe umgehen soll, weiß nicht, wohin mit meinen Händen, will aber auch nicht mehr zurückweichen.

»Nein. Schriftstellerin«, gebe ich zurück und wundere mich darüber, wie leichtfertig ich diese Information preisgebe.

Es ist etwas, das ich ungern herumerzähle, schon gar nicht hübschen jungen Frauen, die meine Bücher unter Umständen sogar kennen. Doch irgendwie fühle ich mich gerade sicher in dieser Unterhaltung, und Fios Gegenwart ist mir so angenehm, dass es okay ist.

»Und da muss man viel über Kostümgeschichte wissen?«, hakt sie nach, und der Ton ihrer Stimme klingt weicher als gerade noch, süßer. Flirtet sie mit mir?

»Wenn man historisch schreibt, dann schon«, höre ich mich sagen und komme mir viel zu sachlich vor. Wieso? Will ich etwa auch mit ihr flirten?

Noch während ich mir diese Frage stelle, stößt plötzlich jemand von hinten gegen Fios Rücken. Sie gibt einen erschrockenen Laut von sich, stolpert gegen mich, und mit einem leisen *Klonk* landet einer ihrer Ringe im Champagnerglas. Bläschen steigen auf und durchbrechen schäumend die Oberfläche.

»Pardon«, murmelt der Mann verlegen, der sie gerade angerempelt hat, und wartet nicht auf unsere Reaktion, um so schnell er kann zu seinen zwei Kameraden aufzuschließen, die weiter hinten vor einem Akkordeon im Hippielook stehen.

»Bist du okay?«, frage ich Fio sofort, die etwas perplex aus der Wäsche schaut und sich schüttelt wie ein nasser Hund.

»Männer«, schnaubt sie so voller Abscheu, dass ich lachen muss, und in ihrem Mundwinkel kräuselt sich sofort wieder ein gefährliches Süßigkeitenlächeln.

Dann hebt Fio ihr Glas an, um den Ring darin zu betrachten, an dem die Bläschen haften, als versuchten sie ihn in eine Schutzhülle zu kleiden. Er ist golden mit einem großen mondfarbigen Stein.

Sie zuckt mit den Schultern, als wäre es nichts weiter, setzt das Glas an ihre Lippen und trinkt. Fasziniert sehe ich dabei zu, wie sie innerhalb von Sekunden den gesamten Inhalt runterkippt, als wäre es Wasser, und erschrecke, als der letzte Schluck samt Ring in ihrem Mund verschwindet.

Doch ehe ich etwas sagen kann, lässt Fio das Glas sinken und sieht mir in die Augen. Ihr Blick bohrt sich in meinen, so intensiv wie ein Gewitter, hält mich fest, drückt die richtigen Knöpfe in meinem Körper, sodass alles in mir zu schwingen beginnt, und dann öffnet sie den Mund.

Der Ring liegt auf ihrer Zunge.

Eine Gänsehaut zieht sich über meine Haut, zeigt sich so offensichtlich auf meinen Armen, dass ich weiß, dass Fio es sieht. Sie hat mich keinen Moment aus den Augen gelassen. Geschickt schiebt sie ihn sich mit nur einer freien Hand an den Finger, fordert mich mit dem Zucken ihrer Augenbrauen heraus, und ich muss aufhören, sie anzustarren.

Sofort!

»Hey«, spricht mich jemand von der Seite an, und ich werde so heftig aus dem Moment gerissen, als hätte mich eine Abrissbirne erwischt.

Neben mir steht Pierre, ein breites Grinsen im Gesicht.

Er sagt etwas, und ich brauche zu lange, um in meinem Gehirn wieder auf Französisch zu wechseln.

»Wie bitte?«, frage ich nach und klinge so atemlos, als hätte ich einen verfluchten Sprint hinter mir.

Der Raum um uns herum ist voller Stimmen und leiser Musik, die auf mich einströmt und die Szene so unwirklich macht. Als wäre ich gerade aus einem Traum erwacht.

»Du hast das Apartment heute Nacht für dich«, wiederholt Pierre, und ich nicke, auch wenn ich keine Ahnung habe, was hier gerade vor sich geht.

»Okay? Und was ist passiert?«, erkundige ich mich, und sein Grinsen wird noch breiter.

»Also. Ich habe mit Marjorie angebandelt, und sie hat mich für heute Nacht zu sich eingeladen. Ich gebe dir meine Handynummer, falls Viviane sich meldet, damit du mir Bescheid sagen kannst.«

»Moment, wer ist Marjorie?« Ich bin verwirrt und hoffe, jetzt gerade nicht in ein Fettnäpfchen zu treten, weil wir über sie schon geredet haben und ich mich nur mal wieder nicht daran erinnere.

»Die Frau am Empfang«, teilt Pierre mir mit, und ich nicke. Fassungslos.

»Ich glaub's einfach nicht«, murmle ich und streiche mir das Haar aus dem Gesicht. »Okay«, sage ich wieder zu ihm, greife in meine Tasche und ziehe mein Handy heraus, damit er mir seine Nummer einspeichern kann.

Fio steht nicht mehr neben mir. Mein Herz setzt einen Schlag aus, als ich mich nach ihr umsehe. Sie müsste auffällig sein in der magentafarbenen Jacke, doch ich kann sie nirgendwo entdecken. Etwas sehr Schweres rutscht mir in den Magen.

Pierre nimmt mir das Handy ab, während ich mir den Hals ausrenke, um den Raum zu überblicken, und drückt es mir dann, immer noch freudestrahlend, wieder in die Hand.

»Wünsch mir Glück. Sie ist umwerfend. Ich bin voraussichtlich morgen Vormittag wieder zurück. Ich schreib dir vorher, damit wir uns nicht wieder nackt über den Weg laufen«, redet er auf mich ein, und ich höre ihm nur mit einem halben Ohr zu.

»Viel Glück«, sage ich, und er verabschiedet sich von mir mit zwei Küssen auf die Wange.

Ich bin zu perplex, um zu protestieren, und dann stehe ich alleine da. Allein in einem Raum voller Menschen.

Ich nicke nur für mich, gebe mir selbst die Erlaubnis, einfach zu gehen, selbst wenn alles in mir schreit, nach dieser Neonfee zu suchen.

Ich drehe noch eine langsame Runde durch den Raum, sehe noch mehr gekleidete Instrumente, aber keine Fio. Sie ist wie vom Erdboden verschluckt, und ich hoffe inständig, dass meine Verpeiltheit nicht das Level erreicht hat, in dem man sich Frauen einbildet.

Hübsche, frech lächelnde Frauen.

Ich klammere mich an die Kordel meiner kleinen Umhängetasche und verlasse die Ausstellung. Draußen ist bereits die Sonne untergegangen, doch die Hitze des Tages hängt noch im Asphalt, und es ist angenehm, nach all der Klimaanlagenluft die Abendbrise einzuatmen.

Ich gehe zügigen Schrittes die Straße entlang zum Boulevard de Clichy und von dort den Hügel hinauf nach Montmartre. Die Menschen sind noch unterwegs, Touristen schlendern die Promenaden entlang, sitzen in Lokalen und Bars. Ich liebe es, das zu beobachten, das Leben einzuatmen, mir jede Kleinigkeit einzuprägen und später in meine Geschichten einfließen zu lassen.

Doch gerade sind meine Gedanken nicht hier. Ich hänge mit meinem Kopf in den Momenten mit Fio fest. Wie sie mich angesprochen hat, wie sie mich fragte, ob ich mit in ihre Jacke möchte. Wie sie den Ring von ihrer Zunge genommen hat.

Mir wird heiß und kalt, und es schüttelt mich, weil die Erinnerung mir angenehm durch den Körper rieselt.

Ich bleibe stehen und starre in den dunklen Himmel, der mir leider absolut keine Sterne zeigt, weil wir mitten in der Stadt sind und die Lichtverschmutzung zu hoch ist. Dabei wäre es so schön dramatisch, wie ich hier stehe und mich frage, wieso ich so bescheuert bin und mein Kopf durchdreht wegen einer kleinen Begegnung.

Wie lange haben wir uns unterhalten? Fünf Minuten vielleicht. Oder zehn?

Ich kenne diese Frau gar nicht und sie mich nicht, und ich muss direkt aufhören, über sie nachzudenken. Es war eine kleine, spontane Unterhaltung, höchstens ein winziger Flirt, wenn ich mich weit aus dem Fenster lehne, und ich sollte mich nicht fragen, wer sie ist und was sie macht.

Ich habe das Bedürfnis, Luna zu schreiben, aber ich weiß, dass sie deswegen total durchdrehen wird und dann eine Internetrecherche anstellt, um herauszufinden, wer diese mysteriöse Fio ist, und daraus eine größere Sache macht, als es eigentlich ist. Und ich weiß nicht, ob ich gerade dazu bereit bin.

Wenn ich die Möglichkeit hätte, würde ich Fio wiedersehen wollen? Und wenn ja, wieso?

Ich seufze laut und betrete das Haus, in dem sich mein Apartment befindet. Die Tür ist nur angelehnt, und so muss ich mich erst vor der Wohnungstür dran erinnern, dass ich den Code brauche, um reinzukommen. Er steht in einer Mail auf meinem Handy, und ich kann ihn natürlich noch nicht auswendig, weil mein Gedächtnis ein Sieb ist.

Ich krame in meiner winzigen Handtasche, deren Verschluss schon wieder aufsteht, und bin froh, dass niemand mich beklaut hat. Allerdings ertaste ich zwischen Handy und Geldbeutel etwas, von dem ich nicht weiß, was es ist.

Irritiert ziehe ich es heraus und halte eine zerknüllte Serviette in der Hand. Sie ist cremefarben und trägt am Rand den Schriftzug des Kunsthauses, in dem ich gerade gewesen bin. Wann habe ich sie eingesteckt? Ich erinnere mich nicht.

Sie ist zu schwer für eine einfache Serviette, und ich falte sie aus einem Impuls heraus auseinander. In ihrem Innern ist eine

Handynummer notiert. Pinke Buchstaben, die in der hellen Textur der Serviette ausgeblutet sind und aussehen, als würden sie tanzen.

In der Mitte liegt ein Ring. Golden mit einem vollmondfarbenen Stein. Fios Ring.

Mein Herz stolpert, mein Puls beginnt zu rasen, mein Kreislauf schlägt einen Purzelbaum.

Sie hat mir ihre Telefonnummer zugesteckt.

Wir haben tatsächlich geflirtet.

Oh, Hilfe. Ich muss Luna anrufen.

4
Verwirrende Gedanken

Ich schlafe die Nacht durch. Aber nur, weil ich trotz Adrenalin in meinem Körper so müde bin, dass ich einfach wegpenne.

Sonne blinzelt durch den Schlitz zwischen den Vorhängen, und ich ziehe mir knurrend die Decke über den Kopf. Ich weiß nicht, wie viel Uhr es ist, und will es auch nicht wissen. Mein Kopf tut weh von dem ungewohnten Kissen, und mein Nacken ist ganz steif, doch ich weigere mich aufzuwachen. Ganz eng rolle ich mich in die Decke, die nach Staub und Lavendel riecht, und versuche an nichts zu denken, damit der Schlaf mich wieder sanft umarmt und tiefer nach unten zieht.

Doch irgendwo fängt ein sehr penetranter Vogel an zu zwitschern, dann hupt ein Auto in der Ferne, und schlussendlich hält die Person in der Wohnung über mir es heute für eine gute Idee, Möbel umzustellen.

Frustriert setze ich mich auf, fluche auf den Nachbarn, fluche auf den Vogel, fluche sogar auf die Sonne, die mich geweckt hat.

Ich bin so schlecht gelaunt, dass der Tag direkt wieder wegkann. Null von zehn.

Ich brauche Tee!

Mühsam wühle ich mich aus der Decke, bleibe mit dem Bein hängen und falle beinah aus dem Bett. Laut schimpfend tapse ich in die Küchennische, um äußerst wütend den Wasserkocher zu befüllen und ihn böse anzustarren, weil er viel zu langsam ist.

Ich würde ungeduldig mit den Fingern auf die Arbeitsplatte klopfen, aber dafür fehlt mir noch die Koordination. Also stehe ich bloß da, nur in T-Shirt und Boxershorts, und hasse alle Morgen der Welt.

Ich will eine Tasse aus dem Regal ziehen und komme dabei an irgendwas, das neben den Herdplatten gelegen hat. Es landet mit einem leisen Klimpern auf dem Boden, und ich starre auf den Ring, in dem sich die Sonnenstrahlen verfangen, als wären es die Juwelen einer Königin.

Mein Herz setzt einen Schlag aus.

Es ist kein Traum gewesen.

Mein Ärger lichtet sich wie Morgendunst, und ich beuge mich langsam nach unten, um den Ring aufzuheben. Er ist glatt und kalt und verschnörkelt.

Auf der Arbeitsplatte lieg auch noch die Serviette mit Fios Telefonnummer. Die Erinnerung flattert durch meinen Kopf. Filigrane Handgelenke, ihr Lachen und die Farbe ihrer Lippen.

Zwei tiefe Atemzüge lang versuche ich, die Aufregung in meinem Bauch zu ordnen. Sie zu zerlegen, in kleine fassbare Stücke, die ich drehen und sortieren kann, bis sie vollkommen theoretisiert sind. Alles besser als diese Unsicherheit, die mich packt, wenn ich auf die Nummer starre.

Denn das Gefühl in mir bedeutet etwas. Oder? Vielleicht auch nicht. Woher soll man das wissen? Gefühle sind verwirrend.

Ich wünsche mir, ich könnte mit jemandem darüber reden. Mein Handy lädt auf dem Sofa, und ich gehe auf den Chat mit Luna. Sie ist nicht drangegangen, als ich sie gestern angerufen habe, und ich stelle nervös fest, dass sie meine Sprachnachricht auch noch nicht gehört hat. Also wechsle ich auf Instagram, um zu kontrollieren, ob sie etwas in ihrer Story hat. Falls die leer ist, mach ich mir Sorgen.

Doch sie ist vollgestopft mit kleinen Videos, die zeigen, dass sie mit ihrem Kumpel Mirko und anderen Unileuten unterwegs war und Bibimbap gegessen hat. Sie war also nur beschäftigt und ist nicht in einem Depressionsloch verschwunden. Das beruhigt mich sehr.

Doch das stellt mich vor das Problem, dass ich tatsächlich niemanden zum Reden habe. Ich fühle mich nicht sicher genug, um jemand anderen anzurufen.

Meine gute Freundin Melanie hat gerade ein Baby bekommen und alles andere im Kopf, als sich um meine kleinen Alltagspaniken zu sorgen. Meine Freundschaften mit anderen Schreibenden sind nicht tief genug, um so random mit so was Banalem um die Ecke zu kommen. Bei Vittoria müsste ich mir zwei Stunden lang ihre Sorgen anhören, bis ich zu Wort kommen würde. Und meiner Mutter dürfte ich erst mal erklären, dass ich zu ihrem Leid niemals vorhabe, einen Mann mit nach Hause zu bringen.

Mir brummt der Schädel.

Ich muss mich ganz dringend erst mal um Tee kümmern.

Ich stecke mir den Ring an den Mittelfinger, so wie Fio ihn getragen hat, und gieße mir Tee auf.

»Du hast auch Wein da«, sage ich mir selbst im Spaß und nippe an meinem Tee.

Ein Blick auf die Küchenuhr in Form einer Tigerkatze zeigt mir, dass es früher ist, als ich erwartet habe. Grade mal halb neun.

Wäre ich zu Hause, würde ich jetzt eine Runde spazieren gehen, dann spät frühstücken und mich anschließend an mein aktuelles Manuskript setzen. Meinem steifen Nacken und der knackenden Wirbelsäule nach zu urteilen, ist der Spaziergang eine hervorragende Idee. Ich kann auswärts frühstücken und mein Tablet einpacken, falls mich die Inspiration überfällt.

Danach ein bisschen einkaufen und Notizen durchgehen. Und vielleicht auch meine Social-Media-Kanäle mal wieder mit etwas Paris-Content füttern. Fürs Marketing.

Und das wird mich auch wunderbar davon ablenken, dass hier die Telefonnummer einer Frau in der Küche liegt, die jetzt möglicherweise auf eine Nachricht von mir wartet, und ich fühle mich absolut außerstande, irgendwie darauf zu reagieren.

Also geh ich duschen, ziehe mir etwas Schickes an und schnappe mir meinen kleinen Rucksack. Die Absätze meiner Schnürstiefelchen klackern auf den Pflastersteinen, mein Rock bauscht sich wie pfirsichfarbene Wolken um meine Beine, und ich atme die sommerliche Morgenluft ein. Aus den schmalen Gassen raus auf die Rue du Mont-Cenis zu treten, erzeugt in mir ein kleines Hochgefühl, das Flattern von Vorfreude, die untrügliche Gewissheit, in Paris zu sein.

Endlich fühlt es sich so an, wie ich es mir gestern vorgestellt hatte, als ich aus dem Zug stieg. Wie die Szene aus einem Buch.

Zum Glück sind noch nicht so viele Menschen unterwegs. Es wird nicht lange dauern, dann wird das Viertel von Touristen geflutet. Es ist schließlich Sommer.

Aus einem Impuls heraus ziehe ich mein Handy hervor und drehe eine Instagram-Story, wie ich die Straße entlangflaniere, achte darauf, dass man wirklich erkennt, in welcher Straße ich mich befinde, mit den kleinen Läden und Shops im Hintergrund, und fühle mich sehr französisch dabei.

Eigentlich sollte ich das öfter tun. Ich nehme mir auch immer wieder vor, mehr Zeit in Marketing zu stecken, aber es ist echt schwer für mich, im Alltag daran zu denken.

Ein paar meiner liebsten Buchbloggerinnen hinterlassen mir Nachrichten, und ich will gerade antworten, als jemand ganz dicht an mir vorbeigeht. Ich sehe aus den Augenwinkeln hellblondes Haar, und mein Puls beschleunigt sich augenblicklich. Sofort blicke ich auf, doch es ist eine ältere Frau mit langem Zopf, die mein Herz irrtümlich für jemand anders gehalten hat.

Ich fühle mich verrückt und muss doch lächeln bei dem Gedanken an Fio. Wie sie neben ihrem Cello stand und ihm einen Schnurrbart anklebte. Wie sie mich verschmitzt über den Rand ihres Champagnerglases beobachtete.

Wie hat sie sich so schnell in meinen Kopf geschlichen? Was hecken mein Unterbewusstsein und mein Herz da schon wieder gemeinsam aus?

Das kann ein gutes oder ein schlechtes Zeichen sein. Einmal kam ein sehr leckerer Mangopudding dabei heraus, das Mal davor war es die Erkenntnis, dass ich mich nur in Frauen verliebe. Auch gut, aber heftig.

Und im Moment will ich ganz sicher nicht noch mehr Kopfzerbrechen in meinem Leben. Nicht jetzt, wo ich immer noch in meiner Schreibblockade festhänge und diese NiNet-Sache läuft. Da brauche ich wirklich nicht auch noch eine Verwicklung, die mein Gefühlsleben kompliziert macht. Auch nicht, wenn diese Verwicklung schön anzusehen ist.

Im Gegenteil. Ich brauche jetzt einen freien Kopf und ein Stück Kuchen, und das Einzige, das ich mir jetzt »schön ansehen« werde, ist mein Kaffee.

Ich ziehe mir demonstrativ Fios Ring vom Finger und schiebe ihn in die Tiefen meiner Rocktasche. Mit ein bisschen Glück vergesse ich innerhalb von Sekunden, dass er existiert, und finde ihn in einem Jahr durch Zufall wieder.

Ist alles schon passiert.

Tief durchatmend konzentriere ich mich aufs Hier und Jetzt und halte nach einem Café Ausschau, das meinen Ansprüchen gerecht wird. Lieblich muss es sein, ein kleines bisschen romantisch, ein kleines bisschen urig. Flair ist notwendig, und es darf auf keinen Fall zu bunt, zu laut oder zu dunkel sein.

Und Sophia hat nicht recht. Ich bin keine Diva. Ich bin nur neurodivergent. Mein Gehirn läuft ein bisschen anders als das von anderen Menschen. Und manchmal bedeutet das, dass ich ganz bestimmte Bedingungen brauche, damit ich mich wohlfühle oder damit mein Gehirn auch das tut, was es soll. Sätze formulieren zum Beispiel.

Zum Glück gibt es in Paris viele stilvolle Cafés, und ich finde schnell, was ich suche. Es bietet ein cremefarbenes Ensemble aus Margeriten, Baumwolltischtüchern und bauchigen Tassen mit kleinen Flügelchen, und ich habe das vage Gefühl, schon bei meinem letzten Besuch vor einem Jahr hier gewesen zu sein. Nur dass damals alles grün war und die Tassen aussahen wie Frösche.

Es ist nicht der Ort, an dem ich mich vergraben und für immer bleiben möchte, aber definitiv etwas, das der Ästhetik entspricht, die ich benötige, um mich selbst aus meinem momentanen Gemütszustand zu ziehen.

Ich lasse meinen Rucksack von meiner Schulter gleiten und setze mich wie eine Lady an den Tisch im Schaufenster. In Paris zu sein, fühlt sich immer ein Stück weit an, als lebte ich in einem Film. Als läge auf allem dieser Hauch von Träumerei und Hintergrundmusik. Nur dass ich mal wieder nicht die Protagonistin bin, sondern nur eine Statistin in der Geschichte einer anderen.

Ich streiche meinen pfirsichfarbenen Rock zurecht und kreuze die Füße adrett, während ich nach der Menükarte fische. Leider versuche ich dabei zu tänzerisch zu wirken, und sie fällt mir vom Tisch.

Na ja, man kann nicht alles haben.

Bevor ich mich jedoch vorbeugen kann, ist schon ein schnieker Franzose zur Stelle. Er schnappt sich die Karte, richtet sich, eine Hand lässig in der Hosentasche, wieder auf und hält mir das cremefarbene Heftchen zwischen zwei Fingern hin. Diese Geste hat etwas so Dominantes, dass ich innerlich zurückschrecke und all meine Schilde auf der Stelle hochfahren.

Dieser Typ hält sich für den König, und ich wünsche mir, dass er die Menükarte ablegt, ich ihm zunicke und er wieder geht. Doch in seinem Blick sehe ich, dass er dies nicht vorhat.

»Du hast was verloren, Kleines«, sagt er auf Französisch, und in mir sträubt sich alles gegen dieses Kosewort, das mir die Stärke nehmen und mich in eine dankbare Position schieben soll.

Ich antworte nicht, spüre dem Unwohlsein und der kleinen Stimme der Wut nach, die mich dazu verleiten will, dem Mann die Menükarte aus der Hand zu reißen und ihn anzufauchen wie eine Straßenkatze. Doch ich tue es nicht, will ihn nicht provozieren.

Ich erwidere nur seinen herausfordernden Blick, ohne zu zwinkern. Er lächelt. Ich nicht.

Dann schnippt er mir plötzlich das Heft gegen die Brust, als würde er eine Fliege verscheuchen, und ich zucke so sehr zusammen, dass sie beinahe wieder zu Boden gesegelt wäre.

»Kein Danke?«, will er wissen, und ich straffe meine Schultern.

»Kein Respekt?«, erwidere ich und sehe an seinem Gesicht sofort, dass es die falsche Entscheidung war. Sein Mundwinkel zuckt genervt, und ich halte die Luft an.

Sein Ego ist also noch fragiler als angenommen.

Also tue ich, was notwendig ist, um diese Begegnung zu beenden. Ich ziehe mein Handy aus meiner Rocktasche, entsperre es, wähle meine Fotogalerie aus, als würde ich etwas Wichtiges tun, und halte mir das Gerät ans Ohr.

»Hey«, sage ich nach drei Sekunden. »Ja, ich bin schon hier. Wie lang brauchst du noch?«

Ich sehe aus den Augenwinkeln, dass der Mann immer noch neben mir steht, die Haltung immer noch übertrieben lässig. Doch seine Miene hat jede aufgesetzte Freundlichkeit verloren.

»Ja, kein Problem. Ich freu mich auf dich«, spreche ich weiter, um mein Pseudotelefonat fortzuführen, und lehne mich so ungezwungen wie möglich in meinem Stuhl zurück, damit meine Körperhaltung zeigt, dass dies hier noch länger dauern wird und der Mann neben mir sich abschminken kann, auch nur noch eine Millisekunde meine Aufmerksamkeit zu bekommen.

Ich lache und wechsle auf Deutsch, um die Verwirrung zu maximieren, und erzähle einer nicht existierenden Person von meinen Plänen, mir einen Van zu kaufen und ihn zu einer Hobbithöhle auszubauen.

Etwas, das ich tatsächlich vorhabe. Irgendwann, wenn ich Zeit habe und durch Zauberhand handwerkliche Fähigkeiten erwerbe, die über das Häkeln eines Topflappens hinausgehen.

Endlich, nach einer gefühlten Ewigkeit, wendet der Mann sich ab, und mir fällt ein Stein vom Herzen, als er kehrtmacht und das Café verlässt.

Ich lasse das Handy sinken, als er außer Sichtweite ist, und atme lautstark aus. Die Stimme meiner Schwester quäkt in meinem Hinterkopf, dass ich doch nur hätte lächeln müssen und brav Danke sagen, und es hätte sich erledigt gehabt.

»Hast du keinen Stolz?«, habe ich sie mal gefragt, und Vittoria zuckte mit den Schultern.

»Ich hab dann zumindest meine Ruhe.«

Ich bestelle mir einen Café au Lait bei einem schnippischen Kellner mit wenig Aufmerksamkeit für mich, was ich bereit bin zu übersehen, und hole mein Tablet raus.

Die letzte Szene, die ich zu Hause geschrieben habe, ist immer noch bei meinen geöffneten Apps, und ich seufze in mich hinein, als ich den ganzen Abschnitt markiere und mit einer Messerspitze voll Reue in meine Outtakes befördere.

Ich sitze bereits seit drei Monaten an diesem Roman. Das ist nichts Ungewöhnliches, und ich werde noch weitere drei benötigen, wenn ich es in meiner üblichen Zeit schaffe. Aber diesmal ist es anders.

Es fühlt sich an, als hätte ich verlernt zu schreiben. Jeder Satz, den ich versuche zu tippen, fühlt sich falsch an, langweilig, als hätte ich ihn in irgendeiner anderen Form schon Millionen Mal formuliert. Alles ist konstruiert, jedes Wort drehe ich in meinem Kopf zehnmal hin und her, bevor ich es aufschreibe, und Charaktere, die mich jetzt schon seit elf Bänden begleiten, kommen mir farblos und flach vor.

Einst waren sie meine Freunde, zeitweise die einzigen, die ich hatte. Aveline, die Tochter eines verarmten Adligen, die sich ins Arbeitsleben stürzt, um den Lebensstandard ihrer Mutter halten zu können. Jeanne, eine unabhängige Kämpferin der Worte, die mit ihrer feministischen Kolumne Paris aufwiegelt. Und auch Looïs Lire, der mürrische Papierfabrikant, der sich aus den Unterschichten Paris' zum erfolgreichen Unternehmer hochgekämpft hat.

Sie haben mir so nahgestanden, dass ich mir in manchen dunklen Stunden gewünscht habe, sie wären real und könnten mich aus meinem Alltag raus- und ins Paris des letzten Jahrhunderts ziehen.

Doch etwas ist jetzt anders. Schon seit einer Weile. Schon Band elf hat mich Kraft gekostet. Ich dachte, es läge an den politischen Entwicklungen, die angefangen haben, zu viel Raum einzunehmen, und den Fokus etwas von der Liebesgeschichte nahmen.

Jetzt schreibe ich jedoch Band zwölf, ein Buch, für das ich Herzklopfen und einen Ball und romantische Verwicklungen geplant habe, die endlich in einem Liebesgeständnis gipfeln sollen. Alles, was ich immer von dieser Geschichte gewollt habe, als ich anfing zu schreiben. Alles, was sich meine Leserinnen überall auf der Welt wünschen.

Und ich kann nicht.

Meine Finger verharren über den Buchstaben der Bildschirmtastatur, und kein einziges Wort will aus ihnen ins Dokument fließen. Kein Hauch eines Gefühls ist in mir, und es ist, als könnte ich spüren, wie die Erde sich unter mir dreht, mich zur Seite zieht, auf den Kopf stellt, und wenn ich nicht aufpasse, falle ich am Ende in den Himmel.

Der Kellner stellt klappernd meine Kaffeetasse ab, und ich wache harsch aus meinen Gedanken auf, als wäre ich zurück auf meinen Stuhl geplumpst. Ich nickte ihm schnell zu, um nicht seltsam zu wirken, doch er würdigt mich keines Blickes.

Meine schlechte Laune von heute Morgen krabbelt mir die Arme nach oben und stürzt sich in meinen Brustkorb, wie kleine Monster, ehe ich sie aufhalten kann.

Sie ist eine Mischung aus Frustration und dem lärmenden Gefühl, eine Versagerin zu sein.

Ich weiß, dass jeder Schreibprozess seine Höhen und Tiefen hat. Eine solch tief sitzende Schreibblockade hatte ich allerdings noch nie. Ich habe es mit neuer Musik versucht, mit dem Lesen alter Lieblingsstellen, mit Belohnungsprinzip, mit Co-Working, mit Wein. Wenn ich nicht gelesen hätte, dass es keine wissenschaftlichen Belege dafür gibt, dass Gras einen kreativer macht, hätte ich wahrscheinlich auch schon meine Prinzipien über Bord geworfen und es high versucht, so verzweifelt bin ich mittlerweile.

Ich habe seit einem Monat kaum einen Satz geschrieben, und ich will schreien und heulen deswegen, doch ich bin gleichzeitig zu erschöpft dafür.

Ich trinke einen Schluck von meinem Kaffee und blinzle überrascht, als mir ein Gedanke kommt.

Es stimmt nicht ganz. Ich habe geschrieben. Erst vor zwei Tagen. Ich habe den Love Interest meiner Protagonistin in einer Buchpresse zerquetscht.

Im Bus sitzend tippte ich auf dem Handy in meine Notizen und schrieb die Szene innerhalb kürzester Zeit runter. Es hat mir eine so unbändige Freude bereitet, dass ich mich jetzt frage, was mit mir nicht stimmt.

Wieso will ich den Mann töten, den ich einst so sehnlichst an Avelines Seite sehen wollte?

Meine Gedanken wandern zu Amelie Mariné, wie sie sich in einem hellblauen Kleid dreht und sich dabei eine ihrer blonden

Locken aus der blumenverzierten Hochsteckfrisur löst. Das Bewerbungsvideo für die Rolle der Aveline. Ich habe es so oft gesehen, dass ich nur die Augen schließen muss, um es in meinem Kopf abzuspielen. Ich erinnere mich an die Bewegung ihrer Hände, wie sacht ihre Finger die Spitze an ihrem Rock berühren, wie sie die Augen aufschlägt, als die Kamera ein Close-up von ihrem zarten Profil zeigt.

Früher hatte Aveline in meinem Kopf ein anderes Gesicht. Doch jetzt sehe ich immer Amelie vor mir, und es passt einfach.

Seit ich diesen sehr albernen Celebrity-Crush auf sie habe, quält mich der Gedanke geradezu, sie an der Seite eines Mannes zu sehen.

Ich würde gerne rufen: »Fall gelöst! Ich bin ’ne Lesbe und verknallt in meine eigene Buchfigur.« Aber ich weiß, dass es nicht so leicht ist. Es ist nur ein Crush, nichts Echtes, nicht mal etwas Wichtiges, und die Blockade hat schon vor Amelies Video im April begonnen. Die Wurzeln liegen irgendwo im letzten Jahr. Oder im vorletzten? Ich kann’s nicht genau sagen, weiß nicht, wann es anfing, dass Schreiben eine Pflicht wurde, anstatt mich zu erfreuen, so wie früher.

Mein Handy gibt einen Ton von sich, und ich sehe aufs Display. *Der komische nackte Typ* hat mir geschrieben, und ich grinse über den Namen. Pierre hat sich so bei mir eingespeichert und dabei sogar einen Funken Humor bewiesen.

Ich lege das Tablet zur Seite, auf dem mir eh nur ein einsamer Cursor vorwurfsvoll entgegengeblinkt hat.

Der komische nackte Typ
Ich bin's, Pierre
Bin jetzt auf dem Weg zurück ins Apartment. Bist du da? Ist es okay, wenn ich dusche und mich dort noch 'ne Runde aufs Sofa lege? Ich muss Schaf nachholen. 🤪

Ich übersehe das verrückte Emoji und schreibe ihm, dass ich nicht da bin.

Hat sich Viviane bei dir gemeldet?, möchte er wissen, und ich sehe in meinen Mails und in der App nach. Doch keine Antwort von unserer Host.

Nervös nippe ich an meinem Kaffee und schreibe ihr noch mal. Sie kann uns nicht für immer ignorieren. In der Vergangenheit habe ich immer gute Erfahrungen mit ihr gemacht, und auch all ihre Rezensionen sind einwandfrei.

Ob ihr wohl was passiert ist? Oder sie liegt krank im Bett und kann sich kaum rühren. Was extrem Ansteckendes, das einen immer wieder in die Tiefen eines Fieberschlafs reißt.

Oder sie hat Geburtstag, und ihre bessere Hälfte führt sie gerade auf einen kleinen Spontanurlaub in die Provence aus, und sie hat zu viel zu tun damit, Wein zu kosten und romantisch durch Lavendelfelder zu spazieren, um auf ihr Handy zu sehen.

Oder sie hat bei einem dramatischen Zusammenstoß mit einer geheimnisvollen Person ihr Handy fallen lassen, und es ist kaputtgegangen. Sie findet jedoch keine Zeit, ihre Mails am Computer zu checken, weil die Person sie in einen Kriminalfall verwickelt und sie sich im Untergrund von Paris vor Geldfälschern verstecken müssen.

Ich blinzle und lasse mein Handy sinken.

Wäre ich mal so kreativ, wenn's um das Buch geht, das ich schreiben soll. Das würde mir sehr helfen, danke.

Ich antworte Pierre knapp, dass es nichts Neues gibt. Noch während ich tippe, vibriert das Gerät in meinen Fingern und hört nicht mehr auf. Luna ist online, sie hat meine völlig aufgelöste Sprachnachricht von gestern gehört und flutet den Chat im Sekundentakt mit aufgeregten Stickern und Emojis mit explodierenden Köpfen.

Wenigstens bringt mich das zum Schmunzeln, obwohl das bedeutet, dass ich das mit dem Arbeiten für heute Vormittag vergessen kann.

Aber ich bin ja auch erst seit gestern hier und habe noch ganze zwei Wochen in Paris mit massig Zeit, um meine Arbeit zu tun. Da wird es niemandem wehtun, wenn ich mal einen Tag zu nichts komme. Oder zwei.

Zumindest rede ich mir das ein. Denn wenn ich ehrlich zu mir selbst bin, habe ich, wenn mich nicht der ultimative Geistesblitz trifft und mich mit der Motivation des Jahrhunderts segnet, keine Zeit, auch nur noch einen Tag zu trödeln.

Zum Glück liebt mein Verlag mich und wird nicht sauer sein, wenn ich zu spät abgebe. Meine Literaturagentin dagegen wird mir die Hölle heißmachen.

Ich verbanne den Gedanken schnell aus meinem Kopf, um nicht in eine paralysierende Panik zu verfallen, und konzentriere mich stattdessen auf Luna.

Und auf Fio.

Ich habe die Begegnung mit ihr den ganzen Vormittag so gut es ging aus meinen Gedanken ferngehalten und bin tatsächlich erleichtert, dass meine beste Freundin endlich Zeit dafür hat, diese Verwirrung meines Kopfes mit mir anzugehen.

Luna
Ich hoffe, du hast ihr geschrieben! OMG!!!!!!
BITTE SAG MIR, DASS DU KEINE FEIGE BOHNE
WARST UND IHR GESCHRIEBEN HAST!!!!

Ich
Ich hab ihr nicht geschrieben.

Luna
WIESO????!!!!!

Du musst aufhören, mich anzuschreien, Lu, tippe ich, damit sie es sein lässt, alles in Großbuchstaben zu schreiben. Sie schickt noch eine Flut von Emojis, während ich das kleine Mikro drücke, um eine Sprachnachricht aufzunehmen.

»Ich kann ihr nicht schreiben. Ich wüsste gar nicht, was«, flüstere ich, um die Leute nicht zu stören, die sich an den Tisch neben mich gesetzt haben, und schiebe mein dickes Haar wie einen Vorhang zwischen sie und mich.

»Hä? Schreib ihr einfach: *Hey, Feenkönigin. Danke für den Ring.* Und dann schickst du ihr ein Foto von dir, wie du den Ring trägst«, antwortet sie mir, als wäre es das Normalste der Welt, und ich seufze theatralisch.

»Nein. Bist du verrückt? Das wäre doch total flirty!«, flüstere ich energisch, und Luna schickt ein GIF von Taylor Swift, die dramatisch die Augen verdreht.

Dann klingelt mein Handy, und ich nehme ab.

»Natürlich ist es flirty, du Nuss! Sie hat den Ring auf ihrer Zunge gehabt! Sie hat hart mit dir geflirtet!«, führt Luna das Gespräch weiter, und ich klemme mir das Handy, auf der Suche nach meinen Kopfhörern, zwischen Ohr und Schulter.

»Ich weiß. So verstrahlt bin ich auch nicht, dass ich das nicht gemerkt hätte. Aber das heißt nicht, dass ich auch flirten will«, erwidere ich, öffne meine Umhängetasche und wühle in den dunklen Tiefen.

Mary Poppins wäre stolz auf mich.

»Hä? Hast du nicht gesagt, du findest sie süß?« Ich weiß genau, dass Luna gerade ihr perfektes Bitchface aufsetzt.

»Ja«, gebe ich zu und entferne umständlich eine Haarsträhne aus meinem Gesicht, die mir in den Mund rutschen will, ohne dabei das Handy zu verlieren. Vor meinem inneren Auge flackert der Moment, in dem Fio ihren Mantel öffnet und mich fragt, ob ich mit reinwill, und in meinem Bauch zittert etwas.

»Wo ist dann das Problem?«, fragt meine beste Freundin, und

ich ziehe einen Kabelknoten zwischen zwei Notizbüchern hervor. Ich wünschte, das würde nicht immer passieren.

»Wenn ich ihr schreibe und mit ihr flirte, dann denkt sie doch, ich mag sie«, weise ich auf das Offensichtliche hin und frage mich, ob sie auf meine Nachricht wohl wartet. Starrt sie alle paar Minuten auf ihr Handy, denkt sie an mich und fragt sich, was ich gerade tue? Oder ist sie dafür viel zu cool? Vielleicht.

Bestimmt auch besser so.

»Und das willst du nicht?«, fragt Luna.

»Na ja. Ich kenn sie doch gar nicht. Was, wenn ich ihr schreibe, und wir treffen uns, und ich find sie gar nicht mehr gut?«

»Mina, du flirtest nur. Du machst ihr keinen Heiratsantrag«, seufzt sie. »Ist es wegen dieser Schauspielerin?«, schiebt sie direkt hinterher, bevor ich überhaupt antworten kann.

»Nein«, sage ich entschieden und weiß nicht, wieso Luna so darauf herumreitet. War ich so schlimm die letzten Wochen, dass sie einen echten Grund hat, sich wegen so was Sorgen zu machen?

Vielleicht …

Ich habe wirklich viele Fan-Fictions gelesen, in denen sie vorkam. Und auch eine Menge GIFs über sie verschickt, wenn ich recht darüber nachdenke.

Doch mein Bauch bleibt still, wenn ich an sie denke. Stiller als bisher, als hätte mein Crush sich mit einer gewissen unverhofften Begegnung in Luft aufgelöst, wie es für Crushs so üblich ist.

»Mir wird nur echt grad alles zu viel, Lu. Die Schreibblockade macht mich fertig. Sophia sitzt mir im Nacken. Diese NiNet-Termine kosten mich so viel Energie. Und die Sache mit Pierre und der Wohnung klärt sich einfach nicht«, rattere ich runter und massiere mir mit einer Hand die Stirn. »Es wird mir zu viel. Da sind zu viele Sachen auf meiner mentalen To-do-Liste. Ich hänge die ganze Zeit zwischen einer Panikattacke, totaler Verdrängung und ADHS-Paralyse! Wenn ich Fio schreibe, kommt da noch eine Sache dazu, der ich nicht gerecht werden kann, und dann wird eine beschissene Buchverfilmung entstehen, und mein neues Buch wird nie fertig, und dann werden Leserinnen und Leser aus der ganzen Welt mich finden und meucheln.«

»Okay, ich verstehe. Atme tief durch«, rudert Luna zurück, und ich bin dankbar dafür, dass sie sich ihre ironischen Sprüche für einen Moment verkneift.

Ich habe Druck auf der Brust und fühle mich ohnmächtig angesichts all der Aufgaben, die mir gerade vor Augen schweben. Doch wenigstens muss ich nicht weinen. Das ist schon mal was.

»Ich kann nicht mehr«, jammere ich und sinke in mich zusammen. Fort ist mein Filmfeeling und mein Drang nach Ästhetik.

»Du brauchst ’nen Tee, mein Schatz«, säuselt Luna beruhigend, und ich greife nach meiner Tasse.

»Ich habe Kaffee.«

»Guter Anfang. Und dann fängst du an, Sachen von deiner Liste zu streichen«, schreibt sie mir vor, und ich nippe an meinem lauwarmen Kaffee.

»Und was? Das Buch? Meine Agentin?«

»Du könntest den Knaben aus deinem Apartment meucheln«, schlägt Luna scheinheilig vor, und ich höre, wie bei ihr im Hintergrund der Wasserkocher zu rauschen beginnt.

»Nicht hilfreich«, sage ich und verziehe mein Gesicht zu einer unwilligen Grimasse, selbst wenn Luna es nicht sehen kann.

»Hast du schon was gegessen?«, erkundigt sie sich, und ich schüttle den Kopf.

»Ne. Aber ich hab an Kuchen gedacht.«

»Gute Wahl«, lobt meine beste Freundin mich enthusiastisch, und ich muss grinsen. Es bleibt einen Moment still in der Leitung, dann räuspert Luna sich.

»Was, wenn sie die Eine ist?«, fragt sie mich, und ein kleiner Stich trifft mein Herz wie jedes Mal, wenn wir auf dieses Thema kommen. »Was, wenn die Neonfee und du dazu bestimmt seid, zusammen zu sein, und du rufst sie nicht an?«

Ich sollte nicht an so was glauben, sage ich mir selbst, doch ich tu es, insgeheim, tief in mir glaube ich an Schicksal. Und an die Eine.

»Wenn wir dazu bestimmt sind, dann sehen wir uns wieder, auch wenn ich sie nicht anrufe«, antworte ich ihr und weiß nicht, worauf ich eher hoffe. Dass ich sie nicht wiedersehe und es nur eine nette, flüchtige Begegnung war, die mir immer ein Lächeln ins Gesicht zaubern wird.

Oder dass ich sie wiedersehe.

5

Träume sind Schäume

Der Wind rüttelte an den Fensterläden, und der Regen war so undurchdringlich, dass man keinen Arm weit nach draußen sehen konnte.

Aveline versuchte, sich auf ihre Lektüre zu konzentrieren. Es war das Manuskript von André Petit, und sie war schon nach den ersten zwei Seiten davon überzeugt, dass es sich bei dem Namen um ein Pseudonym handelte und hinter dem geheimnisvollen André eine Frau stecken musste. Etwas, das Aveline für gewöhnlich fasziniert an die Seiten gebunden hätte. Doch heute konnte sie keine Zeile lesen, ohne deren Inhalt sofort wieder zu vergessen. Zu sehr war sie in Sorge. Der Misserfolg von Aurelies Roman, der Streit mit ihrer Mutter, den zu schlichten sie immer noch keine Gelegenheit gefunden hatte, und dann noch Looïs' seltsames Verhalten, als sie zum Tee bei ihm war. Er war zerstreut gewesen, noch mehr als sonst, hatte ständig das Zimmer verlassen, und dann war da dieser Brief, den er ganz offensichtlich vor ihr zu verstecken versucht hatte.

Nebenan sang Heidi ihre deutschen Kinderlieder, und Aveline lauschte, ob sie ebenfalls das Tippen der Schreibmaschine auf der anderen Seite vernehmen konnte. Doch links von ihrem Zimmer war es schon den ganzen Tag verdächtig still.

Aveline erhob sich, hoffte, es wäre nur der Regen, der zu laut war, um etwas zu hören, und legte ihr Ohr an die vergilbende Tapete.

Nebenan blieb es jedoch still, und Aveline begann, sich langsam ernsthafte Sorgen zu machen. Wo war Jeanne nur den ganzen Tag?

Hatte sie eine neue Spur? Eine neue Story, der sie nachjagte und für die sie sich mal wieder in Lebensgefahr begab?

Die Uhr zeigte halb acht am Abend, die Sonne war bereits untergegangen, und das elektrische Licht flackerte, getrieben vom Sturm, der sich immer weiter zusammenbraute.

Aveline fuhr sich übers Gesicht, versuchte, nicht die Nerven zu verlieren, legte das Manuskript zurück in seine Schachtel. Heute würde sie nichts mehr schaffen, wenn …

Trampelnde Schritte erklangen im Treppenhaus des Wohnheims für ledige Frauen, und Aveline erkannte das Geräusch sofort. Sie stürmte auf die Tür zu, doch die wurde bereits aufgerissen, ehe sie die Klinke berühren konnte.

»Jeanne! Wo warst du so lange?«, ermahnte sie die Freundin und erstarrte.

Jeanne war nass. Und zwar nicht, als hätte sie ein paar Tropfen beim Aussteigen aus einer Kutsche abbekommen, sondern als hätte man sie einmal kopfüber in die Seine getunkt. Wasser rann ihr aus den Kleidern, bildete Pfützen auf den Dielen. Das dunkle Haar klebte ihr am Kopf und im Gesicht, als wäre sie das Abbild eines Poltergeistes.

»Ich muss mit dir reden«, sagte sie abgehackt, und dabei klapperten hörbar ihre Zähne gegeneinander.

»Du bist vollkommen durchnässt«, brachte Aveline nur heraus und nahm ihrer besten Freundin den zerdrückten Hut aus den Händen.

»Wirklich? Woran hast du's gemerkt?«, fragte Jeanne gespielt fröhlich, wie bei einem Nachmittagsplausch, und griff mit zitternden Fingern nach den Knöpfen ihrer Jacke.

»Warte, ich helfe dir.« Aveline schob ihre Finger beiseite, die sich eiskalt anfühlten, und half Jeanne, das nasse Kleidungsstück auszuziehen.

»Madame Dubois wird mir die Hölle heißmachen, wenn ich die Pfützen ins Holz sickern lasse«, grummelte die Frierende, und Aveline schnaubte leise.

»Das wird sie nicht können, wenn du an einer Lungenentzündung krepierst«, konterte sie vorwurfsvoll und zog an der Jacke. Sie landete wie ein nasser Fisch auf dem Boden.

»Guter Grund zu sterben«, witzelte Jeanne und fing sich dadurch einen von Avelines stechend bösen Blicken ein.

»Ich schüre das Feuer«, kündigte sie an und drehte sich dem kleinen Ofen zu. »Und du ziehst weiter die nassen Sachen aus. Hast du noch ein trockenes Kleid, oder brauchst du eins von mir?«

»Ich habe noch eins. Lass den Ofen, Aveline …« Jeanne stockte und holte tief Luft. Ihre Lungen pfiffen vor Kälte, und Aveline machte sich ernsthafte Sorgen um sie.

»Wir müssen reden. Ich habe etwas entdeckt, und es ist groß.«

»Über den Klatsch, den du ausgräbst, um deine reißerischen Artikel zu schreiben, können wir sicher auch später noch sprechen.« Aveline ließ sich auf die Knie sinken, der Stoff ihres Rockes bauschte sich um ihre Knie, und sie war einmal mehr froh, nicht mehr an die Reifröcke ihrer herrschaftlichen Zeit gebunden zu sein.

»Nein. Aveline! Es ist wichtig. Es ist kein Klatsch. Es geht um Looïs!«

Aveline erstarrte mit der Hand an der kalten Ofentür.

»Was ist mit ihm?«, fragte sie und wusste gleichzeitig, dass sie es nicht wissen wollte. Wenn Jeanne etwas ausgrub, war es immer Schlamm. Im schlimmsten Fall sogar Scheiße.

»Er war es.«

Avelines Herz tat einen schmerzhaften Satz.

Jeanne strich sich das tropfende Haar aus dem Gesicht und schälte sich eilig aus ihrer grünen Weste.

»Ich war in der Fabrik, ich habe in die Aktenschränke gesehen. Ich habe Briefe gefunden, Urkunden, Vereinbarungsverträge. Er …«

Aveline fuhr hoch, schüttelte den Kopf, wollte das nicht hören.

Sie wollte sich nicht einmal vorstellen, dass Looïs zu so etwas fähig war. Und Jeanne war viel zu erpicht darauf, ihm etwas anzuhängen.

»Er hat dich also einfach in sein Büro gelassen?«, fragte sie nach, und Jeanne verzog ironisch das Gesicht.

»Natürlich nicht. Ich bin eingebrochen.«

Aveline spürte die Empörung in sich hochkochen, wollte laut schimpfen über die Leichtsinnigkeit, mit der Jeanne ihren Journalismus betrieb. Es war nicht das erste Mal, dass sie Einbruch beging, aber dass sie es bei Looïs tat, nur um ihn zum Bösewicht zu machen, trieb Aveline zur Weißglut.

»Wieso?«, knurrte sie laut und kam einen Schritt auf Jeanne zu.

»Wieso? Ist das eine ernsthafte Frage? Aveline, er belügt dich! Und du weißt das!« Jeanne kam ihr entgegen, schälte sich gleichzeitig aus den nassen Röcken, die mit einem Klatschen zu Boden fielen.

»Ach ja? Weiß ich das? Er hat mir keinen Grund gegeben, ihm nicht zu vertrauen!«

Jeanne war so plötzlich bei ihr, dass Aveline keine Gelegenheit mehr hatte, ihr auszuweichen. Das war nicht gut. Ihre Wut wich sofort dem seltsamen Gefühl, das immer in ihrem Bauch tobte, wenn Jeanne ihr zu nahe kam. Sie packte Avelines Oberarme mit ihren kalten Händen, und doch fühlte es sich an, als würden sie sich glühend heiß durch den Stoff fressen.

»Bitte, hör mir zu«, flehte Jeanne, und Aveline bekam eine Gänsehaut, die sich über ihren ganzen Körper zog. Jeanne starrte auf ihren Hals, wo sich die Härchen verräterisch aufstellten, und kam ihr noch näher, nicht mehr als eine Chemise am Leib, die durch die Nässe mehr preisgab, als sie sollte.

Sieh nicht hin, *flehte Aveline sich selbst an und zwang sich, Jeanne in die Augen zu blicken. Diese wunderschönen großen Augen.*

»Er hat dich nicht verdient«, flüsterte Jeanne ganz nah an ihrem Ohr, ihr Atem streifte ihre Wange, und Avelines Herz wurde so weich, dass sie am liebsten die Augen geschlossen hätte.

»Du solltest mir gehören«, sagte Jeanne, berührte Avelines Kinn mit den Fingerspitzen und …

Ich schlage die Augen auf und bin auf der Stelle hellwach. Etwas, das quasi nie vorkommt. Und ich kann keine Sekunde länger im Bett liegen bleiben.

Sofort schlage ich die Decke zurück, schwinge die Beine über die Bettkante wie ein Cartoon-Charakter, öffne die Schlafzimmertür und renne schnurstracks zu meinem Rucksack. Ich habe mein Tablet gestern nicht mehr angerührt, und so ruht es immer noch im gepolsterten Rückenfach.

»Nicht vergessen, nicht vergessen, nicht vergessen …«, flüstere ich vor mich hin, ohne es selbst wirklich zu merken, setze mich auf den Boden, genau an der Stelle, an der ich gerade bin, öffne ein neues Dokument in meinem Schreibprogramm und reibe meine Fingerspitzen aneinander, sodass ein kleines Kitzeln entsteht, das meinen Kopf weiter befeuert.

»Romina?«, krächzt jemand verschlafen und äußerst verwirrt, und ich wedle abwehrend mit den Händen, während das Programm sich öffnet.

»Nein«, sage ich nur, weil ich keinen einzigen Gedanken an anderes verschwenden darf, ehe ich diesen Traum nicht aufgeschrieben habe. Keine unbedeutende Unterhaltung, nicht einen Blick auf einen halb fremden Typen, der auf dem Sofa geschlafen hat. Alles muss stehen bleiben, inklusive der Zeit, damit ich jedes noch so kleine Detail im Kopf behalte.

Ich atme tief durch, spüre die Energie, die mich durchströmt, die Idee, die sich formt und die aus mir herausbrechen will.

Und ich beginne zu tippen. Meine Gedanken rasen so schnell, dass meine Finger kaum hinterherkommen, doch ich hab keine

Zeit für Korrekturen. Um Tippfehler kann ich mich auch später noch kümmern. Das Einzige, was jetzt zählt, sind die Worte, Formulierungen, Bilder, Dialoge.

»Ein Synonym für sensibel«, rufe ich laut und hebe das erste Mal den Blick von meinem Bildschirm.

Pierre sitzt völlig zerzaust auf dem Sofa, ein knittriges T-Shirt am Leib, Shorts und Tennissocken. Die Wolldecke liegt um seine Knie geknüllt, und er sieht nicht richtig wach aus.

»Wie bitte?«, fragt er, und erst da fällt mir auf, dass ich mit ihm Deutsch gesprochen habe.

Ich winke ab, überspringe das Adjektiv und lese noch einmal den Satz, den ich gerade geschrieben habe.

»Bist du von irgendwas besessen?«, will Pierre wissen, und ich lache kurz auf, ehe ich wieder für mehrere Minuten im Text verschwinde.

Ich kriege nicht mit, wie er aufsteht, auch nicht, wie er mich fragt, ob ich einen Kaffee brauche, und auch nicht, wie er mir eine Tasse in die Hand drückt, aus der ich trinke, ohne sie zu sehen.

»Es wäre so leicht, dich zu vergiften«, murmelt Pierre gähnend und verschwindet ins Badezimmer.

Und ich schreibe weiter, versuche, mich nicht in Details zu verlieren, wie der Ausstattung des Zimmers oder der nassen Klamotten. Nicht einmal die Unterhaltung scheint mir besonders wichtig. Alles, was zählt, ist das Danach, die Gefühle, der Kuss, der in meinem Traum nicht passiert ist, und ich stocke.

Etwas in mir wacht auf, das mich noch die ganze Zeit in diesem Traumzustand gehalten hat, diesem Wahn, und alles verändert seine Farbe. Die Wände sind wieder da, die fliederfarbene Tapete, die Bilder in den goldenen Rahmen. Das Sofa, auf dem Kissen und Decken herumliegen, als wären sie explodiert, und die Stelle, an der Pierre gerade noch saß, ist ein Krater. Das Rauschen von Wasser ist zu hören, das Klopfen der Leitung, das entfernte Geräusch eines hupenden Autos.

Die Welt ist zu laut, und ich sitze auf dem kalten Boden, eine Tasse mit lauwarmem Kaffee in der Hand, und fühle mich alleingelassen. Der Traum ist fort, und die Wörter auf meinem Bildschirm starren mich vorwurfsvoll an.

Ich habe den Kuss nicht geschrieben, genau wie ich ihn nicht geträumt habe. Ich kann nicht. Etwas hält mich zurück, blockiert mich, zieht all diese wirren, warmen, sehnsüchtigen Gefühle zurück in mein Inneres und verschließt sie in einem Kästchen, zu dem ich den Schlüssel versteckt habe.

Ich trinke einen Schluck Kaffee. Er ist grauenhaft. Also lege ich mein Tablet auf den Wohnzimmertisch und schlurfe in die Küchennische, um mehr heißes Wasser, mehr Milch und mehr Zucker hinzuzufügen, damit er genießbar wird.

Pierre kommt währenddessen aus dem Bad, er trägt eine Jogginghose und das zerknitterte Shirt und rubbelt sich mit einem Handtuch die Haare trocken.

»Na? Wo warst du?«, fragt er, und ich werfe ihm einen mürrischen Blick über den Tassenrand hinweg zu.

»Nirgendwo?«, antworte ich vorsichtig, weil ich keine Ahnung habe, was er damit meint.

»Offensichtlich ja schon. Dein Körper war hier, dein Kopf nicht«, meint er und hebt erwartungsvoll die Augenbrauen.

»Ähm … nicht so wichtig«, weiche ich aus, nicht, weil ich nicht drüber reden will (ich muss sogar ganz dringend mit jemandem darüber reden), sondern weil ich ihn nicht mit meinen wirren Gedanken überfallen will. Ich will nicht zu viel sein, lieber angepasst und normal. Ich habe zu oft zu hören bekommen, dass ich zu überfallend bin, mit der Tür ins Haus falle, zu schnell zu viele Informationen preisgebe.

»Sah aber wichtig aus«, bohrt er weiter und lehnt sich an den Türrahmen.

Es ist seltsam, dass er hier ist. Und gleichzeitig ist es auch irgendwie angenehm, nicht ganz allein zu sein. Selbst wenn wir uns gar nicht kennen. Oder gerade weil wir uns nicht kennen.

Ich öffne den Kühlschrank und nehme den Kuchen heraus, den ich gestern Abend geholt und dann doch nicht mehr gegessen habe. Das champagnerfarbene Papier knistert verheißungsvoll, und ich wundere mich sehr darüber, dass ich so kurz nach dem Aufwachen schon Appetit verspüre.

»Lass mich nicht betteln. Es sah aus, als wäre was richtig Krasses passiert, und ich bin der neugierigste Mensch auf diesem Planeten!«, schimpft Pierre, und ich verkneife mir ein Lachen.

Ich seufze, als hätte er mich überredet, aber das stimmt nicht. Eigentlich tut es mir gut, dass er sein Interesse ausdrückt und ich dadurch das Gefühl habe, es ihm erzählen zu können.

»Okay«, sage ich und hole zwei Teller aus dem Schrank. »Ich hatte einen Traum. Einen ziemlich guten Traum. Einen, der mich inspiriert hat. Und an Inspiration mangelt es mir leider gerade sehr. Aber dann ist mir aufgegangen, dass ich die Szene mal wieder gar nicht verwenden kann und was anderes schreiben sollte und meine Lektorin mir das nicht durchgehen lassen wird und ich noch immer genauso feststecke wie davor.«

»Lektorin?« Seine Miene hat etwas Verstörtes an sich.

»Ich bin Schriftstellerin«, gebe ich also zu, was ich so lange vor mir hergeschoben habe, und rede sofort weiter, damit er keine Zeit findet, eine der typischen Fragen zu stellen, die auf diese Aussage für gewöhnlich folgen. »Und ich schreibe ein Buch. Es läuft grauenhaft. Alles, was ich versuche zu schreiben, passt nicht zu den Charakteren. Als wären es plötzlich andere Figuren. Ich weiß echt nicht mehr weiter. Aber grade der Traum …« Ich stocke und springe wieder zurück zu den Momenten in meiner Erinnerung. Die Details beginnen bereits zu verschwimmen und zu neuen Gedanken zu werden, verschmelzen mit der Szene, die ich gerade daraus gemacht habe, als ich es aufschrieb. Die Schatten sind weniger blau, Aveline weniger ich und Jeanne weniger eine Frau, die ich begehren würde.

Ich seufze laut, verteile die Kuchenstücke auf die Teller und strecke Pierre einen der beiden hin. Wenn er sich schon meinen Kram anhört, dann kann ich auch meinen Kuchen mit ihm teilen.

»Ist das Erdbeere?«, fragt er und nimmt mir den Teller ab.

»Himbeere«, korrigiere ich, schnappe mir eine Gabel und schiebe mir einen großen Brocken in den Mund. Die Sahne und der süßsaure Beerengeschmack zergehen mir auf der Zunge, und normalerweise hätte ich es wirklich sehr genossen. Aber in diesem Moment will ich nur heulen. So richtig müde und frustriert vom Leben. Dramatisch und hässlich und mit Kuchen im Mund.

Pierre räumt uns das Sofa frei und klopft neben sich in die Polster, damit ich mich setze, und ich schleiche zögerlich zu ihm, mit Kuchen und Kaffee und dem Kopf voller Worte, die sich nicht zu schreibbaren Sätzen machen lassen wollen.

»Ich schreibe eine Buchreihe. Sie spielt kurz vor 1900 in Paris …«

»Wie heißt sie?«, unterbricht Pierre mich, und ich schüttle den Kopf.

»Sag ich dir nicht.«

Er hebt skeptisch die Augenbrauen, sodass sich seine Stirn kräuselt wie die Haut einer Nacktkatze. »Du weißt schon, dass ich das einfach googeln kann. Wahrscheinlich reicht die Info schon, die du mir grad gegeben hast«, weist er mich auf das Offensichtliche hin, und ich stopfe mir trotzig eine weitere Gabel voll Kuchen in den Mund.

»Na und?!«, nuschle ich an der Sahnecreme vorbei, schiebe mir die Haare aus dem Gesicht und hoffe, dass ich mir kein Himbeergelee reinschmiere.

Pierre hebt ergeben die Hände, und ich weiß genau, dass er es auf jeden Fall googeln wird. Urg.

»Also. Die Kurzform. Es geht um eine junge Frau. Sie ist aus reichen Verhältnissen, eine Falschinvestition ihres Vaters führt allerdings dazu, dass die Familie zu Anfang der Story verarmt und sich anders durchschlagen muss. Sie sucht sich, trotz heftiger Einwände ihrer Mutter, einen Job bei einem kleinen Verlag, um als Lektorin zu arbeiten. In Band eins versuchen ihre Eltern noch, den Bankrott geheim zu halten und sie an einen adligen Kerl zu verheiraten, aber Aveline will das nicht, und Ende Band eins fliegt eh auf, dass die Familie kein Geld mehr hat, und der Vater erhängt sich am Ende von Band drei.«

»Wie viele Bände hat es denn?«, reißt Pierre mich aus meinem Redefluss und nippt an seinem Kaffee. Erstaunlicherweise hört er wirklich zu. Die meisten steigen sehr schnell aus, wenn ich anfange, über meine Geschichten zu sprechen.

»Wir sind grade bei Band zwölf«, gebe ich zu, und er blinzelt, als müsste er diese Info erst mal verdauen.

»Und du sprichst mit NiNet France, weil …«

»Weil es verfilmt wird.« Jetzt ist es raus.

»Oh, mein Gott*! Du bist berühmt!«

Obwohl ich protestiere, schnappt er sich sein Handy vom Wohnzimmertisch und beginnt zu tippen.

»Romina Ciantia, fünfundzwanzig Jahre alt, internationale Bestseller-Autorin. Lebt bei Stuttgart, Deutschland. Ihre Buchreihe *Le monde d'Aveline* wurde bereits in dreizehn Sprachen übersetzt, hat unzählige namhafte Buchpreise gewonnen und …«

»Ja, es reicht!«, unterbreche ich ihn und nehme ihm das Handy aus der Hand.

»Hey! Das steht öffentlich im Internet. Das sind keine geheimen Informationen!«

»Ich wünschte aber, sie wären geheim«, schnaube ich und lege das Telefon außerhalb Pierres Reichweite auf dem Tisch ab.

»Wieso? Bist du nicht stolz darauf? Du bist eine berühmte Schriftstellerin!«, ruft er, was ich am meisten hasse, und ich würde mich am liebsten zwischen den Sofaritzen verkriechen. Mein Kopf schaltet sich aus der Realität und setzt mich in ein paralleles Universum, von dem aus ich zu mir selbst herübersehe, zu meinem anderen Ich, das dort auf dem Sofa sitzt, ein Ich, das eine berühmte Schriftstellerin sein könnte, und ich spüre das seltsam unbeteiligte Gefühl, nicht anwesend zu sein. Ich hasse es, wenn das passiert.

»Zurück zur Geschichte«, lenke ich ab, stelle meinen Teller weg, den ich leer auf meinem Knie balanciert habe, und umschließe meine Kaffeetasse mit den Fingern, um mich fest an sie zu klammern. »Aveline, die Protagonistin, lernt durch ihre Arbeit einen Herrn kennen. Sein Name ist Looïs Lire, und er ist Papierfabrikant. Am Anfang hassen sie sich, und dann verlieben sie sich natürlich. Aber es ist kompliziert, weil Looïs kompliziert ist und Aveline auch. Und sie versucht am Anfang natürlich zu verheimlichen, zu welcher Familie sie gehört, weil die Sache mit ihrem Vater eine große Schande ist. Und dann trifft sie in dem Haus, in dem sie mit anderen arbeitenden, alleinstehenden Frauen wohnt, auf ihre Zimmernachbarin Jeanne. Sie ist Journalistin, die Skandale in der reichen Gesellschaft von Paris aufdeckt und die Missetaten von Männern anprangert, die sonst unter den Tisch fallen würden.«

»O-oh«, macht Pierre und entlockt mir damit ein Lächeln. Es tut so gut, dass er zuhört, dass ich beim Reden meine Gedanken sortieren und von außen betrachten kann.

»Am Anfang ist es schwierig mit den beiden. Dann werden sie beste Freundinnen. Und dann wird es wieder schwierig. Nebenher laufen die Vorbereitungen für die Weltausstellung 1889, politisch ist das auch ’ne spannende Zeit. Und dann findet Jeanne Hinweise darauf, dass Monsieur Lire in einen Komplott involviert war, der dazu geführt hat, dass Avelines Familie ihr Vermögen verloren hat. Und dass der Selbstmord ihres Vater vielleicht doch Mord gewesen ist.«

»Das klingt echt megaspannend«, meint Pierre, und ich nicke müde.

»Ja. Mein Verlag und meine Agentin und jede Leserin dieser

Welt hätten jetzt gerne von mir, dass eine schnulzige Liebe alle Hindernisse überwindet und Looïs Aveline einen Antrag macht und die beiden in den Sonnenuntergang reiten.«

»Aber?«, fragt Pierre, dem aufgrund meines Tonfalls klar zu sein scheint, dass hier der Hund begraben liegt.

»Aber ich fühle es nicht. Es ist so vertrackt, und ich traue Looïs statt einem Liebesgeständnis gerade mehr zu, einen Mord zu begehen. Oder Aveline. Oder Jeanne. Da brodelt es, und das hat nicht mit Liebe zu tun. Am liebsten würde ich schreiben, wie sie alle grausam zu Tode kommen. Geht jedoch nicht, weil meine Agentin gerade Verträge für Band dreizehn und vierzehn mit dem Verlag aushandelt, und ich bin so überfordert.«

Ich rutsche tiefer in die Kissen, denke an all das Marketing, das schon geplant wird, an die Lesetour im Herbst, an die Frankfurter Buchmesse, an meine Mutter, die Monsieur Lire gefühlt mehr liebt als meinen Stiefvater.

»Dann sag ihr das.« Pierre sieht mich direkt an.

»Wem?«, frage ich, weil ich den Faden verloren habe und mich nicht daran erinnern kann, was ich als Letztes gesagt habe.

»Na, deiner Agentin. Sag ihr, du willst alle umbringen und dann mit dem Schreiben aufhören«, wiederholte er für mich, und ich blinzle irritiert.

»Ich will ja nicht mit dem Schreiben an sich aufhören.«

»Aber mit der Reihe?«, will er wissen, und ich horche in mich, lasse die Idee zu, die ich bisher nicht einmal gewagt habe zu denken.

Ich stelle mir vor, die Reihe zu beenden. Einfach *Ende* drunterzusetzen, alle Plotlines aufzulösen, alle Figuren gut zu versorgen. Niemals Band fünfzig zu erreichen, über den Sophia manchmal scherzt, und mir nie meine irgendwann grauen Haare darüber zu raufen, wie es mir Luna sagt.

Ich könnte aufhören, an *Le monde d'Aveline* zu schreiben, würde es gehen lassen, mich neuen Dingen widmen. Neue Protagonistin, neue Liebe, neue Welt.

Es fühlt sich schmerzhaft an, wehmütig und so gewaltig, dass ich Angst vor der Veränderung habe, vor dem Unbekannten, das danach kommen würde. Andererseits ist auch Erleichterung in mir, etwas, das aufatmen würde, das sich danach sehnt, Neues zu entdecken, Abenteuer zu erleben, neue Perspektiven zu finden.

»Keine Ahnung. Vielleicht?«, fasse ich das Chaos in meinem Inneren zusammen und weiß, dass ich definitiv noch mehr darüber nachdenken muss. Denn die Erleichterung in mir verwundert mich. Sie ist stark. Aber nur, weil es der leichte Weg aus meiner jetzigen Situation wäre, oder weil ich wirklich und wahrhaftig diese Reihe zu Ende gehen lassen will? Das gilt es herauszufinden.

»Du hast mir grade erzählt, du willst, dass deine Hauptfiguren grausam zu Tode kommen. Klingt für mich, als ob du keine Lust mehr hättest«, behauptet Pierre, sieht mich aus schmalen Augen an und kratzt sich am Kinn, als wäre er ein Kommissar aus einer französischen Kriminalserie.

»Ja, aber ich darf leider nicht alle umbringen. Meine Leser*innen hassen mich sonst. Die wollen ihre Romanze«, schnaube ich, schnappe mir eins der Kissen und lege es mir aus einem Impuls heraus aufs Gesicht. Der petrolfarbene Satinstoff ist kühl auf meiner Stirn und riecht nach Lavendelwaschmittel.

Wie viele Milben wohl darin wohnen?

»Bist nicht du die Autorin?«, empört sich Pierre, und ich lache freudlos. Das Kissen rutscht runter.

»Das heißt nicht, dass ich alles allein entscheiden darf. Ich habe schon versucht, jemanden umzubringen. Habe ihn in einer Druckerpresse zerquetscht. Aber meine Agentin hielt es für einen schlechten Scherz.«

Pierre sieht mich einen Moment nur an und trinkt dann auf sehr dramatische Weise den letzten Schluck Kaffee aus seiner Tasse. »Gut, dass ich jetzt weiß, dass du Autorin bist. Sonst wäre dieser Satz bedenklich.«

6
Schmuckausgabe

Mit einem schwarzen Kleid in einem schwarzen Kleidersack über der Schulter stehe ich vor dem Bürogebäude von Ni-Net France und starre die prachtvolle, für Paris so typische Beaux-Arts-Fassade nach oben.

Noch einen Blick auf die kleine Taschenuhr, die an einer Kette um meinen Hals hängt, um sicherzugehen, dass ich weder zu früh noch zu spät bin, und dann ziehe ich doch noch mal mein Handy hervor, um in der Nachricht von Sophia nachzusehen, ob ich mir die Uhrzeit auch richtig gemerkt habe.

Meinem Gehirn ist echt nicht zu trauen. Schon gar nicht, wenn ich so nervös bin wie jetzt. In meinem Kopf summt was, und meine Gedanken sind so laut, dass ich kaum einen davon verstehen kann.

Ich betrete das Gebäude genau fünf Minuten zu früh. Ich bin mir sicher, dass es das richtige Gebäude ist. Ich hab es dreimal gegoogelt, um sicher zu sein.

Die Türen der Aufzüge sind so blank poliert, dass ich mich darin spiegeln kann. Ich mache ein gutes Foto von mir in der Spiegelung und schicke es an Luna.

Mein Outfit besteht aus einem braun karierten Rock aus meinem Lieblings-Secondhandladen in Köln und einer dunkelgrünen Bluse. Ich finde, es hat eine professionelle Note, weil ich die Bluse bis oben hin zugeknöpft und mir die Haare im Nacken zusammengesteckt habe.

Zum Glück ist das Gebäude klimatisiert. Es ist draußen nämlich viel zu warm für den Look, aber ich habe Ästhetik über Wohlbefinden gestellt und muss jetzt damit leben. Hoffentlich trocknen die Schweißflecken unter meinen Armen schnell und rückstandslos.

Nervös drücke ich auf den Pfeil nach oben und steige in den Aufzug, der mich so sanft nach oben trägt, dass ich mich mit einem Blick auf die Anzeige versichern muss, dass er sich überhaupt bewegt.

Dann öffnen sich die Türen auch schon und geben den Blick auf einen modernen Tresen frei, gebaut aus Glas und Metall, an dem ein junger Mann mit schulterlangen Dreadlocks sitzt. Er trägt ein legeres T-Shirt und so viele Armbänder, dass man seine Handgelenke nur erahnen kann, und er blickt von seinem superdünnen Computerbildschirm auf, als ich in die Lobby trete.

»Romina Ciantia?«, spricht er mich an und erhebt sich gleichzeitig von seinem Platz. Ich nickte nur, spiele mit den Fingern an den Ringen herum, die ich heute trage, und lasse mir von dem Mann meinen Kleidersack abnehmen und ein stilles Wasser bringen.

Bin da, tippe ich an meine Literaturagentin, während ich in einem durchsichtigen Plexiglasstuhl darauf warte, wie es jetzt weitergeht.

Bin stolz auf dich. Du schaffst das. Und hab nachher Spaß!!!, schreibt sie zurück, und ich unterdrücke ein müdes Seufzen.

Mit nachher meint sie die Modenschau heute Abend. Es ist ein Charity-Event, das jedes Jahr von Marielle Bernard veranstaltet wird und zu dem ich gestern eine Einladung erhalten habe. Ich musste es erst einmal googeln, nachdem Sophia mir alles weitergeleitet hatte, und bin schockiert von der Größe dieser Veranstaltung. Aber auch irgendwie aufgeregt.

Ich war nie auf einer Modenschau, ich habe allerdings genug GNTM gesehen, um zu wissen, was ich mir darunter vorstellen muss. Und es kommt sicher so einiges an neuen Eindrücken dabei heraus, die ich in eventuellen späteren Büchern verwerten kann.

Luna ist gerade so neidisch auf mich, dass sie mir nur GIFs von schmollenden Fischen schickt und ab und an ganz unauffällig fallen lässt, dass sie das nächste Mal mit nach Paris möchte.

Trotzdem bin ich nervös. Es ist eine große Veranstaltung in einem prachtvollen Prunkbau und eine gemeinsame Kollektion vom Modehaus Marielle Bernard und der Little Royal Lady von Vrijheit, Lorraine Marie der Dritten.

Ich bin ein Fan der Little Royal Lady, die sich neben ihrer Modebegeisterung auch für Frauenrechte einsetzt, und ich habe fast jede Folge ihres Vlogs gesehen. Die Chance, einen Blick auf sie zu erhaschen, so in der Wirklichkeit, bringt mich dazu, unruhig auf meinem Hintern herumzurutschen und zu quietschen.

Aber nicht hier, ermahne ich mich und werfe einen Kontrollblick zu dem Typ an der Rezeption. Er beachtet mich zum Glück nicht.

Ich versuche, mich aufs Hier und Jetzt zu konzentrieren. Denn es steht erst einmal ein Meeting mit dem Team der *Le monde d'Aveline*-Produktion an. Wenn ich das durchstehe, werde ich mit Lady Lorraine belohnt.

Ich sehe Hugo auf mich zukommen, dessen Nachnamen ich schon wieder vergessen habe, und stecke mein Handy bewusst gründlich in meine Umhängetasche, damit es mir bloß nicht wieder runterfällt, wenn ich aufstehe.

Das Wasser lasse ich stehen und bekomme drei Räume weiter eine Tasse Kaffee mit Hafermilch und Kokosblütenzucker, während Sonnenschein durch die Fenster auf die Runde mit modernen Sesseln fällt, in denen das Team sitzt und auf Tablets Notizen macht.

Alles wirkt so gewollt modern und innovativ, dass ich mich ganz unwohl fühle und mich nur zögerlich auf den grellgrünen

Sessel sinken lasse, der so gar nicht zu meinen Vintage-Vibes passt. Die Luft schmeckt nach Klimaanlage und Teppichreiniger, obwohl ich keinen Teppich entdecken kann.

Mir gegenüber thront eine Gestalt ganz in Schwarz. Es ist eine jüngere und nicht ganz so hagere Version des Designers, der uns bei der Vernissage zugenickt hat. Es ist offensichtlich, dass er nicht zu den NiNet-Leuten gehört, da er so elegant aussieht in seinem perfekt sitzenden Anzug, dass er zwischen all den Businessblazern und stonewashed Jeans heraussticht wie das Ekel in Person. Er hält eine Tasse in der Hand, genau wie ich, mustert mich jedoch nicht halb so kritisch wie ich ihn. Ich sitze gerade, mein Rock liegt perfekt, ich habe nicht den Inhalt meiner Handtasche auf dem Boden verteilt, und er wird auch niemals herausfinden, dass er in meinen Augen extrem wie ein Kranich in einem Anzug aussieht.

»So, wir sind vollzählig«, eröffnet Danielle das Meeting und lächelt mir auf eine verspielte Weise zu, bei der meine Hände anfangen zu schwitzen. Auch die anderen sehen automatisch zu mir.

Mir ist die Aufmerksamkeit zu viel, doch ich lächle tapfer und nippe an meinem Kaffee, während Danielle das Meeting mit Infos eröffnet, die für mich nicht relevant sind. Die meisten konzentrieren sich wieder auf sie, ein Typ im Polohemd tippt fleißig mit, und eine Frau in grauer Jeans scheint mit den Gedanken woanders zu sein.

Nur ein Augenpaar bleibt auf mir liegen, und ich tue so, als merkte ich es nicht. Es ist der Kranichmann, der Designer, der mich beäugt, als wäre ich ein sonderbares Kunstprodukt, das er zu analysieren versucht.

»Da wir heute die Ehre haben, dass die Autorin anwesend ist, können wir hoffentlich auch den einen Punkt abhaken, der uns in die finale Planungsphase bringen wird: das Kostümdesign«, sagt Danielle, und mir wird ganz elend.

Ich habe Angst vor dem, was sie mir gleich zeigen werden. Die letzten Entwürfe habe ich per Mail erhalten und saß danach erst einmal ganz dramatisch heulend auf dem Klo. Die Stoffe waren falsch, die Farben auch, und die Schnitte sahen aus, als hätte man sie in den 1980ern gemacht. Statt aufgeplusterter Ärmel und Unterröcke gab es Schulterpolster und eckige Schnittführung. Es war grauenhaft und hat meine Seele verletzt.

Ich schrieb Sophia per Mail, dass es meine Augen geschändet hätte, und hoffte, sie würde es nicht wortwörtlich an die Produktion weiterleiten. Tat sie auch nicht.

Jetzt sitze ich hier, und alle behalten mich ganz gespannt im Auge, während sich der Computer mit dem großen Bildschirm an der Wand verbindet. Und ich darf gleich weder das Gesicht verziehen noch das sagen, was mir durch den Kopf gehen wird.

Ich trinke noch einen Schluck Kaffee, um nicht zu aufgeregt herumzurutschen, und überkreuze die Beine andersherum, selbst wenn es sich irgendwie falsch anfühlt.

»Wir haben ein großes Interesse an der Zusammenarbeit mit Marielle Bernard, und sie auch. Monsieur Brissall ist heute leider verhindert. Die Modenschau heute Abend nimmt ihn doch mehr ein als geplant. Aber wir haben heute seinen Stellvertreter Viktor Panagiotidis bei uns.« Sie weist auf den Kranichmann, und er nickt ihr zu, die Bewegung gerade so deutlich, dass man sie erkennen kann. Nicht stark oder weich genug, um freundlich oder wohlwollend zu wirken.

Ich frage mich, wer ihn wohl gezwungen hat, hier zu sein.

»Drei talentierte Designerinnen seiner Abteilung haben ihre Entwürfe eingereicht. Romina, wir stellen sie Ihnen vor und geben Ihnen ein paar Hintergrundinformationen. Sie müssen nicht sofort dazu eine Meinung haben. Sie dürfen die Entwürfe mitnehmen und sich darüber beraten. Wir brauchen die Antwort in einer Woche«, teilt Danielle mir mit, und obwohl das besser ist als meine Befürchtungen, hoffe ich trotzdem, dass die Entwürfe nicht so eine Katastrophe sind wie beim letzten Mal.

Ich klammere mich an meine Tasse, während sie mir in einer farblich abgestimmten Präsentation die drei Frauen vorstellen und dann die ersten Entwürfe dazu. Es sind Zeichnungen und Probestücke zu sehen, und die Dame, die vorhin geträumt hat, reicht mir eine Kladde mit Stoffproben, die ich betasten kann. Ich fühle mich sehr professionell, wie ich all den Taft und Brokat beäuge, die Leinen- und Seidenstoffe zwischen den Fingern reibe und dabei versuche, nicht das Gesicht zu verziehen.

Wie in *Der Teufel trägt Prada* oder in dem Film über Coco Chanel.

Die ersten Entwürfe erscheinen auf dem Bildschirm, und ich betrachte sie einen Augenblick. Man gibt mir die Zeit, sie anzusehen, und ich versuche mich nicht davon unter Druck setzen zu lassen, dass wieder alle zu mir sehen und auf meine Reaktion warten.

Ich will am liebsten rausplatzen, dass sie mich doch bitte kurz nur schauen lassen sollen, doch das wäre unhöflich, und mir hängt immer noch die Aussage meiner Agentin nach, dass ich eine Diva wäre. Das Wort ist in meinem Kopf negativ belegt, und ich möchte keinen schlechten Eindruck hinterlassen. Nicht dass ich noch wegen »kreativer Differenzen« aus der Produktion ausgeschlossen werde. Das wäre die absolute Katastrophe. Denn dann bekomme ich diese seltsamen Gebilde, die ich in der Präsentation sehe, als Kostüme, und eine Frau, die ich nicht mag, wird meine Aveline spielen.

Nein, nein, nein.

Ich muss mich konzentrieren.

Die Entwürfe vor mir sind besser als der Müll vom letzten Mal, aber bei Weitem nicht, was ich mir vorstelle. Zu modern und gleichzeitig zu grau. Es gibt eine klare Linie aus karierten Schleifen und Rüschen. Ich bin nicht angetan.

Erst als Danielle nickt und zu den Entwürfen der zweiten Designerin wechselt, fällt mir auf, dass ich die Nase gerümpft habe.

Mist. Genau so was wollte ich nicht tun. Aber jetzt ist es zu spät, und jeder hat es gesehen, und Viktor mit dem langen griechisch klingenden Nachnamen versteckt ein Lächeln hinter der Hand.

Macht er sich nur über mich lustig?

Er wendet seinen Blick zurück auf den Bildschirm, und ich beschließe, es ihm gleichzutun und die sehr detaillierten Zeichnungen zu betrachten. Die Röcke und Jacken, die angehängten Fotos von realen historischen Kleidungsstücken, die als Vorbild dienten, und es kommt tatsächlich an das ran, was ich mir vorstelle. Ich kann sehen, dass sie den Fokus darauf legt, historisch akkurat zu sein, und dadurch in Kauf nimmt, dass Frauen für den Zuschauer der heutigen Gesellschaft nicht perfekt »sexy und ansprechend« wirken werden. Das mag ich sehr. Das ist, was ich will. Authentizität. Und nicht gefallen um jeden Preis.

Der Name der Designerin ist irgendwas mit G, und ich bin froh, dass ich das alles später noch mal nachlesen kann.

Ich schenke Danielle ein Lächeln, damit sie weiß, dass ich fertig bin, und sie drückt auf die kleine Fernbedienung in ihrer Hand, um die Präsentation fortzusetzen.

Ein grünes Kleid erscheint auf dem Bildschirm vor mir, und ich muss mich stark zusammenreißen, um nicht laut zu fluchen. Wäre es ein Sissi-Remake, hätte man sie sicher engagieren können, doch leider verfehlen die Kleider nicht nur das Zeitalter, sondern auch die Gesellschaftsschicht und den Ort. Ich sehe, dass sie recherchiert hat, aber leider an der falschen Ecke. Ich seufze in mich hinein und lasse mir mehr zeigen, was nicht besser wird.

Zu viele Farben, zu viele Unterröcke, zu schmale Taillen, zu viel Effekthascherei.

»Definitiv der Favorit«, meint Hugo, und ich halte mich davon ab, mich zu schütteln. Die Frau, der er das zugeraunt hat, nickt zu meinem Entsetzen, und mir sinkt das Herz, als hätte man Bauschutt darauf abgeladen. Oh, dieser Kampf wird hart.

»Wenn wir uns für einen Stil entschieden haben, werden Themes für die einzelnen Charaktere erstellt«, erzählt Danielle und zeigt auf ein gelbes Kleid mit eierwärmerförmigem Rock, der aussieht wie ein geschmücktes Huhn. Darüber steht der Name meiner Protagonistin. Aveline.

Ich sehe die geschwungenen Buchstaben und denke an Amelie Mariné. Ich stelle mir vor, wie sie das Kleid trägt, wie sie darin mit Jeanne lacht, mit Monsieur Lire diskutiert, über ihren Manuskripten brütet, um ihren Vater weint.

Es ist ein seltsam unwirkliches Gefühl, dass dies hier gerade passiert. Dass *Le monde d'Aveline* tatsächlich verfilmt wird und ich hier mit den Leuten sitze, die dafür zuständig sind. Doch ich halte meinen Kopf erfolgreich davon ab, sich in eine andere Dimension zu flüchten, indem ich tief durchatme und langsam von zehn abwärts zähle. Ich muss anwesend bleiben, um die Menschheit vor diesem Huhnkleid zu bewahren.

»Danke. Das war sehr spannend. Ich werde die Entwürfe in Ruhe noch mal durchgehen«, sage ich, weil ich mich durch Danielles Blick dazu gezwungen fühle, mich zu äußern. In meinem Kopf klingen Worte immer seltsam, wenn ich sie vor vielen Menschen aussprechen muss, und gerade sind sie noch schlimmer, weil es Französisch ist und ich hoffen muss, keine Fehler gemacht zu haben beim Sprechen.

»Fantastisch. Dann sehen wir uns zum nächsten Meeting wieder«, erwidert sie mit einem festen Lächeln, das mir Sicherheit vermittelt, und ruft eine zehnminütige Pause aus. Die anderen erheben sich oder versinken hinter irgendwelchen Displays, und ich atme tief durch. Ich habe es geschafft.

Zumindest denke ich das, bis sich plötzlich Hugo auf den Sessel neben mich fallen lässt.

»Mademoiselle Ciantia, ich bin neugierig«, beginnt er, und ich weiß sofort, dass es für mich unangenehm wird. Schon allein, weil er Mademoiselle zu mir sagt. »So ganz spontan, ohne Gewähr. Welche hat Ihnen am besten gefallen?«

Ich konzentriere mich darauf, zu lächeln, den Augenkontakt zu halten, nicht dem Impuls Folge zu leisten, aufzustehen und aufs Klo zu flüchten.

»Ich …«, presse ich heraus und stocke, weil ich nicht weiß, ob es schlau ist, meine Gedanken bereits preiszugeben. Ich bin wirklich glücklich, dass Danielle nach meiner Meinung fragt und mich einlädt, Entscheidungen mitzutragen, aber ich darf meine Macht nicht überschätzen. Ich bin hier nicht die große Bestimmerin. Ich bin nur die Autorin der Vorlage.

Also sollte ich meine Worte weise wählen, wenn der Favorit der anderen bereits feststeht und ich etwas anderes will.

»Monsieur Bouilloire«, erlöst mich der Kranich aus Hugos erwartungsvollem Blick, und wir sehen beide auf. Viktor tritt neben uns, genauso staksig, wie ich es mir vorgestellt habe, und legt den Kopf schief. »Ich muss Ihnen die Dame jetzt leider entführen. Die Modenschau beginnt in zwei Stunden, und mein Terminplan ist streng getaktet.« Seine Stimme ist klar wie Glas und trägt die Autorität eines Prinzen in sich. Er wäre eine sehr interessante Buchfigur, denke ich und sehe dabei zu, wie Hugo uns erst viel Erfolg wünscht und sich dann hastig verabschiedet.

Ich winke ihm nach und bin froh, ihm die Antwort schuldig zu bleiben.

Viktor steht regungslos neben mir, ebenfalls ein kaputter Roboter wie sein Vorgesetzter. Das muss doch irgendeine Masche sein. Denken sie, damit irgendwie geheimnisvoller zu sein? Oder fashionhaft? Oder sind sie vielleicht wirklich Roboter von einem fremden Planeten, die uns mit zu hohen Schuhen und Glitzer-Make-up unterwandern, bis wir alle unerreichbaren Körperidealen unterliegen, die zu erreichen uns so viel Zeit und Kraft kostet, dass wir nicht mehr gegen sie kämpfen können, wenn sie die Erde einnehmen?

Ich finde, das würde so einiges erklären.

»Sie wollen mich also entführen?«, frage ich, erhebe mich und stelle meine leere Tasse auf den ungenutzten Konferenztisch hinter uns.

»Wenn es genehm ist«, erwidert er und verbeugt sich doch allen Ernstes vor mir.

Ich stehe da wie bestellt und nicht abgeholt.

Der Designer übergeht meine Verwirrung gekonnt, fordert mich mit einer Handbewegung auf, den Raum zu verlassen, und folgt mir dann auf dem Fuß.

Ich frage mich, ob er Lady Lorraine persönlich kennt. Schließlich hat sie die Kollektion zusammen mit dem Modehaus designt. Und das bedeutet ja, sie hat sie mit den Designer*innen zusammen erstellt. Doch ich traue mich nicht, zu fragen.

Viktors Schuhe erzeugen klackernde Geräusche auf dem Holzboden, sodass ich genau weiß, dass er hinter mir läuft, als ich in den Flur trete und mich den Aufzügen nähere. Die Türen öffnen sich gerade vor uns, da fällt mir ein, dass ich mit sehr viel mehr als meiner Tasche hier angekommen bin.

»O Gott*, ich habe mein Kleid vergessen!«, rufe ich aus und drehe mich abrupt zum Empfangstresen. Das war wieder so typisch. Ich durfte echt nichts aus den Augen lassen, sonst vergaß ich, dass es existierte.

Beinahe knalle ich in den lockeren Typen mit den Dreadlocks, der hinter mir aus dem Nichts auftaucht und ebenfalls auf mich zueilt, den Kleidersack schon in den Händen.

»Entschuldigung und danke schön«, rufe ich, schnappe ihm das Kleid aus der Hand und haste, verpeilt, wie ich bin, in den Aufzug, den Viktor für mich offen hält.

Ich wünschte, ich wäre nicht so. Meistens macht es mir nichts aus, etwas daneben zu sein, ich habe sogar meine glänzenden, seriösen Momente. Dennoch wäre ich gerade gerne die »Dame«, als die Viktor mich vorhin betitelt hat.

Der Aufzug setzt sich geräuschlos in Bewegung, und der Designer steht so bewegungslos neben mir, dass ich zu ihm aufsehe, um mich zu vergewissern, dass er atmet. Oder es haben sich seine Roboterschaltkreise während der Fahrt nach unten abgeschaltet.

Ich denke intensiv darüber nach, was ich sagen könnte, damit die Stille sich nicht zu Stein verwandelt und uns darin einschließt.

Ich könnte was zu seinem Anzug sagen, aber wahrscheinlich würde ich banal klingen, weil er so viel mehr Ahnung von Mode hat als ich. Oder ich sage etwas zur Modenschau und zur Lady und dass ich mich darauf freue. Allerdings will ich auch nicht den Eindruck erwecken, dass mich die Kleider nur zweitrangig interessieren und ich zu Hause lieber Artikel über die Royals dieser Welt lese, als Modezeitschriften zu wälzen.

Der Kleidersack raschelt, als wir aus dem Aufzug treten und durch die Halle auf den Ausgang zuschreiten.

»Ein Kleid?«, erkundigt Viktor sich bei mir und erbarmt sich somit endlich, die Stille zu brechen.

»Ja.« Ich bin so erleichtert, dass ich es beinahe seufze, doch er sieht mich nur für ein paar Sekunden mit gerunzelter Stirn an, ehe wir nach draußen in den warmen Spätnachmittag treten.

»Wofür?«, will er wissen, und jetzt sehe ich ihn verwirrt an. Oder ich versuche es zumindest, denn die Sonne blendet mich so sehr, dass ich kaum noch etwas erkennen kann.

Ich antworte nicht sofort, weil ich mir dumm vorkomme, das Offensichtliche auszusprechen, und dann, weil ich Angst habe, etwas falsch verstanden zu haben.

Auf dem Plan, den Sophia mir geschickt hatte, stand, dass ich zu einer Modenschau eingeladen war, und aus der Mail von Danielle heute Morgen war hervorgegangen, dass der Oberdesigner-Roboter mich dorthin mitnehmen würde.

Der Oberdesigner ist nicht hier, doch Viktor hat gemeint, dass er mich »entführen« würde, da habe ich angenommen, dass er Bescheid weiß.

»Gehen wir nicht auf eine Modenschau?«, frage ich vorsichtig und folge Viktor, der den Bürgersteig entlang auf eine schwarze Limousine zuhält. Er schüttelt den Kopf.

Ich breche in Schweiß aus.

»Natürlich gehen wir auf eine Modenschau«, antwortet er jedoch sofort und macht meine Verwirrung komplett. »Ich gehe davon aus, dass das Kleid in diesem Sack hübsch ist und Ihnen hervorragend steht. Aber Sie werden es nicht tragen.«

Ich blicke an mir herab, auf die grüne Bluse und den Vintagerock. »Okay? Soll ich besser so gehen?«, erkundige ich mich, und Viktor dreht sich schwungvoll zu mir um. Er sieht keinen Moment auf mein Outfit, wie ich es wahrscheinlich tun würde, sondern starrt mir geradewegs in die Augen, als wollte er mir mit einem Laserblick das Gehirn schmelzen.

»Sie werden etwas vom Hause tragen«, erwidert er scharfkantig, greift nach der Autotür und öffnet sie … für mich.

»Madame Ciantia«, fordert er mich zum Einsteigen auf, nimmt mir den Kleidersack ab und macht eine Geste mit der Hand, die einem Flügelschlag gleichkommt.

Skepsis kriecht mir den Rücken nach oben, doch ich steige ein, um nicht unhöflich zu sein.

Die Ledersitze knarzen unter mir, und ich kann nur hoffen, nicht dramatisch ermordet zu werden. Auch wenn's sicher ein interessanter Kriminalfall wäre. Topmodedesigner tötet Buchautorin.

Also was wäre der Grund? Vielleicht weil mein Modeverständnis seine Augen beleidigt. Auch wenn ich meinen Stil eigentlich ziemlich gut finde, weil er eine gute Mischung aus Vintage-Woman und Bibliothekarin ist, wäre es ein witziges Motiv.

Das könnte ihn auch zu einem Serienmörder machen. Alle Menschen, die Crocs in der Öffentlichkeit tragen, sterben als Erstes.

Oder er wäre wütend auf mich, weil ich so kritisch mit den Entwürfen für die Verfilmung bin, und es ist ein Verbrechen im Affekt, aus Leidenschaft für die Mode.

Die Tür schlägt hinter mir zu und nimmt mir die Frage ab, ob ich durchrutschen soll.

Stattdessen blinzle ich mit meinen sonnengeblendeten Augen die Schatten fort. Die Fenster sind getönt und lassen den Innenraum dämmrig erscheinen. Es riecht nach blumigem Parfüm, und ich frage mich sofort, ob der Designer der Typ für feminin geprägte Düfte ist oder es einer Frau gehört, die zuvor in diesem Wagen saß.

Als auf der anderen Seite die Tür aufgeht, schrecke ich aus meinen Gedanken, die mich ein paar Sekunden abgelenkt haben.

Viktor setzt sich ungerührt mir gegenüber auf die breite Bank und überschlägt die langen, staksigen Beine, als würde er jeden Tag in einer Limousine fahren. Vielleicht tut er das ja sogar.

Er gibt dem Mann vorn am Steuer ein Zeichen, und der Motor startet sofort.

Ein Grusel erfasst mich, auch wenn ich mich wahrscheinlich glamourös fühlen sollte. Ich mag es nicht, wenn man mir nicht genau sagt, was vor sich geht, ich kann auch Überraschungen nicht ausstehen.

Und was soll das bedeuten, ich werde etwas vom Haus tragen? Ich bin verwirrt und traue mich gleichzeitig nicht, es auf meinem Handy zu googeln. Wo ist mein Handy überhaupt?

Ich entdecke, dass meine Umhängetasche immer noch an meiner Schulter hängt und neben mir auf dem Sitz liegt, begraben unter meinem Kleidersack. Alles an Ort und Stelle, ich bin erleichtert. Schließlich kann ich das nicht immer behaupten.

»Madame Ciantia, ich möchte Ihnen gerne sagen, dass ich ein großer Fan Ihrer Bücher bin«, sagt Viktor plötzlich aus dem Nichts, und ich denke im ersten Moment, ich habe mich verhört.

Doch er sieht mich direkt an, die Hände auf seinen Knien verschränkt.

»Es tut mir leid, wenn ich etwas unterkühlt wirke. Der heutige Tag ist mit sehr viel Stress für mich verbunden, und ich bin in Gedanken schon bei der Modenschau.«

»Sehr verständlich«, gebe ich zurück und bin froh, dass er endlich mit mir redet und sich das Ganze nicht weiter in unangenehme Stille zieht.

»Aber ich wollte dieses Meeting trotzdem wahrnehmen. Ich bin ein Liebhaber historischer Literatur und genieße Ihren wortreichen Schreibstil sehr. Mir liegt viel daran, dass Marielle Bernard an dieser Produktion mitwirkt.«

Ooookay. Ich bin schockiert und geehrt gleichzeitig. Keine Ahnung, wie ich mit der Information umgehen soll, dass ein so großes Modelabel wie Marielle Bernard sich an meiner Buchverfilmung beteiligen will, weil ihr stellvertretender Topdesigner ein Fangirl von mir ist.

Mir schießt die Röte in die Wangen, und ich bin plötzlich froh über das dämmrige Licht im Auto.

»Gleich werde ich Sie in die Obhut meiner Assistentin Manon übergeben, da ich schon längst vor Ort sein sollte. Sie wird sich um alles Weitere kümmern. Da ich später wahrscheinlich nicht mehr dazu komme …« Er greift nach einem in Stoff gewickelten Päckchen, das neben ihm auf der Bank liegt, und schlägt den roten Samt zurück. Es ist ein Buch, und ich erkenne es sofort. *Le monde d'Aveline* Band eins, die französische Schmuckausgabe, mit Veredlung und farbigem Buchschnitt. Es sind nur fünfhundert Exemplare davon gedruckt worden. Ich hatte selbst Mühe gehabt, eins zu ergattern, da meine Belegexemplare in der Post verloren gegangen waren.

»Würden Sie es mir signieren?«, fragt Viktor mich, und plötzlich liegt so viel Verehrung in seiner Stimme, dass mir der Hals ganz eng wird.

Das ist zu viel.

Das kleine Stimmchen in meinem Hinterkopf erwacht und schreit mich an, dass ich mich verstecken muss, ehe alle Welt merkt, dass ich in Wirklichkeit das reinste Chaos bin.

»Natürlich«, erwidere ich jedoch nur und ziehe, auf der Suche nach einem Stift, meine Handtasche unter dem Kleidersack hervor, der dabei seinen Halt verliert und in den Fußraum rutscht.

Viktor hat bereits einen Stift in der Hand, und ich nehme ihn entgegen, ignoriere, dass mir mal wieder alles runtergefallen ist, und platziere das Buch vorsichtig auf meinen Beinen.

Der Wagen hält an einer Ampel, und ich nutze die Gelegenheit.

»Für Monsieur …?«, frage ich, und er setzt sich noch gerader auf.

»Für Viktor. Nennen Sie mich gerne Viktor. Mit k«, hilft er mir, und ich setze meine Signatur mit Widmung und kleinem Spruch auf die erste Seite. Der Stift handhabt sich wie ein Kugelschreiber, schreibt aber wie ein Füller. Er lässt meine Handschrift edler erscheinen, als sie eigentlich ist, und ich bin dankbar, es nicht versaut zu haben.

Ich lasse die Schrift noch kurz trocknen und reiche es ihm dann zurück.

»Merci.« Seine Stimme zittert ein wenig, als er sich das Buch an die Brust drückt wie einen Schatz.

Rührselige Gefühle drücken wie ein Ballon von innen gegen meinen Brustkorb, lassen mich schwerer atmen, und meine Augen werden feucht.

Der Wagen hält, was mich davor bewahrt, loszuheulen. Und Viktor offensichtlich auch. Er wischt sich unauffällig die Augen, als er vor mir aussteigt und mir die Hand entgegenstreckt, um mir beim Aussteigen zu helfen. Wie eine Dame. Und diesmal fühle ich ihn auch, den Glamour.

Vor allem als ich aufsehe und die riesigen Schaufenster der Boutique erblicke, vor der wir im Halteverbot stehen.

Marielle Bernard steht in großen geschwungenen Lettern auf der Fassade, und die Kleider im Schaufenster sehen genauso sündhaft teuer aus, wie sie auch sind.

Und da fällt es mir wie Schuppen von den Augen.

»Das kann nicht euer Ernst sein!«, stoße ich hervor und entziehe Viktor erschrocken meine Hand. »Ihr wollt mich in ein Designerkleid stecken?«

Das geht nicht. Das klingt ja nach Aufmerksamkeit. Nach Menschen, die mit mir reden wollen. Ich dachte, ich würde da nur versteckt irgendwo sitzen, verschwunden in einem großen Publikum. Schließlich bin ich nur eine kleine, unbedeutende Autorin und kein Star oder dergleichen, wie sie üblicherweise an solch einem Abend in den ersten Reihen sitzen.

»Das ist Tradition. Alle wichtigen Gäste der Show tragen Marielle.«

»Aber … aber … aber ich bin nicht wichtig. Ich bin nur irgendwer«, protestiere ich, und Viktor schmunzelt, was seine schmalen Lippen beinahe ganz verschwinden lässt.

»Sie sind Romina Ciantia. Ich weiß nicht, ob Sie es wussten, aber Ihr Name ist in der Buchwelt überaus bekannt.«

»Ja, aber es ist die Buchwelt«, gebe ich zurück und lege mir die Hände an die erhitzten Wangen. Sie sind leider auch heiß und schwitzig, und es macht alles noch schlimmer. »Preise werden da per Post zugesendet, auf Buchmessen winkt man mal zwanzig Leuten in Anime-Cosplays zu, und meine Arbeitstage verbringe ich damit, wie ein Gremlin in einer Fleecedecke mit Ärmeln auf der Couch zu liegen und auf der klapprigen Tastatur meines Laptops so zu tippen, dass mir nicht ständig das F rausfällt!«

»Ich bin verwirrt«, gibt Viktor zu.

»Glauben Sie mir, ich bin verwirrter«, seufze ich und werde ins Gebäude geführt.

Den Kleidersack vergesse ich dabei selbstverständlich in der Limousine.

7
Eine Eroberin

Manon ist einen halben Kopf kleiner als ich, hat meerblaues Haar und die Make-up-Skills einer Künstlerin, was sich an kleinen rosafarbenen Schmetterlingen auf ihrer Wange und in ihren Augenwinkeln zeigt. Sie grinst mich mit tiefvioletten Lippen an, als sie uns die Tür aufschließt, und das Piercing in ihrer Unterlippe funkelt im dezenten Licht der Deckenstrahler.

Ob sie mit Absicht die Farben der Bisexual-Flag trägt, kann ich natürlich nicht mit Sicherheit sagen, aber ich würde mal stark behaupten, ja.

Das Geschäft ist leer, als wir es betreten. Offensichtlich frühzeitig geschlossen, und ich klammere mich an den Träger meiner Handtasche, weil der Gedanke mir Unwohlsein bereitet, dass ich anderen Mühe mache.

Viktor und seine Assistentin wenden sich kurz von mir ab, um ein paar Dinge zu besprechen, während ich in den Verkaufsraum schreite.

Alles ist beige und edel und schimmert perlmuttfarben. Vorsichtig fahre ich mit den Fingern über den Ärmel einer durchsichtigen Bluse, die sich anfühlt, als müsste sie eigentlich flüssig sein.

»Madame Ciantia. Wir sehen uns nachher«, verabschiedet sich Viktor und neigt wieder seinen Kopf. Diesmal weder spöttisch noch arrogant, sondern wie ein formvollendeter Gentleman.

Ich verspüre den Drang, zu knicksen, und komme mir dann

doch zu albern vor, um es durchzuziehen. Also nicke ich ihm ebenfalls zu, und er schließt die Tür hinter sich. Zwischen zwei Schaufensterfiguren hindurch sehe ich, wie er in die Limousine steigt und das Fahrzeug sich auf der Stelle in Bewegung setzt.

»Na, dann sind es nur noch wir zwei«, sagt Manon mit einem Lächeln in der Stimme, und als ich zu ihr blicke, sehe ich das verrückte Glitzern in ihren verrucht geschminkten Augen.

Oh, oh!

»Das wird jetzt keine filmreife Makeover-Szene, oder? Ich habe kein Interesse daran, dass man mir die Haare glättet, um anschließend zu behaupten, dass ich ohne Sommersprossen doch schon immer eine Schönheit gewesen sei«, fallen die Worte aus meinem Mund, ehe ich genug darüber nachgedacht habe, und Manon sieht mich im ersten Moment verdutzt an. Dann fängt sie an zu lachen, und es kratzt rau wie Schmirgelpapier in meinen Ohren.

»Ich mag dich«, ist ihre kurze Antwort, und sie bedeutet mir, ihr zu folgen.

Wir begeben uns in den hinteren Teil des Verkaufsraums, direkt vor den Ankleidekabinen, die groß sind wie mein Wohnzimmer zu Hause und mehr Gold an den Spiegelrahmen haben als ich an Gegenwert auf meinem Bankkonto.

»Ich bin Manon und dafür zuständig, dich einzukleiden und dein Make-up zu machen. Etwas, in dem du dich gut fühlst«, erzählt sie mir währenddessen.

»Okay.«

Verstohlen sehe ich auf meine Schuhe, um zu checken, ob sie schmutzig sind, und trete erst dann auf den hellen Teppich, der hier hinten ausliegt.

»Einfach drauf. Der wird jeden Tag gereinigt«, ruft Manon mir zu, die mir meine Vorbehalte wohl ansieht, greift nach einer Kleiderstange und zieht sie aus einer Nische in die Sichtbarkeit.

Mir bleibt der Atem weg, als ich die Kleider sehe, die daran hängen. Ich weiß, dass Marielle Bernard nicht nur die Teile macht, die hier im Verkaufsraum hängen und liegen, aber ich habe nicht unbedingt mit Haute Couture gerechnet.

Oh, verflucht, worauf habe ich mich hier eingelassen?

Ich dachte wirklich, es wäre nur eine Show, die ich mir ansehe, um mich danach lächelnd auf mein Sofa fallen zu lassen (vorausgesetzt, Pierre schläft dann da nicht grade drauf). Etwas, das man vom Rand erlebt, in das ich nicht involviert bin.

Mir ist so mulmig, mein Magen rumort richtig.

»Ich habe mir ein Video von einer deiner Lesungen angesehen – vor drei Monaten in Konstanz – und habe deine Größe geschätzt. Ich habe aber auch Ausweichmodelle hier.« Manon hält ihre Hand über eins der Kleider, dann über das nächste, als würde sie die Energien mit ihrer Handfläche messen wollen. Oder sie wartet auf meine Reaktion dazu. »Hätten wir früher gewusst, dass du kommst, hätten wir es anpassen lassen können.«

»Nein, das … das ist … Das ist schon mehr als genug«, stottere ich mir zusammen, und Manon sieht mit einem kleinen Lächeln über ihre Schulter zu mir. Ihre großen Ohrringe klimpern dabei.

»Du trägst wohl sonst keine Haute Couture«, kommentiert sie meine Reaktion und zeigt auf einen gepolsterten Hocker, auf den ich mich dankbar sinken lasse.

»Ich war mit Haute Couture noch nicht mal in einem Raum«, erkläre ich mit einem Hauchen in der Stimme, das vom anhaltenden Schock herrührt.

»Na, dann wird es mal Zeit«, freut sich Manon und reibt sich die Hände wie eine Bösewichtin, die mich gleich in ihren genialen Plan einweihen wird, mit dem sie die Stadt in die Knie zwingen wird. Ich würd's ihr auf jeden Fall zutrauen. Und sie wahrscheinlich sogar unterstützen. Es sollte mehr coole Frauen in Machtpositionen geben. Und ich habe sowieso eine Schwäche für böse Diktatorinnen.

Sie greift als Erstes nach einem blutroten Ballkleid und wuchtet es geradezu von der Stange.

»Das hier wäre perfekt für deinen Teint.«

Das Oberteil besteht nur aus einem beinahe durchsichtigen Korsett, der Rock hingegen scheint aus einem ganzen Ozean aus Rüschen zu bestehen, die bei dem feinsten Lufthauch in Bewegung geraten. Die Schleppe ist so lang, dass Manon Mühe hat, den Bügel hochzuhalten, damit ich das Gesamtkunstwerk bewundern kann. Ihre Arme zittern, und ich sehe, dass sie sich bemüht, das Gesicht nicht zu verziehen.

Ich bin mir plötzlich sicher, dass es eine furchtbare Idee gewesen ist, zu dieser Modenschau Ja zu sagen. Das ist alles so viel größer, als mit Pierre auf einer Vernissage vorbeizuschauen. Mit so einem Kleid würde ich auch nie eben mal aufs Klo verschwinden können, um durchzuatmen und meine Handgelenke unter kaltes Wasser zu halten.

Aus mir unerfindlichen Gründen wünsche ich mir, ich hätte Pierre mitgebracht. Oder Luna. Oder meine Mama.

»Vielleicht was weniger … Auffälliges?«, frage ich vorsichtig, bemüht, die Unruhe zu verbergen, die in mir nach oben blubbert wie Schaum in der Badewanne.

Manon runzelt die Stirn.

»Oookay«, murmelt sie lang gezogen und verleiht damit ihrer Skepsis Ausdruck. Sie hängt das Kleid zurück an die Stange, die ein Ächzen von sich gibt, und schnappt sich das nächste.

Es ist quasi das Gegenteil von dem Kleid gerade eben. Das Oberteil besteht aus tausenden Lagen und Falten und Ketten und Knöpfen und Schleifen, vom Hals bis zu den Fingerspitzen in Smaragdgrün. Der Rock jedoch ist beinahe nicht vorhanden und besteht aus einem Stück festem Stoff, den man höchstens als Gürtel bezeichnen könnte.

»Du hättest auf jeden Fall die Beine dafür«, behauptet Manon, und ich schüttle sofort den Kopf. Meine Hände fangen an zu zittern, und die Unruhe wächst langsam zu einer echten, kräfteraubenden Panik an.

»Nein danke.«

»Es würde fantastisch auf Fotos aussehen«, versucht Manon, es mir schmackhaft zu machen, und allein diese Aussage reicht, um die Panik endgültig an die Oberfläche zu ziehen.

»Fotos?«, stoße ich aus und schiebe meine Hände unter die Oberschenkel. »Gibt's da etwa einen roten Teppich und Fotografen und so was?«, will ich wissen, und der Horror dieser Vorstellung kriecht mir in die Glieder. Ich sitze da wie in Stein gemeißelt und spüre ganz deutlich eine Ader an meinem Hals pulsieren.

Manon lacht ein Bösewichtin-Lachen, sieht dann zu mir und verstummt augenblicklich. Stattdessen erblüht Sorge auf ihrem Gesicht, und sie hängt das voluminöse Ding wieder zurück an die Stange.

»Oh, Schatz. Du bist ja ganz bleich«, flüstert sie und kommt zu mir. Ich bin wohl endgültig aufgeflogen.

»Ich will keine Fotografen«, stammle ich, und sie nickt übereifrig, was ihre Ohrringe wild tanzen lässt.

»Nein, natürlich nicht. Keine Fotografen, wenn du keine willst. Bist du kamerascheu?«, erkundigt sie sich, und ich schaffe es unter größter Anstrengung, mit den Schultern zu zucken.

»Ich bin gerne für mich. Ich mag keine lauten Orte voller Menschen. Ich war noch nie auf einer Modenschau.«

»Es ist gar nicht so wild, wie du denkst. Alle sitzen auf Stühlen und schauen auf eine Bühne. Stell es dir als Lesung vor, nur mit Klamotten statt Worten.«

Dieser Vergleich beruhigt mich tatsächlich ein wenig.

»Nur dass jeder dabei zusehen kann, wie ich über einen Rüschensaum stolpere«, murmle ich, und Manon zieht eine gewitzte Grimasse, die ihr für einen Moment das Aussehen einer Katze verleiht.

»Also keinen Rüschensaum für dich«, scherzt sie und entlockt mir damit ein kleines Schmunzeln.

»Lieber nicht. Ich neige dazu, mir selbst ihm Weg zu stehen.«

»Gut. Dann also weniger Popidol und mehr …« Sie erhebt sich und tänzelt leichtfüßig zu der Stange hinüber. Mit viel Elan schiebt sie Samt und Chiffon hin und her und packt dann gezielt nach einem Kleiderbügel. »Blaue Soldatin«, führt sie ihren Satz fort und zieht zwischen all den ausladenden Modellen, all den gepufften Ärmeln und Schleppen, ein schmales Ensemble aus taubenblauem Brokat hervor, bestickt mit bronzefarbenen Vögeln und Blumen, die mich stark an die Tapete in meiner Ferienwohnung erinnern.

Es ist das Erste, das ich mir vorstellen kann anzuziehen. Schlichtes, schmal geschnittenes Etuikleid mit hohem Stehkragen und einem Gürtel in der Taille wie ein Waffengurt. Dazu passend hält Manon eine Jacke aus dem gleichen Stoff hoch. Die Ärmel eng anliegend, die Schulterpartie hat tatsächlich etwas von einer Rüstung, und die Knöpfe passen farblich zum Gürtel.

»Dazu gibt es sogar einen Helm«, erzählt sie mir mit einem Zwinkern. »Auf den können wir aber auch verzichten.«

»Das … gefällt mir«, sage ich vorsichtig, weil ich es selbst nicht so richtig glauben kann, und Manon freut sich so sehr darüber, dass sie quietscht und dabei mit dem runden Hintern wackelt.

»Ich habe noch mehr«, verkündet sie, ehe ich mich bewegen kann, hängt das Soldatinnenkleid an einen Haken an der ersten Umkleidekabine und holt das nächste Kleid hervor.

Es ist ebenfalls rot, nicht so stechend wie das erste, weiter Rock, nicht zu lang, Dreiviertelärmel und besetzt mit vielen goldenen Blumen, die besonders, aber nicht aufdringlich wirken.

»Rote Kaiserin«, beschreibt Manon mir das Kleid und hängt es an die zweite Umkleidekabine, als wären wir in einer Datingshow und am Ende wähle ich eine Kabine für meine wundersame Verwandlung in eine Modeprinzessin.

»Edel, dem Anlass angemessen, kein Saum, über den man fallen kann. Uuuund …« Sie eilt ein drittes Mal zur Kleiderstange und schnappt nach dem grünen Schnipsel, der sich hinter einem silbernen Tüllmonster verborgen hat.

Ich sehe es, und mir klappt die Kinnlade runter. Es ist die Erfüllung meiner heimlichen Waldnymphen-Träume.

»Grüne Eroberin«, raunt Manon, als wäre es ein Geheimnis, und das Lächeln auf ihren Lippen zeigt mir, dass sie genau weiß, dass sie das Richtige für mich gefunden hat. »Falls du vorhaben solltest, Königreiche zu unterwerfen. Oder Herzen zu gewinnen.«

»Ich will es«, purzeln die Worte aus meinem Mund, und Manon führt einen kleinen Freudentanz auf.

»Hach, ich bin ein Genie«, ruft sie und scheucht mich in eine der Kabinen, damit ich es anprobiere.

***

Ich streiche zum sicher tausendsten Mal mit den Fingerspitzen über die schimmernden Stickereien am Rock, die sich nach Perlmutt anfühlen, zupfe den Tüll zurecht und betrachte meine Taille in dem halb durchscheinenden Korsett. Es sieht aus wie Buchenblätter, die meinen Oberkörper bedecken und immer wieder meine Haut durchscheinen lassen wie den Himmel durch ein Blätterdach. Auch das Muster hat etwas von Blattwerk, um im Rock in ein gleichmäßiges florales Muster überzugehen.

Grün auf Grün, umgeben von weichem, wie von Sonnenlicht gesprenkelten Tüll, fühle ich mich wie eine Waldnymphe, eine Herrin des Waldes, eine Frau, für die Königreiche fallen würden. Ich bin davon überzeugt, dass ich mich in meinem Leben niemals so selbstbewusst und bewundernswürdig gefühlt habe wie in diesem Kleid, als ich aus der Limousine steige und wie viele andere edel gekleidete Menschen dem rosenbepflanzten Weg in den Hof einer Schlossanlage folge.

Für einen Moment ist es mir egal, dass ich niemanden kenne und mich niemand kennt, und ich verstecke mich in der Anonymität, hinter dem Eyeliner, den Manon mir gezogen hat, wie hinter einer Maske.

Ich nicke dem Herrn zu, der die Autotür für mich geöffnet hat, bemerke nur am Rande, dass entfernt die Blitzlichter von Fotokameras durch den dämmernden Abend zucken, und tauche zwischen Seidentaft und Spitzensäumen und Rosensträuchern unter.

Die Rosen stehen in voller Blüte, rosé, weiß und dunkelrot, geziert mit kleinen Lichtern, die recht unauffällig in den Sträuchern schimmern, da es noch nicht dunkel genug ist.

Wie eine Edeldame schwebe ich den Weg entlang auf eine breite Treppe zu, die hinunter auf einen runden Platz führt. Zwischen den Menschen, die hier stehen und sich unterhalten, kann ich den Laufsteg sehen und die Stuhlreihen, die im Halbkreis darum platziert sind. Alles ist edel und beige und hochwertig und erinnert mich mehr an eine Hochzeit als an eine Lesung. Statt Klappstühlen stehen hier gepolsterte Barockmöbel.

Die grünen Mary-Jane-Pumps an meinen Füßen berühren die erste Treppenstufe, und ich muss den Rock anheben wie eine Königin, als ich die Stufen nach unten schreite. Ich stelle mir vor, dass in einem Film Geigenmusik erklingen würde, und verdränge damit die Unterhaltungen um mich herum zu Hintergrundrauschen.

Eine Frau in einem roten Kleid überholt mich und begrüßt einen Mann mit Glatze, der ihr freudig einen Arm um die Schulter legt. Eine Gruppe älterer Damen mit buntem Haar tuschelt miteinander, und sie fangen alle gleichzeitig an, laut zu lachen. Zwei Männer, einer mit einem aufwendig gedrehten Schnurrbart, geben sich einen schnellen Kuss, ehe der eine eilig die Treppe nach unten und hinter einem breiten Vorhang verschwindet, der den hinteren Bereich vom Publikum trennt.

Ich sehe mich um und versuche mir jedes Detail einzuprägen. Wie das Abendlicht sich im Schmuck verfängt, das Lachen, den Geruch nach Rosen und schwerem Parfüm, die vorfreudige Stimmung und die farbenfrohe, prachtvolle Garderobe der Anwesenden. Das kleine Schloss im Hintergrund rundet das Bild ab und verleiht dem Ganzen das Feeling eines royalen Balls.

Ich suche nach Worten und Formulierungen, die diesen Moment einfangen, zupfe an den vielen feinen Empfindungen, die sich in mir drehen wie in einem Tanz, damit ich mich später daran erinnern kann, wenn ich sie in einer meiner Geschichten verwenden möchte.

Eine Locke fällt mir ins Gesicht, und ich streiche sie vorsichtig nach hinten, um sie nicht zu zerzausen und das Bild nicht zu ruinieren, das ich von mir im Spiegel gesehen habe und das sich mir ins Gehirn gebrannt hat.

Manon hat recht behalten. Das Kleid bringt mich dazu, mich wie eine Eroberin zu fühlen. Hart und weich gleichzeitig. Stark, aber auch sexy. Ich lächle nur für mich und steige die Stufen weiter nach unten, an noch mehr Leuten vorbei, die zu ihren Plätzen schlendern, als hätten sie es alle nicht eilig. Und das haben wir auch nicht. Die Show beginnt erst in einer halben Stunde, und jeder möchte sich noch der Allgemeinheit präsentieren.

Apropos Manon. Mir fällt wieder ein, dass ich oben an der Treppe auf sie hätte warten sollen. Da habe ich wohl mal wieder geträumt.

Also schlüpfe ich zwischen zwei Abendkleidern hindurch und freue mich gerade noch darüber, dass ich niemandem auf den Saum getreten bin, da schnappt direkt neben mir jemand nach Luft.

Ich hebe den Blick, während ich mich aufrichte, und da ist sie wieder. Völlig unerwartet, wie ein Sommerregen an einem zu heißen Tag, wie Überraschungskuchen, wie Erdbeeren vom Markt. Fio.

Mein Herz setzt einen Schlag aus.

Ich erkenne sie sofort, auch ohne die grellen Klamotten. Statt Kuscheljacke trägt sie einen Anzug. In Rot. Mit Nadelstreifen.

Und nichts darunter.

Etwas explodiert in meinem Kopf, Gedankenkonstruktionen stürzen zusammen, Universen kollidieren, Licht flackert durch meinen Bauch.

Es gibt mit Abstand nichts Anziehenderes für mich als eine Frau im Anzug. Und dann ist es auch noch *sie*.

»Mein Gott*, bist du schön«, keucht sie atemlos, und ihre Stimme klingt weich und warm. Mir schießt die Röte ins Gesicht, auch wenn ich im ersten Moment nicht glaube, dass sie mit mir redet. Doch ihr Blick liegt auf mir, die Augen strahlend grün und gold, wie ein Bild von Klimt, in der schräg fallenden Abendsonne.

»Hey«, bringe ich mühsam heraus, weil ich vergessen habe, wie man spricht.

Fio fährt sich fahrig durchs geglättete Haar, sodass es zu einer Seite fällt und einen Sidecut entblößt. Ich starre auf ihre Finger, und mein Bauch kribbelt heftig, als meine Fantasie sich ohne mein Zutun ausmalt, wie sie sich an meiner Taille anfühlen würden. Ich versuche, eine Stufe nach oben zu steigen, um mit Fio gleichauf zu sein, und stolpere dabei über meine eigenen Füße, weil meine Knie weich sind wie Pudding.

Fio streckt sofort die Hände nach mir aus, um mich vor einem möglichen Sturz zu bewahren, doch ich fange mich schnell genug, und so berührt sie mich nicht, sondern zieht die Hände nur schnell wieder zurück.

Zum ersten Mal wünsche ich mir, gefallen zu sein, selbst wenn es peinlich wäre, aber ich will so dringend, dass sie mich an sich zieht, dass ich das in Kauf nehmen würde.

Doch sie schiebt ihre Hände fahrig in die Taschen ihrer Anzughose. Ihr Jackett spannt sich dabei noch mehr und zeigt mir den Ansatz ihrer Brüste.

Sie trägt tatsächlich nichts drunter.

Meine Synapsen übersteuern, und ich sehe weg, sofort, weiß nicht, wo mir der Kopf steht, kann nicht bis drei zählen, hätte nicht sagen können, wie ich heiße. Oh, fuck!

»Du bist hier«, sagt sie noch etwas aufgewühlt und scheint sich dann wieder zu fassen. »Dafür, dass du nichts mit der Modebranche zu tun hast, verschlägt es dich wohl recht häufig ganz zufällig auf diese Veranstaltungen«, zieht sie mich auf und fängt meinen Blick auf. Das Grinsen auf ihren Lippen ist so verwegen, dass es mich noch mehr aus dem Konzept bringt.

»Ich …«, beginne ich und breche sofort ab, weil ich gar keine Ahnung habe, was ich eigentlich sagen will. Meine Hände schwitzen und kommen mir so überflüssig vor, weil ich nicht weiß, wohin damit. Ich wünschte, ich hätte irgendetwas an mir, an dem ich mich festklammern könnte.

Am besten sie. Mit den Armen um ihren Hals und meinem Körper, der sich an ihren schmiegt.

»Hast du meine Nachricht gefunden?«, fragt sie mich kokett und lehnt sich mir entgegen. Ich nicke, um die Frage zu beantworten, und versinke gleichzeitig in ihren Augen.

»Aber du hast nicht angerufen«, erinnert sie mich und holt mich so aus meiner glitzernden Wolke auf den Boden zurück. Mist. Sie hat recht. Ich habe mich nicht bei ihr gemeldet. Ich will gleichzeitig weglaufen vor Scham, genauso wie ich auch für immer in ihrer Nähe bleiben möchte, weil es echt wundervoll hier ist. Jetzt und hier, während in meinem Bauch Empfindungen erblühen wie die Rosen um uns herum, verstehe ich nicht, wieso ich sie nicht angerufen habe. Eine kleine Nachricht hätte ja auch gereicht.

Ich hatte zu viel im Kopf, zu viel Stress mit allem anderen, dass es leichter gewesen ist, mich nicht zu melden.

»Ich … hatte viel zu tun«, flüstere ich und winde mich dabei, weil es wie eine schlechte Ausrede klingt und so, als wenn ich kein Interesse hätte.

Ihr Lächeln beginnt sofort zu verblassen, und sie öffnet den Mund, um etwas zu sagen, doch ich komme ihr zuvor.

»Und ich habe mich nicht getraut«, gebe ich zu, damit sie nicht enttäuscht ist.

Sie schließt den Mund wieder, und ihre Augenbrauen wandern erstaunt nach oben.

»Wieso nicht?«, erkundigt sie sich ernsthaft, und ich sehe die Treppe nach oben und an meinem Kleid nach unten und zum Schlösschen rüber, nur nicht zu Fio.

»Weil du hot bist?«, kommt aus meinem Mund, und ich betone es absichtlich als Frage, damit es bloß nicht zu sehr nach meinen eigenen Empfindungen klingt. »Und mein Kopf damit nicht umgehen kann.« Ich sage es laut und weiß, dass es die Wahrheit ist. Das ist es, was in meinem Unterbewusstsein vor sich ging und über das nachzudenken ich mich geweigert habe.

Fio ist hot. Sie ist so hot, dass ich kaum hinsehen kann und all meine vorsichtigen, zurückhaltenden Züge außer Kraft gesetzt werden. Worte purzeln viel zu leicht aus meinem Mund, und ich versuche verzweifelt, nicht daran zu denken, wie schön ihre Haut ist und wie weich sie sich anfühlen muss.

FUCK!

Fio starrt mich an, mit einem Blick, der schreit, dass sie nicht glauben kann, dass ich das gerade laut gesagt habe.

Aber offensichtlich musste es raus, und nun habe ich es gesagt, und ich habe Angst vor ihrer Reaktion.

Doch sie lächelt. Und ihre Mundwinkel kräuseln sich so süß, dass ich sie küssen möchte.

»Oh, wie gut, dass ich euch beide gleichzeitig finde«, platzt Manon in den Moment, und genau wie beim letzten Mal scheint eine Blase um uns herum zu platzen, und die Welt besteht wieder aus mehr als nur aus Fio und mir.

»Dir soll ich sagen, dass Klara dich bei den kleinen Umkleiden braucht und …« Manon redet so schnell Französisch, dass ich kaum mitkomme.

»Taylor hat mich geschickt, die Plätze einzuweisen«, erwidert Fio, die offensichtlich sehr viel schneller schaltet als ich.

»Ich weiß, aber Gerald hat sich gerade krankgemeldet. Mit positivem Corona-Test.«

»Uff. Dann ist es wohl gut, dass er auch nicht bei der Vernissage war.«

Manon nickt und kramt in ihrer Tasche herum, die farblich perfekt auf ihren royalblauen Jumpsuit abgestimmt ist.

Es ist seltsam für mich, dass sie und Fio sich kennen, auch wenn es ja Sinn ergibt. Sie arbeiten beide bei Marielle Bernard.

»Hier, Schatz. Einmal Klara überreichen und ihr sagen, sie soll tief durchatmen. Und wenn es hart auf hart kommt, musst du sie davon abhalten, Lady Lorraine zu erdrosseln«, weist Manon sie an und drückt ihr eine Tüte Gummibärchen in die Hand.

Fio grinst wieder so verwegen, als würde sie sich gleich in einen Fechtkampf stürzen.

Hätte ich nicht gerade das unbändige Bedürfnis, sie für mich zu haben, würde ich mir jetzt eine Fan-Fiction zu ihr und der Little Royal Lady von Vrijheit ausdenken. Lorraine im Kampf gegen Ungerechtigkeit und Fio als ihre Verteidigerin mit Schwert und Rüstung. So eine Rüstung würde ihr sicher richtig gut stehen.

»Sehen wir uns danach?«, fragt sie mich plötzlich und berührt dabei ganz sachte meinen Arm. Ihre Finger sind kühl auf meiner erhitzten Haut, und ihre Berührung zuckt wie ein elektrischer Schlag durch meinen Bauch.

»Ja«, antworte ich ihr, auch wenn ich gar nicht weiß, was danach ist. Doch ich will sie definitiv wiedersehen.

Ihr Lächeln ist ganz weich, als sie mir mit den Fingern ganz kurz über die Haut streicht, ehe sie sich abwendet und mit der

Tüte Gummibärchen die Treppe nach unten läuft und hinter dem Vorhang verschwindet.

»Ihr kennt euch?«, erkundigt sich Manon, und die Neugierde ist ihr ins Gesicht geschrieben.

Nervosität blubbert in mir, doch ich unterdrücke sie, so gut es geht, und fasse nach meinem Rock, damit meine Hände nicht so überflüssig nach unten hängen.

»Ich war vorgestern auf der Vernissage«, sage ich und weiß, dass das keine Antwort auf die Frage ist. Manon scheint es zu reichen.

»Hast du ihr Cello gesehen? Das fand ich ja genial. Sie ist wirklich begabt. Ich bin davon überzeugt, dass sie diese Runde mit Bravour durchgestanden hat«, meint sie und macht eine Handbewegung, die mir anzeigt, ihr zu folgen.

»Welche Runde?«, möchte ich wissen und steige die Treppe wieder nach unten, zu den Stuhlreihen.

»Oh, Fiona ist Teil unseres Traineeprogramms. Wir suchen zwei Nachwuchstalente für die junge Kollektion.« Manon grüßt zwei ältere Frauen und winkt mich weiter zu einer der erhöhten Sitzreihen. Sie ist erstaunlich schnell auf ihren High Heels, und ich komme kaum hinterher, auch wenn meine Absätze nicht ansatzweise so hoch sind.

Doch ich beeile mich, damit ich auch jedes Wort verstehe, das sie über Fio sagt. *Fiona,* denke ich und freue mich über diese kleine neue Information.

»Und was hat das mit Runden zu tun?«, frage ich wieder, weil ich es immer noch nicht verstehe, und schiebe mich neben Manon, damit ich sie nicht verliere. Die Ränge füllen sich, und ich habe Angst, zwischen den Menschen abhandenzukommen.

»Wir haben aus Tausenden Bewerbungen fünfzig Designerinnen und Designer ausgesucht, die jetzt bei uns in verschiedenen Abteilungen arbeiten. Jeden Monat haben sie eine Aufgabe zu erfüllen, und die Besten bekommen am Ende einen Job. Die Vernissage war eine dieser Aufgaben. Fiona hat bisher hervorragend performt. Ich wäre entsetzt, wenn sie es nicht schafft.«

Gespannt sauge ich all diese Information auf, und es geht mir jetzt erst wirklich auf, dass Fio Modedesignerin ist.

Meine Gedanken machen mich langsamer, und jetzt merkt auch Manon, dass sie mir zu schnell ist. Sie hakt sich bei mir unter, und ich fühle mich sofort sicherer.

»Außerdem ist sie verflucht sexy«, ergänzt sie plötzlich mit einem lauten Seufzen und tut dann so, als würde sie sich mit der Hand Luft zufächeln. »Bei Gott*, wenn ich die Trainees nicht mitbetreuen würde und es deshalb aus beruflicher Sicht nicht so verwerflich wäre, würde ich sie nach einem Date fragen. Meine Güte«, erzählt sie mir energisch, und ich muss lachen. Zum einen, weil es nachvollziehbar ist, zum anderen, weil ich mit meiner Vermutung richtiglag. Manon ist nicht straight.

»Ja, das versteh ich«, pflichte ich ihr bei, und sie dreht überrascht den Kopf in meine Richtung.

»Ach, tust du das?« Ihr Blick zeigt Überraschung und Neugierde, und in meiner Brust entsteht ein Druck, der sich irgendwo zwischen Angst, Stolz und Freude bewegt. Wie jedes Mal, wenn ich mich vor irgendwem oute.

Es gibt Menschen, denen sieht man eher an, dass sie nicht straight sind. Manon mit ihren bunten Haaren und den Piercings. Fio mit ihrer androgynen Art und dem Sidecut. Man kann es vermuten, wenn man weiß, worauf man achten muss.

Bei mir ist das schwieriger. Ich trage keine Regenbogen an mir, ziehe mich nicht extravagant genug an, habe einen femininen Look. Die Menschen sehen mich an, und keiner von ihnen zweifelt daran, dass ich eine junge Frau bin, die davon träumen muss, einmal einen netten Mann zu heiraten.

Doch man sollte niemals nur vom Äußeren aufs Innere schließen.

Ich merke, wie mir die Röte in die Wangen schießt, weil ich so offen zugegeben habe, dass ich Fio sexy finde, und fürchte, dass nicht mal das Make-up verhindern kann, dass Manon es sieht.

»Ooooh«, macht sie lang gezogen, und ihr Grinsen bekommt einen irren Zug, als plane sie, die Welt niederzubrennen. »Das ist ja interessant. Du steckst voller Überraschungen, Romina.«

8
Perlen im Haar

Durch die erhöhte Position in der dritten Reihe habe ich einen perfekten Blick auf die Modelle, die über den Laufsteg flanieren. Alles ist rot und gold und pompös, und ich weiß schon nach wenigen Minuten nicht mehr, worauf ich achten soll, weil die Massen von schimmernden Perlen, glänzenden Gürteln, Lichtelementen, Netzstoffen und Chiffon mein Gehirn überfordern.

Vor allem, weil mein Kopf ständig abschweift. Ich bin hergekommen, um einen Blick auf Lorraine von Vrijheit zu werfen, und kann jetzt nur an Fio denken. Mein Bauch ist so aufgewühlt, mein Herz rast immer wieder, und ich gehe jede Sekunde in meinem Kopf immer und immer wieder durch, die wir gerade miteinander verbracht haben.

Sie hat gesagt, ich wäre schön. Sie hat gesagt, sie will mich nachher sehen.

Ich blinzle und konzentriere mich wieder auf den Laufsteg und das Ensemble aus Hosenrock und einer eng geschnittenen Jacke, die so aufwendig bestickt ist, dass ich es gerne länger als nur die paar Sekunden sehen würde, die das Model braucht, um das Kleidungsstück einmal über den Laufsteg im Kreis zu tragen.

»Nach der Show werden alle Modelle im Rosengarten ausgestellt. Dann kannst du sie begutachten«, verspricht Manon mir, die links von mir sitzt und mich mit ihren Kommentaren und kleinen Insiderdetails in der Wirklichkeit hält, damit ich nicht vollkommen meinen Tagträumen anheimfalle.

Zu meiner Rechten bemüht sich Danielle von NiNet, unserer Unterhaltung zu folgen, ohne zu neugierig zu wirken.

»Und die wurden von Lorraine von Vrijheit designt?«, erkundige ich mich an keine Bestimmte gewandt, und Danielle sieht wohl ihre Chance, ins Gespräch mit einzusteigen.

»Kennst du ihren Vlog?«, fragt sie mich hastig, und ich nicke.

»Ich liebe ihren Vlog. Aber ich habe die neuesten Folgen nicht gesehen.«

»Schau sie dir an, da zeigt sie den ganzen Entstehungsprozess.« Danielle lächelt mich wohlwollend an, und ich frage mich plötzlich, ob sie gerade versucht, sich mit mir anzufreunden.

Ich lächele also zurück und hoffe, dass wir uns anfreunden werden. Die ganze Sache mit der Verfilmung ist sicher leichter, wenn ich mich ein bisschen fallen lassen kann und nicht die ganze Zeit die Maske der unfehlbaren Professionalität aufrechterhalten muss.

Wir könnten uns dann zum Kaffee treffen und uns WhatsApp-Sprachnachrichten schicken, und ich könnte meine Pinterest-Pinnwand mit ihr teilen.

Ich habe nicht erwartet, dass meine Konzentration bei all den Farben und Geräuschen bis zum Schluss ausreicht, und ich behalte recht. Irgendwann verschwimmt alles ineinander, ein großer Mix aus Formen und Perlen, Schritten im Takt und Manon, die mir Sachen zuraunt, die ich sofort wieder vergesse.

Dann kommt die Lady von Vrijheit auf den Laufsteg, und wir klatschen und jubeln mit der Menge mit, und alles um mich herum ist nah und fern gleichzeitig.

Auch wenn ich's genossen habe, bin ich froh, als wir uns endlich von unseren Plätzen erheben können und das Publikum sich über die Treppen nach oben in den Rosengarten ergießt. Die Geräuschkulisse verteilt sich auf ein größeres Gelände, und die Gespräche werden von den Rosenbüschen geschluckt.

Manon verabschiedet sich von mir mit den hier üblichen drei

Wangenküsschen, zwinkert mir zu und verschwindet irgendwo hinter den Kulissen.

Danielle bekommt einen Anruf, den sie nur eben kurz annehmen muss, weil er wichtig ist, und ich stehe im nächsten Moment allein da.

Ich beschwere mich nicht, denn eigentlich muss ich für einen Moment durchatmen und meine Gedanken sortieren, um zurück ins Hier und Jetzt zu finden.

Eine kleine Nervosität entzündet sich in meinem Bauch und zieht Kreise, weil ich bei jedem kleinen bisschen Rot in der Menge denke, dass es Fio sein könnte. Weil ich will, dass es Fio ist.

Doch ich sehe sie nicht und denke, dass es auch unwahrscheinlich ist, dass sie sofort nach der Show schon herumscharwenzeln kann, wenn sie hier heute Abend eigentlich arbeitet.

Ich folge den Menschen langsamen Schrittes, lasse mein Kleid um meine Beine schwingen, konzentriere mich auf den kühlen Hauch, den die Nacht mit sich bringt, und den Geruch von Rosen, um mich selbst nicht verrückt zu machen.

Ohne es zu beabsichtigen, lande ich auf dem Vorplatz des kleinen Schlosses, auf dem gerade von vielen flinken Händen die Modelle auf Kleiderbüsten herbeigetragen und im Kreis aufgestellt werden. Keine der Personen ist Fio, und das macht mich nur noch nervöser.

Wie auf der Vernissage werden Sekt und Häppchen gereicht, doch ich will nichts davon. Mein Magen ist so aufgewühlt, dass mir allein beim Gedanken an Essen oder Alkohol übel wird. Ich lasse mir ein Glas reichen, nur um mich an etwas festzuhalten.

Ich sehe von der Seite, wie sich am Haupteingang des Schlosses eine Traube von Menschen bildet, die alle nach Lady Lorraine rufen. Auch wenn ich sie unfassbar gerne persönlich treffen würde, halte ich mich von dem Gewühl lieber fern und gehe in die entgegengesetzte Richtung, an den Modellen entlang.

Was sollte ich auch zur Lady sagen? Wahrscheinlich nur irgendwas Dummes. Die Blamage spare ich mir und gebe mich damit zufrieden, sie auf dem Laufsteg gesehen zu haben. Das war schon sehr viel näher, als ich jemals gedacht hatte, der Lady zu kommen.

Stattdessen wende ich mich den Designs zu und betrachte die Stickereien, die von Nahem noch viel facettenreicher sind, als ich es vorhin habe erkennen können. Schimmernde Garne in Grün- und Blautönen ziehen in Bildern über den Stoff. Ich stelle fest, dass das, was ich für Farbmix gehalten habe, in Wirklichkeit viele kleine Tiere sind. Vor allem Vögel und in jeglicher Variation. Sie flattern durch Blätter und Wellen aus Perlen und Pailletten und ich wünschte, ich könnte sie mit den Fingern nachfahren. Doch ich traue mich nicht. Dafür ist die ganze Geschichte hier zu teuer.

Ich wünsche mir trotzdem, es mit mehr Sinnen zu erfassen als nur mit den Augen, und so gehe ich vor dem Kleid in die Hocke, stelle mein Glas hinter mir auf dem Boden ab und beuge mich dem Rock entgegen, um daran zu schnuppern.

Hoffentlich sieht mich keiner, denke ich noch und strecke mich, so weit ich kann, ohne den Stoff zu berühren. Ich nehme Kupfer und einen Hauch von Wachs wahr.

Aus den Augenwinkeln sehe ich, wie Menschen sich in meine Richtung bewegen, und ich will mich schnell wieder erheben, um nicht dabei erwischt zu werden, wie ich wie eine Verrückte an einem Kleid rieche. Doch ich lehne meinen Kopf nur ein paar Zentimeter zurück, und etwas zieht an meinen Haaren. Oh, fuck, ich bin hängen geblieben.

Die leise Panik in mir sagt mir, ich sollte mich schnell losreißen, bevor es jemand mitkriegt, aber ich will auf keinen Fall, dass ich eine der sündhaft teuren Perlen, die sich in meiner Hochsteckfrisur verhakt hat, damit vielleicht vom Kleid abtrenne. Was, wenn an dem Garn mehr als eine Perle hängt und ich damit das halbe Bild auffädle? Ich sehe mit Schrecken vor meinem inneren Auge, wie sich Perlen über den Platz ergießen, alle empört nach Luft schnappen und ich mit zerzausten Haaren dastehe. Die Übeltäterin, die Zerstörerin. Ich könnte den Schaden niemals bezahlen.

»Darf ich?«, höre ich eine leise Stimme hinter mir, und ich weiß, dass es Fio ist, weil mir ihre Stimme bereits bekannt ist und sie hier als Einzige Deutsch mit mir spricht. Mein Kopf macht einen Satz aus der Panik heraus, und ich schließe für eine Sekunde erleichtert die Augen.

»Ja«, flüstere ich und spüre, wie Finger sich sanft an meinen Hinterkopf legen. Es ziept kurz an meiner Kopfhaut, und ich bin frei.

Schnell stehe ich aus der Hocke auf und drehe mich Fio zu, die sich ebenfalls erhebt. Sie grinst, und es bringt mein Herz viel zu sehr zum Hüpfen, während ich gleichzeitig zwischen Scham und Dankbarkeit festhänge. Meine Wangen erhitzen sich, und ich streiche meinen Rock glatt, um meine Hände nicht nutzlos an mir herunterhängen zu lassen.

»Danke. Du bist meine Retterin«, sage ich und komme mir im selben Moment viel zu kitschig dabei vor.

Doch ihre Augen fangen an zu leuchten, und sie hebt die Hand, um mir eine Haarsträhne zurück in die Frisur zu streichen. Sie berührt mich dabei kaum, und doch spüre ich es bis unter die Haut.

»Jederzeit, meine Schöne«, erwidert sie galant und völlig unironisch, und ich schmelze innerlich dahin.

Oh, Gott*, sie flirtet so offen, dass ich gar nicht weiß, wohin mit mir. Doch ich trage dieses Wahnsinnskleid, und sie hat mir heute Abend schon zweimal gesagt, dass ich schön bin, also falte die Hände hinter meinem Rücken und neige mich ihr ein klein wenig zu.

»Charmant«, erwidere ich, und sie kichert leise.

»Klar, ich will doch, dass du diesmal anrufst«, sagt sie, und ich unterdrücke den Impuls, mir auf die Unterlippe zu beißen.

»Und was wird passieren, wenn ich's tue?«

»Dann lad ich dich auf ein Date ein«, antwortet Fio mir, und ihr Grinsen wird noch breiter. »Und frage dich, wie es sein kann, dass du mit deinen Haaren am Perlensaum eines Designerkleides hängen geblieben bist.«

Mir ist ganz schwindelig, weil mein Herz so sehr rast. Fio grinst so unfassbar süß, und gleichzeitig ist es mir immer noch so peinlich, dass sie mich bei einer meiner Seltsamheiten erwischt hat.

»Ich … ich wollte mir die Stickereien ganz genau ansehen. Und dran riechen«, kommt irgendwie die Wahrheit aus mir heraus, weil es mich überfordern würde, mir etwas anderes auszudenken, und ich sehe deutlich, wie Fio ein Lachen unterdrückt.

»Und nach was riecht es?«, fragt sie, und ich blinzle überrascht. Ich hab damit gerechnet, dass sie mich fragt, warum.

»Metallisch und nach Wachs«, berichte ich ihr, und sie nickt.

Ihr Haar wippte dabei, und sie schiebt es sich in einer geschmeidigen Bewegung hinters Ohr. Ihre Ohrläppchen sind voller Sterne.

»Manche der Garne wurden gewachst, damit sie beim Sticken leichter durch den Stoff gleiten. Deine Nase ist also ziemlich gut«, meint sie, und ich freue mich, dass sie mich nicht verurteilt, sondern mich sogar noch bestätigt.

»Uh. Das werde ich nachher mal googeln.«

»Tu das.«

»Hast du da mitgearbeitet?«, will ich wissen, und sie schüttelt den Kopf. Ein klein wenig Wehmut liegt in ihren Augen.

»Schön wär's. Aber da lassen sie mich noch nicht ran. Ich bin Jungdesignerin. Klingt fancy, steht in der Hierarchie noch unter einer Schneiderin. Und damit bin ich nur das Mädchen für alles. Ich darf nur Deppenarbeit machen.«

»Und eine Milliarde Perlen annähen ist keine Deppenarbeit?«

»Doch, für besser bezahlte Deppen als mich«, wirft sie ein, und wir lachen beide.

Mal wieder bin ich erstaunt darüber, wie leicht es mir fällt, mit ihr zu reden. Wie leicht sie es mir macht, mich in ihrer Gegenwart nicht absonderlich zu fühlen.

»Ist es dein Kleid?«, fragt sie mich, streckt spielerisch die Hand nach mir aus und berührt ganz leicht, für eine Sekunde, den halb durchsichtigen Stoff an meinem Bauch. Mein Magen kribbelt so heftig, dass ich nicht atmen kann.

»Nein. Ich durfte es mir ausleihen«, antworte ich erstaunlich klar für das Chaos in meinem Körper, das noch schlimmer wird, als Fio mich intensiv mustert.

»Mir gefällt deine Wahl. Frühjahr 2013«, sagt sie, und ihr Mundwinkel kräuselt sich wieder.

»Ich wünschte, ich dürfte es behalten. Aber das kann ich mir nicht leisten.« Wieder streiche ich mit den Fingern über den Tüll.

»Verdient man als Autorin nicht genug?«

»Genug zum Leben, ja. Mit Büchern wird man eher selten reich.«

»Vielleicht macht Manon dir einen Freundschaftspreis«, schlägt sie vor, und ich zucke mit den Schultern.

»Oh, ich kenn sie erst seit heute. Viktor hat mich an sie übergeben, als er keine Zeit mehr hatte«, berichte ich ganz unbedarft und sehe dabei zu, wie Fio die Gesichtszüge entgleisen.

Was habe ich gesagt? War es etwas Falsches?

»Viktor Panagiotidis? Du nennst Monsieur Panagiotidis *Viktor?*«, fallen ihr die Worte aus dem Mund, als wären es Chilischoten.

»Er hat's mir angeboten«, versichere ich ihr und hoffe, gerade kein Sakrileg begangen zu haben.

»Das hätte ich gern gesehen«, beginnt Fio zu kichern und kommt noch näher zu mir. Wie Verschwörerinnen stecken wir die Köpfe zusammen, und alle Sorge zerstreut sich in der warmen Abendbrise.

»Ich habe noch nie erlebt, dass ihn jemand Viktor nennt. Nicht einmal der Meister höchstpersönlich nennt ihn so«, erzählt sie mir, als wäre es ein Geheimnis, und vielleicht ist es das ja auch.

»Es war auch eine sehr seltsame Situation«, berichte ich ihr und verfolge dabei jede kleine Reaktion in ihrem Gesicht. Wie ihre geschwungenen Augenbrauen immer weiter nach oben wandern, ihre Lippen immer breiter grinsen, der Schalk durch ihre Augen springt. »Zuerst dachte ich, er findet mich lästig. Aber dann entpuppte er sich plötzlich als Fan meiner Arbeit, und er hatte eins meiner Bücher dabei, damit ich es für ihn signiere.«

»O. Mein. Gott*!« Sie macht eine dramatische Pause nach jedem Wort. »Was schreibst du für Bücher?«

»Kitschige französische Historienromanzen«, stecke ich ihr, und da ist eine Mischung aus Schock und Belustigung in ihrem Gesicht, die ich zu gerne einfangen und in Flaschen füllen würde, so wundervoll ist Fio anzusehen. Sie schlägt sich eine Hand vor den Mund, doch ihre Augen zeigen deutlich, wie sehr sie sich das Lachen verkneifen muss.

»Jetzt habe ich das Gefühl, Dinge zu wissen, die ich nicht wissen sollte«, flüstert sie energisch, und auch mir kribbelt ein Lachen auf der Zungenspitze.

»Das tut mir leid«, sage ich nicht sehr ernst gemeint, und Fio legt mir eine Hand auf den Rücken.

»Sag das nicht. Ich halte jetzt Mächte in meinen Händen, mit denen ich eh nichts anfangen kann«, behauptet sie, und ihre Handfläche brennt sich warm durch mein Kleid in meine Seele.

»Klingt ja magisch«, raune ich und schiebe mich ein wenig näher an sie.

Es klirrt leise, und ich sehe mich irritiert um. Noch während ich begreife, dass da ein Sektglas am Boden liegt, das ich selbst dort abgestellt und vergessen habe, hat Fio schon den Arm um meine Taille geschoben und zieht mich, einem Tanzschritt gleich, in einem eleganten Halbkreis zur Seite. Die Flüssigkeit, die sich schäumend auf dem Boden ausbreitet, verfehlt dadurch nur knapp meine Schuhe, und auch der schwingende Saum des sicher unbezahlbaren Kleides bleibt verschont.

»Schon wieder gerettet«, bringe ich heraus und kann gleichzeitig an nichts anderes denken als an Fios Arm um meine Taille.

Es fühlt sich genauso an, wie ich es mir vorgestellt habe. Warm und fest gleichzeitig. Wie Crème brûlée. Mein Atem geht stockend, mein Herz rast in meiner Brust, ganz nah an ihre gedrückt. Meine eine Hand liegt an ihrer Schulter, die andere an ihrem nackten Schlüsselbein.

Fio riecht nach Lavendel und gezuckerter Sahne, und ich will meine Nase gegen ihren Hals drücken.

Doch natürlich tue ich es nicht. Schließlich will ich nicht aufdringlich sein. Oder ihr zu offensichtlich zeigen, dass ich sie so anziehend finde, dass in meinem Körper Dinge passieren, wenn sie mich so nah an sich zieht.

Ich sehe zu ihr auf, und unsere Blicke begegnen sich. Ihre Augen sind dunkel im Licht der Laternen und Lichterketten, und doch blickt Fio mir bis in die Seele.

»Das war ja knapp«, bricht die Stimme einer Frau in den Moment, und Fio lässt mich los. Ich hasse, dass sie mich loslässt, aber ich beschwere mich nicht, sage nichts, schlucke und lecke mir über die brennenden Lippen.

Ich hätte Fio geküsst, wenn sie mich geküsst hätte. Ich weiß es.

Danielle steht bei uns, ein neutrales Lächeln auf den Lippen, und dann sieht man ihr an, wie ihr aufgeht, dass sie gerade in eine lesbische Sache reingeplatzt ist.

»Oh, ich … ähm … ich kann auch gleich wiederkommen«, beginnt sie zu stammeln, und das nervöse Kichern, das schon so lang auf meiner Zunge liegt, schwappt mir glucksend aus dem Mund.

»Ich muss jetzt eh wieder zurück«, meint Fio auf Französisch, und ich nicke.

»Okay«, murmle ich.

Sie tritt einen Schritt zurück, verharrt und kommt dann plötzlich wieder auf mich zu, neigt mir ihren Kopf zu. »Schreib mir«, flüstert sie, ganz nah an meinem Ohr, ihre Hand wieder auf meinem Rücken, und ein wohliger Schauer rieselt mir die Wirbelsäule nach oben, die Arme entlang und bis in die Fingerspitzen.

»Versprochen«, erwidere ich, und Fio lächelt – triumphierend – und verschwindet zwischen den Menschen.

9

Mafia-Croissants

Das Erste, was ich tue, als ich zurück in meinem Apartment bin, ist, nach dem Rock zu suchen, den ich gestern anhatte. Meine Klamotten liegen in vielen kleinen Haufen im Schlafzimmer verteilt, und ich schalte erst einmal das Licht ein.

Ich versuche, leise zu sein, weil Pierre auf der Couch pennt, und habe deshalb das Gefühl, doppelt so laut zu sein wie sonst. Doch mein Körper ist so voller Adrenalin, dass ich nicht ruhen werde, ehe ich den Rock gefunden habe. Und den Ring, der hoffentlich noch in der Tasche auf mich wartet.

Ich hatte die Absicht, ihn da drin zu vergessen, aber wie so oft, wenn man gerne hätte, dass etwas nebensächlich wird, ist das ein gutes Zeichen dafür, dass es eben alles andere als unwichtig ist.

Ich wühle mich durch eine wilde Mischung aus frischer Unterwäsche und einer viel zu warmen Hose, um einen Rock hervorzuziehen, der nicht der richtige ist.

Es ist spät, schon nach Mitternacht, ich bin müde und wach gleichzeitig, und ich kann an nichts anderes denken als an Fios Hand an meiner Taille. An ihre Augen, die mir in die Seele blicken. Daran, wie sie riecht, wie sich ihre Mundwinkel kräuseln, wenn sie lacht.

Ich finde den Rock über der Lehne eines Stuhls in der Ecke und reiße beinahe einen Stapel Bücher aus dem Regal, als ich ihn zu schwungvoll an mich ziehe. Sofort schiebe ich die Hand in die eine Tasche, die natürlich die falsche ist, weil man immer als Erstes in die falsche fasst. Genauso, wie wenn man einen USB-Stecker anschließt. Hat jemals jemand den beim ersten Versuch richtig herum angesteckt?

In meinem Bauch sitzt die kleine Angst, den Ring aus Nachlässigkeit verloren zu haben, da ertaste ich ihn in der anderen Tasche.

Er ist glatt und kalt, und mein Herz schlägt mir bis zum Hals, weil ich ein kleines Stück Fio in den Händen halte. Ich schiebe ihn mir auf den Finger, auch wenn ich mir jetzt noch dreister dabei vorkomme als zu Anfang, schäle mich schnell aus meinen verschwitzten Klamotten und lasse mich rückwärts aufs Bett fallen. Das Bettgestell quietscht dramatisch, und ich horche erschrocken in den Nebenraum, aus dem ich jedoch nur leises Schnarchen vernehme.

Ich schnappe mir mein Handy und tippe eine schnelle Nachricht an Luna.

> **Ich**
> Hab sie wiedergesehen. 😵‍💫🤍 Mir ist ganz schwindelig. Ich schreib ihr jetzt.

Sie wird nicht mehr wach sein, und ich habe auch ein schlechtes Gewissen, weil ich ihre Sprachnachrichten von heute noch nicht angehört habe. Aber sie weiß ja, dass ich beschäftigt bin.

Ich blicke den Ring an, dessen Mondstein im sanften Licht der Nachttischlampe schimmert wie ein Wassertropfen.

Ich werde ihn Fio zurückgeben, auch wenn ich ihn gerade am liebsten für immer tragen würde. Meine Gedanken sind kitschig und viel zu viel dafür, dass wir uns gerade zweimal kurz getroffen haben.

Die Erinnerung, wie Fio mich in ihre Arme zog, um das Kleid vor dem Champagner zu retten, spielt sich in einer Dauerschleife in meinen Gedanken ab, und ich schaffe es endlich, WhatsApp zu öffnen und auf ihre Nummer zu klicken. Ich habe sie schon an dem Tag eingespeichert, an dem ich sie bekam. Nur für den Fall, dass ich sie brauche und dann die Serviette nicht wiederfinde, weil ich sie irgendwo hingelegt habe und mir ganz doll merken wollte, wo, und es deshalb sofort vergessen habe.

Ist nicht passiert. Ich weiß, wo sie liegt (zwischen den Seiten meines Tagebuchs), aber ich kenne mich und gehe lieber auf Nummer sicher.

Fios Profilbild ist ein Selfie von einem Konzert. Man kann sie in der Dunkelheit und den bunten Lichtern kaum erkennen, im Hintergrund eine Menschenmenge vor einer riesigen Bühne, auf der kleine Schatten ihre Instrumente schwingen.

Sie ist so verflucht cool, ich kann kaum atmen.

Ich
Hey. Hier ist Romina. Von der Modenschau.

Ich lösche es wieder. Sie wird wissen, wer ich bin. Sie wartet auf eine Nachricht von mir.

Schnell checke ich mein eigenes Profilbild. Ich beim Spazierengehen, mit einer Tasse in der Hand. Das war ein guter Tag. Ich hatte gerade die Zusage für eine Kurzgeschichte in einer beliebten Anthologie bekommen.

»So, du bist Autorin, Mina. Schreib was Gutes«, mahne ich mich selbst und habe das Gefühl, gar nichts mehr zu können. Wörter? Was sind Wörter?

Ich
Hey du. Ich hoffe, dein Abend war nicht mehr allzu stressig. Ich fand's sehr schön, dich wiederzusehen. ♡ Romina

Ich schicke es ab, bevor ich es zerdenken kann. Mein Bauch kribbelt wie Ameisen, wie Badeschaum, und ich lege das Handy weg, um an die Decke zu starren, ohne sie zu sehen. Lichter glimmen in Rosensträuchern, perlenbesetzte Vögel flattern im Abendwind, und ich träume davon, wie es sich wohl anfühlt, meine Finger zwischen Fios zu schieben, ihr durchs Haar zu streichen, ihr zuzusehen, wie sie Eis isst, und es ihr von der Oberlippe zu küssen.

Das Jetzt vermischt sich mit dem Morgen, und ich halte den Ring immer noch in meinen Händen, als ich zerknautscht erwache. Irgendwie habe ich es im Halbschlaf unter die Decke geschafft und liege ausgestreckt zwischen einem Berg aus Kissen.

Es fühlt sich an, als hätte ich gar nicht geschlafen, als wäre nur eine Sekunde vergangen. Als hätte ich Fio gerade eben noch gesehen und es lägen keine Stunden zwischen unserer letzten Begegnung und jetzt.

Sofort greife ich nach meinem Telefon, um zu sehen, ob sie mir geantwortet hat. Der Bildschirm bleibt schwarz. Akku leer.

Ich atme schnaubend aus und drücke mein Gesicht genervt in eins der flauschigen Kissen. Ich schreie nicht, weil Pierre nebenan wahrscheinlich noch schläft, aber ich ärgere mich darüber, dass es immer das Gleiche mit mir ist.

Taumelnd komme ich auf die Füße, bin viel zu daneben, um beim ersten Versuch mein Ladekabel anzustecken, und sinke dann wieder aufs Bett, um darauf zu warten, dass mein Handy wieder zum Leben erwacht.

Aufgrund meines Müdigkeitsgrades schließe ich darauf, dass es noch früh am Morgen ist und ich keine sechs Stunden geschlafen habe. Doch auch wenn mein Kopf schmerzt und meine Augen drücken, ist an Schlafen nicht mehr zu denken.

Mir kommt der Gedanke, die Zeit mit Schreiben zu überbrücken. Schließlich wartet die Arbeit auf mich. Doch nur die Vorstellung, das Dokument zu öffnen und auf die Zeilen zu starren, raubt mir sämtliche Lebenskraft, und ich verkrieche mich zwischen meinen Kissen, reibe mit den nackten Füßen über das weiche Laken und warte auf das leise *Pling* von meinem Handy, das es macht, wenn es sich wieder einschaltet.

Stattdessen höre ich jedoch eine Stimme im Nebenraum. Es klingt nach Pierre, und auch wenn ich ganz genau hinhöre, verstehe ich kein Wort von dem, was er schimpft. Ich kann nur sagen, dass er verzweifelt klingt.

Also schnappe ich mir schnell ein Shirt und Shorts und öffne die Tür einen Spalt. Pierre steht mitten im Zimmer, in einer Hand sein Telefon, das er sich ans Ohr presst, mit der anderen massiert er sich die Nasenwurzel.

Er bemerkt mich sofort, und sein gehetzter Gesichtsausdruck glättet sich.

»Hab ich dich geweckt?«, fragt er erschrocken, und ich schüttele den Kopf.

»Alles okay bei dir?«, will ich leise wissen und deute auf das Handy an seinem Ohr.

»Ist nur 'ne Warteschleife.«

Ich nicke.

»Und es ist alles okay. Mir hat nur schon wieder einer eine Wohnung abgesagt.« Er sieht wirklich geknickt aus.

»Wegen der Sache mit dem Apartment? Denkst du nicht, dass Viviane das schon regeln wird?« Wobei mir einfällt, dass ich mal dringend meine Mails checken sollte.

Pierre macht eine wegwerfende Bewegung mit der Hand.

»Nein. Ja. Aber nein«, grummelt er, seufzt wieder laut und lässt sich schließlich aufs Sofa zwischen sein Bettzeug fallen. Aus seinem Handy höre ich jetzt leise scheppernde Klaviermusik. »Ich bin die Woche hier, weil ich Wohnungen besichtige. Ich muss nächsten Monat nach Paris ziehen.«

»Du musst?«

»Ich habe einen Job angenommen. Der startet in fünf Wochen. Bis dahin sollte ich am besten umgezogen sein.«

Keine Ahnung, was ich von ihm erwartet hatte. Vielleicht, dass er nur fürs Partymachen in Paris ist oder keinen Plan vom Leben hat. Nicht, dass er auf der Suche nach einer Wohnung ist.

»Was machst du beruflich?«, erkundige ich mich, auch wenn's die lahmste Frage der Welt ist, und er sieht mich geradewegs an. Sein Blick ist so ernst, als versuchte er, damit ein Vakuum zu erschaffen.

»Aber du darfst nicht schockiert sein«, warnt er mich, und seine Stimme hat etwas Hartes an sich.

Er ist Geheimagent, denke ich sofort und spinne den Gedanken weiter. Polizist in einer Undercover-Mission. Oder etwas, das ich als Letztes von ihm erwarten würde. Ich betrachte ihn, mit seinen verstrubbelten Haaren und dem zu großen T-Shirt.

Auftragsmörder.

Nein, dafür sind seine Arme zu lauchig. Vielleicht Drogendealer. Oder Mafiaboss, der seine Macht durch Psychospielchen aufrechterhält.

»Okay«, sage ich fest und mache mich aufs Schlimmste gefasst. Auf den Schock, auf die menschlichen Abgründe.

»Ich bin Buchhalter.«

»Für die Mafia«, füge ich sofort hinzu, und er verzieht das Gesicht, als hätte ich was Unsinniges gesagt.

»Nein. Für ein kleines Exportunternehmen.«

»Das der Mafia gehört«, kommt es wie von allein aus meinem Mund, und Pierre fängt an zu lachen.

»Ich würde ja fragen, ob du als Kind zu heiß gebadet wurdest, aber ich nehme an, das ist dein Autorinnengehirn, das sich selbstständig macht«, kommentiert er mich, und ich stehe da wie begossen.

»Das würde ich auch sagen, wenn ich verheimlichen wollte, dass ich der Kopf des organisierten Verbrechens in Paris bin«, werfe ich noch hinterher, meine es aber nicht besonders ernst.

Ich trotte an ihm vorbei in die Küchennische und versuche mich nicht dafür zu schämen, für einen Moment daran geglaubt zu haben, dass Pierre ein kriminelles Genie sein könnte.

»Du bist also Buchhalter. Wie antiklimaktisch«, murmle ich und fülle den Wasserkocher für eine gute, mafiafreie Tasse Tee.

»Du siehst mich an und denkst, ich arbeite für die Mafia?«, will Pierre amüsiert wissen, und ich zucke undefiniert mit den Schultern.

»Man kann nie wissen. Es sind immer die Unscheinbaren, die Dreck am Stecken haben«, behaupte ich und hole zwei Tassen aus dem Regal.

»Äh«, macht Pierre und erhebt sich beschwingt aus den Polstern. »Ist das deine Art, mir zu sagen, dass ich langweilig aussehe?«

Wenn er darauf abzielt, dass ich ihm jetzt was Nettes sage, um sein Ego zu füttern, teilt er sich leider mit der falschen Lesbe ein Apartment.

»Ich kann mir definitiv einen besseren Anblick am Morgen vorstellen«, trieze ich ihn und hole Teebeutel aus einer der bunten Schachteln.

»Und welchen?«, fragt Pierre nach und lehnt sich wieder neben mir an den Türrahmen. Dort, wo er auch das letzte Mal gestanden hatte.

Ich öffne den Mund, um ihm zu sagen, dass er zum Beispiel weiblich sein könnte, als meine Gedanken auf Abwege geraten und meine Fantasie mir einen nach Lavendel riechenden Streich spielt.

Denn es könnte auch Fio sein, die hier neben mir lehnt. Mit verstrubbeltem Haar und einem zu großen T-Shirt. Ich würde ihr Tee kochen, und sie würde zu mir herüberlächeln und mir ganz schwindelig werden. Und dann könnte sie mir den Arm um die Taille schlingen und zum »Guten Morgen« ihre geschwungenen Lippen auf meine legen.

»Du bist knallrot im Gesicht, und ich platze vor Neugierde«, unterbricht Pierre meine Tagträumerei, und ich schäme mich in Grund und Boden. »Netter Ring übrigens.«

Ich blicke zu meiner Hand. Sie hängt in der Luft, leicht gedreht, sodass der Ring besonders gut präsentiert wird. Ich habe das Schmuckstück angestarrt, ohne es zu merken.

Die Scham brodelt heiß in meinen Wangen. Wieso bin ich nur so verpeilt und verräterisch und total durchschaubar?

Schnell verstecke ich die Hand hinter meinem Rücken, als wäre das nicht noch viel auffälliger.

»Du hast nichts gesehen«, sage ich so würdevoll wie irgend möglich.

»Natürlich nicht«, erwidert Pierre ironisch und fährt sich durch die Haare wie ein schmieriges Model in einer Parfümwerbung. »Wir bei der Mafia sind bei so was Profis«, flapst er, und ich werfe ihm einen bösen Blick zu.

Er grinst.

»Ich werde dann jetzt auch, ganz nach Mafiamanier, Frühstückskuchen kaufen gehen. Möchtest du Croissants?« Er stößt sich vom Türrahmen ab und schnappt sich eine Handvoll Klamotten.

»Nur wenn die Mafia es erlaubt. Wir wollen ja nicht, dass du Ärger bekommst, wenn die Zahlen nicht stimmen«, grummle ich, während er im Bad verschwindet, um sich anzuziehen.

Und da höre ich ihn endlich, den Ton, auf den ich gewartet habe. Ganz leise ist er nur, aber er trifft mich wie ein Pfeil ins Herz, und Adrenalin flutet meinen kompletten Organismus.

Ich bin schneller im Schlafzimmer, als ich es mir in meinem morgendlichen Wachheitszustand zugetraut hätte. Ungeduldig starre ich auf den Bildschirm und gebe den Code in solcher Windeseile ein, dass ich mich wundere, mich nicht zu vertippen.

Und da sind Nachrichten. Viele. Vor allem von Luna. Eine von Sophia.

Und eine von Fio.

Mein Herz klopft so laut, dass es mir in den Ohren dröhnt, und in meinem Bauch kreisen heiße Glühwürmchen, als ich auf die Nachricht klicke.

Sie ist von 03:23 Uhr in der Nacht.

Fio
Danke, Romina. Der Abend war sehr anstrengend, aber auch sehr cool.
Ich fand's auch schön, dich zu sehen. Das Kleid stand dir wirklich umwerfend gut.
Ich kenn einen Secondhandladen, in dem es viele absonderliche Sachen für wenig Geld gibt. Vielleicht hast du Lust, mit mir dahin zu gehen, und wir suchen dir was mit Tüll und Stickereien.
Wann hast du Zeit?

Ich lasse mich mit weichen Knien auf den Boden neben dem Bett sinken, der kühle Dielenboden erdet mich, damit ich nicht davonfliege. Ich lese die Nachricht ein zweites und dann ein drittes Mal. Wie eine Verrückte drücke ich mir mein Handy an die Brust und seufze laut in all die wirren Gefühle, die sich mit meinem Kreislauf drehen wie ein kleines, bunt leuchtendes Karussell voller Glitzer und Einhörner und pastellfarbener Regenbögen.

Ich
Guten Morgen.
Da bist du ja echt spät ins Bett gekommen. Ich hoffe, du konntest wenigstens ausschlafen.
Deinen Anzug fand ich übrigens auch ziemlich gut. Der sah sehr sexy an dir aus.

Ich starre etwas unsicher auf die Nachricht. Ob ich das so schreiben darf? Luna würde es befürworten. Ich fühle mich zu direkt, aber ich weiß auch, dass ich verklemmt bin, wenn es um solche Sachen geht. Manchmal zwingt mein Kopf mich, sie auszusprechen, wenn ich dagegen die Zeit habe, alles zu zerdenken, dann gehe ich immer lieber auf Nummer sicher.

Ich lösche also den letzten Satz wieder.

Ich
Guten Morgen.
Da bist du ja echt spät ins Bett gekommen. Ich hoffe, du konntest wenigstens ausschlafen.
Deinen Anzug fand ich übrigens auch ziemlich gut. Die Farbe steht dir.
Secondhandladen klingt hervorragend. Ich kauf fast all meine Klamotten secondhand.
Und ich hab heute und morgen auch nicht viel vor.

Ich schicke es ab und bleibe sitzen, wo ich bin. WhatsApp verrät mir, dass Fio das letzte Mal um 03:29 Uhr online war, und ich gehe davon aus, dass sie noch schläft.

Die Wohnung ist still. Pierre scheint losgegangen zu sein, ohne dass ich es mitgekriegt habe. Ich mache also meinen Tee fertig und kuschle mich damit in den kleinen Korbsessel im Wohnzimmer. Ein roséfarbenes Samtkissen umschlingend, starre ich aus dem Fenster in den sonnigen Vormittag und gebe mich meinen Tagträumen hin, die mich durch die Straßen von Paris tragen, meine Hand in ihrer, ein Zwinkern vom Glück entfernt.

10

Französisches Gebäck

Fio
Ausschlafen wäre gut gewesen. Meine Wohnsituation macht das manchmal schwierig, weil ich hier morgendliche Verpflichtungen habe. Ich habe aber schon den dritten Kaffee intus. Geht also. 😉
Weißt du, ich habe auch schon heute Zeit, wenn dir das nicht zu schnell geht. Wir könnten uns dort treffen, uns durch den Laden wühlen und danach 'ne Crêpe essen gehen. Wenn du Lust hast.

Ich
Wenn ich drei Kaffee trinken würde, könnte man mich von der Decke kratzen. 😅 Und Crêpe klingt auch gut. Hatte noch keine, seit ich angekommen bin.

Fio
Ts, ts. Dabei ist das doch Pflichtprogramm in Paris. Hattest du wenigstens schon Macarons?

Ich
Auch nicht. Croissants gab's aber schon. Und ich bin ja auch erst den vierten Tag hier.
Dafür war ich bereits auf einer Vernissage, habe insgesamt zu viel Champagner gehabt, saß in einem sehr erwachsenen Geschäftsmeeting, habe in einem rundum französischen Café versucht zu arbeiten und eine Modenschau besucht. Vielleicht entschuldigt das ja das fehlende Gebäck.

Fio
Das klingt nach viel Programm. Da kann ich mich ja glücklich schätzen, dass du Zeit für mich findest. 🩶 Bist du geschäftlich in Paris? Warst du schon öfter hier?

Ich
Ich war tatsächlich schon öfter hier. Meine aktuelle Buchreihe spielt in Paris, Ende des 19. Jahrhunderts, und ich hab die ein oder andere Recherchereise hierher gemacht.
Diesmal bin ich aber eher spontan hergekommen und bleibe zwei Wochen. Eigentlich, um ein Buch fertig zu schreiben.

Fio
Und vielleicht ja auch, um ein bisschen Spaß zu haben?

Ich
Spaß klingt gut. 😊
Meine Literaturagentin nutzt meinen Aufenthalt gerade schamlos aus, um mich in geschäftliche Planungssachen einzuspannen. 😖

Fio
Wow. 😳 Literaturagentin klingt ja megawichtig!
Jetzt bin ich schon ein bisschen sehr beeindruckt.
Was wird denn da geplant bei dir?

Ich
Du bist eine *freaking* Designerin bei Marielle Bernard.
Du musst von nichts beeindruckt sein, das ich mache.

Fio
Stell mal dein Licht nicht untern Scheffel.
Ich habe dich gegoogelt.

Ich
O Gott*. Ich verkrieche mich mal schnell unter einem Stein.

Fio
NEIN! Bloß nicht.

Ich
Mich stresst es immer, wenn Leute mich googeln und dann mit Zahlen erschlagen werden, die krass klingen, und von mir dann erwarten, eine, keine Ahnung … strahlende Persönlichkeit zu mimen oder so. Irgendwas, das ich halt nicht bin.

Fio
Ich versteh dich. Manchmal ist es leichter, wenn die Leute nicht wissen, was man so macht. Ein Job ist dann auch irgendwie nur ein Job. Und ein Mensch auch nur ein Mensch.
Ich merke öfter, dass die Leute hohe Erwartungen an mich haben, wenn sie hören, dass ich Designerin bin. Als ob meine Arbeit was Edles wäre, zu dem man aufsehen muss. Im Endeffekt hocke ich dann nur den ganzen Tag mit krummem Rücken vor 'ner Nähmaschine und zimmere stumpf zwei Stoffstücke zusammen. Oder stecke endlose Stunden Wedel an einen Rock. Oder schaue Chips essend im Bett YouTube-Videos vom Regenwald, um einen Zipfel Inspiration zu finden.

Ich
Hahaha. Das kenn ich sooo gut. So viele idealisieren meinen Beruf so stark und denken, es müsste so glamourös sein, Autorin zu sein. Dabei sitze ich den ganzen Tag ohne Hose auf meiner Couch, starre auf den Bildschirm meines Laptops und unterhalte mich mit fiktiven Personen.
Regenwald also. 😉

Fio
Ja, oder Tierdokus. Ich glaube aber, dass das echt was Übliches ist in meiner Berufsgruppe, wenn man all die Schmetterlingskleider und Schwan-Interpretationen der Geschichte betrachtet.
Und ich habe dabei auch selten eine Hose an.
Was brauchst du, um dich inspirieren zu lassen?
(Ich weiß, dass das 'ne doofe Frage ist, weil man eine Milliarde Antworten darauf geben kann. Aber vielleicht hast du ja auch deine speziellen Macken.)

Ich
Ich telefoniere meistens mit meiner besten Freundin, geh spazieren oder falle in Recherchelöcher auf Wikipedia. Kennst du das? Da sucht man eigentlich nur nach dem Namen eines Architekten und landet dann, ohne es zu wollen, nach dreißig Verlinkungen, beim Fall des Osmanischen Reichs. Oder bei Nullpunktenergie.
Das inspiriert mich immer sehr.

Fio
Jap. Das kenn ich wirklich. Nur dass ich dann über Klöppelspitze lese und am Ende bei den Schleimdrüsen irgendwelcher Käfer rauskomme.
Was hast du denn mit Nullpunktenergie vor? 😂

Ich
Die Schutzschilde von Raumschiffen antreiben natürlich. Die Rebellenallianz aus dem Gammasystem hinter Jupiters drittem Mond braucht doch einen Vorteil den diktatorischen Wirtschaftsdynastien gegenüber.
Zumindest irgendwann, wenn ich mal Zeit dafür finde, was anderes zu schreiben als das, was ich gerade schreiben muss.

Fio
Uuuuuh.
Das heißt, du schreibst mehr als nur kitschige französische Historienromanzen? (Die übrigens ziemlich cool klingen. Hab mal Klappentexte gelesen. Und Rezensionen. Und das Gerücht, dass du was mit NiNet France am Laufen hättest.)

Ich
Ich hab schon Fantasy geschrieben und ein paar Kurzgeschichten mit verschiedenen Genres. Aber irgendwann will ich auch mal SciFi schreiben. Oder Romance.

Fio
Schreibst du nicht Romance?

Ich
Also … ja, schon. Aber halt … solche, die ich wirklich mitempfinden kann. Weil ich persönlich halt … Frauen mag.

Fio
Verstehe. 🥰🌈

11
Mopshemd, Eulenrock

Die Metro rattert in die nächste Station, Bremsen quietschen unangenehm schrill, und Menschen steigen aus und ein, drängen sich an mir vorbei. Ich ziehe die Knie ein, um nicht zu oft von fremden Hosenbeinen gestreift zu werden, und umklammere meine Handtasche wie einen Rettungsanker.

Ich bin nervös. Ich bin sooo nervös!

Ich will aufspringen, laut schreien und mich wild im Kreis drehen, bis alles zu bunten Streifen verschwimmt, um wenigstens etwas von der Spannung abzubauen, die in mir drückt wie ein verfluchter Heißluftballon.

Ununterbrochen tippte ich mit dem rechten Zeigefinger auf mein linkes Handgelenk. Das hilft nicht so gut, wie zu schreien, aber ist definitiv gesellschaftsfähiger. Das goldene Armband mit den kleinen Sonnen klimpert dabei leise gegen meine Armreifen. Fios Ring mit dem Mondstein trage ich auch und überlege es mir im Sekundentakt anders. Schließlich ist es ziemlich seltsam, wenn ich ihren Ring am Finger trage, als hätte sie mir einen Antrag gemacht.

Ich ziehe ihn mir wieder vom Finger und bin schon dabei, ihn in meiner Handtasche zu verstauen, da halte ich inne.

Denn sie hat ihn mir schließlich gegeben. Ich sollte mich nicht schämen, ihn zu tragen, ich werde ihn ihr sowieso wiedergeben, und dann gibt es auch nichts, was sie da reininterpretieren kann.

Ich schiebe ihn mir also wieder auf den Finger und tippe weiter mit dem Zeigefinger gegen mein Handgelenk, bis die Gedankenspirale wieder von vorn losgeht.

Die Fahrt erscheint mir ewig, obwohl es von Montmartre nur zwanzig Minuten bis Marais sind. Aber ich kann es auch kaum erwarten, endlich anzukommen.

Immer wieder ziehe ich mein Handy hervor, um zu sehen, ob ich auch bloß nicht zu spät bin oder Fio mir geschrieben hat. Doch sie wird jetzt grade auch auf dem Weg sein oder irgendwo auf mich warten. Ob sie auch nervös ist, die Hände ringt, sich fragt, wie es sich anfühlen wird, wenn wir uns sehen?

Dann sind es noch zwei Stationen bis zum Ziel. Dann nur noch eine, und ich springe schon auf und schiebe mich zwischen den Menschen hindurch Richtung Tür.

Es sind ein ganzer Haufen Touristen unterwegs, und ich lenke mich einen Moment damit ab, einem deutschen Pärchen beim Streiten zuzuhören. Es geht wohl darum, dass irgendwer vergessen hat, die Sonnencreme einzupacken.

Mein Herz rast, als die Metro bremst und sich die Türen öffnen. Am liebsten würde ich rennen, aber ich kann nicht, weil der Menschenstrom es gar nicht zulässt. Siffige Steinstufen führen mich hinauf auf eine breite, von Geschäften gesäumte Straße, deren Architektur so typisch für Paris ist. Die Bäume werfen tanzende Schatten auf das Kopfsteinpflaster, eine mintgrüne Flagge schnalzt in dem warmen Wind, der den Geruch von Abgasen vertreibt und einen Hauch Zimt in sich trägt.

Meine Riemchenschuhe klackern leise, als ich über den Zebrastreifen eile, meine Brust ist voller kleiner Strudel, und ich glaube zu platzen vor Spannung.

Fio hat mir eine Nachricht mit dem Standort geschickt, an dem wir uns treffen wollen, und ich bin auch schon fast da.

Der Wind zupft angenehm an meinen Haaren, meinem Rock, meinem luftigen Top, und ich muss lächeln, als mir auffällt, dass ich aussehen muss wie in einem Märchen. Der bestmögliche Moment, um einer Königin gleich auf die andere Seite der Straße zu tänzeln und mit einem kleinen Hops den Bordstein zu erreichen.

Fio ist schon da. Sie steht an der Straßenecke und sieht mich an. Sie muss alles gesehen haben, und plötzlich schäme ich mich dafür, dass ich mich grade noch für so märchenhaft gehalten habe.

Ich mustere sie schnell. Karamellfarbenes T-Shirt, dunkelgrüne Latzhose, Chucks. Ihr Haar ist an einer Seite nach hinten geflochten, auf der anderen zeigt sich der Sidecut, und es steht ihr so gut, dass ich drei Atemzüge brauche, bis ich wieder richtig Luft holen kann.

»Gott*, du siehst so cool aus«, spreche ich meine Gedanken aus, und Fio lächelt so wunderschön verschämt, dass ich mir vor Freude auf die Unterlippe beiße.

»Danke«, murmelt sie, sieht mir aber nicht in die Augen, sondern nestelt an der kleinen hellblauen Schachtel, die sie in den Händen hält. »Hier.« Sie reicht sie mir. »Für dich.«

Irritiert nehme ich sie entgegen und erkenne an der goldenen Banderole, dass sie aus einer Bäckerei stammt.

Und plötzlich kann ich mir anhand der länglichen Form denken, was darin ist.

»Du hast mir Macarons gekauft?«, frage ich aufgeregt, noch während ich die Schachtel öffne und das kleine Baisergebäck zum Vorschein kommt. Sie sind dunkelrot und lila, verziert mit kandierten Blütenblättern und Nüssen. »Sie sind so hübsch!«

Sofort hebe ich die Schachtel zu meinem Gesicht und nehme den weichen Duft von Zucker und Mandeln und den butterigen von weißer Schokolade in mir auf.

»Riechst du an allem?«, will Fio wissen, die mir mit amüsiertem Ausdruck zusieht, und ich blicke zu ihr auf.

»Nein?«, erwidere ich vorsichtig und denke ernsthaft darüber nach. Ich tue das schon gerne. Und das letzte Mal hat Fio mich schließlich auch dabei erwischt, wie ich versucht habe, an einem

Haute-Couture-Kleid zu schnuppern. »Ich denke nicht. Aber Geruch hat bei mir auf jeden Fall einen wichtigen Stellenwert.«

»Dann rieche ich für dich hoffentlich auch gut«, meint sie spaßhaft, und ich lache verlegen, weil sie damit viel zu nah an der Wahrheit ist.

»Ja, tust du«, gebe ich zu und schließe die Macaronschachtel wieder. Ich würde Fio gerne den Gefallen tun und sofort eins probieren, aber mein Magen ist noch viel zu flattrig, um auch nur an Essen zu denken.

»Soso«, sagt sie nur und tritt einen Schritt in Richtung der Gasse, vor der wir stehen. »Komm, mein kleiner Weirdo. Lass uns losziehen und uns durch eine Menge Secondhandklamotten schnüffeln.«

»Das wird wenig überraschend. Secondhandläden riechen immer gleich. Sie haben alle diesen allgemeinen Secondhand-Geruch«, sage ich und folge ihr in die schmale Gasse, an kleinen Cafés und Friseuren vorbei. »Egal ob Deutschland oder England, Italien oder Frankreich, wo auch immer ich in einem Secondhandladen war, roch es immer nach niedlicher alter Oma mit getönter Dauerwelle.«

Fio lacht erst und hält dann plötzlich inne. »Stimmt.« Man hört ihr an, dass ihr diese Tatsache erst gerade bewusst wird, und sie reibt sich kurz nachdenklich die Nase. »Woher das wohl kommt?«

»Menschliche Ausdünstungen«, sage ich, geschöpft aus dem unendlichen Schatz unnützen Wissens, der mietfrei in meinem Kopf lebt, und ich wünsche mir sofort, ich hätte es nicht gesagt. Denn das ist nicht gerade sexy.

Aber sie hat mich gerade sowieso schon *weird* genannt. Wahrscheinlich macht das jetzt auch keinen Unterschied mehr.

»Das … ergibt total Sinn«, meint sie jedoch ernst, und ich bin erleichtert. Sie scheint schon mal von meiner Art nicht abgeschreckt zu sein. Oder sie verbirgt es gut.

»Du warst also schon in England secondhand shoppen?«, fragt sie nach und schiebt die Hände in die Taschen ihrer Latzhose. Kleine gestickte Sterne schimmern silbern auf dem dunklen Grün, als hätte sie jemand aus Versehen darübergekippt.

»Ja, letztes Jahr hat der britische Verlag, bei dem meine englischen Bücher erscheinen, mich eingeladen. Ich habe bei einer Messe auf einer Bühne gesessen, vier Stunden am Stück Bücher signiert und danach eine Woche lang London unsicher gemacht.« Ich grinse, weil es irgendwie falsch klingt, wenn man mich nicht kennt. »Und mit *unsicher gemacht* meine ich natürlich, bis Mittag zu schlafen, drei Thriftshops auf den Kopf zu stellen, um so ziemlich jedes braun karierte Teil zu kaufen, das es in meiner Größe gibt, mich durch acht Bücher zu lesen und Caramel Macchiato bei Starbucks zu trinken, bis ich Herzrasen bekomme.«

»Party hard also«, feixt Fio, und in mir schmilzt alles beim frechen Klang ihrer Stimme. Ihr Grinsen gleicht dem eines Kobolds, und in mir kribbelt es aufgeregt.

Ich bin wirklich auf einem Date. Mit einer Frau. Einer, die ich ziemlich sexy finde. Und die hartnäckig hinterher war, mich zu treffen. Ich kann es kaum glauben, und mein Kopf hat wirklich Mühe, es für die Realität zu halten.

»Klar, ich bin total verwegen«, behaupte ich ironisch. »Abenteuer pur.«

»Ich finde, es klingt nach genau dem Abenteuer, das ich brauche«, sagt Fio ganz beiläufig, und ich stolpere über meine eigenen Gedanken.

Das hat sie nicht gesagt. Oder doch? Ich sehe zu ihr und sie zu mir, aber bevor ich nachfragen kann, wie genau sie das gemeint hat, lächelt sie und stupst mich mit der Schulter an.

Mein Herz poltert, als würde jemand Möbel darin verrücken. Um mehr Platz für Fio zu schaffen.

»Da kann ich mich ja glücklich schätzen, dass du zwischen all deinen Büchern so spontan für mich Zeit hast«, sagt sie und kitzelt ein nervöses Lachen aus mir heraus.

»Ja, spontan bin ich. Ich habe mitten in der Nacht, vier Stunden bevor der Zug losgefahren ist, entschieden, nach Paris zu reisen. Manchmal brauche ich für alles ewig. Manchmal stürze ich Hals über Kopf in irgendwas rein«, erzähle ich ihr, und sie macht große Augen.

»Das … ist wirklich spontan.« Die Anerkennung schwingt in jedem ihrer Worte, und ich winde mich darin. Meine Wangen werden schon wieder heiß.

»Da halte ich wohl nicht mit«, seufzt Fio, und wir biegen in eine noch kleinere Straße ab. Unsere Schritte haben sich synchronisiert, und wir laufen so nah nebeneinander, dass mein Rock immer mal wieder an ihren Beinen entlangstreift.

»Musst du alles planen?«, frage ich sie.

»Ich wünschte, ich müsste nicht. Seit ich hier bin, habe ich leider nur sehr wenig Freizeit. Wenn ich irgendwas machen will, muss ich das gut planen.«

»Dann kann ich mich ja genauso glücklich schätzen, dass du für mich spontan sein konntest.«

»Ja. Du bist zu einem guten Zeitpunkt aufgetaucht. Letzte Woche hing ich noch in den Vorbereitungen für die Ausstellung, und bis gestern war da noch die Modenschau. Und jetzt habe ich drei Tage frei, bis die nächste Aufgabenstellung eintrudelt«, berichtet sie, als müsste ich genau wissen, was das bedeutet, und ich berühre mit zwei Fingern ihre Schulter. Da, wo das T-Shirt noch zwischen ihr und mir ist, zur Sicherheit. Um ihr nicht zu nahe zu treten.

»Dafür brauche ich mehr Kontext«, sage ich.

»Ah«, macht sie, als hätte sie vergessen, dass ich nicht weiß, worum es geht, und es würde ihr jetzt erst einfallen. Als müsste ich sie schon kennen und sie mich und als wäre es vollkommen normal, dass ich ihre Schulter berühre.

»Ich bin Teil eines Nachwuchsprogrammes bei Marielle.«

»Oh, stimmt. Davon hat Manon mir erzählt«, erinnere ich mich. Sie hat mir auch von den Runden erzählt und den Aufgaben. Aber da mein Hirn einem Sieb gleicht, macht es nichts aus, es noch einmal zu hören. Außerdem bin ich neugierig darauf, wie Fio sich mit alldem fühlt.

»Ja, sie betreut uns immer mal wieder«, bestätigt sie. »Es ging letztes Jahr im Sommer los. Wir waren fünfzig Teilnehmerinnen und Teilnehmer. Seitdem bekommen wir, neben der ganz regulären Arbeit im Modehaus, jeden Monat eine Designaufgabe. Das letzte Mal war es das Einkleiden von Instrumenten. Davor mussten wir Kleidungsstücke aus Dingen machen, die man aus der Seine gezogen hat. Und davor war das Motto *Crème de la Crème*. Das war sehr schwierig. Es gab keine Anhaltspunkte dafür, in welche Richtung das gehen soll. Aber dafür konnte man auch alles machen, was man wollte.«

Fio bewegt beim Erzählen ihre Hände durch die Luft. Sie beschreibt Wellen und geisterhafte Formen, und ich wünsche mir zu sehen, wie ihre vergangenen Designs aussehen. Wie ihre Ideen entstanden sind. Wie es aussieht, wenn sie zeichnet (falls sie zeichnet).

Aber es kommt mir zu intim vor, danach zu fragen. Ich habe das Gefühl, ich muss darauf warten, dass sie es mir anbietet. Schließlich kennen wir uns kaum, und ich würde mich auch nicht sofort wohl damit fühlen, jemandem all die Rohentwürfe meiner Geschichten in die Hände zu drücken.

»Das klingt nach sehr viel kreativem Input«, sage ich, weil ich es mir heftig vorstelle. Als wenn ich jeden Monat ein Thema bekommen würde und ein Buch dazu schreiben müsste. Oder eine Kurzgeschichte. »Aber sicher auch anstrengend, immer etwas parat haben zu müssen.«

Fio grinst mich an. »Ich. Liebe. Es!« Sie betont jedes einzelne Wort, und ihre Zunge bewegt sich sehr sexy, als sie das L umschreibt. »Es ist so vielfältig und sehr abwechslungsreich. Aber natürlich auch herausfordernd. Ohne den immensen Erfolgsdruck wäre es bestimmt witziger. Das gehört allerdings halt dazu.«

»Werdet ihr benotet?«, erkundige ich mich.

»Nein. Die zwei, die laut Arnaud Brissall in einer Runde am schlechtesten abschneiden, fliegen raus.« Fio klingt ganz nüchtern dabei, doch da ist ein Schatten in ihrem Gesicht, der sie plötzlich müde erscheinen lässt.

Ich bin entsetzt. Davon hat Manon mir nichts erzählt!

»Wir haben zwei Jahre. Und am Ende bleiben zwei übrig, die fest angestellt werden und ihre eigene Modelinie bekommen.«

»Oh, krass. Es klingt supercool. Aber auch sehr belastend. Und wie eine Castingshow im Fernsehen«, rufe ich schockiert, und gleichzeitig empfinde ich die knisternde Spannung eines trashigen Krimis.

»Ja. Nur ohne die Kameras«, bestätigt Fio, und das Lächeln kehrt in ihr Gesicht zurück. Die Schatten verschwinden und werden von einem Kampfgeist ersetzt, der in ihren Augen blitzt. Ein Leuchten, das aus ihrer Seele zu kommen scheint. »Wir nennen es aus Spaß auch oft *France's Next Top Designer*. Und Monsieur Panagiotidis ist unsere Heidi.«

Die Vorstellung ist so bescheuert, dass ich lachen muss.

»Wieso nicht Arnaud Brissall?«, erkundige ich mich, und Fio zuckt lässig mit den Schultern.

»Weil er zwar entscheidet, aber unsere Zusage erhalten wir von Monsieur Panagiotidis.« Ihre Mundwinkel kräuseln sich, als sie weiterspricht. »Ich wünschte, er würde uns dramatisch Fotos von unseren Designs überreichen. Das hätte was. Stattdessen bekommen wir schnöde Mails.«

Wir schlendern um noch eine Straßenecke, der Geruch von zarten Blumen liegt in der Luft, und meine Schuhe machen Geräusche auf dem gröber werdenden Kopfsteinpflaster. Auch die Hausfassaden sehen weniger modern aus als gerade noch. Die Schaufenster der Läden sind mit Holz umrahmt statt mit Metall, und die Einrichtung der Läden und Cafés wird verspielter.

»Hattest du schon mal Angst, dass du nicht weiterkommst?«, traue ich mich zu fragen.

»Ja. Jedes Mal. Manchmal bin ich mir ziemlich sicher, dass es gut ist. Oder zumindest besser als das der anderen. Aber oft kann man es einfach nicht wissen. Da gibt's zu viele Faktoren. Der Markt verändert sich quasi stündlich, Monsieur Brissall ist echt schwer einzuschätzen, und meine Konkurrent*innen sind auch ziemlich gut.«

Fio dreht sich mir zu, sieht mich ganz genau an, und ich frage mich, was los ist. Doch bevor ich den Mund öffnen kann, kommen wir um eine weitere Ecke, und plötzlich ist alles voller Regenbogenfarben.

Überall hängen sie als Flaggen in den Schaufenstern, überdachen die Straße als Regenschirme, selbst der Zebrastreifen ist bunt, und ich spüre so viel Licht in meinem Körper, dass ich mir sicher bin, dass meine Augen mindestens genauso leuchten wie die von Fio.

»Wo sind wir?«, fallen mir die Worte aus dem Mund, und Fio lacht triumphierend, als hätte sie einen großen Sieg errungen.

Wahrscheinlich, weil ihre Überraschung gelungen ist.

»In Marais. Der Gay-Neighborhood von Paris.« Sie breitet die Arme aus, als würde ich ihr Reich betreten. Sie hält mir ihren Arm hin wie ein Prinz, und ich hake mich bei ihr unter, um mit ihr die Straße über den regenbogenfarbenen Zebrastreifen zu überqueren. Ich fühle mich so unfassbar lesbisch dabei und kichere wie ein verliebtes Huhn, weil ich so selten so offen mit mir selbst bin. Mein Bauch kribbelt, weil ich Fios Haut berühre, und ich lehne, nur ganz kurz, meinen Kopf an ihre Schulter.

»Quasi eine Gayborhood«, sage ich, und Fio stößt hörbar die Luft aus, während sie sich die Stirn reibt.

»Und du beschwerst dich über die schlechten Titel meiner Challenges? Wirklich?«, fragt sie herausfordernd, doch ich sehe ein Schmunzeln in ihrem Mundwinkel, das sie nur schlecht verbirgt. Sie findet mich witzig. Ich weiß es.

Die Menschen, die uns hier entgegenkommen, sind bunter gekleidet als bisher, es fällt mir sofort auf. Viele haben einen extravaganteren Stil, sind alternativer als der Rest von Paris, und ich fühle mich beflügelt in dieser kleinen Welt, zu der ich dazugehöre.

Ich sauge das Feeling des Viertels in mir auf, die Farben und den Sonnenschein, der sich in buntem Glaswerk bricht, und als uns zwei Frauen entgegenkommen, die Händchen halten, wird mir ganz warm im Bauch.

Fio und ich wechseln einen Blick – den obligatorischen »Da waren andere frauenliebende Frauen«-Blick –, und wir lachen beide gleichzeitig los, weil es eine so universelle Geste ist. Niemand kann mir erzählen, dass das nicht alle Lesben auf der Welt tun, wenn sie anderen begegnen.

Wir passieren einige gefüllte Cafés, einen Shop mit Fetischartikeln und eine noch geschlossene Gaybar, ehe wir vor einem Laden anhalten.

»Wir sind da«, verkündet Fio. »Secondhandladen Nummer eins. Es gibt sicher noch eine Million mehr. Mindestens zehn.«

Ich lache und bestaune gleichzeitig das Schaufenster. Es ist voller kleiner goldbestickter, unnützer Handtaschen, die wie ein Kunstwerk im Rahmen hängen.

»Wow«, kommt es aus meinem Mund, und ich zücke sofort mein Handy, um Luna ein Video davon zu schicken. Sie liebt kleine bestickte, unnütze Handtaschen.

»Machst du ein Selfie mit mir?«, erkundigt sich Fio mitten im Video, und ich drehe die Kamera, sodass wir plötzlich im Video sind. Fio wirft sich sofort in Pose, als wäre sie ein Gangster, die

Arme vor der Brust verschränkt, die eine Augenbraue zuckt herausfordernd nach oben, und ich habe unfassbar schlimmes Flattern im Bauch.

»Warte. Das ist ein Video an meine beste Freundin«, lache ich, und Fio grinst.

»Hallo, Rominas beste Freundin.«

»Luna«, ergänze ich.

»Ich hatte mal einen Hund, der Luna hieß«, meint Fio, und ich lache noch mehr, weil das so ziemlich jeder zu Luna sagt, dem sie sich vorstellt.

»Wir gehen jetzt secondhand shoppen«, sage ich zum Handy, und Fio nickt bedeutungsschwer.

»Weil wir ein Date haben«, macht sie klar, und ich kann auf der Aufnahme sehen, wie mir das Blut in die Wangen schießt.

Ich schicke das Video ab, ohne es weiter zu kommentieren, und wäre zu gerne dabei, wenn Luna es sieht. Sie wird ausrasten. Und mir dann eine Sprachnachricht aufnehmen, in der sie dann ebenfalls ausrastet. Ich freu mich drauf.

Ich wechsele in den Fotomodus, Fio legt mir einen Arm um die Taille, und ich spüre viel zu deutlich, wie ihre Hand mich berührt, um mich auch nur ein Fitzelchen auf meinen Gesichtsausdruck zu konzentrieren.

»Schickst du mir die Bilder?« Fio grinst mich an, die Augen voller goldener Flecken, und ich nicke.

Ich schiebe mein Handy zurück in meine Umhängetasche und fühle mich bereit, den Laden zu betreten. Er ist so vollgestopft mit Klamotten, dass es aussieht, als würden sie nach außen quellen.

Ein Wink aus einer anderen Zeit, das dem Ganzen noch mehr Flair gibt.

Es fühlt sich an, wie in eine andere Welt zu blicken. Als hätten wir den Zugang in einen Zauberwürfel entdeckt. Alles, was ich sehe, als wir auf die Türschwelle treten, fühlt sich retro an. Die

Klamotten, die Deko, das Licht, ja sogar die Menschen, die durch die Reihen von Kleidern, Hemden und Lederjacken stöbern. Wie ein Walkman an einer Jeans, wie ein Foto von meinen Eltern aus den Achtzigern. Als meine Mama noch eine krause Dauerwelle hatte und mein Vater lila Hemden mit grünen Mustern trug.

Die Wände hängen voller Schallplatten, es laufen leise die Ramones, und es riecht ganz genau so, wie ich es vorhergesehen habe: nach typischem Secondhandladen.

»Es ist sooo cool!«, rufe ich, weil ich nicht an mich halten kann, und fasse nach Fios Hand, um sie fest zu drücken.

Sie sieht mich überrascht an, und da merke ich, was ich getan habe. Erschrocken will ich meine Hand wieder zurückziehen, doch sie umfasst mich mit den Fingern, hält mich fest und lockt mich in das Chaos aus Klamotten.

Ich folge ihr bereitwillig und genieße, wie sich ihre Hand in meiner anfühlt. Ihre Haut ist so weich, dass ich Schmetterlinge im Bauch habe.

Sie lässt mich auch nicht los, als wir anfangen, die Sachen zu durchstöbern, und ich liebe es, so nah neben ihr zu stehen. Wenn unsere Arme sich kurz berühren und das Kribbeln in mir heftiger wird. Es ist wie Sahnetorte essen, nur als Berührung. Süß und samtig und etwas, das ich gerne öfter machen würde.

Ich finde ein Kleid, das komplett aus Polyesterrüschen besteht und durchzogen ist mit lilafarbenem Lurex. Fio endet mit so vielen Hosen in den wildesten Farben auf dem Arm, dass sie sie kaum noch tragen kann. Aber sie lässt meine Hand nicht los und ich ihre auch nicht, als wäre dies eine einmalige Gelegenheit, die wir nicht verschwenden dürfen, weil sie sonst vergangen wäre und nie wieder zurückkommt.

»Du musst das hier anziehen«, sagt Fio mit einem Leuchten in den Augen und hält mir ein schwarzes Samtkleid hin, dessen

Träger aus goldenem Fluff bestehen. Es hat einen Achtzigerjahre-Vibe, wie eine Praline in Goldfolie. Ich bin hin und weg, auch wenn ich überzeugt davon bin, dass ich nicht reinpassen werde. Es sieht recht schmal aus, dafür ist meine Hüfte wohl zu rund. Ich nehme es trotzdem mal mit.

Wir finden keine bestickten Kleider, dafür ein Shirt mit dem Filmplakat der *Rocky Horror Picture Show,* einen Rock mit Vogelprint und eine freie Umkleidekabine, in die wir uns gemeinsam quetschen, weil wir immer noch nicht unsere Hände losgelassen haben.

Wir kichern aufgedreht, als wir den gesammelten Klamottenberg auf die schmale Holzbank fallen lassen. Dann stehen wir nur da. Den schweren Samtvorhang zugezogen, stehen wir in der kleinen Kabine, nah voreinander, und ich weiß, dass ich jetzt Fios Hand loslassen muss.

Ehe ich etwas sagen oder tun kann, hebt Fio meine Hand an ihre Lippen und drückt mir einen sanften Kuss auf die Fingerknöchel. Dabei entdeckt sie den Ring, ihren Ring, und ihr Lächeln, das gerade noch verträumt gewirkt hatte, wird verschmitzt.

»Steht dir gut«, flüstert sie, und es ist der Moment, in dem ich ihr sagen sollte, dass sie ihn ja jetzt wiederhaben kann, aber mein Kopf ist nicht imstande, einen Satz zu bilden, und mein Mund ist absolut nutzlos.

Sie lässt mich los und schnappt sich die erste Hose vom Stapel. Sie ist schon dabei, ihre Latzhose zu öffnen, da geht mir auf, dass sie sich gleich vor mir ausziehen wird. Und dass ich hier drin bin, um es ihr gleichzutun. Und dass dieser Raum winzig ist und mein Herz so laut klopft, dass es die Musik sicher übertönt. Sie trägt geblümte Boxershorts, und die Haut an ihren Beinen sieht blass und unglaublich lecker aus.

Ich will gar nicht hinsehen, will sie nicht anstarren oder in irgendeiner Art dafür sorgen, dass sie sich unwohl fühlen könnte. Aber mein Kopfkino schaltet sich in dem Moment ein, in dem sich mein Verstand abschaltet, und ich werde überwältigt von dem Bedürfnis, meine Arme um ihre Taille zu legen und sie an mich zu ziehen. Das verknallte Kribbeln wandert nach unten, wird zu einem plötzlichen Ziehen, und ich hoffe, Fio merkt nicht, dass ich sie begehre.

Sie sieht zu mir, als sie in die erste bunte Hose schlüpft, und zuckt herausfordernd mit den Augenbrauen. Mein Herz hüpft, Adrenalin schießt mir durch den Körper, und ich schaffe es endlich, wegzusehen.

»Du bist süß«, sagt sie, und ich verstehe nicht, wieso.

Es muss für sie offensichtlich sein, dass ich sie gut finde. Dass ich sie heiß finde. Schließlich habe ich ihr das ja sogar schon gesagt. Und trotzdem fühle ich mich aufdringlich.

Um nicht noch länger darüber nachzudenken, ziehe ich entschlossen mein Oberteil über den Kopf und schnappe mir eins der T-Shirts.

Es ist riesig, der Stoff weich von den vielen Malen, die es schon gewaschen worden ist, und ich weiß sofort, dass ich es behalten werde. Ich kann es zum Schreiben tragen oder wenn ich bei Luna übernachte. Oder wenn ich mit einem Kaffee auf meinem winzigen Balkon gammle.

»Sieht gut aus«, kommentiert Fio und macht den letzten Knopf der bunten Hose zu. Sie ist bedruckt mit pastellfarbenen Wirbeln, wie Wolken oder Zuckerwatte. Ich finde sie großartig.

»Die Kombi ist nur wild«, meine ich und zupfe an dem flattrigen Rock, den ich heute trage.

»Was hast du vor, dazu zu tragen«, will Fio wissen, und ich lache.

»Gar nichts«, gebe ich zu und sehe an Fios Gesicht, wie ihre Gedanken stolpern. Ihr Mund bewegt sich, als würde sie etwas sagen wollen, doch es kommen keine Worte heraus. Dann beißt sie sich auf die Unterlippe und zieht den Vorhang mit einem kräftigen Ruck zur Seite, um vor den großen Spiegel zu treten.

Ich bleibe etwas verdattert zurück und frage mich, ob das wohl bedeutet, dass sie mich auch heiß findet. Oder ich habe etwas Dummes gesagt.

Fio dreht sich vor dem Spiegel, geht ein paar Schritte, als wäre sie ein Model auf einem Laufsteg, und macht eine Pose kurz vor dem Spiegel. Ihr Hintern sieht unfassbar gut aus in der Hose.

»Was denkst du?«, fragt sie mich, und ich weiß, dass ich ganz sicher nichts über ihren Hintern sagen sollte.

»Sie sieht aus, als hätten die Glücksbärchis gesammelt draufgekotzt«, sage ich stattdessen, und Fio sieht mich zweifelnd an. Diesmal bin ich mir sicher, dass ich etwas Dummes gesagt habe. Vielleicht sollte ich auch aufhören, zu viel darüber nachzudenken.

»Ist das jetzt was Gutes?«, will sie wissen, und das Lachen zuckt schon in ihrem Mundwinkel.

»Auf jeden Fall. Sie ist supercool«, versichere ich ihr, und sie kommt zu mir, nimmt meine Hand und drückt sie leicht, während sie mich mit sich zurück in die Kabine zieht.

»Auf zur nächsten Runde«, kündigt sie an und schnappt sich eine schwarze Jeans mit bunten Flicken. Dazu zieht sie ein Hemd aus ihrem Stapel, auf dem viele kleine Mopse zu sehen sind.

Ich drehe mich weg, als sie sich gerade das Shirt auszieht. Mein Kopf summt jetzt schon, und meine Knie sind ganz weich, als ich aus meinem Rock steige und nach dem Samtkleid greife. Die Träger verhaspeln sich am Bügel, und ich brauche einen Moment, bis ich sie davon befreit habe. Der Stoff fühlt sich an wie die Nacht höchstpersönlich, und die übertrieben goldenen Rüschen, die die Träger bilden, schimmern wie wertvoller Schmuck. Ich schlüpfe hinein, verrenke mich umständlich, um das Shirt auszuziehen und dabei nicht gegen Fio zu stoßen, die hinter mir gerade die Knöpfe am Hemd schließt.

Das Kleid schmiegt sich um meine Hüften wie eine zweite Haut, und ich bin überrascht, dass ich tatsächlich reinpasse. Als ich den Reißverschluss nach oben ziehen will, komme ich jedoch nicht besonders weit. Denn wenn ich etwas nicht bin, dann gelenkig.

»Soll ich dir helfen?«, fragt Fio mich.

»Ja, gerne«, erwidere ich und denke darüber nach, ob ich mich wohl schämen werde, wenn der Reißverschluss nicht zugeht, da tritt Fio hinter mich. Sie ist mir plötzlich so viel näher als gerade noch, und mein Herz setzt einen Schlag aus.

Sachte streicht sie mir das Haar über die Schulter nach vorn, und mein Kopf ist augenblicklich leer gefegt. Gänsehaut prickelt über die Stellen, die sie berührt.

Mit den Fingerspitzen berührt sie sanft, wie aus Versehen, die Haut an meinem Rücken, als sie den Stoff zurechtzupft, und dann schließt sie den Reißverschluss mit einer flüssigen Bewegung. Ich spüre, wie sie mir den Rücken wieder nach unten streicht und ihre Hände an meiner Taille zum Liegen kommen. Mein Inneres erzittert, ich bin elektrisiert, meine Atmung geht stockend, mein Unterleib glüht auf, als Fios Atem meinen Nacken trifft. Sie ist mir so nah, dass ich ihre Körperwärme spüre, trotz des winzigen Abstands zwischen uns.

Ich rühre mich nicht, traue mich nicht, mich auch nur einen Millimeter zu bewegen, warte darauf, was Fio tun wird.

»Großer Spiegel?« Ihre Frage ist nur ein Hauchen und ihre Stimme so sexy, dass sich alles in mir zusammenzieht.

Ich nicke lediglich, und Fio lässt mich los.

Sie zieht den Vorhang auf, flieht geradezu aus der Umkleidekabine, doch ich sehe sogar von hinten, dass ihre Ohren geradezu rot leuchten.

Ich muss mich eine Sekunde sammeln, ehe ich genug Stabilität habe, um nicht sofort auf die Nase zu fallen, wenn ich es wage, einen Schritt nach vorn zu tun, und komme dann zum großen Spiegel zwischen den Kabinen.

Das Kleid passt perfekt, und ich sehe wirklich umwerfend darin aus. Ich hätte es nicht erwartet, doch es ist noch besser als am Bügel, und das ist mir wahrhaftig noch nie passiert.

»Gott*, du wirst mein Untergang«, höre ich Fio murmeln und sehe sie im Spiegel an. Sie steht zwei Schritte hinter mir, den einen Arm um ihren Oberkörper geschlungen, die andere Hand vor den Mund geschlagen. Viel zu weit weg, nachdem sie mir gerade so nah gewesen ist, und ich hoffe, ich habe nichts falsch gemacht.

Ich will schon etwas sagen, auch wenn ich nicht weiß, was, da kommt Fio wieder zu mir und zupft den goldenen Fluff an meinem Träger zurecht.

»Du siehst … fantastisch aus«, sagt sie stockend und blinzelt einmal zu schnell. Dann gewinnt ihr Lächeln an Festigkeit und wird wieder so kess wie bisher.

»Du musst dich drehen. Der Laufsteg wartet, Mademoiselle Ciantia«, ruft sie dramatisch, und ich bin unsicher, was gerade passiert ist. Doch ich lasse mir nichts anmerken.

»Du hast mich wirklich gegoogelt«, schnaube ich, als mir auffällt, dass sie meinen Nachnamen kennt, und ihr Grinsen wird noch eine Spur frecher.

»Klar. Ich habe deinen Namen von der Gästeliste. Du bist 'ne richtige Persönlichkeit«, behauptet sie, und ich strecke ihr im Spiegel die Zunge raus.

»Sehr witzig«, sage ich ironisch, weil wir genau darüber doch schon geschrieben haben, und stolziere so elegant, wie mir möglich ist, zurück in die Kabine.

»Jetzt schon. Monsieur Panagiotidis hat dich zu den VIPs geschrieben«, erzählt Fio, und ich ziehe provokant den Vorhang vor ihrer Nase zu.

»Er ist nur ein crazy Fangirl. Darauf sollte man nichts geben. Ich bin ein Gremlin«, verteidige ich mich und schaffe es irgendwie, den Reißverschluss zu öffnen, ohne um Fios Hilfe zu bitten.

Vor dem Vorhang bleibt es einen Moment still, und ich glaube schon, dass Fio vielleicht zum Spiegel zurückgegangen ist, da höre ich, wie sie sich leise räuspert.

»Aber ein süßer Gremlin«, sagt sie, und ich bin froh, dass sie nicht sieht, wie ich innerlich und äußerlich total ausraste.

Trotzdem schmeiße ich das Samtkleid schnell auf unseren Haufen auf der Bank und werfe mich in Windeseile in das Rüschending mit den Lurexstreifen. Es fühlt sich genauso grausig auf der Haut an, wie es aussieht. Und ich liebe auch dieses Kleid.

»Ja? Denkst du das jetzt auch noch?«, will ich wissen und ziehe dramatisch den Vorhang wieder auf.

Das Licht im Laden lässt mich schimmern wie eine Discokugel, und ich schwitze bereits in dem Plastikstoff, obwohl ich mich überhaupt nicht bewegt habe. Geht auch schlecht, da der Rock locker einen Meter zu lang ist.

Fio lacht laut auf, und ich lehne mich an den Kabineneingang, als würde ich tragisch dahinschmelzen.

»Es ist schrecklich«, stößt Fio aus, und doch klingt es wie ein Kompliment. »Wie kann es so furchtbar sein und trotzdem gut an dir aussehen?«, ruft sie, und ich kichere.

»Magie, mein Schatz«, raune ich, ganz in meiner Rolle der Achtzigerjahre-Diva, und schwinge den Trompetenärmel, als wäre er eine Federboa.

»Wenn ich es nicht sofort wieder ausziehe, bekomme ich leider eine Panikattacke wegen *sensory issues*«, kündige ich an, ganz wieder ich selbst, und schiebe mir das Kleid schon von den Schultern, ehe ich ganz in der Umkleidekabine verschwunden bin.

»Wie haben es die Menschen früher in diesen Plastiktüten ausgehalten?«, frage ich mich laut, und Fio schlüpft zu mir in die Kabine. Die Hose mit den Flicken sitzt nicht richtig an ihr, das Hemd hat jedoch was. Es verstärkt die Androgynität ihres Gesichts, und das gefällt mir.

»Manchmal geht Style eben über alles. Auch über Menschlichkeit«, witzelt sie, und ich lache dümmlich über den schlechten Scherz.

Ich kaufe zwei T-Shirts, einen mittellangen Rock mit Eulendruck und das schwarze Samtkleid. Fio nimmt die Zuckerwattenhose, das Mopshemd und einen Gürtel mit Schmetterlingen.

Als wir den Laden verlassen und über die Schwelle nach draußen treten, denke ich daran, wie ich nach Fios Hand gegriffen habe. Ich würde es gern wieder tun, diesmal vielleicht sogar meine Finger zwischen ihre schieben, doch Fio schultert ihren Beutel mit den gekauften Klamotten und schiebt ihre Hände in die Taschen ihrer Latzhose.

Es fühlt sich auch anders an als vorhin. Da hatte ich das Gefühl, mit ihr in einer kleinen Blase zu stecken, genau wie jedes Mal bisher, wenn wir uns begegnet sind. Doch jetzt ist die Blase weg und die Welt um uns viel zu groß, und ich weiß nicht, was sich verändert hat. Hat sich denn überhaupt was verändert, oder ist das alles nur in meinem Kopf?

Wieso ist es, als wäre Fio einen Schritt von mir entfernt, auch wenn ich direkt neben ihr stehe?

»Crêpe?«, will sie wissen, und ihr Lächeln streichelt mich so sacht, dass ich das kleine seltsame Gefühl in meiner Brust ignoriere.

»Ja!«, sage ich so begeistert, dass sie lacht, und wir machen uns auf ins Gewirr aus kleinen Gassen.

»Es gibt auch noch mehr Klamotten, wenn du willst.«

»Ich denke, etwas zu essen wäre nicht schlecht. Ich bin so aufgeregt, dass ich heute noch kaum was gegessen habe«, gestehe ich beschämt, und Fio richtet sich gerade auf.

»Na, dann ist es ja gut, dass wir direkt zur Crêpe-Meisterin gehen!«, behauptet sie großspurig, wie in einer Theatervorstellung, und verliert dabei beinahe ihre Tüte mit den Klamotten.

Wir kommen wieder an den bunten Regenschirmen vorbei,

die wie ein Dach über der Straße hängen, und Fio lässt sich mein Handy reichen, um Fotos von mir zu schießen, wie ich mich darunter um mich selbst drehe.

»Wieso war ich nie hier?«, spreche ich meine Gedanken aus, und Fio sieht mich interessiert an.

»Keine Ahnung«, antwortet sie mir, auch wenn es eine rhetorische Frage gewesen ist.

»Ich mein, ich lebe schon seit einer Weile in der Gewissheit, dass ich lesbisch bin, aber ich bin nie auf die Idee gekommen, das mal zu recherchieren. Dabei haben so viele große Städte eine Gay-Neighborhood.«

»Wie lange denn?«, fragt Fio spitzfindig dazwischen und läuft so nah neben mir, dass sich unsere Arme berühren. Ich würde gern wieder ihre Hand nehmen, traue mich allerdings nicht.

»Seit … zwei Jahren?«

»Weiß nicht, ob das als lang zählt«, zieht sie mich auf, und ich boxe sie spielerisch in den Arm.

Auch eine Methode, sie zu berühren, wenn auch nicht meine erste Wahl.

»Für mich ist es lang«, behaupte ich und komme auf das eigentliche Thema zurück, ehe es mir abhandenkommt. »Und normalerweise recherchiere ich absolut alles. Manchmal fällt mir was auf, und wenn ich es aus irgendeinem Grund nicht sofort recherchieren kann, macht mich das ganz meschugge.« Ich fuchtle mit den Händen in der Luft herum. »Oder noch schlimmer: Ich vergesse, was ich nachschauen wollte, und dann hängt dieser unfertige Gedanke fest wie ein fehlerhafter Code, und der blockiert dann meinen ganzen Kopf für Stunden.«

»Und was tut man da am besten dagegen?«, fragt Fio interessiert, und ich bin irgendwo in meinem Hinterkopf ganz aufgedreht, weil ich es wage, ihr Schnipsel meiner selbst zu zeigen, und sie noch nicht schreiend weggelaufen ist. Sie hat mir nie diesen Blick zugeworfen, der mich als seltsam oder umständlich deklariert, und sie beschämt mich auch nicht, indem sie mich runterredet oder mir meine Sicht auf die Dinge abspricht.

Das ist leider selten. Und es tut mir wirklich gut. Jedoch merke ich natürlich auch, dass meine Masken viel schneller fallen als gewöhnlich. Die Masken, die ich trage, um der Normgesellschaft angepasst zu erscheinen. Die ich vor mich halte, damit ich nicht zu laut, zu irritierend, zu extra, zu langsam, zu kraftraubend, zu verpeilt bin.

»Es sofort googeln?«, schlage ich vor und muss grinsen. »Oder es mir notieren, damit ich nicht in die Situation komme.«

»Das ist sicher auch cool, oder?«, meint Fio, führt mich um eine weitere Ecke, und dann kann ich die Crêpes bereits riechen.

»Ja. Da kommt immer eine Menge Material für Geschichten zusammen. Es ist also auch irgendwie Inspiration für die Arbeit.«

Ich halte an, als Fio es auch tut. Wir stehen vor einem urigen kleinen Geschäft, das so schmal ist, als hätte man es mit Gewalt zwischen die beiden angrenzenden Häuser gequetscht. Die Fassade ist dunkelgrün bemalt, und die Glastür ist das einzige Schaufenster, für das Platz ist.

Trotzdem scheint gut was los zu sein. Jedoch nicht so viel, dass man anstehen müsste, wie es in Paris oft passiert.

Ein Hetero-Pärchen kommt grade laut quatschend nach draußen spaziert, und Fio fängt die Tür auf, ehe sie wieder zufallen kann. Sie lässt mir galant den Vortritt, und ich knickse mit dem Rock zwischen zwei Fingern, um ihrer edlen Geste zu entsprechen.

Das Innere des Geschäfts ist gemütlich, voller Pflanzen und genauso schmal, wie es von außen aussieht.

»Weißt du was?«, spricht Fio mich an, als wir uns auf die lange Bank schieben, die einmal über die ganze Länge des Raums reicht. »Mit deinem Job ist es wie mit meinem. Die Menschen denken immer, man setzt sich kurz hin, wuselt mit den Händen über die Tastatur oder die Nähmaschine, und dann ist wahre Kunst entstanden.«

Ich weiß genau, was sie meint, und ich muss darüber lachen, wie präzise sie es auf den Punkt bringt.

»Und natürlich ist es auch keine Arbeit, es macht immer Spaß, und man sieht immer adrett dabei aus, während man verträumt ins Nichts starrt«, führe ich aus, und Fio richtet sich begeistert auf.

»Ja!«, ruft sie. »Und natürlich ist das Einzige, das zu tun ist, das Nähen oder Schreiben an sich.«

»Keinerlei Recherche.«

»Keine Inspirationssuche.«

»Keine Stunden, die man sich den Kopf darüber zerbricht, wie man die Figuren dazu kriegt, zu tun, was man will«, bringe ich spezifischere Angaben mit ein und hoffe, dass sie das auch tut.

»Keine Stunden, in denen man Schnitte zeichnet und Probeteile näht. Oder sich im Stoffladen durch Stoffballen wühlt«, ergänzt sie, und ich grinse viel zu breit dafür, dass wir uns gerade zusammen aufregen. Es tut so gut, dass sie weiß, wie es sich anfühlt, dass so viele meinen Job missverstehen.

Und die Details aus ihrer Perspektive geben mir mehr Einblick in ihren Schaffensprozess.

»O Gott*, und die Kosten! Stoffe sind doch sicher teuer«, rufe ich, weil ich mich in dem Moment daran erinnere, wie ich mal meinen Schreibtischstuhl neu beziehen wollte und dann mehr Kosten hatte, als wenn ich den ganzen Stuhl neu bestellt hätte.

»Megateuer!«, bestätigt Fio und neigt sich verschwörerisch in meine Richtung. Ihre Schulter berührt meine, mein Puls geht in die Höhe, und ich muss mich ganz bewusst auf Fios Worte konzentrieren, um nichts zu verpassen.

»Es gibt da ein paar Teeniefilme, in denen die beste Freundin der Protagonistin Hobbydesignerin ist«, erzählt sie und senkt die

Stimme, als würde sie mir ein Geheimnis erzählen. Oder nicht wollen, dass jemand mithört. Was unwahrscheinlich ist. Wir sitzen in Paris und sprechen Deutsch miteinander.

»Und als die Protagonistin sich ein bestimmtes, ganz tolles Ballkleid nicht leisten kann, setzt sich die Freundin hin und näht es ihr eben mal in einer Nacht.«

Mir geht auf, dass ich einen dieser Filme gesehen habe, eine Cinderella-Adaption, und ich nicke aufgeregt.

»Erstens ist das Material, das sie da verbraucht hat, ganz sicher nicht billiger als das Kleid im Laden. Wahrscheinlich sogar das Gegenteil. Zweitens …« Fio gerät in Fahrt, und ich sehe mit wachsender Begeisterung dabei zu, wie sie sich aufregt. Zwischen ihren Augenbrauen bildet sich sogar eine kleine Falte. »Sie hat diese kleine Plastiknähmaschine mit den schicken Glitzersteinen dran, bei der ich mich frage, wie sie da bitte die tausend Lagen Tüll druntergekriegt hat. Und drittens. Wirklich? In einer Nacht? Wie viele Stunden hat diese Nacht denn gehabt? Meine ist begrenzt. Ihre scheinbar nicht. Das verzerrt doch total die Realität. Und all den Aufwand, der in einem Kleidungsstück steckt.«

Ich verstehe sie. Ich fühle mich bestärkt durch ihren Ärger. Auf das Missverständnis, das mir im Leben schon so oft begegnet ist.

»Kommen dann auch Leute zu dir und sagen solche Sachen wie: *Ich hab mir da mal ein Kleid ausgedacht, kannst du mir das mal eben nähen?*«, erkundige ich mich, und Fio sieht mich erstaunt an.

»Ja! Ganz genau das. Gibt's das bei dir auch?«

Ich nicke.

»Ich habe da so eine Buchidee«, sage ich mit verstellter Stimme, damit klar ist, dass ich für jemand anders spreche. »Die sage ich dir, und dann schreibst du die mal schnell. Und du hast dann damit ja auch keine Arbeit, weil ich es ja schon ausgedacht habe.«

»O mein Gott*«, stöhnt Fio auf und fasst sich an die Stirn. Ich liebe, wie entsetzt sie ist, das wiegt mich weiter in dem Gefühl, verstanden zu werden.

»Am besten sind die, die dann noch großzügig behaupten, dass man ja auch was von dem Gewinn abhaben darf, wenn es dann ein Bestseller ist«, erzähle ich ihr, weil es tatsächlich schon vorgekommen ist. Mehrfach.

»Das ist so dreist«, empört Fio sich und fängt gleichzeitig an zu lachen. Es ist aber auch wirklich abstrus.

»In Filmen kennt man Autorinnen auch immer nur als Personen, die sich eben für ein paar Minuten vor den Bildschirm setzen, am Strand spazieren gehen oder Rosen schneiden. Und schwups, ist das Buch da. Ist dann natürlich auch supererfolgreich, und man kann sich davon auch sicher eine Wohnung in Manhattan leisten«, berichte ich, was mich das Fernsehen gelehrt hat, und Fio lacht noch lauter. Sie lehnt sich dabei richtig an mich, drückt schwer auf meinen Arm, und ich kann meine Wange einen kleinen Moment an ihre Schulter schmiegen. Diese Frau riecht so gut, und der blumige Duft mischt sich mit dem süßen Teiggeruch, der im Raum hängt und uns einhüllt.

Eine junge Kellnerin nimmt unsere Bestellungen auf, und ich bin fasziniert davon, wie problemlos Fio zwischen Deutsch und Französisch hin und her wechselt, ohne Zögern und ohne das kleinste Zeichen von Irritation.

»Glaubst du, Krankenpflegerinnen geht's auch so?« Fio sitzt ganz nah neben mir. Sie ist in den letzten paar Minuten immer näher zu mir gerückt, und ich genieße es, dass ihr Oberschenkel meinen leicht berührt.

»Nein, bei denen wissen alle, dass sie zu viel schuften und dabei zu wenig verdienen«, sage ich trocken, und Fios Mundwinkel zucken leicht.

»Traurig«, erwidert sie jedoch ernst, und ich pflichte ihr bei.

Unsere Getränke kommen, und es entsteht eine kleine Pause

in unserem Gespräch. Sie ist jedoch nicht unangenehm, sondern fühlt sich warm an und zweisam. Ich nehme die kitschig geblümte Tasse mit Kaffee zwischen die Hände und lasse zu, dass meine Gedanken abschweifen. Nicht weit, nur schwebend zwischen den Sätzen, die wir gerade ausgetauscht haben, um sie noch einmal zu betrachten.

»Ich glaube, es liegt daran, dass es langweilig ist«, sage ich, als ich langsam wieder zu mir finde, und sehe zu Fio, die gerade an ihrer Schokolade mit Sahnehaube nippt.

»Was?« fragt sie verständnislos, einen kleinen Sahnebart unter der Nase. Ich lächle und hebe die Hand.

»Na ja, schreiben. Nähen. Kreative Prozesse. Sie werden glorifiziert wie etwas Magisches«, erkläre ich meine Worte und zögere mit meinem Daumen kurz vor Fios Oberlippe. Doch sie hebt ihr Kinn ein Stück an, beugt sich mir entgegen, und ich wage es. »Und manchmal sind sie das auch«, spreche ich weiter und bin Fio gleichzeitig so nah wie vorhin in der Umkleidekabine. In meinem Bauch prickelt es, wie der Sahneschaum auf meiner Fingerkuppe.

Ich bin nicht mutig genug, den Daumen in den Mund zu stecken, auch wenn ich gerne will. Es wäre flirty und in meiner Vorstellung sogar sexy. Wie Fios Aktion mit dem Ring auf ihrer Zunge.

Aber ich bin und bleibe eine Schisserin. Ich kann nicht mal den Blick auf Fios Lippen halten, weil sie so unendlich weich aussehen und mir der Mund ganz trocken wird.

»Aber die meiste Zeit ist es halt nur langweilig, uns dabei zuzusehen«, rede ich schnell weiter und verhaspele mich beinahe. »Deshalb wird es im Fernsehen auch so falsch dargestellt. Stell dir vor, jemand würde einen Film darüber drehen, wie eine Autorin auf dem Sofa sitzt und endlos auf den Bildschirm starrt und sich dann Tee macht, später auf dem Klo weiterschreibt oder im Bett oder in der Bahn. Um dann nachts einen überdramatischen Nervenzusammenbruch zu bekommen, ihre Koffer zu packen und spontan nach Paris zu fahren«, plappere ich weiter, um meine Nervosität zu kompensieren, und bemerke aus den Augenwinkeln, dass Fio mich immer noch ansieht.

»Also ich finde, das klingt spannend. Ich würde es mir ansehen. Was macht sie dann in Paris?«, fragt sie mich und klingt tatsächlich so arglos, als wüsste sie nicht, dass ich gerade von mir selbst spreche.

»Sie trifft eine sexy Designerin, und die schleppt sie in einen Secondhandladen«, weise ich sie darauf hin, und sie prustet so plötzlich in ihren Kakao, dass der Tisch leckere Sprenkel bekommt.

»Dein Ernst? Du bist wegen eines Nervenzusammenbruchs hier?«, will sie wissen und wischt sich schnell mit der Serviette über das Gesicht.

»Ja. Ich habe eine Schreibblockade«, flapse ich, damit es nicht so ernst klingt, wie es ist. »Und meine Agentin nutzt schamlos aus, dass ich hier bin, um mich zu Meetings aller Art zu schicken.«

»Wie einer Modenschau?« Fio grinst triumphierend, auch wenn ich nicht weiß, wieso.

»Oder einer Vernissage«, gebe ich ihr noch mehr, und sie sinkt seufzend tiefer in die Kissen auf der Bank.

»Solche Meetings hätte ich auch gerne«, behauptet sie.

Ich denke an den auf modern gemachten Konferenzsaal und die businesshaften Leute von NiNet.

»Es gibt auch nicht so spannende.«

»Wie die, in denen Monsieur Panagiotidis dir anbietet, ihn beim Vornamen zu nennen?« Ihre Augenbrauen scheinen bis zu ihrem Haaransatz nach oben zu wandern, um ihrer Skepsis Ausdruck zu verleihen.

»Ja, so ungefähr«, winde ich mich und verstecke mich hinter einem Schluck Kaffee.

»Ich bin immer noch schockiert. Das ist sooo krass«, ruft sie, und die Frauen neben uns sehen interessiert in unsere Richtung.

»Für dich! Mir bringt es ja keine Vorteile im Leben.« Zumindest denke ich das. Wäre dies hier wirklich ein Film, würde es im Laufe der Spielzeit sicher bedeutend werden, einen Topdesigner zu kennen, der einem zu gerne einen Gefallen tun würde. Aber ich kann's mir in der Wirklichkeit nicht vorstellen.

»Außer dass du mich damit beeindrucken kannst«, säuselt Fio grinsend und zwinkert mir übertrieben zu. Und trotzdem hat die Geste einen herzschlagbeschleunigenden Effekt auf mich.

»Außer das vielleicht«, murmle ich.

»Du hast mit deiner Schreibmagie Viktor Panagiotidis eingewickelt. Du bist eine Meisterin.« Fio stellt die Tasse ab und zieht ihr Handy aus der Tasche in ihrem Hosenlatz. »Vielleicht sollte ich auch was von dir lesen«, schlägt sie vor, und aus dem Nichts schrillen bei mir sämtliche Alarmglocken los. Es passiert so plötzlich, dass ich kaum begreife, was in mir geschieht.

»Bloß nicht«, stoße ich aus und atme einen kalten Panikstoß durch meine Lunge. Doch wieso? Wieso erschreckt mich der Gedanke so sehr, dass Fio eins meiner Bücher lesen könnte?

Das habe ich doch sonst nicht. Im Gegenteil.

Doch bevor ich Zeit habe, darüber nachzudenken, kommen unsere Crêpes.

Meine mit Erdbeeren. Fios mit Schokolade.

»Darf ich dich was fragen?«, meint sie, als ich den ersten Bissen im Mund habe, und schiebt sich dann selbst eine Gabel voll in den Mund.

Fio hat nicht zu viel versprochen. Die Crêpes sind so lecker, dass ich hundert davon essen will.

»Vielleicht«, sage ich, nachdem ich geschluckt habe.

»Du bist, nach eigener Aussage, nicht aus der Modebranche, aber du warst auf zwei Marielle-Events hintereinander. Wie bist du da reingeraten?«

Die Frage hätte ich eigentlich erwarten müssen. Es ist viel zu naheliegend, dass sie sich danach erkundigen würde, nachdem ich das Thema die ganze Zeit vermeide. Keine Ahnung, wieso ich nicht darüber rede und ich das Gefühl habe, dass es niemand wissen soll. Scheu? Bescheidenheit? Beides nicht typisch für mich.

Aber es fällt mir ja generell gerade schwer, mich mit *Le monde d'Aveline* auseinanderzusetzen.

»Über NiNet«, gebe ich mir einen Ruck, und Fio schmunzelt verschmitzt.

»Ich nehme an, nicht weil du *Emily in Paris* gesehen hast«, zieht sie mich auf, auch wenn sie die wahre Verbindung sicher schon kennt.

»Nein. Die verfilmen meine Buchreihe«, spreche ich aus, spüre direkt den Kloß zurückkehren. Mein Hals wird ganz eng, und ich nehme schnell einen Schluck von meinem Kaffee. Es hilft jedoch nicht.

»Das ist so irre! Wusstest du, dass es darüber Gerüchte im Netz gibt«, ereifert Fio sich, die nicht weiß, wie unangenehm mir dieses Thema ist. Ich zeige es ihr auch nicht, verstecke mein Unwohlsein in einer Gabel voll Crêpe und versuche die fruchtige Süße, gewickelt in luftigen Teig, zu genießen. Es gelingt mir nur halb.

»Ja. Ich hab's gegoogelt, nachdem du mir davon geschrieben hast. Aber die wissen noch gar nichts«, versuche ich es mit Fakten, um nicht darüber nachdenken zu müssen, wie ich mich damit fühle.

»Darfst du darüber schon reden?« Fio neigt sich wieder so nah zu mir, dass ich ganz kribbelig werde. Ihr Interesse hat etwas Schmeichelhaftes, auch wenn das Thema mich ständig in Unsicherheiten stürzt.

»Jein. Nicht offiziell. Ich kann dir was davon erzählen, aber du darfst darüber nicht mit Dritten sprechen und dazu nichts ins Internet stellen.«

»Ich schwöre«, ruft sie feierlich und bricht damit das Eis. Ein Lachen drängt sich aus meiner engen Kehle, weitet sie, und ich kann wieder richtig durchatmen.

»Der Cast wird im Laufe der Woche endgültig entschieden,

die Drehorte sind schon fest, Marielle Bernard macht das Kostümdesign. Drehstart ist Ende August.«

Fio greift nach meinem Arm, die Augen so groß wie die Tasse vor ihr. »Und wer macht das Design? Monsieur Panagiotidis?«

»Das wär's ja. Nein«, lache ich, und sie sieht ein bisschen enttäuscht aus. »Ich habe beim letzten Meeting drei Designerinnen vorgestellt bekommen und muss mich jetzt für eine entscheiden.«

»Du darfst das selbst entscheiden?«

»Um es mit den Worten meiner Agentin zu sagen: Ich bin wohl 'ne Diva – auch wenn ich mich nur für anspruchsvoll halte –, und die von NiNet versuchen wirklich, es mir recht zu machen.«

»Das klingt nach was Gutem.« Fio nickt, wieder sehr zufrieden mit der Situation, und streicht mir ganz leicht über den Arm, an der Stelle, die sie gerade gepackt hatte. Es ist ein Gefühl wie Duschschaum auf der Haut, wie kühler Wind an einem heißen Tag, wie Marshmallows im Bauch.

»Die Geschichte der Buchverfilmung hat mir gezeigt, dass es immer besser ist, wenn die Autoren eines Werkes mitarbeiten. Und NiNet weiß das zum Glück auch. Ganz ehrlich. Lieber habe ich keine Buchverfilmung als eine grausige«, doziere ich und bin überrascht, dass mein Gehirn überhaupt noch imstande ist, diese Unterhaltung weiterzuführen. Denn meine gesamte Aufmerksamkeit liegt auf Fios Fingern, die nicht bei meinem Oberarm bleiben, sondern über die Innenseite meines Unterarms bis zum Handgelenk wandern. Es kitzelt so wundervoll. Ich will, dass sie nie wieder damit aufhört.

»Das wird bestimmt richtig gut«, sagt Fio und lächelt, während sie meinen Arm ganz langsam wieder nach oben fährt.

Und ich glaube ihr. Zum ersten Mal glaube ich auch ein bisschen daran, dass die Sache mit der Verfilmung keine lästige, völlig absonderliche Idee ist, die mich Nerven und Kraft kostet, sondern dass sie spannend und gut werden wird. Und ich mich über die Umsetzung freuen kann.

12
Die Wurzel allen Übels

Ich steige grade in Montmartre aus der Metro, als ich endlich, endlich eine Nachricht von Viviane bekomme, der verschollenen Host. Es sind ein Haufen entsetzter Emojis und ein kurzer Text, in dem sie sich hundertfach entschuldigt, nicht früher ihre Nachrichten gelesen zu haben.

Ich wäre ihr gerne böse, weil sie nicht mal einen Grund dafür nennt, aber ich bin gerade viel zu glücklich. Mein Kopf schwebt geradezu in den Wolken. Mein Herz hüpft jedes Mal, wenn ich daran denke, dass Fio mir so nah gewesen ist.

Sie hat mir Macarons mitgebracht, sie hat mir Komplimente gemacht, sie hat unsere Crêpes bezahlt. Ich hatte es selbst tun wollen, aber sie war schneller gewesen.

Der Moment, in dem die Kellnerin fragte: »Getrennt oder zusammen?«, und Fio voller Selbstbewusstsein »Zusammen« sagte und ihr ihre Karte hinhielt, hat so viele Endorphine in mir freigesetzt, dass ich gegrinst habe wie ein Honigkuchenpferd.

Und komischerweise ist es gerade eine ganz gute Vorstellung, ins Apartment zurückzukommen und dort nicht allein zu sein. So unangenehm die Sache mit Pierre zu Anfang auch war, es hat sich gelegt, und ich würde sogar wagen zu behaupten, dass wir uns angefreundet haben.

»Rate, wer ein Date hatte!«, rufe ich, als ich die Wohnungstür aufreiße, und Pierre springt vom Sofa auf, als ich den kurzen Flur runter ins Wohnzimmer stürme.

»Das ist nicht dein Ernst? Wirklich? Mit wem? Der Frau, die

dir den Ring gegeben hat?«, will er sofort wissen und rettet im letzten Augenblick seinen Laptop, der von einem Kissen zu Boden zu rutschen droht.

»Ich habe nie gesagt, dass eine Frau mir den Ring gegeben hat«, mache ich sofort einen Rückzieher, weil es plötzlich so klingt, als hätte Fio mir einen Antrag gemacht. Und da waren wir ja nun wirklich noch nicht.

»Hat sie?«, stochert Pierre nach, und ich kneife widerwillig die Lippen zusammen.

»Ja«, sage ich verbissen, und Pierre will direkt weiter auf mich einreden, doch ich unterbreche ihn, noch bevor er ein Wort zu Ende gesprochen hat. »Es ist nicht so gewesen, wie du denkst. Sie hat ihn mir als Erkennungszeichen zugesteckt. Es ist kein Liebesbeweis!«

Pierre wedelt mit der Hand, als würde er eine lästige Fliege verscheuchen, und es sieht so zutiefst französisch aus, wie seine Hand durch die Luft schlackert. »Bla, bla. Ich glaube dir kein Wort. Wo wart ihr?«

»In einem Secondhandladen in der Gayborhood und Crêpe essen«, berichte ich brav und schiebe mir die Schuhe von den Füßen.

»Gayborhood?«

»Ja. Der Marais.«

»Und sie hat sich auch anständig benommen?«, fragt er, als ich mich zum Bad wende, um mir die Hände zu waschen.

»Ähm … ja. Wieso sollte sie nicht?«, erkundige ich mich verwirrt, und mein Mitbewohner-wider-Willen sieht genauso verwirrt zurück.

»Keine Ahnung, ich kenn die Regeln von lesbischen Dates nicht«, meint er, und ich frage mich, was das bedeuten soll. Welche Regeln gibt es denn beim Hetero-Dating? Und will ich das wirklich wissen?

»Sie hat sich anständig benommen«, versichere ich ihm jedoch voller Überzeugung und lasse mir kaltes Wasser über die Hände rinnen. Es tut so gut, dass ich noch etwas länger meine Finger unters Wasser halte. »Sie war sehr charmant, und wir haben uns zusammen darüber aufgeregt, dass künstlerische Berufe verkannt werden«, rufe ich über das Plätschern hinweg und stelle dann doch den Hahn wieder aus.

»Nicht nur die«, murmelt Pierre, als ich aus dem Bad komme, und zwinkert mir zu. »Schließlich dachtest du, ich müsse für die Mafia arbeiten, weil ich Buchhalter bin.«

Ich hätte nie was sagen dürfen. Jetzt wird er mir meine naive Fantasie vorhalten, bis sich unsere Wege wieder trennen.

»Das ist nicht allein meine Schuld«, verteidige ich mich und zeige mit tropfenden Händen auf ihn, weil ich mein Handtuch heute früh in mein Zimmer gelegt habe. »Du hast gesagt, ich soll mich aufs Schlimmste gefasst machen.«

»Was? Habe ich nicht«, sagt Pierre pikiert.

»Okay, aber so ähnlich«, rede ich mich raus, weil ich es selbst nicht mehr so genau weiß, und wische mir die Hände am Stoff meines Rockes ab.

»Außerdem hat sich Viviane endlich gemeldet.«

»Oh, wow. Ich dachte, sie wäre tot«, flapst Pierre.

»Ja, darüber habe ich mir auch schon Gedanken gemacht.« Ich lasse mich auf den Teppich vor dem kunstvoll geschnitzten Wohnzimmertisch sinken und strecke meine leicht schmerzenden Beine von mir. Ich bin heute mehr gelaufen als sonst.

»Was sagt sie?«, erkundigt Pierre sich.

»Bisher nur, dass es ihr unendlich leidtut und das Buchungssystem wohl seit ein paar Wochen einen Schluckauf hat. Das finde ich beruhigend.«

»Wieso?«

»Weil es heißt, dass wir nicht dumm sind und es auch nicht unsere Schuld ist.«

Pierre verzieht zustimmend den Mund und nickt leicht.

»Sie entschuldigt sich für die Unannehmlichkeiten, hofft, dass es uns gut geht, und meldet sich, sobald sie eine Lösung für uns hat«, gebe ich wieder, was ich bisher weiß.

Pierre lässt sich zurück in die Kissen des Sofas sinken und seufzt laut. »Na, wenn das dann noch mal vier Tage dauert, kann ich mir auch echt was anderes suchen. Ich dachte irgendwie, das würde sich schnell klären, aber so will ich dir nicht noch länger auf den Keks gehen.«

»Tust du nicht. Wenn dich die Couch nicht stört, können wir auch erst mal abwarten«, erkläre ich sofort und bin selbst überrascht von meinen Worten. Aber die Vorstellung, dass Pierre jetzt abhaut und ich hier allein sitze, ist irgendwie beängstigend. Ich finde es beruhigend, dass er mir zuhört und mir meine Sorgen aus der Nase zieht. Luna ist weit weg, und ich bin zu viel mit meinem wirren Kopf allein.

Ich gebe es ungern zu, aber meine mentale Gesundheit genießt die Anwesenheit einer anderen Person.

»Echt?« In Pierres Gesicht zuckt es, als traue er sich nicht, sich darüber zu freuen, weil er dem Braten nicht trauen will. Ich finde, der Ausdruck gibt ihm etwas von einem Maulwurf, der in die Sonne blinzelt.

»Ja, wieso nicht«, bestätige ich also noch mal und atme erst mal tief durch. Die Sekunden ziehen sich, und Stille legt sich über den Raum. Ich erwarte, dass Pierre sich wieder seinem Laptop widmen wird, auf dem ich schon wieder offene Wohnungsanzeigen sehe. Doch er richtet sich nur kerzengerade auf, schlägt ein Bein über das andere und verschränkt die Finger über dem Knie.

Ich blinzle ihn fragend an, weil er offensichtlich irgendwas vorhat, da zeigt sich ein verschlagenes Grinsen auf seinen Lippen.

»Uuuund? Wie war jetzt dein Date?«, fragt er, die komplette Aufmerksamkeit auf mir, und mein Kopf stürzt mich in Chaos.

Sofort bin ich zurück in dem Moment, als Fio mich zur Metro gebracht hat. Wie sie wieder meine Hand in ihre nahm, um einen Kuss auf meine Fingerknöchel zu hauchen, ehe ich in den Waggon einstieg und die Türen sich zwischen uns schlossen.

»Sehr schön«, antworte ich lächelnd und höre das leise Geräusch meines Handys, das mir eine neue Nachricht ankündigt.

Auch wenn ich gerade noch im Gespräch mit Pierre bin, ziehe ich das Gerät umgehend aus meiner Rocktasche, und mein Herz hüpft mir bis zum Hals, als ich Fios Namen auf dem Display lese.

Fio
Hey du,
bist du gut heimgekommen?

Ich
Gerade zur Tür rein.
Du auch?

Fio
Noch nicht ganz. Aber ich musste auch einen Abstecher machen, um ein paar Dinge zu besorgen, um die ich gebeten wurde.
Was hast du heute noch vor?

Ich
Wahrscheinlich versuche ich, ein bisschen zu arbeiten. Auch wenn's mir gerade soooooo schwerfällt.
Aber ich habe eine Deadline einzuhalten.

Fio
Fühl ich. Ich habe gerade Bescheid bekommen, dass wir das Thema für den nächsten Monat schon morgen irgendwann bekommen. Drück die Daumen, dass es was Cooles ist.
Vielleicht hast du ja morgen Zeit? Dann könnten wir noch was machen, ehe mein Stress wieder losgeht.

Fio
Also nur, wenn du Lust hast.

Fio
Ich fand's heute sehr schön. 💛

Ich
Ich fand's auch schön. 🥰 Und ich würde dich gerne morgen wiedersehen.

Fio
Hast du was auf deinem Plan, was du unbedingt in Paris machen möchtest?

Ich
Ich wollte so richtig tourihaft mit Käse und Baguette vor dem Eiffelturm picknicken.

Fio
Klingt wirklich sehr tourihaft. 😂 Ich Käse, du Baguette?

Ich
Gerne 💚

Ich kichere leise und bemerke dabei, dass ich immer noch mitten im Wohnzimmer sitze und Pierre mich nach wie vor dabei beobachtet, wie ich viel zu glücklich auf mein Handy eintippe.

»Gutes Date«, bestätigt er noch mal meine Aussage, und mein Mund verzieht sich zu einem so breiten Grinsen, dass es mir in den Wangen wehtut.

»Sie hat geschrieben, dass sie mich morgen wiedersehen will«, bringe ich so aufgeregt heraus, dass ich über meine eigenen Worte stolpere und den Satz dreimal neu beginnen muss, um ihn korrekt auszusprechen. Und das liegt nicht daran, dass ich Französisch sprechen muss, sondern weil mein Puls Achterbahn fährt und ich nicht aufhören kann, an Fio zu denken.

»Gute Frau«, fügt Pierre hinzu, und die seltsamen Pistolenfinger, die auf mein Handy weisen, sagen mir, dass er damit Fio meint. Er zwinkert mir verschwörerisch zu, als er sich vom Sofa schwingt und in die Küche schlendert, um Tee für uns zu kochen.

Ich muss wirklich sagen, dass ich schon schlimmere Mitbewohner hatte.

Ich setze mich mit meiner Tasse Tee in den Sessel am Fenster, um über die Dächer von Paris zu blicken, und platziere mein Tablet auf meinem Schoß so, dass ich sofort starten kann, sobald die Inspiration mich packen sollte.

Es muss geschrieben werden, sage ich mir selbst und mache Lockerungsübungen für meine Finger. Also versuche ich, diszipliniert zu sein und zu tun, wofür ich hergekommen bin.

Schließlich wollte ich romantisches Feeling für mein Buch finden, und wenn ich es genau betrachte, habe ich sehr viel mehr bekommen, als ich mir vorstellen konnte.

Ich dachte, ich würde ein bisschen spazieren gehen, dem Eiffelturm von Weitem winken, und dann würde es schon werden. Ich habe mir vorgestellt, mich wieder näher in mein Buch zu denken, indem ich herkomme. Damit ich mein Manuskript öffnen und endlich die Liebesgeschichte zwischen Aveline und Monsieur Lire schreiben könnte, ohne dabei ein Licht verschlingendes Loch in mir zu spüren.

Es liegt nicht einmal an meinem Crush auf Amelie Mariné. Aber ich habe ja eh schon vermutet, dass das Problem tiefer liegt. Schließlich habe ich seit Tagen nicht an Amelie gedacht. Nein, stattdessen hat mir eine Neonfee den Kopf verdreht, und ich kann nur dabei zusehen, wie ich mein Herz mit jedem Atemzug mehr an sie verliere.

Ich öffne das Dokument, und alle Kraft verlässt mich. Die Schreibblockade ist weiterhin präsent, und ich würde am liebsten laut schreien.

Doch ich zwinge mich, anzufangen, lese die letzten paar Kapitel noch einmal und schweife ständig mit den Gedanken ab, schaue aufs Handy, ob Fio mir wieder geschrieben hat, höre mir eine Sprachnachricht von Luna an und eine von einer Autorenkollegin, mit der ich immer wieder mal Kontakt habe. Sie erzählt mir, dass sie letztens von einer Buchidee über eine Umweltdemo geträumt hat, und fragt mich, was ich davon halte. Die Idee ist wild, und ich liebe sie, aber die Sonne geht unter, und ich habe nichts geschrieben, nur verflucht viel taggeträumt.

In Gedanken drifte ich zu Fio, stelle mir vor, ich säße auf ihrem Schoß, eingekuschelt in die flauschige Decke, die hier auf dem Sessel liegt. Meinen Kopf an ihrer Schulter, atme ich ihren Duft ein. Ich erträume mir ihre Hände. Eine auf meinem Oberschenkel, eine, die meinen Rücken streichelt. Ich summe eine Melodie, und sie legt mir die Hand unters Kinn, um es anzuheben.

Wir hatten heute diesen Moment, in der Umkleidekabine, als sie den Reißverschluss meines Kleides schloss. Ihre Nähe hat mich so sehr aufgewühlt, so viele Emotionen in mir entfacht, wie ich sie selten gefühlt habe. Ich wusste nicht, was ich tun sollte, aber jetzt weiß ich, dass ich bereit gewesen wäre, sie zu küssen. Doch sie ist aus der Kabine gerannt, als brauchte sie erst mal Abstand von mir.

Ich weiß nicht, wie ich diesen Moment einordnen soll oder ob ich das überhaupt muss. Schließlich kenne ich Fio ja auch noch nicht besonders lange, und es besteht die Möglichkeit, dass dies eine ganz normale Handlungsweise bei ihr ist und es gar keinen besonderen Grund für ihr Verhalten gibt.

Ich löse meine Haare aus dem unordentlichen Knoten auf meinem Kopf, damit ich keine Kopfschmerzen bekomme, und nehme noch einen Schluck Tee. Er ist bereits kalt, und draußen vor dem Fenster brennen schon längst die Straßenlaternen.

Aber anstatt das Tablet auszuschalten und mich anderen Dingen zu widmen, wie dem Roman, den ich vorhin aus einem öffentlichen Bücherschrank mitgenommen habe, gebe ich mir einen Ruck und versuche erneut, diszipliniert zu sein.

Ich mache mir einen neuen Tee, schnappe mir Fios Macarons und tue, für was ich hergekommen bin.

Angestrengt versetze ich meinen Kopf in die Szene, die ich schreiben soll, baue in meinem Kopf Paris um, die Straßen, durch die ich heute gegangen bin, drehe die Zeit zurück. Ein nagelneuer Eiffelturm, Reifröcke und Zylinder, Kutschen statt Autos, Kohlestaub statt Abgase.

Ich tippe die ersten Sätze mühsam, begleite Aveline über volle Plätze, die Sonne in den Augen, der Rücken verschwitzt, der Wille eisern.

Es war warm für einen Tag im Mai.

Früher hatte Aveline einen Schirm gehabt. Einen aus weißer Spitze mit Bambusgestell und edlem Elfenbeingriff. Doch der war mit allen anderen Sachen ihrer Familie versteigert worden. Um die Schuldner zu bezahlen.

Aveline verbot sich meist, die Vergangenheit zu vermissen, doch heute, wo ihr die Sonne auf den Kopf schien und sie nicht einmal einen sonderlich guten Hut besaß, wünschte sie sich zumindest diesen Schirm.

Sie folgte dem Strom von Menschen, den Massen, die auf den Eingang der Weltausstellung zustrebten. Der Eiffelturm ragte so unfassbar hoch in den Himmel, dass Aveline bei seinem Anblick schwindelig wurde. Noch nie hatte die Welt ein solch hohes Bauwerk gesehen, und die junge Frau konnte nicht fassen, dass sie darunter hindurchgehen durfte. Es fühlte sich bedeutend an, wie ein Schritt in die Zukunft. Genau wie Looïs es ihr versprochen hatte.

Sie hatte die Artikel in der Presse gelesen, all den Spott über diesen Wahnsinn von einem Bauwerk. Doch sie konnte nicht zustimmen. Dieser Turm war besonders.

Sie tastete über ihren hellblauen Rock, um sich zu versichern, dass der Notizblock und ihre Börse noch an Ort und Stelle waren, und ging mit einem flauen Gefühl im Bauch unter der gigantischen Metallkonstruktion hindurch.

Sie hatte sich das Edelste angezogen, das sie noch besaß. Eins der Kleider, die Feline für sie versteckt hatte, als die große Verpfändung losging. Nichts zu Auffälliges und bei Weitem nicht mehr das Modernste, aber so ging sie wenigstens als wohlhabend genug durch, um unbehelligt in die Hallen zu gelangen. Hätte sie jetzt noch einen Schirm gehabt, wäre ihr Aufzug perfekt gewesen.

Sie ließ den Eiffelturm hinter sich, vor dem die Leute standen und gafften. Die Treppen waren geöffnet worden, und auch der Aufzug tat seine klappernde Arbeit und zog Menschen hinauf auf die erste und zweite Plattform des Metallmonuments.

Aveline war fasziniert und gleichzeitig ziemlich sicher, dass sie diesen Aufstieg nicht wagen würde.

Außerdem hatte sie ein anderes Ziel.

Die Galerie des Machines *war leichter zu finden, als sie gedacht hatte. Es waren so viele Menschen unterwegs, dass sie bei jedem Schritt einen anderen Rocksaum streifte, und sie war erleichtert, dass sie sich zuvor den Lageplan genau eingeprägt hatte, der sie in eine lichtdurchflutete Halle führte.*

Die Galerie war eine Konstruktion aus Stahl und Glas und allein für sich schon beeindruckend. Doch als Aveline sie betrat, stockte ihr der Atem.

Ein Wald aus Maschinen offenbarte sich ihr. Es zischte und klackerte, funkte und blitzte, drehte und hüpfte überall, wo auch immer man hinsah. Es musste für Looïs Lire und seinen Kumpan Sattler das Paradies auf Erden sein, und Aveline wurde plötzlich klar, dass es sehr viel schwerer werden würde, ihn hier ausfindig zu machen, als sie es sich vorgestellt hatte.

Sie entschied, erst einmal dem Hauptwerk zu folgen und sich möglichst von nichts ablenken zu lassen, das nichts mit Looïs zu tun hatte.

»Die Kutsche der Zukunft, Mesdames et Messieurs. Ohne Pferd. Dank einer revolutionären Erfindung«, brüllte ein Mann und wurde von Menschen aller Art umringt. »Dem Verbrennungsmotor!«

Aveline duckte sich unter dem Ansturm einer Gruppe hinweg, schob sich zwischen schwatzenden Männern und dahinschlendernden Frauen hindurch und kam schon nach wenigen Metern nicht mehr weiter, weil die nächste Attraktion die Leute dazu veranlasste, stehen zu bleiben und ganze Trauben von Menschen zu bilden, durch die es ein Durchkommen nur gab, wenn Aveline die Ellbogen einsetzte.

Es schien, als gäbe es kaum noch Luft zum Atmen, keinen freien Platz mehr, um ihre Füße abzustellen, ohne dass ihr jemand ungeschickt auf die Zehen trat.

Irgendwo pfiff schrill ein Ventil, eine Dame mit ausladendem Reifrock stolperte nach hinten, und für Aveline gab es nur noch eine Möglichkeit. Sie überließ das Auffangen der rotbäckigen Lady den Gentlemen in ihrer direkten Umgebung und flüchtete so elegant wie eine fette Katze an einem Fensterspalt unter einer schmiedeeisernen Absperrung hindurch.

»Geh in die Galerie des Machines«, grummelte Aveline zu sich selbst und ahmte leicht die Sprechweise von Looïs nach. »Komm dort zu mir. Ich bin da, wo die großen Maschinen stehen.« Sie drehte sich in die andere Richtung, um einen Weg zwischen den Konstrukten hindurch zu finden, ohne dabei von Metallteilen zermahlen zu werden. »Sehr präzise, Looïs Lire«, schnaubte sie und schob sich unauffällig an der Absperrung entlang und in den hinteren Bereich der Ausstellungsfläche.

Wenn sie jetzt rasch hinter den Vorhang schlüpfte, der hier an-

gebracht war, um einen wahrscheinlich privaten Arbeitsbereich abzutrennen, dann konnte sie es vielleicht auf die andere Seite der Menschentraube schaffen. In der Hoffnung, dass sie dahinter besser vorwärtskam.

Sie kam sich dreist vor und erwartete jeden Moment, dass ein Ordner sie ansprach und hinter der Absperrung hervorjagte. Aber dafür hätte eine solche Person es auch erst mal durch die Menge schaffen müssen.

Sie machte sich ganz klein, ging gleichzeitig so, als würde sie dazugehören, und verschwand dann hinter dem Vorhang.

Auf der anderen Seite stapelten sich Kisten voller Stroh, das wahrscheinlich zur Polsterung der Teile gedient hatte, die darin transportiert worden waren. Fässer mit Öl und Karren voller Holzkohle, um irgendwelche Maschinen anzutreiben. Und dazwischen stand ein Schreibtisch.

Aveline musste zweimal hinsehen, um es wirklich zu glauben. Es war ein fein geschnitztes Stück aus dunklem Holz, etwas, das man früher in dem Studierzimmer ihres Vaters gefunden hätte. Ein teures, schweres Stück, bestückt mit Papieren aller Art, ein Tintenfass stand darauf, und jemand hatte einen Stapel ungeöffneter Briefe liegen lassen, als wäre dies tatsächlich ein Arbeitszimmer und nicht ein Kistenlager inmitten der Weltausstellung.

Ein Rascheln erklang hinter Aveline, und sie zuckte erschrocken herum.

Vor ihr stand ein junger Mann, der ebenfalls durch den Vorhang gekommen war, und mitten in der Bewegung erstarrt, starrte er sie für einen Augenblick an.

»Du hast hier hinten aber eigentlich nichts verloren, oder?«, fragte er mit weicher, hoher Stimme und richtete sich auf.

Und da erkannte Aveline ihren Irrtum. Es handelte sich bei der gut gekleideten Person in weißem Hemd und dunkelblauer Weste überhaupt nicht um einen Mann. Selbst wenn die blonden Haare zurückgebunden waren wie bei einem und sie sich bewegte wie ei-

ner, die Hände in den Hosentaschen, stand Aveline doch eindeutig einer Frau gegenüber.

Sie richtete sich auf, den Blick immer noch fragend auf Aveline gerichtet, und griff nach einer Ledertasche, die an einer der Kisten gelehnt hatte. Sie klimperte, als darin Metall gegen Metall schlug, und sah verflucht schwer aus. Aveline tippte auf Werkzeug.

»Ähm … ich … eigentlich … nein. Nein, ich habe hier hinten nichts verloren«, stammelte sie und wich zurück, als die Frau mit festem Schritt auf sie zukam.

Sie lachte. »Mein Herz, du solltest lernen, wie man lügt. Das kann dich schnell in Bedrängnis bringen, hier rumzuschleichen.« Sie band sich die Tasche um die Taille, ließ Aveline jedoch nicht aus ihrem Blick. Ihre Augen waren hellbraun und warm und vermittelten Aveline eine ihr bisher unbekannte Sicherheit. »Hat William Feller dich geschickt? Sollst du durch die Pläne stöbern? Oder ist es dieser Russe? Du weißt schon. Der unangenehme Kerl mit der Narbe und ohne Ehre«, wollte die Frau wissen, und Aveline blinzelte irritiert.

»Mich hat niemand geschickt. Ich bin eigentlich auf der Suche nach jemandem und bin da draußen zwischen den Menschen untergegangen. Ich wollte nur einen Weg finden, weiter in die Halle zu kommen, ohne dabei zerquetscht zu werden«, berichtete sie und hoffte, die Frau würde ihr glauben.

»Tja, das ist doch mal eine Geschichte. Find ich gut. Klingt richtig glaubwürdig«, sagte sie, und ihr Ton zeigte, dass sie ihr trotzdem nicht glaubte. Sie kam noch einen Schritt auf Aveline zu, und diese wich noch einmal zurück. Ihr Herz machte einen Sprung, als sie überraschend gegen etwas stieß und erkannte, dass sie bis an den Schreibtisch zurückgedrängt worden war.

Die Frau, die mit dem Werkzeuggurt, den festen Stiefeln und den hochgekrempelten Hemdsärmeln ganz wie eine Mechanikerin aussah, trat ungeniert vor sie und nahm ihr, allein mit ihrer Körpergröße, die Aveline um einen Kopf überragte, den Fluchtweg.

»Du musst verzeihen. Es sind heikle Zeiten, und auch wenn ich dem Wort einer Lady trauen möchte, kann ich nicht riskieren, dass du hier mit Informationen rausspazierst, die du nicht haben solltest«, kündigte sie ihr an und neigte sich über sie. Sie roch nach Lavendel und Schmieröl, und etwas Unerklärliches brachte Aveline dazu, sich ihr entgegenzuneigen und einen tiefen Atemzug zu nehmen.

Die Mechanikerin sah sie überrascht an, und Aveline blickte ebenfalls etwas perplex zurück.

»Ich … muss leider die Taschen deines Rocks überprüfen, ehe du wieder gehen darfst«, sagte sie leise, und ihre Stimme war so rau, dass eine Gänsehaut über Avelines Arme wanderte …

Ich beiße mir auf die Unterlippe, nehme sofort die Finger von der Tastatur und drücke das Tablet an meine Brust. Mein Herz rast wie verrückt, und ich schreie innerlich so laut, dass meine Ohren dröhnen.

Was ist da denn schon wieder passiert? Ich wollte doch nur schreiben, wie Aveline ihren Weg zu Looïs findet. Sie hätte ihn mit dem Mann sehen müssen, der früher für ihren Vater gearbeitet hat, und dann hätte sie nachgefragt und sie hätten sich gestritten, und sie hätte erkannt, dass Looïs etwas vor ihr verheimlicht, und sie hätte Schlimmstes vermutet, weil Jeanne es ihr ja auch schon gesagt hatte. Dann Drama, Drama, Drama, theatralisches Heulen, er schreibt ihr einen schmalzigen Brief, sie ist gewillt, seine Version der Geschichte zu hören, irgendein Geknutsche. Vielleicht gesittet. Vielleicht auch nicht.

Keine sexy Mechanikerin in diesem Plot. Vor allem keine, die in meinem Kopf exakt wie Fio aussieht. Was ist denn nur los mit mir?

Ich stopfe das Tablet verzweifelt zwischen die Kissen neben mir, schnappe mir wütend meine Tasse und setze an, nur um zu merken, dass sie leer ist. Beschissenes Gefühl.

Ich atme ein und wieder aus, versuche, mich nicht den Gefühlen hinzugeben, die in mir kreisen und mich mit scharfen Klingen piksen.

Mühsam schäle ich mich aus der Kuscheldecke und dem Berg Kissen, die wie ein Nest auf dem Sessel liegen und mich von allen Seiten einschließen. Das Licht ist gedimmt, Pierre liegt auf dem Sofa und sabbert auf sein Kissen. Es muss spät sein.

Meine Beine sind eingeschlafen, mein Hals ist ganz trocken, und meine Blase ist so voll, dass ich kaum laufen kann.

Also humple ich umständlich in das winzige Bad und schließe so leise, wie ich kann, die Schiebetür, um mich zu erleichtern.

Wütend pinkle ich und starre mich dabei selbst in dem Spiegel an, der gegenüber über dem Waschbecken hängt.

Ich sollte nicht so sauer auf mich sein, schließlich habe ich wieder geschrieben. Worte sind aus mir herausgekommen, und auch wenn der Anfang schwer war, habe ich offensichtlich doch dieses Stadium erreicht, in dem ich alles um mich herum vergesse und drauflosarbeite. Das ist gut. Ich kann noch schreiben. Ich habe es nicht verlernt.

Doch leider ist schon wieder nicht das passiert, was passieren sollte, und meine herzallerliebste Agentin wird alles wieder streichen. Zumindest die Hälfte. Die andere Hälfte kann ich sicher verwenden. Ich muss nur die Mechanikerin streichen. Oder ich muss aufhören, sie sexy zu finden. Na ja, zumindest muss Aveline aufhören, sie sexy zu finden.

Es fällt mir wie Schuppen von den Augen. Das ist die Wurzel allen Übels. Deshalb schaffe ich es nicht mehr, dieses Buch zu schreiben.

»Verfluchte Scheiße«, seufze ich genervt und rolle mir zu viel Klopapier ab.

13
Wein in Tassen

Wie hab ich das denn früher gemacht?«, maule ich Luna an, während ich mir Hair Food in die Locken knete.

»Du bist in einer Familie aufgewachsen, in der du von internalisierter Homophobie umgeben warst, und hattest dir erfolgreich eingeredet, dass du auf Männer stehst und deswegen keinen einzigen Gedanken an Frauen haben solltest«, erwidert sie trocken und richtet ihr Handy auf. Sie sitzt an ihrem Schreibtisch in Köln und schreibt Kanji in ihr Übungsheft, während ich in Paris im Bad stehe und mich im schlechten Licht der Deckenlampe richte. Jetzt kann ich mal von Glück sagen, dass meine Make-up-Skills so unterirdisch sind, dass ich mich kaum schminke, denn ich hätte in dem schummrigen Licht absolut nichts gesehen.

»Ich mag keine Bäder ohne Fenster«, sage ich, und Luna nickt, den Blick auf ihr Heft gerichtet.

»Ja, die sind ätzend«, stimmt sie mir zu.

»Was mach ich denn jetzt?«, jammere ich weiter und drücke über dem Waschbecken Duschwasser aus meinen Haaren. »Ich kann mich doch nicht wieder selbst belügen, nur um dieses Buch fertig zu schreiben.«

»Musst du das denn? Ich mein, andere Leute schreiben auch Krimis und haben nicht wirklich das Bedürfnis, irgendwen aufzuschlitzen.« Luna sieht skeptisch von ihrem Schreibheft auf. »Nehme ich zumindest an.«

»Ja, schon. Aber ich habe immer geschrieben, indem ich mich ganz intensiv in die Szenen reingefühlt habe«, erkläre ich.

»In die Knutschszenen auch?«

»Hast du nicht alle Bände gelesen? Wann haben die sich denn mal geküsst?«, halte ich dagegen und wickle mir mein Jerseytuch um die Haare.

»Gar nicht. Du hast gesagt, du sparst dir das für den Schluss auf. Letzte Seite und so«, gibt Luna wieder, und ich denke an früher.

Ich habe mich auf diese Szene gefreut, als ich anfing zu schreiben. Ich wollte viel Romantik und heimliche Blicke und knisternde Spannung. Nur bloß nicht kitschig und auch bloß nicht sexy. Und dann habe ich begonnen, die Küsse nach hinten zu schieben, und die Szenen, in denen meine Figuren sich annähern sollten, endeten im Streit.

Und wenn sich mal etwas ergab, dann brauchte ich mindestens vierhundert Seiten Geplänkel, damit ich es auch annähernd mitempfinden konnte.

»Ich dachte, das liegt an meinem Sinn für feine Romantik«, schimpfe ich. »Und dass ich es halt lieber mag, wenn alle gesittet sind. Aber sobald ich schreibe, dass Aveline sich einer Frau nähert, muss ich aufpassen, dass sie nicht auf der Stelle übereinander herfallen. Gesittet am Arsch. Das schreibt sich plötzlich ganz leicht, und mein Bauch ist voller Schmetterlinge, ohne dass ich mich irgendwie anstrengen muss. Wenn ich die Liebesgeschichte zwischen Aveline und Looïs schreiben will, blockiert mein Kopf, und ich fühle mich plötzlich sooo unbeteiligt.«

»Ja, my dear. Du shippst sie nicht mehr. You are too gay to function«, denglischt Luna und dreht sich den Bleistift in die roten Locken. »Wie der Typ aus Edo-Japan, Tokugawa Tsunayoshi, der die ganze erste Herrschaftslinie ausgelöscht hat, weil er keine Nachkommen zeugen wollte. Zu beschäftigt, sich selbst penetrieren zu lassen. Zum Glück gab es noch die zweite und die dritte.«

»Details, die ich nicht hören will, während ich mich anziehe«, schnaube ich und schüttle mich bei dem Gedanken an Männer.

Wo ist eigentlich meine Gesichtscreme hingekommen?

»Aber ja. Ich shippe sie nicht mehr. Es graust mich richtig, sie mir miteinander vorzustellen. Kann ich deshalb nicht schreiben? Es fühlt sich an wie Mühlsteine um meinen Hals. Ich wünschte echt, ich hätte dieses Buch schon geschrieben und müsste nicht mehr darüber nachdenken.«

»Das klingt sehr danach, dass du den Grund für deine Schreibblockade gefunden hast«, gratuliert Luna mir, und ich möchte weinen vor Frustration.

»Toll. Und was tu ich jetzt dagegen?«, grummle ich und finde meine Creme auf dem Schränkchen unter dem Waschbecken.

»Schreib was Lesbisches.« Luna zieht den Stift wieder aus ihren Haaren, hält ihn zwischen ihren Fingern wie eine Zigarettenspitze und sieht mal wieder aus wie aus einem anderen Jahrhundert.

Ich liebe ihren Vorschlag. Gott*, ich will vor Freude tanzen bei dem Gedanken, eine lesbische Lovestory zu schreiben. Aber ich kann nicht.

»Dann wird dieses Buch nicht fertig«, seufze ich, und etwas drückt mir schmerzhaft den Brustkorb zusammen wie ein Schraubstock. »Und Sophia hat schon die Verträge für die nächsten Bände auf dem Tisch. Allein wenn ich daran denke, will ich mein Tablet aus dem Fenster schmeißen, mein Handy in der Mikrowelle brutzeln und mich in den Untergrund zurückziehen.«

Luna lehnt sich näher an ihr Handy, sodass ihre Augen riesig aussehen. Sie trägt mal wieder Glitzer auf den Augenlidern. In der Phase sind wir also wieder angekommen.

»Das klingt spannend. Wüsste ich denn, wo du bist?«, erkundigt sie sich, und ich zucke mit den Schultern.

»Wenn du Sophia nicht verrätst, dass du weißt, wo ich bin.«

»Wo wärst du denn?«

»Keine Ahnung. Für den Zirkus bin ich zu ungelenkig.«

Luna wackelt verspielt mit den Augenbrauen. »Du könntest

dir ’ne cute französische Freundin suchen, bei ihr einziehen und in einem kleinen Café in Montmartre kellnern.«

»Sehr atmosphärisch«, gebe ich zu und verteile Creme in meinem Gesicht. Ich habe überall rote Flecken, und ich weiß, dass sie von all dem Stress kommen, der sich auf meiner Haut zeigt wie ein Mahnmal.

»Apropos cute französische Freundin …«, setzt Luna an, und ich erkenne an dem Ton ihrer Stimme sofort, dass wir jetzt über Fio sprechen.

»Sie ist Deutsche«, unterbreche ich sie, und Luna stockt.

»Ernsthaft?«

»Sie kommt aus Berlin«, präzisiere ich, doch sie hat was ganz anderes gemeint.

»Sie ist deine Freundin???«, quietscht sie, und mir fällt vor Schreck der Deckel meines Cremepotts aus den Fingern. Er scheppert in dem kleinen Bad so heftig, als wäre ein sechzehnteiliges Teeservice zu Bruch gegangen.

»Nein!«, rufe ich und bücke mich, um ihn aufzuheben. »Wir treffen uns nachher auf ein zweites Date.«

»Machst du dich deshalb so schick?«

»Vielleicht?«, schmunzle ich, obwohl ich mich gerade alles andere als schick fühle. Ich habe überall noch weiße Spuren von der Creme, man sieht aber gleichzeitig die roten Flecken, als wären meine Wangen übersät mit Mückenstichen. Und das Tuch, das meine Haare hält, gibt mir eindeutig den Style meiner italienischen Oma.

Da muss definitiv noch was passieren, ehe ich das Haus verlasse.

Wir beenden das Telefonat, als Lunas Fachschaftssitzung beginnt, bei der sie sich mal wieder als Vorstand aufstellen lassen wird, selbst wenn ich ihr sage, sie soll’s nicht tun, weil sie sich sonst in den Burn-out treibt. Aber wer hört schon auf mich.

Die Aufregung in mir wird von Minute zu Minute schlimmer, als ich in der kleinen Bäckerei an der Ecke vor der Metro Baguette kaufe und an einem Straßenstand helle und dunkle Trauben erstehe. Kleine Funken tanzen immer schneller durch meinen Bauch, als ich in den ratternden Waggon steige und mir ganz bewusst mache, dass ich Fio schon gleich wiedersehen werde.

Ich möchte ihre grünen Augen sehen und ihr Lachen hören und meine Hand in ihre legen.

Als wir von der Station Passy abfahren, um die Seine zu überqueren, sehe ich aus meinem Fenster, um bloß nicht den Moment zu verpassen, der die Fahrt mit der Linie 6 zum Geheimtipp eines jeden Paris-Ratgebers macht.

Die grauen Häuser ziehen schnell vorbei, und schon geben sie den Blick frei, über Platanen hinweg. Die Sonne glitzert auf den Wellen des Flusses, und der Eiffelturm hebt sich spektakulär vom blauen Himmel ab.

Ich lächle. Ich bin wirklich und wahrhaftig in Paris.

In Gedanken gehe ich zu der Szene zurück, die ich gestern geschrieben habe. Zu Aveline, die unter dem Konstrukt hindurchging, damals kurz nach der Vollendung. Zumindest in meiner Vorstellung.

Ich stelle mir gerne vor, ich wäre dort, im Jahr 1889, würde Paris in der Belle Époque erleben. Mit all den Kleidern und der aufstrebenden Industrialisierung und dem Gefühl, dass alles möglich wäre. Aber ich weiß natürlich gleichzeitig, dass meine Vorstellungen sehr romantisiert sind und ich sicher keine Lust hätte, an Tuberkulose zu sterben oder an Tetanus oder an etwas anderem, das heutzutage heilbar ist.

Der Wind zupft an meinen Locken, als ich mit heißen Wangen aus der Metro steige und meinen Weg in Richtung Eiffelturm geradezu fliege. Ich will nicht rennen, um nicht in mein Oberteil zu schwitzen; schließlich möchte ich gut riechen und möglichst entzückend aussehen, wenn ich Fio treffe. Allerdings jetzt, wo ich fast da bin, kann ich auch keine Sekunde länger darauf warten, sie wiederzusehen.

Das Wetter ist fantastisch, warm und windig. Der Wetterbericht hat behauptet, dass wir später mit Regen rechnen müssen, aber davon sehe ich bisher nichts.

Jedoch habe ich unterschätzt, wie viele Touristen unterwegs sein würden. Die Straßen sind voll, und alle streben sie auf das Wahrzeichen von Paris zu. Überall höre ich Menschen Deutsch sprechen und fühle mich seltsam dabei, dass ich verstehe, was sie sagen, ohne dass sie das wissen.

»Ist der Eintritt teurer geworden?«

»Also auf keinen Fall nehmen wir die Treppen. Bist du verrückt!«

»Ja, morgen schauen wir uns die Mona Lena an.«

»Mona Lisa, Papa.«

Ich schaffe es an den Leuten vorbei, die für den Turm hergekommen sind, weiche erfolgreich einem Kerl mit einem *Free Hugs*-Schild aus und schmeiße einen Euro in die Spendentasse einer Fridays-for-Future-Teenagerin.

Als ich das Marsfeld betrete, den Park hinter dem Turm, frage ich mich, in wie vielen Instagram-Videos ich jetzt wohl zu sehen bin. Ich, die ich wie eine Fake-Pariserin mit einer Baskenmütze auf dem Kopf den Weg entlangspaziere, ein Baguette in meiner Tasche, wie eine Comicfigur.

Jede echte Pariserin wüsste sofort, dass ich nicht von hier bin, aber das ist mir eigentlich egal. Denn die Mütze sieht süß aus und passt farblich hervorragend zu meinem mintgrünen Jumpsuit.

Ich schiele auf mein Handy, um die Uhrzeit zu kontrollieren, und versuche mir keine Sorgen zu machen, weil ich bereits fünfzehn Minuten zu spät bin. Menschen, die mich kennen, würden das für meine Verhältnisse noch als ziemlich pünktlich erachten. Fio kennt mich allerdings erst seit ein paar Tagen, und ich habe mich noch nicht getraut, ihr zu gestehen, dass mein Zeitmanagement ein absolutes Desaster ist. Normalerweise bin ich entweder viel zu früh oder viel zu spät.

Zum Glück war ich hier schon so oft, dass ich genau weiß, wohin ich muss, ansonsten wäre ich jetzt in Panik verfallen. Aber ich behalte meinen zügigen Schritt bei, fühle die Aufregung in jeder Zelle meines Körpers und atme tief durch, um meinen Herzschlag zu beruhigen.

Ich spüre den Wind in meinen Haaren, den Schweiß in meinem Nacken, das Gewicht des Beutels mit Brot, Trauben und einer kleinen Picknickdecke auf meiner rechten Schulter.

Die Eiche, bei der wir verabredet sind, ist alt und knorrig, und ihre Äste hängen so tief nach unten, dass man sich mit Leichtigkeit daraufsetzen kann. Ich finde, sie hat etwas von einem Oktopus, aber ich sage es nicht mehr laut, seit mich Vittoria dafür derbe ausgelacht hat.

Mein Adrenalinpegel steigt, umso näher ich dem Baum komme. Ich halte Ausschau nach der Frau, die ich hier treffen werde, und habe bei jeder Person den Gedanken, dass sie es sein könnte, bis ich genauer hinsehe und sie es nicht ist.

Plötzlich ist es mir peinlich, dass ich die Baskenmütze angezogen habe, und ich ziehe sie mir vom Kopf in der Hoffnung, meine Locken nicht noch mehr zu zerzausen. Doch der Wind hat bereits ganze Arbeit geleistet.

Ich umrunde den Baum zweimal, auf der Suche nach Fio, doch sie ist nirgends zu entdecken. Haben wir doch von verschiedenen Bäumen gesprochen, als wir heute früh abgeklärt haben, wo genau wir uns treffen wollen? Gibt es mehr als eine Oktopus-Eiche in diesem Park, und ich weiß nichts davon?

Die Panik, die sich bisher so gut hat zurückdrängen lassen, steigt nun doch an die Oberfläche, und ich wühle umständlich in dem vollen Beutel nach meinem Handy. Bin ich so sehr zu spät, dass sie wieder gegangen ist? Würde sie glauben, ich hätte sie versetzt?

Es wäre nicht das erste Mal, dass mir das mit jemandem passiert.

Ich lasse den Beutel ins Gras gleiten, weil es so leichter ist, neben der Picknickdecke mein Telefon herauszufischen, ohne die Trauben zu zerquetschen. Dabei versenke ich auch die Mütze tief unter meinen Sachen.

Siebzehn Minuten zu spät. Mein Herz flattert wie ein verletzter Vogel, und ich schaue in meine Nachrichten, ob sie mir vielleicht geschrieben hat. Doch da ist auch nichts.

Sie hätte mir doch aber geschrieben, bevor sie wieder gegangen wäre, oder?

Das schlechte Gewissen mischt sich in meine Panik, weil ich selbst nicht daran gedacht habe, ihr zu schreiben, dass ich spät dran bin.

Ich
Hey. Bin leider zu spät hier angekommen. Bist du noch da? Haben wir uns verpasst? Gibt es mehr als eine Eiche mit zu Boden hängenden Ästen?

Ich will gerade auf Senden drücken, da stolpert plötzlich eine schnaufende Fio an meine Schulter, schlingt ihre verschwitzten Arme um meinen Hals und hält sich an mir fest, als könnte sie sonst nicht aufrecht stehen bleiben.

»Es tut … mir … so leid,« keucht sie, und ihr Brustkorb hebt sich so stark, dass sich ihre Brüste gegen meinen Arm pressen und sich warme Gefühle wie prickelnder Schaum in meinem Bauch auflösen.

Ich bin so überwältigt von der plötzlichen Nähe, dass ich nicht weiß, wohin mit meinen Händen. Ich werde eingehüllt von dem Geruch nach Lavendel und etwas Süßem, als hätte Fio den Morgen in einer Konditorei verbracht.

»Alles okay bei dir?«, frage ich sie besorgt und traue mich zögerlich, über ihren Kopf zu streichen, den sie immer noch gegen meine Schulter presst. Ihr Haar ist widerspenstig und dick und lässt in mir den Wunsch aufkommen, fest mit den Fingern hineinzugreifen. Doch ich tue es nicht, lege stattdessen einen Arm um ihre Taille und streichle sacht ihren Arm. Ihre Haut ist kalt und warm gleichzeitig und klebrig vom Schwitzen.

»Ich habe eine Mail bekommen, und dann habe ich die Zeit vergessen und bin viel zu spät los. Und mein Handy hat keinen Akku mehr, daher konnte ich dir nicht mal schreiben. Es tut mir leid, dass du warten musstest«, rattert sie in einem wilden Atemzug runter und hebt dabei den Kopf. Ihr Gesichtsausdruck hat etwas Verschämtes, und ich kann nicht anders, als zu lachen.

Es ist eine Mischung aus Erleichterung und dem Wissen, wie sie sich gerade fühlt. Und dass mal zur Abwechslung nicht ich diejenige bin, die sich fürs Zuspätkommen entschuldigt.

»Gar nicht schlimm. Ich war auch zu spät«, versichere ich ihr und streiche etwas fester über ihren Arm. Ihre Haut ist so weich, dass ich innerlich schmelze, und sie so nah bei mir, dass jeder um uns herum sehen muss, dass wir uns nicht als einfache Freundinnen treffen. Dass da mehr sein muss.

Fio richtet sich wieder auf und nimmt wie selbstverständlich meine Hand.

»Was war das für 'ne Mail? Ist was Schlimmes passiert?«, erkundige ich mich und fahre vorsichtig mit dem Daumen über ihren Handrücken.

»Nein. Ja. Nein«, stottert sie und fasst sich an die Stirn. Sie streicht ihre Haare zu einer Seite, entblößt ihren Sidecut, sieht umwerfend sexy dabei aus. Sie trägt an jedem Finger einen Ring. Alle silbern, aber alle unterschiedlich. »Wir haben unser Thema für den nächsten Monat bekommen«, erzählt sie mir, und ich sehe, wie ihre Gedanken immer wieder abdriften. »Noch früher als gedacht. Sonst lässt sich Monsieur Panagiotidis immer mindestens eine Woche Zeit, und dann haben wir drei Wochen, um es zu bearbeiten. Aber diesmal scheint er's eilig zu haben. Die Ausstellung ist schon in anderthalb Wochen. Und jetzt dreht mein Kopf echt ein bisschen ab.«

»Das klingt so stressig.« Ich habe vollstes Verständnis. Es wäre, als würde Sophia mir mitteilen, ich müsste das Buch Ende des Monats abgeben anstatt erst in drei. Ich würde absolut durchdrehen. »Wie kann ich dir helfen?«, will ich wissen, und mir gefällt die Idee, dass sie mich in ihren Schaffensprozess miteinbezieht.

»Ich denke nicht, dass … Es ist so …«, beginnt sie zu stottern, den Blick überall, nur nicht auf mir, und ich hebe beschwichtigend eine Hand. Ich will mich auf keinen Fall aufzwingen.

»Schon gut«, unterbreche ich sie und drücke ihre Hand. »Heißt das, du möchtest jetzt lieber wieder gehen und dich in deine Arbeit stürzen?«

»Nein! Ich will gerne mit dir Zeit verbringen«, ruft sie sofort, doch ich sehe gleichzeitig, wie gespalten sie in ihren Gedanken ist. »Ich habe Käse gekauft. Und 'ne kleine Flasche Wein. Ich weiß gar nicht, ob du Wein trinkst«, redet sie weiter, fahrig und zappelig.

»Ich trinke Wein«, sage ich ruhig und ziehe sie leicht von der Eiche weg, unter der sich immer mehr Leute sammeln. Ich versuche, so gelassen wie möglich zu sein, die Spannung auszugleichen, die Fio unter Strom setzt. Doch ich habe keine Ahnung, ob ich es auch richtig mache und es das ist, was sie braucht, um wieder runterzukommen.

Wir suchen uns einen Platz etwas abseits, wo die Wiese schon ganz braun ist, dafür aber nicht so viele Menschen sind. Fio hilft mir, die Decke auszubreiten, und wir packen aus, was wir mitgebracht haben. Fio hat drei Sorten Käse besorgt, die ich mir alle unter die Nase halte, nachdem ich sie aus dem Papier gewickelt habe. Fio lacht mich dafür aus, was sich gut anfühlt, wie ein Insider, aber ich lasse es mir trotzdem nicht nehmen, ihr dafür einen Klaps gegen den Oberschenkel zu versetzen.

Dann zieht sie einen Rotwein aus ihrem Rucksack und zwei winzige Tassen mit Blümchen drauf. »Ich hab nichts anderes zu Hause«, gesteht sie mir, und ich nehme sie ihr mit einem Grinsen ab, damit sie uns einschenken kann.

»Es hat schon was«, meine ich, als ich an meiner Tasse nippe, die Beine ins piksige Gras gestreckt, und den Ausblick auf den Eiffelturm genieße. »Wein aus Tassen. Eiffelturm im Blick.«

»Schöne Frau neben mir«, ergänzt Fio, und mein Herz blubbert verzückt in meiner Brust. Ich spüre direkt, wie mir die Röte in die Wangen steigt, und sehe über den Rand meiner Tasse zu Fio rüber.

Sie grinst, als wüsste sie genau, was sie damit in mir auslöst.

»Du siehst wirklich schön aus. Mir gefällt der Jumpsuit an dir. Die Biesen am Oberteil sind sehr vintage«, sagt sie, und ich will hinter meiner Tasse verschwinden, weil ich kaum atmen kann.

Dabei ist es Fio, die heute umwerfend aussieht. Sie trägt eine schwarze Hose mit Hosenträgern über einem weißen Männerhemd, das viel zu weit aufgeknöpft ist und mir immer wieder einen kurzen Blick auf den Ansatz ihrer Brüste gewährt. Ich sterbe innerlich tausend Tode, jedes Mal, wenn ich zu ihr sehe, weil ich nicht fassen kann, wie sexy diese Frau ist.

»Danke. Es ist ein Replikat eines Designs aus den 1950er-Jahren.«

»Cool!«, ruft sie aus, und ihr Blick wandert an mir herab. Über die Knöpfe am Oberteil zu meinem Bauch, und es ist, als könnte ich es spüren wie eine Berührung.

»Hab ich secondhand gekauft«, bringe ich erstickt hervor und weiß, dass ich ganz schnell das Thema wechseln muss, um nicht zu überhitzen.

»Verrätst du mir das neue Thema?«, frage ich aus dem Nichts, und Fios verschlagenes Grinsen schwankt unerwartet heftig.

»Ähm …«, macht sie und bricht sich so langsam ein Stück Baguette ab, als müsste sie Zeit schinden. »Eigentlich müssten eh alle benachrichtigt worden sein«, murmelt sie, als redete sie mit sich selbst, und sieht mich dann wieder an.

»*Rendez-vous avec la mort*«, sagt sie völlig ernst, und ich weiß einen Moment nicht, ob ich lachen darf oder nicht.

Doch es kitzelt in meinem Hals, rollt über meine Zunge, und dann bricht es aus mir heraus. Genau wie aus Fio, und der seltsam angespannte Moment verblasst im Sommerlicht.

»Rendezvous mit dem Tod? Meine Güte, das klingt ja noch klischeehafter als die Sache mit der Musik«, pruste ich, und Fio zuckt mit den Schultern.

»Er ist halt Modedesigner und kein Poet«, kichert sie und legt ihren Kopf an meine Schulter, genau wie vorhin. Mir wird etwas schwindelig, und mein Kopf wird ganz leicht, ich nippe an dem Wein und frage mich, wie ich so eine Aufgabe umsetzen würde.

»Wenn es meine Aufgabe wäre, würde ich eine Kurzgeschichte schreiben, über eine junge Frau, nach einer Halloween-Party, verkleidet als der Tod, die auf dem Heimweg im Bus neben einer anderen Frau sitzt, die ebenfalls als Tod rumläuft. Nur dass sie es wirklich ist.«

»Und am Ende stirbt die erste Frau?«, will Fio wissen.

»Ich dachte, dann haben sie Sex«, kommt es aus meinem Mund, weil mein Kopf es denkt und meine Zunge es aussprechen will. Doch gleichzeitig schäme ich mich sehr dafür, in Fios Gegenwart über Sex zu sprechen. Mir läuft schon wieder die Röte in die Wangen.

Fio beißt sich auf die Unterlippe, und es sieht so gut aus, dass ich nicht anders kann, als mir vorzustellen, wie sie sich anfühlen. Ihre Lippen. Auf meinen. Und für einen winzigen Augenblick glaube ich, dass sie auch darüber nachdenkt.

In meinem Inneren funkt es so heftig, als brenne eine Wunderkerze runter.

»*La petite mort*«, wispert sie, und mir wird so heiß, dass ich so unauffällig wie möglich die Beine überkreuze. Fuck, wieso reagiert mein Körper nur so heftig darauf? Wie kann das denn sein?

Meine Gedanken stolpern durcheinander, wiederholen all die Worte, die gerade gesagt worden sind, an die ich mich dann klammere, damit mein Gehirn nicht den Dienst einstellt. Und weil mein Kopf ein seltsamer Ort ist, ploppt eine Idee auf, die ganz sicher meiner Nervosität entspringt.

»Die Katakomben«, sage ich zittrig und drehe mir fahrig eine Locke um den Finger. »Die wollte ich immer schon sehen, und vielleicht inspirieren sie dich, wir könnten hinfahren, vielleicht hast du ja Lust«, rede ich viel zu schnell und ärgere mich, dass ich so abgrundtief schlecht darin bin, zu flirten.

»Bist du okay?«, fragt Fio mich, und ihr Lächeln hat keinerlei Kraft verloren, im Gegenteil, es wird noch verwegener.

»Klar. Wieso sollte ich nicht okay sein?«, weiche ich aus und blicke zum Eiffelturm, ohne ihn wirklich zu sehen. Ich fühle mich so bescheuert, weil Fio genau merken muss, wie sehr es mich aus dem Konzept gebracht hat, und ich will bloß nicht, dass sie mich für prüde hält. Ich bin nämlich nicht prüde, ich bin nur … noch nicht besonders erfahren.

Doch bevor ich die Gelegenheit habe, noch mehr dummes Zeug zu sagen, weil ich nicht geradeaus denken kann, greift Fio plötzlich mit ihren langen Fingern nach meinem Kinn. Ihre Hand ist sanft auf meiner Haut, aber ihr Griff bestimmt, als sie mein Gesicht in ihre Richtung dreht und mich dazu bringt, ihren Blick zu erwidern. Und es fühlt sich genau so an, wie ich es mir erträumt habe.

Sie sieht mir so fest in die Augen, dass ich auf der Stelle zu Pudding zerfließe und jeder Gedanke, der mich gerade noch durcheinandergebracht hat, vollkommen ausgelöscht wird.

»Macht es dich nervös, über Sex zu sprechen?« Ihr Grinsen ist schief, vorwitzig, anbetungswürdig.

O mein Gott*.

Meine Haut steht unter Strom, mein Hirn sendet einen unregelmäßigen Hilferuf, und alles in mir sehnt sich danach, Fio auf den Schoß zu klettern und sie zu küssen. Auf der Stelle.

Doch natürlich bewegt sich mein Körper nicht, und ich starre sie nur mit offenem Mund und hochrotem Kopf an.

»Romina?« Fio blinzelt, und ihr Grinsen gerät ins Wanken.

»Tu… tu… tut mir leid«, stottere ich. »Mein Gehirn ist abgestürzt.«

Fio kichert, lässt mein Kinn los und streichelt mir dabei flüchtig mit dem Daumen über die Wange. »Gott*, du bist so süß«, flüstert sie, und ihre Augen blitzen verschwörerisch. »Und die Katakomben sind tatsächlich eine gute Idee«, meint sie dann vollkommen normal, als wäre dies nur irgendeine lockere Unterhaltung, lehnt sich wieder auf der Decke zurück und schiebt sich viel zu entspannt eine Weintraube in den Mund. »Ich wohne ganz in der Nähe eines Eingangs da runter, war aber noch nie unten.«

Wie kann sie so cool bleiben, während ich kaum atmen kann?

»So ist das manchmal, wenn man die Sachen direkt vor der Haustür hat«, versuche ich mich wieder zu beruhigen, indem ich mich aufs Gespräch konzentriere, und stelle meine Tasse beiseite.

Ein Windstoß reißt an meiner Picknickdecke, und ich kann grade noch verhindern, dass sie ihren Fransenzipfel in die Weintasse tunkt. Auch die Wolken haben ihre Farbe verändert, von Milchschaumweiß zu Zeitungspapiergrau, wie ich mit Sorge feststelle. Da kommt also der angekündigte Regen. Schneller als gedacht.

»Soll es regnen?«, erkundigt sich Fio, und ich nicke.

»Ja, leider. Aber ich dachte, vielleicht lügt der Bericht mal wieder.«

»Dann ist das vielleicht das Zeichen, dass wir heute in die Katakomben gehen können«, sagt Fio. »Seit du's erwähnt hast, bin ich wirklich angetan von dieser Idee.«

»Wirklich?« Ich richte mich viel zu freudig auf, weil es mir schmeichelt, dass sie meinen Vorschlag mag.

»Ja. Das ist 'ne verflucht gute Idee.« Sie grinst und steckt sich viel zu anziehend eine Traube in den Mund.

14
Rendezvous mit dem Tod

Wir kippen den letzten Schluck Wein aus unseren Tassen in ein Gebüsch und sammeln das Essen zusammen, als die ersten Tropfen dunkle Flecken auf die Brottüte zeichnen. Fio verzieht bei jedem kalten Tropfen das Gesicht, als hätte Säure sie getroffen, und ich amüsiere mich köstlich darüber.

»Ich hasse Regen«, mault sie und zieht sich die Picknickdecke wie einen Umhang über den Kopf.

»Ich liebe Regen«, erwidere ich und stecke die letzten Sachen in den Beutel, den Fio mir abnimmt, ehe ich ihn schultern kann.

»Ja, du kommst mir auch vor wie eine, die im Regen tanzt«, grummelt sie dabei, und ich stupse ihr einen Finger in die Seite.

»Weil das auch schön ist. Wenn die Tropfen auf deine Haut treffen wie kleine Küsse aus dem Himmel. Und dann drehst du dich, während sie um dich auf der Straße und in Pfützen zerspringen und dabei aussehen wie viele winzige Tänzerinnen.«

Fio sieht schmunzelnd aus ihrer Deckenkapuze zu mir. »Ich will wirklich gerne mal etwas von dir lesen«, sagt sie plötzlich, und ich erstarre kurz.

Wieder ist da diese kleine Panik in mir, die mir sagt, dass es fatal wäre, wenn Fio meine Bücher lesen würde, und ich bekomme eine Ahnung, woran es liegt.

Es ist ein großer Salat, ein großes Knäuel aus Problemen, die alle den gleichen Ursprung haben. Ich bin lesbisch, meine Bücher sind es nicht.

Die Vorstellung, dass Fio liest, wie ich die Verliebtheit zu einem

Mann beschreibe, als würde ich sie wirklich meinen, tut mir weh und verdreht meine Eingeweide auf sehr unangenehme Weise.

»Irgendwann«, weiche ich aus, nehme meinen Mut zusammen und hake mich bei Fio unter. Die Picknickdecke ist zwischen uns, und einerseits bin ich froh darüber, weil ich mich dann nicht so dreist fühle. Andererseits wünsche ich mir auch, es gäbe nichts, was mich davon abhält, mich an ihre Schulter zu schmiegen, ihren Geruch einzuatmen, ihre Haut zu berühren.

Ich bin so flattrig, dass ich kaum mitkriege, wie wir es zur Metro schaffen, ehe der Wolkenbruch losgeht. Fio zieht mich in den U-Bahn-Waggon, und wir lassen uns nebeneinander auf eine freie Bank fallen. Ihre Hüfte stößt dabei an meine, und ihr Lächeln schmeckt wie Baiser, als sie die Picknickdecke zwischen uns hervorzieht, um ganz nah an mich heranzurutschen.

Mein Herz flattert, und meine Haut prickelt an den Stellen, an denen Fios Arm sich gegen meinen drückt. Sie fühlt sich kühl an, und es tut gut, da mir selbst viel zu warm ist.

»Tut mir leid, dass ich kalt bin«, entschuldigt sich Fio in dem Moment und versucht, auf Abstand zu gehen. Doch ich rücke sofort nach und lege meine Hand auf ihre, damit sie weiß, dass alles gut ist. Ihre Finger sind ebenfalls angenehm kühl im Gegensatz zu meinen.

»Ich find's angenehm«, sage ich und streiche leicht mit meinen Fingerspitzen über ihren Handrücken.

Ich betrachte ihre Ringe. Alle silbern. Der eine hat die Form einer Schlange. Die Aufregung kitzelt in meinem Bauch wie Brause und ist gleichzeitig süß und sauer und wundervoll und voller kleiner Ängste, zu schnell oder zu viel zu sein.

Fio sieht mich an, dann auf unsere Hände und dann wieder zu mir. Dann dreht sie ihre Hand um und schiebt ihre Finger so langsam zwischen meine, so bewusst, dass es sich anfühlt wie etwas Verbotenes. Etwas, das mit Sex zu tun hat. Mein Unterleib reagiert darauf mit prickelnder Wärme, obwohl es doch nur ihre

Finger an meinen sind. Meine Nervenenden knistern wie Feuerwerk, in meinem Kopf dreht sich alles.

Fios Blick hält mich an Ort und Stelle, versenkt sich in meinem, und mein Puls rast, als wäre ich den Weg zur Metro gerannt.

»Du scheinst gefragt zu sein«, flüstert Fio, und ich sehe auf ihre Lippen, beobachte genau, wie sie sich bewegen, den Schwung ihrer Oberlippe und wie weich sie sein müssen.

»Wie bitte?« Ich habe keine Ahnung, was sie mir damit sagen will.

»Dein Handy, mein Herz«, sagt sie, und da höre ich es erst. Es gibt einen Nachrichtenton von sich, und dann noch einen und dann zwei gleichzeitig.

Kleine Schnipsel der Enttäuschung steigen in mir auf. Ich fühle mich unterbrochen, gelinkt, sabotiert. Und da es in einer Tour weiter Geräusche von sich gibt, kann ich es nicht mal ignorieren.

Also ziehe ich umständlich mit einer Hand mein Telefon aus meiner Hosentasche, um bloß nicht Fio loslassen zu müssen, und sehe dreiunddreißig Nachrichten. Alle von Vittoria.

»Es ist meine Schwester«, informiere ich Fio, damit sie nicht das Gefühl bekommt, dass mein Handy wichtiger wäre als sie, und öffne WhatsApp.

»Eine Schwester. Jünger oder älter?«, will sie wissen.

»Zwei Jahre jünger. Sie heißt Vittoria und studiert Informatik in Tübingen«, erzähle ich und öffne den Chat, der mit *Zahlenteufel* überschrieben ist.

Vittoria hat mir Fotos geschickt, und es ist überall das Gleiche drauf. Ein Strauß mit weißen Rosen aus jedem erdenklichen Winkel.

Zahlenteufel
Hast du mir die geschickt?

Zahlenteufel
Weil wenn nicht, dann bin ich verwirrt. Und dir würd ich's halt so was von zutrauen, dass du vergisst, die Karte zu beschriften.

Zahlenteufel
Also, warst du's? Sicher warst du's. Oder?

Zahlenteufel
Wenn du Nein sagst, dann doch sicher, weil du vergessen hast, dass du's getan hast. Oder?

Und noch einige Nachrichten mehr.

Ich unterdrücke mein Lachen eher schlecht.

»Schau«, spreche ich Fio an, die dezent versucht, nicht auf meinen Bildschirm zu sehen, und halte ihr das Handy hin. »Jemand hat meiner Schwester Blumen zukommen lassen, und jetzt rastet sie aus, weil sie mit der Vorstellung nicht klarkommt, dass sie jemand mögen könnte.«

»Warst du es denn?«

Ich schüttle den Kopf. »Nein. Aber ich werde ihr meine Kontoauszüge schicken müssen, damit sie mir glaubt«, kichere ich und lege mir, ohne groß darüber nachzudenken, Fios Arm über die Schulter, um nur kurz ihre Hand loszulassen, weil ich beide Hände zum Tippen brauche.

Ich
Ich war's nicht, Vit. Du hast wohl eine*n Verehrer*in da draußen. 😎😏

Schnell schalte ich mein Handy auf lautlos, schiebe meine Finger wieder zwischen Fios und lasse mein Handy in meiner Umhängetasche verschwinden.

»Das wird sie jetzt wahnsinnig machen«, erzähle ich, und Fio lächelt mich so strahlend an, dass ich einen Moment verwirrt darüber bin. Dann fällt mir auf, dass Fios Arm um meine Schulter liegt, obwohl ich ihn da selbst abgelegt habe, und Fio zieht mich so eng an sich, dass die Glücksgefühle in meinem Bauch mich ebenfalls dazu bringen, zu grinsen.

»Hast du auch Geschwister?«, erkundige ich mich, weil es mich interessiert, und Fio nickt. Doch ihr Lächeln verschwindet.

»Auch eine Schwester. Fünf Jahre älter als ich. Sie heißt Christiane, ist verheiratet mit einem Mann und hat zwei Kinder«, sagt sie, und ich spüre, wie sie sich neben mir versteift. »Wir haben aber kaum Kontakt, seit ich mich geoutet habe.«

Mir sackt das Herz bis in die Hose. Oh, Mist.

»Das tut mir sehr leid.« Ich versuche, nicht so geschockt zu klingen, wie ich mich fühle, aber es blitzt offensichtlich trotzdem durch, denn Fio legt den Kopf in den Nacken, als sie seufzt, und zieht mich gleichzeitig ganz fest an sich.

»Denk nicht zu viel drüber nach. Es ist schön, dass du mit deiner Schwester Kontakt hast«, meint sie und lehnt sich an mich.

Ihr Körper ist jetzt wärmer als vorhin, und ich lege ihr die andere Hand auf den Rücken, um Fio sacht zu streicheln.

Wir rattern in einen Tunnel, und die Welt draußen verschwindet.

»Wann hast du dich geoutet?«, traue ich mich zu fragen, und sie seufzt noch einmal.

»Mit vierzehn. Nachdem ich auf 'ner Party mit meiner besten Freundin geknutscht hatte und wusste, dass ich das ganz sicher niemals mit einem Jungen machen will«, offenbart sie sich mir.

»Das ist früh«, meine ich nur und versuche mir vorzustellen, wie es wohl für mich gewesen wäre, es so früh zu wissen. Ich hatte keine Ahnung gehabt, war von meiner Mutter und all den Disneyfilmen damit gefüttert worden, dass da draußen ein Prinz auf mich wartete und ich nur brav darauf warten müsste, bis er käme und ich ihm auf den ersten Blick verfallen würde.

Ich habe gewartet und gewartet und dabei komplett ignoriert, dass es eine Menge Frauen da draußen gab, die mein Herz berührten, während Männer mir immer nur Panikattacken bescherten. Aber wenn beides Mal das Herz rast, woher soll man dann wissen, was was ist?

Ich habe nie mit meiner besten Freundin geknutscht. Im Gegenteil, ich habe immer extra Abstand gehalten, behauptet, dass Umarmungen nicht so meins sind, und am besten auch die Pyjamapartys übersprungen, weil es mir unterbewusst zu gefährlich vorgekommen war, mich anderen Mädchen zu nähern oder mit ihnen in meinem Bett zu schlafen.

»Du weißt es seit zwei Jahren?«, nimmt Fio den Faden auf, und ich nicke.

»Fast zweieinhalb«, bestätige ich ihr. »Ich hab's leider nicht so schnell rausgefunden. Ich hatte ein paar Jahre einen Freund, und es war lauwarm und unangenehm. Ich habe es beendet, als ich es nicht mehr ausgehalten habe, wusste aber lange nicht, was eigentlich mein Problem war. Ich dachte zwischendurch, ich müsste asexuell sein. Und dann habe ich meine jetzige beste Freundin kennengelernt. Luna«, offenbare ich mich, und es fühlt sich gleichzeitig seltsam und vertraut an, Fio all diese kleinen wichtigen Dinge aus meinem Leben zu erzählen.

»Wir haben uns in ’nem Bücherforum kennengelernt, und irgendwie war sie die Erste, der ich erzählen konnte, dass ich mich fürchterlich gefühlt habe in meiner …« Ich muss einmal tief durchatmen, bis ich es aussprechen kann, weil sich Steine in meinem Bauch bilden, wenn ich daran zurückdenke. »… Beziehung. Ich habe so viele Romance-Bücher geschrieben, so viele schmachtende Szenen zwischen einem Mann und einer Frau, habe mir bis ins kleinste Detail ausgedacht, wie es sich anfühlen müsste …« Ich muss wieder stocken, versuche zu schlucken, und mein Hals ist ganz trocken. »… und es aber nie gefühlt gehabt im realen Leben.«

Fio schaut mich jetzt an, die Augen so voll von Empfindungen, dass ich nicht hinsehen kann. Doch sie schiebt ihre Beine unter meine, lässt ihre Hand von meiner Schulter zu meiner Taille gleiten und macht aus der halben Umarmung eine ganze.

»Und dann?«, fragt Fio an meinem Ohr, und ich fühle mich so aufgehoben, so beschützt, dass ich mich traue, meinen Kopf auf ihre Schulter zu legen.

»Dann hat Luna mir wlw K-Pop-Fan-Fiction geschickt. Und das war …« Ich atme tief durch. »… intensiv. Also musste ich mir eingestehen, dass ich einen Mann niemals auf die Weise sehen werde, und hatte dann einen ziemlich peinlichen Celebrity-Crush auf Kristen Stewart.«

Ich unterdrücke die Scham, die mir bei diesem Geständnis in den Nacken kriecht, und hoffe, dass niemand jemals die Fan-Fiction finden wird, die ich über Kristen geschrieben habe.

»Und dann, vor zweieinhalb Jahren, habe ich mich vor mir selbst geoutet. Ich hab's meiner Schwester gesagt und ein paar Freundinnen und Freunden. Aber meine Mama weiß es nicht. Sie hat diese Prinzessinnen-Vorstellung vom Leben, in der ich irgendwann meinen Prinzen finden werde. Ich habe Angst, es ihr zu sagen.«

»Verständlich«, sagt Fio, und ich höre die Ehrlichkeit in ihrer Stimme. Sanft streichelt sie meinen Rücken. »Meine Mama hat gar nicht reagiert, als ich es ihr erzählt habe. Ich weiß nicht, was sie darüber denkt. Sie hat sich weder negativ noch positiv geäußert. Sie fährt allerdings immer ihren eigenen Film.«

»Wohnt deine Familie in Berlin?«, erkundige ich mich, und Fio nickt. Ihr Kinn streift dabei meine Wange.

»Ja. Ich sehe sie zu Weihnachten und zum Geburtstag meiner Mama im August. Und seitdem wir uns nicht mehr auf der Pelle hängen, läuft's auch besser zwischen uns. Generell.«

»Hast du vor, irgendwann zurückzugehen? Oder ist Paris deine neue Heimat?«

»Ich will den Job bei Marielle Bernard. Ohne Witz! Ich will ihn so sehr. Ich würde meine Niere dafür hergeben«, ruft sie so enthusiastisch in die vorher so gedrückte Stimmung, dass kleine Glücksfunken in meinem Bauch entstehen.

Ich hebe den Kopf, und Fio grinst mich an.

»Und Paris ist irgendwie besonders. In Berlin war ich immer so eine verlorene Seele. Hier habe ich mich selbst gefunden«, fügt sie hinzu, und ihr Mundwinkel kräuselt sich wieder auf diese unfassbar zuckersüße Art.

***

Ich ziehe meine Nase kraus, als ich den Eingang zu den Katakomben sehe. Vielleicht habe ich zu viel erwartet. Ich dachte an alte Steinmauern oder pompöse Architektur, mehr Halloween-Friedhofsfeeling, wie so viele Bauten hier in Paris. Aber der Eingang ist schlicht, aus grauem Stein ohne Verzierungen. Nicht monumental genug für meinen Geschmack, doch man versucht es wahrscheinlich geschmackvoll zu halten. Es strahlt etwas Sauberes, Klares aus, wie der Zugang zu einem Museum. Und in gewisser Weise ist es das auch. Aber gleichzeitig ist es auch ein Massengrab.

Die Tickets hinunter sind sündhaft teuer, und ich bestehe darauf, zu zahlen – schließlich hat Fio mich gestern schon eingeladen –, und sie lässt es nur widerwillig zu, was mich sehr amüsiert.

»Ich bin doch eine gefragte VIP-Autorin«, wiederhole ich, was sie mir gestern erzählt hat, und wedle mir gespielt adrett mit meinem Geldbeutel Luft zu. Ich fröstle, weil der Nieselregen die Luft deutlich abgekühlt hat, und drücke mich enger an Fio, die immer noch meine Hand hält.

»Jaja. Gib nur an mit deinem herausragenden Reichtum.« Sie verdreht die Augen. Wir wissen beide, dass es nicht stimmt. Mit Büchern wird man für gewöhnlich nicht reich. Mit Klamotten auch nicht.

Es macht mich trotzdem glücklich, die Karten zu bezahlen. Und dumme Witze mit ihr darüber zu machen, wie berühmt wir (nicht) sind. Und ihre Hand zu halten, während wir den kalten Gang betreten, der uns in die Unterwelt von Paris führen wird.

Langsam steigen wir die Stufen hinunter in die Tiefe. Es wird noch kälter, und ein Schauer rinnt mir unangenehm über den Rücken, als wir an die Stelle kommen, an der die weiße Decke über der Wendeltreppe in groben Stein übergeht. Elektrisches Licht taucht alles in seinen gelblichen Schein und verleiht dem groben Stein einen Hauch von Sepia.

Auch verklingen die Geräusche der Stadt in den langen stillen Gängen, und mir fällt mal wieder auf, wie laut Paris ist.

Mit jedem Schritt reisen wir weiter in der Zeit zurück. Die Luft schmeckt kalt und nass, als hätte sie sich seit Jahrhunderten nicht bewegt, und wir schreiten hindurch wie durch einen alten grauen Schleier.

Wir huschen schnell durch den Raum voller Infotafeln, um die sich ein paar Leute scharen. Sicher kann ich darauf noch ein paar Sachen lernen, doch die E-Guides der anderen dröhnen unangenehm in drei verschiedenen Sprachen gleichzeitig aus verschiedenen Ecken des Raums, und ich habe auch kein Interesse, mich zwischen zwei schwitzenden Typen durchzudrücken, um den Text zu lesen. Oder zwischen der Gruppe älterer Damen, die hinter uns die Treppe runtergeschnauft kam.

»Die Schranke der Hölle«, murmle ich, als wir das steinerne Tor passieren, das nun endlich an ein Grab erinnert. Vorfreude kitzelt mir in den Fingerspitzen, und ich hasse es, dass die Schilder anzeigen, dass man die Schädel nicht berühren darf.

»Wie bitte?« Fio zieht mich näher zu sich, damit sie mich besser verstehen kann.

»Das ist der Name des Eingangs. Barrière d'Enfer«, packe ich das Wissen aus, das ich mir in den Jahren der Recherche über Paris angeeignet habe.

Fio strahlt mich geradezu an, hebt meine Hand an ihren Mund und drückt mir einen Kuss auf die Fingerknöchel. Ihre Lippen fühlen sich so weich an, dass ich innerlich vergehe.

»Weißt du noch mehr?«, fragt sie begeistert, und ich werde von einer Welle der Aufregung gepackt. Sie fordert mich tatsächlich auf, Informationen mit ihr zu teilen. Mein Grinsen wird so breit, dass ich das Gefühl habe, dass es meine Ohren erreicht.

»Was weißt du denn schon?«

»Absolut nichts. Außer dass es hier Knochen gibt.«

»Okay.« Ich hake mich bei Fio unter, drücke meinen kalten Arm an ihre warme Haut und lehne mich nah zu ihr, damit sie mich flüstern hören kann. »Ursprünglich waren die Katakomben Steinbrüche. Mit dem hier gewonnenen Gestein wurde Paris erbaut«, versuche ich mich auf die wichtigen Dinge zu beschränken. »Zweitausend Jahre lang hat man hier geschürft, bis man so viel unterhöhlt hatte, dass oberhalb Straßen eingestürzt sind.«

»Unpraktisch.« Fio lässt ihren Blick über den Stein wandern, greift an die Decke, die umso niedriger zu werden scheint, je tiefer wir kommen, und Wassertropfen perlen zu Boden.

»Mitte des 18. Jahrhunderts hatte man dann durch Seuchen und Hungersnöte so viele Tote, dass man angefangen hat, sie hier runterzuschaffen. Man hat also die Gänge mit Knochen gestopft.«

»Dann ist Paris eine Stadt, die auf Knochen steht.« Fio sagt es langsam und bedacht, die Begeisterung ist jedoch klar herauszuhören. Ich drücke mein Gesicht gegen ihre Schulter, damit sie nicht sieht, wie sehr ich mich darüber freue, dass sie das so cool findet wie ich.

Das hier hätte ja auch voll nach hinten losgehen können.

»Ja. So ungefähr«, flüstere ich und streife wie zufällig mit meinen Lippen ihren Arm. Ich spüre Fios Gänsehaut unter meinen Fingern, und mein Bauch kribbelt wie bei einer Achterbahnfahrt, nur weil ich weiß, dass meine Lippen diesen Effekt auf sie haben.

»Viele Teile des Höhlensystems sind auch gar nicht erforscht«, berichte ich weiter. »Funfact: Es gibt eine halb legale Katakomben-Forscher-Society, die neue Gänge erschließt.«

»Klingt ja spannend.«

»Ich stell mir immer vor, dass die dann mit ihren Kniebundhosen und Tweedjacken hier unten herumwuseln und dampfbetriebene Zahnradkonstruktionen ihnen den Weg freischaufeln.« Das ist natürlich absolut unrealistisch, aber irgendwo in meinem Hinterkopf bildet sich da gerade das erste Teilchen für eine neue Geschichte. Etwas mit Steampunk-Elementen, einer vorwitzigen Forscherin als Hauptfigur und einer verschrobenen Professorin mit Monokel.

»Aaaah«, macht Fio, die sofort versteht, dass mein Kopf in eine andere Dimension abgerutscht ist. »Und natürlich sind sie auch alle Magier.«

»Jaaaa. Stell dir vor, die hätten dann hier unten ihre eigene magische Welt, und niemand wüsste es, weil ja niemand alle Gänge kennt.« Vor meinem inneren Auge sehe ich blaue Funken aus den Fingern meiner Forscherin sprießen, die sich in den Gläsern ihrer Vergrößerungsbrille spiegeln. Gespeist durch die Energie einer Flüssigkeit, die in einer Flasche an ihrem Gürtel schwappt.

High Fantasy vielleicht? Oder historische Fantasy. Ich habe schon so lange nicht mehr in anderen Genres geschrieben als in der Welt, der ich mich eigentlich zu widmen hätte, anstatt durch die Pariser Katakomben zu spazieren.

Schnell schiebe ich den Gedanken beiseite und versenke den

kleinen magischen Plotbunny in dem Brunnen der unendlichen Ideen in meinem Kopf.

»Ich hab mal gelesen, dass sie hier unten illegale Raves veranstalten«, erzählt Fio mir, und die blauen Funken der Magie in meinem Kopf werden zu bunten Lichtern im Dampf von Trockeneis und Knicklichtern um die Hälse tanzender Menschen.

Es ist mir fast, als ob ich entfernt die Musik dröhnen hören könnte. Doch wahrscheinlich ist es nur mein eigener Herzschlag, der mir durch die Stille um uns so laut vorkommt wie selten.

»Das klingt ja auch sehr spooky«, sage ich und verstumme, als wir den nächsten Raum betreten. Vor uns öffnet sich der Gang, beschreibt eine Kurve, und die Wände sind voller Knochen. Grau und stumpf wie der Stein, alt und still wie die Erde selbst. Schädel reihen sich aneinander wie ein Zierband in der Mitte. Leere Augen, die zu Boden blicken. Oberschenkelknochen drängen sich dicht aneinander, fein säuberlich aufgestapelt wie Löffel in einer Besteckschublade. Sie ergeben ein fließendes Mosaik, ein Muster, das an einen gestrickten Pullover erinnert.

Ich habe es mir gruselig vorgestellt, durch Gänge voller Knochen zu gehen, dachte, die Schädel würden mich hämisch angrinsen. Doch sie sind zahnlos, und ihr Lächeln wirkt geradezu sanft. Man kann genau die Naht an der Schädeldecke sehen, wo die Knochenplatten zusammengewachsen sind, sieht das poröse Mark in den Knochen, das aussieht wie eine farblose Koralle.

Es ist so still, dass wir unsere Schritte hören können, und eine Ruhe überkommt mich, mit der ich nicht gerechnet habe.

Mein überstimuliertes Gehirn kann endlich einen Moment durchatmen, und ich bin weder von hellem Licht noch Geräuschen noch Gerüchen überwältigt. Es fühlt sich an, als würde jemand ein Gewicht von meinem Kopf nehmen und meine Gedanken könnten sich über die gesamte Länge der Höhlen ausdehnen.

Ich versuche mir vorzustellen, wie viele Skelette hier unten liegen, wie viele Menschen das einmal waren. Aber die Zahl ist zu groß, um sie zu fassen.

Jetzt sind sie eine Masse, doch einst waren sie Individuen, die für ihren Lebensunterhalt schufteten, die ihr Brot mit ihren Freundinnen und Freunden teilten, die gelacht und geweint haben. Sie litten und liebten, und sie hatten ein Leben, vor langer, langer Zeit.

Und auch wenn niemand mehr weiß, wer sie waren, wie sie hießen, wen sie liebten, kann ich mir nun ansehen, was von ihnen übrig geblieben ist. Jemand hat ihre Knochen genommen und sie mit Sorgfalt aufgeschichtet, ein Muster daraus gemacht, gewissermaßen Kunst geschaffen.

Ich lächle.

»Frierst du?«, fragt Fio mich leise, und erst da fällt mir auf, dass ich zittere. Ich war zu sehr in meinen Gedanken verschwunden, um es zu merken.

Es können keine fünfzehn Grad hier unten sein, und meine Kleidung ist klamm vom Regen.

Ich nicke.

Fio greift in meinen Beutel, den sie immer noch trägt, und zieht die Picknickdecke heraus. Mit geschickten Fingern zieht sie sie auseinander, faltet sie so schnell in der Diagonalen, dass ich kaum sehe, was sie tut, und legt sie mir dann um die Schultern. Ich weiß nicht, wie sie es gemacht hat, aber es sieht aus, als wäre das, was gerade noch ein Rechteck aus festem Baumwollstoff gewesen ist, jetzt ein drapiertes Schultertuch.

»Wow.«

Ich sehe dabei zu, wie Fio die Enden miteinander verschlingt, und habe keinen Schimmer, wieso es am Ende zusammenhält. Aber das tut es.

»Du bist eine Stoffmagierin«, sage ich, und Fio lächelt. Ich muss mich vorlehnen, um ihr einen winzigen Kuss auf die Nasenspitze zu drücken.

Fio sieht mich überrascht an, und ich erstarre, weil ich selbst nicht damit gerechnet habe, dass ich das tun würde.

»Du bist eine Wortmagierin«, erwidert sie, und ich spüre, wie ich erröte.

Fio hat die Zipfel der Decke nicht losgelassen, zieht mich daran näher an sich, und die Spitzen meiner Riemchenschuhe stoßen gegen ihre Sneaker. Ganz langsam legt sie ihre Hände auf meine Hüfte, als warte sie darauf, dass ich mich beschwere.

Als ob …

Ich bewundere die Form ihrer Augen, die langen Wimpern, wie seidig sich ihre Wange an meiner anfühlt, als sie mich in eine Umarmung zieht. Mein Bauch kribbelt, mein Kopf wird ganz leicht, und ich schließe die Augen von ganz allein.

»Wärmer?« Fios Stimme ist ganz nah an meinem Ohr, und kleine Wirbel aus Hitze entstehen überall in meinem Körper.

»Ja«, hauche ich, und Fios warmer Atem erzeugt eine Gänsehaut auf meinem Hals. Ich kralle meine Hände an ihrer Taille in ihr Hemd und drücke mich noch enger an sie. Ihre Brüste pressen sich gegen meine, und Stromstöße zucken unkontrolliert durch mein Inneres.

»Nicht dass du noch erfrierst. Sonst haben wir hier wirklich ein Rendezvous mit dem Tod.« Ihre Hände gleiten ganz behutsam von meiner Hüfte auf meinen unteren Rücken, kurz über meinem Hintern.

»Wie passend«, hauche ich, und unnützes Wissen springt mir wie ein unerwünschter Grashüpfer in den Kopf. Zum Beispiel, dass man bei fünfzehn Grad Celsius tatsächlich erfrieren kann. Sogar schon bei dreißig. Alles, was unter Körpertemperatur liegt.

Doch ich komme zum Glück nicht dazu, etwas Dummes zu sagen. Fios Lippen berühren ganz sacht die weiche Stelle unter meinem Ohr, und ich verliere alle Worte. Sie lösen sich im Äther auf, und es bleibt nichts übrig als ein leises Hicksen, als ich hastig Luft hole.

»Ich würde dich gerne küssen«, wispert Fio und klingt wie Butterkaramell. Sie löst so wundervolle Dinge in mir aus, dass ich weiche Knie bekomme. Doch ich nehme meine Hände trotzdem von ihrem Hemd, umschließe ihre Wangen mit meinen Handflächen. Ihre Haut fühlt sich unendlich weich an unter meinen kribbelnden Fingerspitzen, und ich sehe ihr in die Augen. Sie sind dunkel im schummrigen Licht, wie schwarze, alles verschlingende Löcher, und sie sind hungrig.

Meine Lippen berühren ihre, und ich weiß nicht, wer von uns den Abstand überbrückt hat. Es ist wunderschön, Zuckerwatte, Sternenregen, Blütenblätter, Sommerwind.

Der Kuss ist sanft und vorsichtig, und gleichzeitig erblühen Gefühle in so rapider Geschwindigkeit in meinem Inneren, dass ich kaum atmen kann. Hinter meinen geschlossenen Lidern flimmern schmetterlingsgleiche Lichtflecken, als ich Fio fester an mich ziehe und noch tiefer in den Kuss sinke.

Es ist eine Offenbarung, ihr Mund, der meinen liebkost, und ich bin erfüllt von der Gewissheit, genau das Richtige zu tun, im absolut richtigen Moment.

Fio streicht mir mit einer Hand über den Hintern, und ich habe mich noch nie so wahrhaftig gefühlt wie in Fios Armen, mit ihrem Mund auf meinem. Und als ihre Zunge meine Unterlippe berührt, zuckt es so heftig in meinem Unterleib, dass ich erschrocken nach Luft schnappe.

Fio lacht leise an meinen Lippen, und ich öffne die Augen, blinzle ins elektrische Licht, habe vergessen, wo wir sind.

»Komm«, kichert sie, und der Klang ihrer Stimme bringt mich dazu, ihr noch einen Kuss auf die samtigen Lippen zu hauchen.

Sie erwidert ihn, zieht mich aber gleichzeitig zur Seite, und ich stolpere hinter ihr her. Meine Knie sind weich wie Puddingcreme, als Fio meine Hand ergreift und ihre Finger wieder mit meinen verschränkt.

Hinter uns erklingen Stimmen, die ich vorher überhaupt nicht wahrgenommen habe, und ich erkenne im Halbdunkel die Gruppe älterer Damen, die mit ihren Gehstöcken und grauen Dauerwellen den Gang entlangschnattern und mit großen Gesten und lautem Glucksen die Schädel bewundern.

Fio und ich stehen nebeneinander, tun ganz angestrengt so, als hätten wir nicht gerade zwischen Knochen geknutscht, und müssen uns das Kichern verkneifen, als der Blick einer der Damen zu uns schweift und unsere verschränkten Finger entdeckt.

Ihre Augen werden groß, und mein Puls schießt in die Höhe, als sie sich zu uns lehnt.

»Good choice«, flüstert sie uns verschwörerisch mit ihrem formvollendeten britischen Akzent zu, und ich kann mich nicht mehr zusammenreißen. Dafür sind zu viele Endorphine in meinem Körper unterwegs.

Ich drücke mein Gesicht gegen Fios Schulter, während das Lachen prustend aus mir herausbricht.

15
Falsche Tatsachen

Wir sollten was Warmes trinken gehen«, sagt Fio und reibt mir die Arme, als wir ans obere Ende der Wendeltreppe kommen. »Kaffee oder Kakao oder Tee?«

»Klingt alles gut«, seufze ich und sehe auf meine Fingerspitzen, die sich langsam blau verfärben. Mir ist wirklich sehr kalt.

Draußen regnet es wie aus Kübeln, und Fio bleibt wie angewurzelt in der Tür stehen. Es ist unfassbar laut, wie die Tropfen auf das Pflaster schlagen, wie kleine Trommelschläge, die nach all der Stille in den Katakomben in meinen Ohren dröhnen.

Autos fahren rauschend an uns vorbei, machen alles noch lauter, und ich bin versucht, mir die Ohren zuzuhalten.

Auf den Gehwegen ist allerdings niemand zu sehen. All die Menschen, die vorhin noch unterwegs gewesen sind, haben sich vor dem Regen in Sicherheit gebracht und die Welt leer zurückgelassen.

»Wenn wir einen Schritt da raus tun, sind wir auf der Stelle nass bis auf die Haut«, prophezeit Fio uns, und ich ziehe die Picknickdecke von meinen Schultern.

»Wie weit ist es bis zum Café?«, will ich wissen, und Fio wiegt den Kopf hin und her.

»Fünf Minuten Fußweg«, schätzt sie, und ich schüttle die Decke mit Schwung aus. »Wir werden trotzdem nass.« Fios Blick ist so skeptisch, dass ich sofort lachen muss.

»Es ist nur Wasser.« Ich stelle mich ganz dicht an sie, breite die

Decke über unseren Köpfen aus, und wir verschwinden gemeinsam in einer kleinen Höhle.

»Ich werde schmelzen. Ich warne dich vor. Ich bin aus Zucker.«

Ich beuge mich zu ihr vor, stelle mich auf die Zehenspitzen und drücke ihr ganz frech einen kleinen Kuss auf den Mundwinkel, der sich im gleichen Moment zu kräuseln beginnt.

»So schmeckst du aber nicht.«

Sie streckt mir die Zunge raus.

»Wenn wir rennen, sind wir schneller.« Übermütig greife ich nach Fios Hand, fühle mich ganz leicht und abenteuerlich und halte dann mit der anderen die Picknickdecke fest.

Fio seufzt so gequält, als würde ich sie dazu zwingen, barfuß über glühende Kohlen zu rennen. Doch sie schnappt sich den anderen Zipfel der Decke, schultert den Beutel besser und gibt mir mit einem grimmigen Gesichtsausdruck zu verstehen, dass sie bereit ist.

Auf Französisch zähle ich von drei runter, und wir rennen los. Fio zieht mich in die richtige Richtung, unsere Schritte platschen laut in den Bächen, die die Straße nach unten laufen, und der Regen rauscht so hart auf uns herab, dass die Picknickdecke nur Sekunden braucht, bis sie uns klatschnass auf den Köpfen klebt.

Nach einer Straßenecke rinnt mir das Wasser durch die Klamotten, und meine Unterwäsche ist so vollgesogen, dass ich sie auswringen kann.

Fio lotst mich in einen Hauseingang, zieht die Decke von unseren Köpfen und schüttelt sich wie ein nasser Hund. Tropfen fliegen in alle Richtungen, und ihre Haare stehen ab, als sie sie sich aus dem Gesicht wischt.

»Igitt!«, stößt sie so voller Abscheu hervor, dass ich wieder lachen muss. Ihr weißes Hemd klebt ihr wie eine zweite Haut am Leib und gibt den Blick frei auf ihren dunkelroten Sport-BH.

Bei mir sieht die Lage nicht besser aus. Durch den dünnen

Stoff meines Jumpsuits sieht man ziemlich genau mein Spitzenbustier durch.

»Okay, neuer Plan.« Fio sieht angespannt aus. Ich habe wohl unterschätzt, wie schrecklich sie Regen findet, und ich bekomme sofort einen Kloß im Bauch. Sie wickelt die Picknickdecke zusammen, und Regenwasser ergießt sich in einem Schwall auf den Bordstein.

»Ich wohne eine Straße weiter. Wenn das für dich okay ist, können wir zu mir gehen, uns abtrocknen und dort eine Tasse Tee trinken«, schlägt sie vor und wischt sich noch einmal das Wasser aus dem Gesicht.

»Ich finde, das klingt gut. Tut mir leid, dass du wegen mir nass bist«, versuche ich meinem schlechten Gewissen Ausdruck zu verleihen, und Fio lässt ein kleines verwegenes Grinsen sehen. Mein Bauch fängt auf der Stelle wieder an zu flattern.

»Ja, es ist schon ziemlich schrecklich«, behauptet sie und senkt den Blick sehr auffällig von meinen Augen auf meine Brüste.

»Ich merke schon. Unverzeihliche Sünde.« Ich lege so viel Ironie in die Worte, wie ich kann, und Fio beißt sich provokant auf die Unterlippe.

»Ich schau auch respektvoll«, sagt sie, und ich lache an ihrer Schulter, während sie mir einen Kuss auf die nasse Stirn drückt, der mein schlechtes Gewissen erfolgreich auflöst.

Es ist wirklich nicht weit von der Stelle, an der wir uns untergestellt haben, bis zu ihr nach Hause, und ich genieße für diesen Moment die Tropfen, die auf mich herunterregnen wie in einer lauwarmen Dusche.

Fio flucht den ganzen Weg leise vor sich hin, lässt aber meine Hand keinen Moment los, bis wir plötzlich an einer grauen Tür stehen und sie einen Schlüssel aus der Hosentasche zieht.

»Wir müssen leider leise sein, bis wir oben sind«, kündigt sie mir an, bevor sie die Tür öffnet und mich hinter sich in den Flur zieht.

Wir stehen in einem sehr schick eingerichteten Eingang, beigefarbene Wände, antikes Schuhschränkchen, und tropfen auf hübschen Dielenboden.

Schnell schlüpfen wir aus den Schuhen, und ich tue es Fio gleich, sie die Treppe mit raufzunehmen. Fio beeilt sich, huscht die Stufen nach oben wie ein ängstliches Mäuschen. Ich sehe es in ihrer Haltung, spüre es in der Art, wie sie die Füße absetzt, weil sie dabei versucht, kein Geräusch zu machen. Und es färbt auf mich ab.

Ich sage nichts, auch wenn ich ein ungutes Gefühl im Magen habe. Wie ein Schatten kriecht es die makellosen Wände nach oben, greift nach meinen Fersen, tropft Angst in meine Seele.

Es geht noch eine zweite Treppe hoch. An den Wänden hängen gestellte Familienfotos, die alle wie Bewerbungsfotos aussehen. Oder als wären alle Anwesenden dazu gezwungen worden. Keine davon ist Fio.

Mein Nacken ist ganz steif, als wir das obere Ende der Treppe erreichen. Hier ist nur eine einzige Tür. Solide mit Fensterausschnitt aus trübem Sicherheitsglas und einem Schlitz für Post. Fio schließt auf und hält ihren Schlüsselbund dabei so, dass er absolut kein Geräusch erzeugt.

Wie in einem Horrorfilm sieht sie noch einmal die Treppe nach unten, horcht und schiebt mich dann durch die Tür. Sie zieht sie so leise ins Schloss, dass sie nur ein winziges Klicken von sich gibt.

Mir ist schwindelig, weil ich die ganze Zeit schon die Luft anhalte, und spüre das Brennen in meiner Lunge.

»Okay«, sagt Fio in normaler Lautstärke und lässt ihre Schuhe, die Picknickdecke und den Beutel auf den Boden fallen, als wären sie das Gewicht, das gerade noch auf ihrer Seele gelastet hat. »Ich hab nicht aufgeräumt.« Sie zieht ein entschuldigendes Gesicht. »Ich setz uns Tee auf. Solange können wir ja aus den nassen Sachen raus. Sonst erkälten wir uns noch. Du kannst Klamotten von mir anziehen, wenn du magst. Sollen wir deine Sachen eben in den Trockner schmeißen?«

Ich versuche, nicht zu offensichtlich aufzuatmen, als Fio an mir vorbei in den Raum geht, auf eine schmale Küchenzeile zu, die zusammengewürfelt aussieht.

Die Spannung weicht aus meinem Bauch, und ich bin sehr verwirrt über das, was die letzten Minuten passiert ist.

Doch Fio benimmt sich wieder völlig normal, und ich zweifle sofort an meiner Wahrnehmung. Vielleicht habe ich mir die Spannung ja auch nur eingebildet. Oder etwas Falsches in ihr Verhalten hineininterpretiert. Wäre nicht das erste Mal, dass ich mir eine Geschichte zusammenspinne, die nur in meinem Kopf existiert.

Fio befüllt einen messingfarbenen Kessel und schaltet den Gasherd ein, wie in einem alten Film. Das Zimmer an sich ist klein und vollgestopft mit Dingen. Ein lila geblümtes Sofa, auf dem sich Schnittmuster aus Papier neben petrolfarbene Samtkissen drängen. Der Boden ist voller zurechtgeschnittener Stoffstücke, halb fertiger Kleidungsstücke und Arbeitsmaterialien. Ich zähle mindestens vier Stoffscheren. Unter dem kleinen Fenster steht eine Nähmaschine aus Metall, die in einen Tisch eingelassen ist und sehr industriell aussieht. Daneben, in einer Nische, stapeln sich Stoffballen bis an die Decke, über der Badezimmertür hängt ein Riesenbatzen Tüll, und die Wände sind quasi tapeziert mit Modezeichnungen.

Ich komme langsam wieder zur Ruhe, atme tief durch und stelle meine Schuhe neben Fios.

»Gute Idee«, sage ich verspätet und nehme Fio das Handtuch ab, das sie mir aus dem Verschlag neben der Küchenzeile reicht.

Schnell reibe ich mir die Arme damit ab, wringe meine Haare darin aus und frage mich, ob ich nicht besser ins Bad gehen sollte, damit ich nicht weiter auf den Boden tropfe.

Doch bevor ich etwas sagen kann, schiebt sich Fio die Hosenträger von den Schultern und zieht sich auf die nur umständlichste Art und Weise das nasse Hemd über den Kopf.

Mein Verstand schaltet sich auf der Stelle ab, und meine Libido erwacht so unerwartet heftig, dass ich nach Luft schnappe.

Da ist so viel nackte Haut. Fios sehnige Arme, ihr blasser Bauch, die weichen Rundungen ihrer Brüste in dem eng anliegenden Sport-BH.

Mich überkommt der überwältigende Wunsch, sie zu berühren, ihre Haut zu streicheln, ihren Hals zu küssen. Und ihre Brüste …

Es klatscht laut, als sie das Hemd zu Boden fallen lässt, doch ich blicke nicht schnell genug weg, als dass Fio nicht ganz genau sehen könnte, was in meinem Kopf vor sich geht.

Sie grinst diabolisch, und ich spüre die Röte in meinen Kopf schießen wie ein Leuchtfeuer.

»Ich hol uns trockene Sachen«, sagt sie und klaut sich einen winzigen Kuss von meinen Lippen, der mir viel zu kurz ist.

Ich kann nur einen zustimmenden Laut von mir geben, und sie geht schnellen Schritts zu der Treppe, die hinauf auf eine Plattform über der Küchenzeile führt. Dort muss sich auch ihr Bett befinden, schlussfolgere ich und verbiete mir sofort jeden weiteren Gedanken.

Zitternd laufe ich hin und her und reibe mir mit dem Handtuch das Wasser aus Gesicht und Nacken.

Ich muss ganz dringend meine verwirrenden Gefühle sortieren, damit ich gleich wieder funktioniere. Um bloß nicht meinen niederen Instinkten nachzugehen und über diese wahnsinnig anziehende Frau herzufallen wie ein ausgehungertes Raubtier. Es ist wirklich schwer, sich zu sammeln oder irgendetwas anderes zu denken, als dass ich gerne meine Lippen auf ihre Haut drücken möchte.

Der Kessel pfeift wie ein Zugsignal. Ich nehme ihn vom Herd und schalte die Flamme aus, froh darüber, meine Hände zu beschäftigen.

Und da ist Fio auch schon wieder zurück. Sie trägt eine Jogginghose tief auf der Hüfte, sodass man den regenbogenfarbenen Bund ihrer Boxershorts sieht, und der Sport-BH scheint das gleiche Modell zu sein wie der vorherige, nur in Schwarz.

Sie hatte nicht die Güte, sich mehr anzuziehen, und ich kneife die Lippen zu einem Strich zusammen.

»Stimmt was nicht?«, erkundigt sich Fio sofort und lässt etwas Großes neben uns über eine Stuhllehne fallen.

Ich schließe verzweifelt die Augen.

»Nein. Aber …« Ich sehe sie wieder an, halte bewusst mein Kinn oben und meine Augen geradeaus gerichtet. »Fio, verflucht. So kann ich nicht denken.« Ich sehe zur Decke, zum Sofa, zum Kessel.

»Musst du denn denken?«, erkundigt Fio sich schelmisch, und ich schenke ihr einen bösen Blick, den sie mit einem herausfordernden Zucken ihrer Augenbrauen beantwortet.

Es ist so eine winzige Bewegung, und doch stellt sie verheerende Sachen mit meiner schwindenden Selbstbeherrschung an.

Fuck, diese Frau treibt mich in den Wahnsinn! Sie ist so sexy, und ich bin ihr so verfallen.

»Darf ich«, fragt sie leise, fast vorsichtig, und berührt mit den Fingerknöcheln die Knöpfe meines Jumpsuits.

Funken entzünden sich in meinem Unterleib, zwingen mich, zittrig einzuatmen, aber ich nicke.

Fio kommt mir so nah, dass ich die Leberflecken auf ihrem Hals zählen kann, streckt die Hände nach mir aus und öffnet den ersten Knopf. Dann den zweiten, und der Ansatz meines Bustiers kommt zum Vorschein.

In Fios Augen lodert es, und ich spüre ihren zu schnellen Atem auf meiner nassen Haut.

Sie öffnet noch einen Knopf, und die Flammen in meinem Bauch knistern, lassen noch mehr Emotionen aufsteigen, die mich noch kopfloser machen.

Wieso reiße ich mich eigentlich zusammen? Aus Prinzip? Weil wir uns erst so kurz kennen?

Als Fio mit den Fingerspitzen über die Haut zwischen meinen Brüsten streicht, drängt sich ein Seufzen aus meinem Mund, und ich halte es nicht mehr aus.

Ich greife nach Fios Kinn, ziehe sie zu mir, drücke meine Lippen auf ihre. Ihr Körper ist ebenfalls kalt, als sie mich an sich zieht, aber es stört mich nicht, weil die Wärme in meinem Bauch schlimmer wird und den Frost vertreibt, der sich eingenistet hat.

Ich lehne mich tiefer in den Kuss, spüre, wie Fios Lippen sich auf meinen bewegen, traue mich, ihre Wange zu streicheln, mit den Fingern in ihr Haar zu fassen und über die weichen Stoppeln ihres Undercuts zu fahren.

Ich fühle mich so verwegen und drücke mich noch fester an ihren Körper.

»Du musst aus dem Teil raus. Es ist eisig«, keucht Fio und erschaudert.

»Tut mir leid.« Eilig nehme ich Abstand, damit das nasse Kleidungsstück ihr nicht länger unangenehm sein kann. Und um an die Knopfleiste zu gelangen.

Meine Finger sind zu fahrig, und ich brauche ewig, einen Knopf durch dieses blöde Loch zu drücken. Alles ist nass und schwergängig, und ich bin aufgeregt, voller Adrenalin und frustriert, dass es nicht schneller geht.

»Verfluchtes Ding«, zische ich, und Fio schiebt lachend meine Hände zur Seite.

Sie ist viel schneller als ich, und der Jumpsuit fällt wie ein nasser Sack zu Boden.

»Hier.« Fio reicht mir einen großen Strickpullover in Heidelbeerblau.

Ich schlüpfe mit dem Kopf hinein, und er breitet sich wie ein flauschiges Zelt um meinen Körper aus, sodass ich das Bustier und die Unterhose ausziehen kann, ohne direkt nackt dazustehen.

Ein kleines Stimmchen in meinem Kopf ist der Meinung, dass der Pullover überflüssig ist. Dass ich nackt sein will in Fios Gegenwart. Dass ich ihren Blick auf meiner Haut spüren will. Und ihre Hände. Und ihre Lippen.

Doch der Rest meines Kopfes verfällt in leichte Panik bei dem Gedanken, und daher schlüpfe ich in die Ärmel und zupfe am Saum, der mir bis zu den Knien reicht.

Ich bemerke, wie Fio mich ansieht, während ich meine Locken aus dem weiten Kragen ziehe, damit sie mir nicht mehr kalt am Rücken kleben. Ihr Blick ist sanft und hungrig gleichzeitig, wie Wasser, das mich verschlingen will.

Sie schluckt sichtbar, als ich meine Unterwäsche zusammen mit dem Jumpsuit und ihrem Hemd vom Boden aufhebe.

»Trockner?«, erinnere ich sie, und sie nimmt mir wortlos die Sachen ab. Doch anstatt damit irgendwohin zu gehen, lässt sie sie achtlos wieder zu Boden fallen, greift nach meiner Hüfte und zieht mich zurück in ihre Arme.

»O Gott*, wie kannst du so schön sein«, seufzt sie, warm und rau, und küsst mich. Sie küsst meinen Mund, meine Wange, schiebt meine Haare beiseite, um an meinen Hals zu gelangen, und hinterlässt eine Spur aus Hitze auf meiner Haut.

Vergessen sind der Tee und die nassen Sachen, es existieren nur noch ihre Hände, mit denen sie meine Taille umfasst, und die Gefühle, die wie Feenlichter durch meinen Bauch wandern. Ihre Zunge berührt meine, umspielt sie sacht, und ein Seufzen entspringt tief in meiner Seele. O Gott*, das hier habe ich mir gewünscht, seit sie den Ring aus ihrem Champagnerglas geholt hat.

Meine Knie werden ganz weich, und ich klammere mich fester an Fios Hals, fahre mit den Fingern in ihre Haare, als sie mich sanft in den Hals beißt.

Ganz plötzlich durchfährt mich ein Moment der Klarheit, und

ich sehe die Frau vor mir, streichle ganz bewusst ihre Wange, nehme jede noch so kleine Regung ihres Gesichts in mir auf. Denn ich fühle es zwar, aber ich kann nicht glauben, dass dies hier gerade wirklich passiert. Ich küsse eine Frau, und sie küsst mich, und ich sehe ganz deutlich in ihren Augen, an der Art, wie sie mich an sich zieht, wie ihre Hand über meine Haut streichelt, dass sie mich genauso will wie ich sie.

Papier raschelt, als wir auf die Couch fallen, und Fio flucht zischend, während ich an ihrer Schulter lache. Energisch schiebt sie die Schnittmuster beiseite, die knistern wie Geschenkpapier an Weihnachten, und ich bewundere die Zartheit von Fios Handgelenken.

Fio zieht mich auf ihren Schoß, gebettet zwischen Kissen und einer kuscheligen Decke, und ich küsse ihre Fingerspitzen und sie meine Nasenspitze, und wir schmiegen unsere kalten Füße aneinander, während wir tiefer in die Polster sinken.

Genau das hier habe ich mir erträumt, doch die Realität ist noch um ein Vielfaches besser. Fios Haut ist weich wie Seidensatin, und sie riecht so gut, dass ich mein Gesicht an ihrem Hals vergrabe. Ich kann mir nicht erklären, woran es liegt, aber alles an ihr erinnert mich an Süßigkeiten und Sommerblumen.

Ich lecke über die Haut an ihrem Hals, nur um sicherzugehen, dass sie nicht doch aus Zucker ist, und sie lacht unterdrückt. Ich wiederhole es, nur weil sie sich dabei so wundervoll windet und das Geräusch ein verrücktes Kribbeln in mir verursacht.

»Wärst du ein Buch, dann wäre dein Cover voller lilafarbener Hortensien. Oder Lavendel«, flüstere ich und sehe ihr in die grüngoldenen Augen. »Mit geprägter Schrift und goldenem Buchschnitt«, ergänze ich und fahre mit dem Daumen den Schwung ihrer Oberlippe nach. Sie lächelt, und ich berühre ihren Mundwinkel genau in dem Moment, in dem er sich kräuselt. Glückshormone flattern wie Libellenflügel durch meinen Kopf und werfen buntes Licht überall durch meinen Körper.

»Find ich gut. Hortensien sehen immer aus wie in Aquarell gemalt.« Fio streicht mir durch die Locken, wickelt sich eine um den Finger, und ich weiß, dass ich nachher vollkommen verstrubbelt aussehen werde, aber es ist mir gleich.

»Wir haben den Tee vergessen«, erinnert Fio sich auf einmal, und ich zucke mit den Schultern.

»Uns hält ja nichts davon ab, ihn jetzt noch zu machen.«

Fio sieht an mir herunter. »Ach ja? Da gibt's so einiges, das mich davon abhält, je wieder von der Couch aufzustehen«, säuselt sie dicht an meiner Haut und küsst meine Schulter, die aus dem weiten Kragen gerutscht ist.

»Dann brauchen wir wohl keinen Tee«, behaupte ich und lege meinen Kopf an ihre Brust. Ihr Herzschlag pocht direkt an meinem Ohr, und ich horche darauf, während ich meine Finger an ihrer Seite entlang über ihre Taille tanzen lasse. Mit Befriedigung stelle ich fest, dass der Rhythmus sich beschleunigt.

»Dann hätte ich dich ja unter falschen Tatsachen hergelockt.« Fio schließt die Augen und lehnt ihren Kopf hinter sich in die Kissen.

»Ja, weil ich ganz sicher wegen des Tees hier bin«, sage ich ironisch und fahre mit der Hand wieder nach oben. Ich liebe ihre Taille und die blasse Haut an ihrem Bauch. Mir wird ganz schwindelig von all den Emotionen, die mich durchfluten, wenn ich Fio dort berühre. Typisch weibliche Merkmale. Mein Körper reagiert so offensichtlich darauf, dass ich nicht weiß, wie ich jemals nicht wissen konnte, dass ich lesbisch bin.

»Wenn du ein Kleidungsstück wärst …«, wispert Fio, und ihre Stimme klingt, als wäre sie geschmolzen. »Dann wärst du ein Kleid aus dunkelrotem Chiffon. Mit flatterigem Vollkreisrock und schmalen Trägern und Perlenstickerei am Ausschnitt. Etwas, das man sich an die Schranktür hängt, weil es zu edel ist, um es jeden Tag zu tragen, aber auch zu schön, um es im Schrank zu verstecken.«

Ihre Worte kriechen in mein Herz, und ich blinzle die Tränen weg, die sich in meine Augen geschlichen haben.

»Das ist mit Abstand das Wundervollste, das mir je jemand gesagt hat«, flüstere ich zurück und traue mich nicht, aufzusehen oder mich gar zu bewegen, damit Fio nicht zu sehr merkt, wie sehr es mich berührt.

»Vielleicht sollte ich diejenige sein, die die Themen ausformuliert«, scherzt sie in Zimmerlautstärke und richtet sich so plötzlich auf, dass ich mit dem Kopf beinahe abrutsche. »Lass mich mal kurz aufstehen. Vielleicht ist das Wasser ja noch heiß genug.«

Es fühlt sich an, als wäre ich unsanft aus einem lieblichen Traum geweckt worden, doch ich rutsche zur Seite und lasse Fio den Raum, den sie braucht, um sich von der Couch zu erheben.

Sie fährt sich mit den Händen durchs Haar und rollt die Schultern im Gelenk, und die Bewegungen zu sehen sticht mir unangenehm in der Brust. Als hätte Fio mich abgeschüttelt.

Wahrscheinlich ist gar nichts, und sie ist lediglich aufgestanden. Doch ich fühle mich zurückgewiesen. Sie hat diese wunderschönen Dinge zu mir gesagt, mein Herz geknackt wie eine magische Nuss und dann achtlos die Blase zerstört, in der wir schwebten. Oder schwebte nur ich? Ich weiß es nicht. Ich weiß nur, dass der Aufprall wehtut.

Ich sage nichts dazu, weiß, dass ich in diesem Punkt oft übersensibel reagiere. Aufgrund meiner Neurodivergenz fühle ich mich schnell mal zurückgewiesen, obwohl es nicht wirklich passiert ist.

Also atme ich tief durch, sortiere all meine Gefühle in kleine Kästchen, um mich später wieder damit auseinanderzusetzen. Ich kann Luna anrufen und ihr erzählen, was passiert ist. Und sie wird lachen und sagen, dass ich mir mal wieder viel zu viele Gedanken mache. Hoffe ich zumindest.

Fio holt zwei Tassen aus ihrem Schrank, und ihr Hintern sieht so verflucht sexy aus, dass ich den Blick abwende. Ich will einen klaren Kopf behalten, Fios Gestik ganz genau beobachten, sobald sie mit dem Tee zurückkommt. Damit ich mich vergewissern kann, dass alles in Ordnung ist und ich auch nichts falsch gemacht habe.

Ich drehe mich von Fio weg, konzentriere mich aufs Hier und Jetzt, spüre die weichen Fasern des Pullovers auf meiner nackten Haut, sehe den Stapel Zeichenmaterial auf dem Tisch vor mir.

Es sind Kohlestifte in einer Metallbox, Buntstifte verschiedener Marken, Stoffproben und ein ganzer Stapel Papier.

Ich greife nach der obersten Seite und wende sie. Es ist eine Zeichnung hinten drauf, eine Silhouette aus wenigen Strichen, gekleidet in einen Schleier aus Zeichenkohle. Es könnte ein Umhang sein oder ein Kleid mit Kapuze. Es gibt nicht genug Details, um das genau zu sagen. Aber ich denke, dass dies Fios erste Gedanken zu ihrem neuen Thema sind. Sie muss es gemalt haben, bevor wir uns vorhin getroffen haben.

Ich lächle, weil ich mir ziemlich sicher bin, den Grund in Händen zu halten, wegen dem sie zu spät gekommen ist.

»Was machst du da?«, ruft Fio so scharf, dass ich zusammenzucke.

Sie steht neben mir, zwei dampfende Tassen in den Händen, und ihr Gesicht ist eine Maske des Schreckens. Ihre Augenbrauen sind schmerzerfüllt zusammengezogen, ihre Augen so groß und finster wie ein Ozean.

»Ähm … ich«, stammle ich verwirrt, während unkontrollierte Fetzen Panik durch meinen Kopf wabern. Was mache ich denn? Keine Ahnung. Ich habe eine Skizze angesehen? Habe ich etwas Verbotenes getan? Etwas Unverzeihliches?

»Ich hab nur die Seite umgedreht«, bringe ich heraus und lege die Zeichnung zurück auf ihren Stapel, auf dem Kopf, wie ich sie gefunden habe. »Tut mir leid. Ich wollte dir nicht zu nahe treten.«

Fio stellt die Tassen ab, reibt sich mit dem Handballen übers Brustbein und atmet tief ein und wieder aus, als müsste sie sich beruhigen. Sie sieht blass aus um die Nase, als hätte ich ihr gerade den Schreck ihres Lebens eingejagt.

»Ja. Es lag ja auch rum. Das sollte nicht … Das ist mein Fehler. Tut mir leid. Ich wollte nicht … Ich habe nur … ich … Das darf noch niemand sehen«, bringt sie mühsam hervor, schiebt sich fahrig die Haare hinters Ohr und greift sich den Stapel Zeichenmaterial.

Ich weiß nicht, was ich sagen soll, fühle mich überrumpelt und als hätte ich etwas Schreckliches getan, ohne es zu wissen. Das Stechen in meiner Brust ist wieder da, und mein schlechtes Gewissen gleicht einer dunklen Wolke in meinem Bauch.

Mit dem Stapel läuft Fio zur Treppe nach oben und stellt ihn irgendwo auf der Hälfte ab, außer Sichtweite, und ich falte meine Hände im Schoß zusammen, um bloß nichts zu berühren, das nicht für meine Augen bestimmt ist.

Fio seufzt laut, als sie zu mir zurückkommt, und kaut nervös auf ihrer Unterlippe. »Romina. Ich …«, beginnt sie, kommt aber nicht weiter, weil es so markerschütternd laut an der Tür wummert, dass wir beide zusammenschrecken.

»Fiona!«, ertönt eine helle Stimme, und sie klingt nicht gerade ruhig.

Fio, die gerade im Begriff gewesen war, sich neben mich zu setzen, ist mitten in ihrer Bewegung erstarrt. Ihre Schultern sind verkrampft, eine Gänsehaut zieht sich überdeutlich ihre Arme nach oben, und ich bin mir sicher, dass sie die Luft anhält.

»Ich weiß, dass du da bist, Fiona«, sagt die Person auf Französisch, und anhand der Stimme würde ich auf eine Frau tippen.

Fios Lippen bewegen sich, als würde sie etwas zu mir sagen wollen, doch sie bringt keinen Ton heraus.

Stattdessen richtet sie sich steif auf, greift nach einem Shirt, das zwischen Stoffresten und Schneiderutensilien auf dem Boden liegt, und zieht es sich in geradezu mechanischen Bewegungen über.

Mir wird ganz elend, und das seltsame Horrorfilm-Gefühl von vorhin kehrt zurück. Jetzt bin ich mir sicher, dass ich es mir nicht eingebildet habe. Ich weiß nicht, ob ich aufspringen und zu Fio eilen soll, die gerade die Tür öffnet, oder besser sitzen bleibe und mich ganz klein mache.

»Nadia«, grüßt Fio die Frau, die ich nur schemenhaft zwischen Fio und der Tür erkennen kann, als würde Fio sich absichtlich so hinstellen, dass ich nichts sehen kann. Oder dass die Frau mich nicht sieht.

»Da ist eine Pfütze unten im Flur, und die Wasserspuren ziehen sich die Stufen nach oben bis zu dir. Wie lange wohnst du jetzt hier? Denkst du, dass ich so was toleriere? Wärst du Fleur, hättest du jetzt Hausarrest für den Rest der Woche. Ich erwarte, dass du das aufputzt. Und wenn du schon dabei bist, kannst du auch das ganze Treppenhaus wischen. Da sind überall kleine Staubwolken. Die kommen sicher von all deinen Nähdingen. Ich weiß nicht, wie lange ich das noch ertragen kann. Am besten wischst du die Treppe ab jetzt zweimal die Woche.«

Mir ist kalt bis ins Mark, und gleichzeitig spüre ich, wie eine Wut in mir aufflammt, die direkt aus der Hölle zu kommen scheint. Keine Ahnung, wer da vor der Tür ist und in welchem Verhältnis sie zu Fio steht, aber wer redet denn bitte so mit einem anderen Menschen?!!

»Ja, Nadia. Kann ich machen«, antwortet Fio, und ihre Stimme klingt ganz anders als sonst. Jedes Gefühl scheint aus ihr gewichen zu sein, und ihre Worte klingen hohl und tot.

»Mach es besser gleich. Und bitte unterlasse es, deine grässliche Maschine nach 19 Uhr noch anzustellen. Das Summen höre ich durch die Decke, und es macht mich so wütend.«

»Ich muss aber nähen. Das waren die Abmachungen, als ich hier eingezogen bin.« Fio bleibt ruhig, beinahe schon kalt, und ich kann nicht begreifen, wie sie das macht. Ich hätte niemals die Selbstbeherrschung, derart gelassen zu bleiben. Nicht bei dem Tonfall, der ihr entgegengebracht wird.

»Treib es nicht zu weit, Fiona. Ich finde sehr leicht jemand anders, der die Räume beziehen kann. Wir sind in Paris!«, droht die Frau ihr, ich sehe ihre Hand, als sie nach der Türklinke greift und die Tür mit so viel Schwung ins Schloss reißt, dass die Scheiben in den Fenstern klirren.

Ich bin vollkommen von der Rolle, und das Entsetzen muss mir ins Gesicht geschrieben sein, denn als Fio sich zu mir umdreht, hält sie meinem Blick nicht stand. Verschämt sieht sie zu Boden und streicht sich schon wieder mit den Fingern durch die Haare.

Langsam erhebe ich mich von der Couch, höre verräterisch Papier rascheln, auf dem ich wohl noch gesessen habe, und gehe einen Schritt auf Fio zu. Sie dreht sich leicht zur Seite, wendet sich von mir ab, und ich habe den Eindruck, dass sie vor mir zurückweicht.

All ihre sonst so spielerische Leichtigkeit ist aus ihrer Haltung und ihren Augen gewichen, als wäre ihre Seele aus ihr herausgesaugt worden.

»Wer war das?«, kommt die Frage aus mir heraus, auch wenn ich mir sicher bin, dass ich ihr damit zu nahe trete. Aber ich will die Situation auch nicht ignorieren.

»Meine Vermieterin«, antwortet Fio und schiebt ihre Hände in die Taschen der Jogginghose. Ihre Schultern sehen auf einmal so schmal aus, und ihre Haut wirkt noch blasser als sonst, als wäre sie durchscheinend. »Tut mir leid, dass du das hören musstest. Sie ist ein bisschen schwierig.«

»Schwierig?«, wiederhole ich, weil es nicht das Wort ist, das mir einfallen würde. *Respektlos* fände ich besser. Oder *übergriffig*.

»Ich muss das Treppenhaus wischen, sonst wird das nachher

noch hässlicher«, übergeht sie meine Anspielung und öffnet den Wandschrank neben der Tür.

»Klingt, als wär das nicht das erste Mal.« Ich bin noch nicht bereit, das Thema fallen zu lassen, auch wenn Fio ganz offensichtlich nicht drüber reden will. Ich kann mir denken, dass es unangenehm ist, wäre es mir auch, wenn eine andere Person mich vor meinem Date so runtermachen würde.

Doch die letzten Minuten sind eh schon seltsam genug gewesen, und ich mache mir gerade ernsthafte Sorgen um Fio, um ihre Sicherheit in diesem Haus, und das überschattet definitiv mein schlechtes Gewissen wegen der Zeichnung.

»Ich weiß«, sagt sie, weil es klar ist, was ich mit meiner Aussage impliziere, und greift sich einen Eimer aus dem Schrank. Der Wischlappen hängt über den Rand. »Aber die Wohnung ist wirklich sehr preiswert. Und Wohnraum in Paris ist sonst echt teuer und schwer zu finden.« Sie sagt es wie auswendig gelernt, und ich frage mich, wie oft sie sich das schon selbst vorgesagt hat. »Das hier ist die beste Option, die ich habe«, sagt sie, und da ist wieder Emotion in ihrer Stimme. Graue, kalte Frustration. Ihre Schultern verkrampfen sich noch stärker, sie kneift ihren Mund zu einem Strich zusammen und vermeidet immer noch den Blickkontakt.

Wir haben das Ende dieser Unterhaltung erreicht. Fio lässt es mich überdeutlich spüren, als sie mit dem Eimer durch die Tür ins kleine Badezimmer verschwindet. Wasser rauscht, und ich fühle mich vollkommen verloren.

»Soll ich dir helfen?«, erkundige ich mich und kralle meine Finger in die Maschen des Pullovers.

»Nein danke. Es ist besser, wenn sie dich nicht sieht«, meint Fio resigniert, schaltet das Licht im Bad aus und schleppt den Eimer mit heißem Wasser zur Wohnungstür.

Verflucht, es wird immer schlimmer. Ich habe gespürt, dass hier was nicht stimmt, als wir die Treppen nach oben gelaufen sind. Aber ich habe nicht hiermit gerechnet.

Farblose Suppe schwappt durch meinen Bauch, fühlt sich an wie Betäubungsmittel, und ich will mich nur noch in meinem Bett verkriechen. Vielleicht mit Tee. Vielleicht auch mit einem Buch. Es ist jedoch das eindeutige Zeichen dafür, dass ich gehen sollte.

»Würde es dir eher helfen, wenn ich bleibe oder wenn ich jetzt gehe?«, frage ich trotzdem, weil ich nicht will, dass es so aussieht, als würde ich fliehen. Auch wenn ich es vielleicht tue.

Fio hält an der Tür inne und sieht endlich zu mir. Ihre Augen haben einen traurigen Zug, und die Falten, die sich auf ihrer Stirn bilden, zeigen eindeutig Stress.

»Romina …«, beginnt sie, und ich kenne die Antwort bereits. Ich wusste es ja schon vorher. Dieses Date ist beendet.

»Schon in Ordnung«, sage ich daher und greife nach meinem Beutel, ohne den Tee auf dem Tisch auch nur angerührt zu haben.

16
Falsche Freundin

Ich steige in Montmartre aus der Metro und weiß nicht mehr, wie ich den Weg hinter mich gebracht habe. Mein Bewusstsein gaukelt mir vor, es wäre in ein anderes Universum gesprungen, und ich nehme meine Umgebung nur durch einen Schleier wahr. Alles klare Anzeichen dafür, dass ich absolut überfordert bin.

Die Welt ist nur ein dumpfes Dröhnen aus Geräuschkulisse und Farben, und der Kloß in meinem Bauch löst sich erst auf, als ich endlich den Hausflur zu meinem Apartment betrete. Die Tür fällt hinter mir zu und sperrt den Lärm der Welt aus, die weißen Wände schonen meine Augen, und ich atme die kalte, staubige Luft ein, die vom Keller nach oben zieht.

Glücklicherweise erinnere ich mich an den Türcode und lasse meinen feuchten Beutel achtlos neben die Topfpflanze fallen.

Niemand ist hier, und ich lasse mich still zu Boden sinken, strecke mich auf dem Rücken liegend auf dem Dielenboden aus und schiebe mir dabei die Schnürschuhe von den Füßen. Sie passen absolut nicht zu der schwarzen Leggins, die Fio mir geliehen hat, aber ich bin trotzdem froh, dass ich mich nicht zurück in den nassen Jumpsuit quälen musste, um heimzukommen.

Ich weiß, dass es jetzt schlau wäre, Luna anzurufen und ihr alles zu berichten, was heute passiert ist. Das würde meine Gedanken sortieren. Oder Luna anzurufen und mir von ihr erzählen zu lassen, was bei ihr den ganzen Tag passiert ist. Das würde mich ablenken.

Aber ich habe keine Kraft mehr, und mir sind die Worte ausgegangen, alles aufgebraucht in dieser seltsamen Auseinandersetzung in Fios kleiner Wohnung. Ich will jetzt nichts anderes, als mich im Bett zu verkriechen, superscharfes Thai-Essen zu bestellen und jeden Moment des Dates Revue passieren zu lassen, jede Unterhaltung noch einmal durchgehen, jede noch so kleine Geste neu betrachten, bewerten, auseinanderpflücken, mich fragen, was wirklich dahintersteckt.

Bevor ich das tun kann, muss ich aber duschen. Meine Haare sind ganz verklettet, mir ist schon wieder kalt, da es draußen immer noch regnet, und ich habe in der Metro in irgendwas Ekliges gefasst.

Also schleppe ich mich ins Badezimmer und pelle mir umständlich die Leggins von den Beinen. Fios sind definitiv schlanker als meine, und der Stoff klebt wie eine zweite Haut an mir.

Das Wasser plätschert mit viel zu wenig Druck aus der Brause, doch ich genieße jeden warmen Tropfen auf meiner Haut. Es wäscht die Gerüche der Stadt fort, die Kälte des Regens, doch leider nicht die schmerzhaften Stiche aus meiner Brust.

Also schließe ich die Augen, hole tief Luft und halte mein Gesicht direkt in den Wasserstrahl, verschwinde für einen kleinen Moment vollkommen.

Das Rauschen und die Wärme öffnen meinen Geist, und meine Gedanken beginnen frei zu fließen. Und da erscheint Fios Gesicht vor meinem inneren Auge. Wie entzückend angewidert sie geschaut hat, als der Regen uns durchnässte. Da ist sie, wie sie nur mit Jogginghose und Sport-BH die Treppe runterkommt. Wie ich auf ihrem Schoß sitze, eingewickelt in ihren flauschigen Pullover, und sie mich anlächelt, als wäre die Sonne nur für sie aufgegangen. Ihre Finger berühren meine Haut, und ich habe den Geschmack ihrer Küsse auf der Zunge.

Fuck, es war so wundervoll. Es hat sich so richtig angefühlt. Was ist passiert, dass ich mich jetzt so zerstört fühle?

Das Stechen in meinem Brustkorb wird ein scharfes Brennen, und ich reiße den Kopf aus dem Strahl. Ich ringe japsend nach Luft und verschlucke mich am Duschwasser wie eine Amateurin. Hustend lehne ich mich an die kalten Fliesen und ärgere mich darüber, dass ich nicht mal in Würde dramatisch sein kann.

Zum Glück sieht mich hier niemand, wie ich mich ungelenk in ein Handtuch wickle und unterdrückt weiterhuste.

Ich wünschte, ich könnte heulen. Mir ist so richtig danach, und ich überlege mir, welche Serie sich dafür eignen würde, meine Seele brutal umzurühren, damit ich mich bloß nicht mit meinen echten Sorgen beschäftigen muss.

Vielleicht was Französisches, denke ich und suche nach meinem Handy, um etwas zu googeln. Es ist noch im Beutel, und ich leere das klamme Ding im Flur aus. Und da ist ein ganzes Picknick vor mir. Das Etikett auf der Weinflasche löst sich durch die Nässe, und die Tüte, in der die Trauben waren, hat sich in kleine klebrige Schnipsel aufgelöst, die an allem haften. Mein Handy ist glücklicherweise nicht nass, mein Geldbeutel hat jedoch dunkle Flecken abgekriegt.

Auf dem Weg ins Schlafzimmer werfe ich meinen Jumpsuit und die Picknickdecke von der Badtür aus in die Dusche und bin ehrlich überrascht, dass ich treffe.

Ich schaue nicht auf mein Handy, ehe ich nicht mit Handtuchturban, Top und Jogginghose im Bett sitze, die Kissen bequem in den Rücken gestopft und die Decke bis ans Kinn hochgezogen. Denn entweder hat Fio mir geschrieben, und ich weiß nicht, wie ich gerade damit umgehen soll. Oder sie hat mir nicht geschrieben.

Als ich nachsehe und keine neuen Nachrichten habe, weiß ich, dass dies die schlimmere von beiden Varianten ist.

Das Stechen in meiner Brust wächst zu einem richtigen Schmerz an, und ich blinzle ganz schnell, um bloß nicht in Tränen auszubrechen. Ich will weinen, aber nicht wegen Fio. Es soll belanglos sein und voller Ästhetik. Nicht schmerzhaft und hässlich.

Mein Tablet liegt neben dem Bett am Kabel. Ich hänge mich über die Kante und versuche, dabei nicht rauszufallen. Das wäre ja noch schöner und leider viel zu typisch für mich.

Ich schaffe es gerade ohne Probleme mit Tablet zurück ins Bett, da rumst es nebenan so laut, dass der Boden vibriert.

Sofort bin ich auf den Beinen, reiße die Tür auf und sehe einen vor Schmerz stöhnenden Pierre, der sich mühsam auf dem Flurboden aufrichtet.

»O mein Gott*«, rufe ich auf Deutsch, renne zu ihm und stütze seinen Rücken, als er sich auf die Füße hievt.

»Auaaaaa«, jammert er, hält sich den Hintern, und ich helfe ihm, sich aufs Sofa zu setzen. »Ich bin ausgerutscht.«

Mein Blick geht in den Flur, und ich sehe all die nassen Sachen, die ich ausgekippt, aber nicht weggeräumt habe. In der zerfetzten Papiertüte prangt ein verschmierter Schuhabdruck von Pierre, und Trauben sind bis in die hinterste Ecke gekullert.

»Das tut mir so leid. Wo tut's weh? Was kann ich tun?«, will ich wissen, und Pierre winkt ab, schiebt sich die Schuhe von den Füßen und lässt sich in sein Bettzeug sinken, das am anderen Ende als säuberlich gefalteter Stapel liegt.

»Sorg dafür, dass die nächste Wohnungsbesichtigung nicht so schrecklich wird wie die letzte. Bitte, danke«, grummelt er und reibt sich die schmerzende Stelle.

Ich sehe ihn irritiert an und weiß nicht, was ich mit dieser Antwort anfangen soll. »Ich meinte, für deinen Hintern«, präzisiere ich, falls er mich missverstanden hat, und er lacht. Oder weint. Ich kann's nicht genau sagen.

»Ich weiß. Aber es kann nichts so schlimm sein wie eine Zwei-Zimmer-Kellerwohnung für zweitausenddreihundert Euro im Monat, in der die Dusche schimmelt und um die du dich trotzdem mit fünfzehn anderen streitest.« Er schlägt die Hände vors Gesicht und seufzt so tief, dass er klingt wie eine Kuh mit Asthma.

»So schlimm?«, frage ich, und er nickt hinter seinen Händen.

»Ich kann nicht mehr. Ehrlich. Ich werde den Job einfach kündigen und nach Muret zurückgehen. Oder ich schlafe auf der Straße.«

»Oookay«, rufe ich und erhebe mich von der Sofakante. »Wir beruhigen uns jetzt erst mal. Hat dein Kopf was abgekriegt?«

Dieses Selbstmitleid muss unterbunden werden, bevor es noch eskaliert.

Ich sehe natürlich die Ironie der Situation, aber ich entscheide mich dazu, es geflissentlich zu übersehen.

»Nein. Aber ich habe heute drei Wohnungen besichtigt, und wenn Nummer vier nicht ein bisschen besser wird, dann muss ich mir leider die Kugel geben«, grummelt Pierre in seine Bettwäsche und zerstört dabei seine Frisur.

»Ich komm mit«, sage ich.

»Wie bitte?« Schon sitzt er wieder aufrecht und blinzelt müde ins Nachmittagslicht.

»Na ja. Du hast gesagt, du willst, dass ich dafür sorge, dass die nächste Besichtigung besser wird. Also schmeiße ich mich jetzt in ein Kleid. Wir holen uns Kaffee mit Schuss und dann begutachten wir eine Wohnung.«

»Das klingt tatsächlich richtig gut«, meint er überrascht und mustert mich skeptisch, als hätte ich etwas Unfassbares getan.

»Tja, ich kann das halt auch«, werfe ich ein und stemme die Hände in die Seiten.

»Was?«

»Emotional Support«, erwidere ich. »So macht man das unter Freunden.« Ich spreche es aus und bin selbst verwundert darüber. Irgendwann zwischen dem unglücklichen Umstand, dass ich seinen Hintern nackt sehen musste, und jetzt ist das Gefühl aufgekommen, einen Freund gefunden zu haben.

»O Romina. Das ist so lieb von dir«, seufzt Pierre gerührt, und ich checke schnell, ob er weint. Doch seine Augen sehen trocken aus. Zum Glück. Ich spüre, wie zittrig ich innerlich bin. Nur einen Fingerbreit davon entfernt, in Tränen auszubrechen. Wenn er heult, dann heule ich auch.

»Und ich habe nasse Trauben im Flur liegen lassen und deshalb ein schlechtes Gewissen, dass du wegen mir hingefallen bist«, gestehe ich, damit die Situation nicht noch gefühlsduseliger wird, und ziehe mir das Handtuch vom Kopf, um nicht nur dumm herumzustehen.

»Verziehen«, platzt es aus Pierre heraus, und er stemmt sich umständlich aus den Polstern. »Hauptsache, die Folter hat ein Ende.«

»Wann müssen wir los?«

»In einer Dreiviertelstunde fährt die Bahn.«

Ich sehe an mir herunter und erstelle eine Liste in meinem Kopf. Anziehen, Haare machen, Sachen packen, nicht weinen, nicht an Fio denken und Zeit für eventuelles spontanes Chaos mit einrechnen.

»Schaff ich«, behaupte ich und renne zurück ins Schlafzimmer.

Ich knete meine Haare mit Schaum und vertraue darauf, dass die Luftfeuchtigkeit draußen dafür sorgt, dass meine Locken sich hübsch zusammenziehen. Denn ich habe keine Zeit, sie jetzt eine Stunde mit einem Föhn zu bearbeiten.

Ich weiß nicht, ob es eine gute Idee war, das Kleid anzuziehen, das ich am Tag der Vernissage anhatte, auch wenn ich mich darin sehr adrett fühle.

Denn da ist wieder Fio in meinem Kopf, in ihrem zu bunten Outfit mit der flauschigen Jacke. In meinem Bauch erblüht eine ganze Blumenwiese, und ich vermisse sie, obwohl ich erst vorhin bei ihr gewesen bin.

Vorsichtig nehme ich ihren Ring aus meiner Schmuckdose. Ich habe ihn nicht mehr getragen, nachdem ich vergessen habe, ihn ihr wiederzugeben. Es sah aber auch nicht wirklich so aus, als wollte sie ihn wiederhaben.

Ich stecke ihn mir an den Finger, und es fühlt sich so verflucht richtig an, dies zu tun, dass mir ganz angst und bange wird.

Was, wenn sie es ist – die Richtige, die Eine –, und ich habe sie mit etwas Unüberlegtem verscheucht?

Mir wird noch elender, aber ich lasse den Ring an. Tief in meiner Kulturtasche entdecke ich auch noch einen dunkelroten Liptint, der mich in eine verruchte Barsängerin aus den Vierzigerjahren verwandelt. Zumindest stelle ich mir dann immer vor, wie ich auf einem Klavier liege und Jazzsongs singe.

Nicht dass ich auch nur einen graden Ton treffen kann, aber das ist ja für einen Tagtraum nicht relevant. Und ich brauche gerade jeden Selbstwert-Push, den ich kriegen kann.

Pierre scrollt noch durch Wohnungsanzeigen, als ich aus dem Bad komme und schnell in meine Riemchenschuhe steige. Sie sind immer noch klatschnass, aber ich ignoriere es.

Genauso wie ich auch das nagende Gefühl in meinem Inneren wegschiebe, das mich dazu bringen will, meine Nachrichten auf dem Handy zu checken.

Ich will, dass Fio mir schreibt, und gleichzeitig traue ich mich nicht, ihr zu schreiben. Was, wenn ich tatsächlich etwas Schlimmes gemacht habe, als ich ihre Zeichnung in die Hand nahm. Es wäre nicht das erste Mal, dass ich andere vor den Kopf stoße, ohne es selbst zu merken.

Oder es liegt gar nicht an mir, sondern an etwas ganz anderem. Schließlich ist sie gleich zurückgerudert, nachdem sie so plötzlich aus der Haut gefahren ist. Die Zeichnung lag ja auch rum, und ich habe nicht gewusst, dass ich sie nicht sehen sollte. Und dann war es ja auch nur ein Schatten eines Entwurfs.

Was ist also in Fios Leben vorgefallen, dass sie dieser Moment so sehr erschreckt hat?

»Bist du so weit?«, fragt Pierre mich und hält mich damit erfolgreich davon ab, zu Fio eine dramatische Hintergrundgeschichte zu erfinden.

Tasche, Handy, Geldbeutel, gehe ich in Gedanken meine Sachen durch, während ich mir den Träger meiner Umhängetasche mit kaputtem Verschluss über den Kopf ziehe, und folge Pierre aus der Wohnung.

Wir holen uns einen Caffè corretto zum Mitnehmen auf dem Weg zur Metro, auch wenn wir dafür einen verstörten Blick vom Barista ernten. Ich frage mich, was er wohl denkt, als er uns, aufgebrezelt und mit unserem Alkohol-Kaffee in der Hand, davonspazieren sieht. Aber nicht sehr lange, denn Pierre ist eine wunderbare Ablenkung.

»Aus der ersten Wohnung heute früh bin ich rückwärts direkt wieder rausgefallen. Der Vermieter hat alle Interessierten gleichzeitig eingeladen, um *Zeit zu sparen.*« Er deutet mit den Fingern Gänsefüßchen in der Luft an. »Es waren etwa hundert Leute da. Um halb acht in der Früh! Die Wohnung hatte aber nur fünfzig Quadratmeter. Ich hab's nicht bis in die Küche geschafft, und eine junge Frau wurde fast vom Balkon gestoßen.«

»Das klingt ja fürchterlich«, rufe ich, und meine Stimme geht im Quietschen der bremsenden Metro unter.

»Ja, und dann habe ich mir ein WG-Zimmer angesehen. Eine kleine Wohnung mit zwei anderen Männern. Aber es stellte sich heraus, dass sie vierzehn Katzen haben. Auf fünfundsechzig Quadratmetern. Und ich liebe Katzen, versteh mich nicht falsch. Aber … die Menge kann ich nicht. Ich sag dir, die schimmlige Dusche heute Nachmittag war bisher die beste Option, und ich verzweifle langsam.«

Ich tätschele ihm beruhigend die Schulter, und wir nehmen gleichzeitig einen Schluck aus unseren Kaffeebechern.

»Und was hast du heute so gemacht?«, fragt Pierre aus dem Nichts, und ich verschlucke mich.

Beinahe spucke ich mir den Kaffee auf mein Kleid und kann mich gerade noch im letzten Moment nach vorn beugen, um auf den siffigen Metroboden zu tropfen.

Dankend nehme ich das Papiertaschentuch an, das mir die ältere Dame von gegenüber hinhält, und tupfe mir die braune Flüssigkeit vom Kinn.

Ja, elegant kann ich … nicht.

»Dramatisch«, kommentiert Pierre, und ich werfe ihm einen bösen Blick zu.

»Ja, so bin ich«, grummle ich, setze mich gerade auf und nehme die Beine edel zur Seite, um diesen Fauxpas wiedergutzumachen.

»Und?«, hakt Pierre nach, dem die Neugierde auf die Stirn geschrieben steht.

»Ich hatte ein Date«, bringe ich langsam heraus, und er stößt zischend wie eine kaputte Luftmatratze die Luft aus, die er angehalten hat.

»Die Frau mit dem Ring?«, will er wissen.

Ich nicke und verstecke meine Hand unauffällig unter der anderen, damit er nicht sieht, dass ich ihn trage.

»Ihr Name ist Fio«, sage ich.

»Und es lief nicht gut?«

Ich zucke unsicher mit den Schultern, denke an das Picknick, an Fios Lachen, an unsere Flirterei, an den Kuss in den Katakomben, daran, dass wir auf ihrer Couch geknutscht haben, und ein Lächeln schleicht sich in mein Herz.

»Weiß nicht. Eigentlich lief's richtig gut. Richtig, richtig gut«, betone ich und seufze tief aus meiner Seele heraus.

Pierre beugt sich mir entgegen. »Hattet ihr Sex?«

Ich bin so überrascht von der Frage, so persönlich berührt, dass ich ihn entsetzt anstarre. »Was? Nein«, raune ich. Schließlich sitzen wir hier mitten in der Metro, und er fragt mich solche Sachen.

»Ist das eine so schockierende Frage?«, will er wissen und hebt dabei die Augenbrauen ungläubig bis zum Haaransatz.

»Ja«, betone ich scharf, und er verdreht die Augen.

»Ihr Deutschen seid so seltsam«, höre ich ihn murmeln, und er lehnt sich in seinem Plastikstuhl zurück. »Tut mir leid. Ich wollte dir nicht zu nahe treten. Also keinen Sex«, fügt er hinzu.

Wir schweigen einen Moment, und ich weiß, dass ich etwas sagen muss, um dieses Gespräch weiterzuführen. Und egal wie sehr ich mich privat, mysteriös und eigenbrötlerisch geben will, ich bin es nicht.

»Wir haben geknutscht«, sage ich also, und Pierre dreht sich mir äußerst interessiert wieder zu.

»Aha. Und was ist jetzt schlecht daran?«

»Wer sagt, dass es schlecht war?«, murmle ich und wickle mir einen losen Faden meiner Tasche um den Finger.

»Dein Gesichtsausdruck, der aussieht, als würdest du jeden Moment losheulen«, kontert Pierre, und ich gebe meine steife Haltung auf, lasse mich ebenfalls in den Sitz sinken und schlinge mir die Arme um den Oberkörper. Er hat schließlich recht. Wem mache ich etwas vor? Es hat mich getroffen, ich fühle mich beschissen, und ich will darüber reden.

»Wir hatten eine seltsame Situation, in der ich eine von ihren Zeichnungen angeschaut habe, die ich nicht hätte anschauen dürfen, und sie war darüber sehr … erschrocken und ist aus der Haut gefahren.«

»Okay? Und wieso?«

»Ich weiß nicht. Wir haben nicht darüber geredet.« Ich knete verzweifelt meine Hände und drehe an Fios Ring herum, um mich beschäftigt zu halten. Noch schlimmer, als wegen Fio hässlich zu heulen, wäre, in der Metro wegen Fio hässlich zu heulen.

»Dann kam ihre Vermieterin und hat Stress gemacht, und ich

bin gegangen. Aber es hat sich am Ende alles so verdreht angefühlt«, erzähle ich weiter und blicke auf den Ring. Die vorbeihuschenden Lichter des Tunnels blitzen im Mondstein auf wie kleine verlorene Feenlichter.

»Und das macht dir zu schaffen?«, erkundigt Pierre sich leise, auch wenn es offensichtlich sein müsste.

»Ja. Es schmerzt. Wie Stiche in meiner Brust.«

»Das klingt, als wärst du in sie verliebt«, sagt er, und seine Worte treffen mich unerwartet hart. Adrenalin schießt durch meine Adern wie Feuerwerkskörper, mein Kopf wird ganz heiß, meine Hände beginnen zu schwitzen.

»Ich … also … keine Ahnung«, behaupte ich und weiß, dass ich lüge. Ach, verfluchte Scheiße!

Ich will es mir nicht eingestehen, schon gar nicht an einem so unromantischen, schlecht riechenden Ort wie der Metro, aber mein Herz gibt Pierre recht und mein Kopf auch und meine verfluchte Libido ebenfalls.

Ich muss nur an Fio denken, und alles in mir beginnt zu flirren, auch wenn das im Moment ein bisschen mehr wehtut, als man sich wünschen würde.

»Du solltest das mit ihr klären«, meint er, und ich rutsche noch tiefer in meinen Sitz.

»Ich weiß. Aber wir haben seitdem nicht geschrieben«, grummle ich frustriert und ziehe mein Handy aus der Tasche. Keine neuen Nachrichten. Tränen steigen mir in die Augen, aber ich blinzle, was das Zeug hält, und gewinne den Kampf um Haaresbreite.

»Wieso nicht?« Pierre ist empört.

»Sie schreibt mir halt nicht. Bestimmt ist sie sauer auf mich.«

Er schüttelt den Kopf und verzieht dabei den Mund, als wäre ich ein unverständiges Kleinkind. »Sie wartet, dass du ihr schreibst, weil sie auch weiß, dass sie komisch reagiert hat, und sie denkt, du willst jetzt nichts mehr mit ihr zu tun haben«, doziert er, und ein kleiner Funke Hoffnung glüht in meinem Herzen auf.

»Denkst du?«

»Romina, das ist doch egal. Du magst sie, also schreib ihr«, sagt er streng, und für einen Moment klingt er wie Luna, nur eine Oktave tiefer und auf Französisch.

»Ich schreib ihr«, gebe ich mich geschlagen, wende das Handy aber weiter unschlüssig zwischen den Fingern, bis die Ansage im Zug mich davor rettet, auf der Stelle handeln zu müssen. »Jetzt müssen wir erst mal aussteigen«, informiere ich Pierre, und wir steigen aus.

Wir folgen der Navigation auf seinem Handy zu der Adresse und bleiben beide wie angewurzelt stehen, als wir das Haus erblicken. Die Wohnung, die wir besichtigen wollen, befindet sich in einem Hochhauskomplex, der vollkommen im Art-déco-Stil gehalten ist. Geometrische Spitzbögen, goldene Verzierungen, verspiegelte Fensterfronten. Ein Gebäude wie aus den 1920er-Jahren, irgendwo zwischen stilvoll und pompös hängen geblieben.

Ich bin beeindruckt, entzückt, ganz aus dem Häuschen. Dieses Wunderwerk der Architektur zu betreten, ist ein wahr gewordener Traum, und ich trage sogar das perfekte Outfit dafür. Mein Kleid ist zwar an die 1950er angelehnt, aber der Vibe stimmt, und ich fühle mich sehr ladylike mit meinem schwingenden Rock und dem dazu passenden Liptint. Hoffentlich habe ich ihn mir in der Bahn nicht runtergekaut.

»Verflucht! Das werde ich mir nie leisten können«, stöhnt Pierre, als er die silbergraue Marmorfassade nach oben blickt, und ich hake mich bei ihm ein, um ihn zu den wirklich coolen verglasten Drehtüren zu ziehen.

»Stand die Miete nicht in der Anzeige?«, frage ich, und er seufzt so theatralisch, dass ich lachen muss. Er ist nicht weniger dramatisch als ich.

»Ja. Aber das kann ja nicht richtig sein.«

»Komm schon. Ich finde, wir passen hervorragend zum Haus«, raune ich ihm zu, und er sieht an sich herab. Er trägt einen schlichten anthrazitfarbenen Anzug zu einem weißen Hemd, doch allein neben mir zu stehen, gibt seinem Outfit ein Vintageflair.

Wir schreiten gemeinsam in die Drehtür, die sich automatisch in Bewegung setzt, mein Rock wippt im Luftzug der Klimaanlage, und dann sind wir auch schon drin.

Das Foyer sieht exakt so aus, wie ich es mir vorgestellt habe. Messingbeschlagener Holztresen, die Wände mit geometrischen Formen versehen, selbst die Aufzüge sind im Stil der Zwanzigerjahre gehalten. Es sieht aus wie ein wahnsinnig gut gemachtes Themenhotel.

Eine junge Frau in beigem Kostüm löst sich aus ihrer Unterhaltung mit einem älteren Herren, der am Tresen sitzt, als sie uns kommen sieht. Sie ist eindeutig die Maklerin, mit ihrer cremefarbenen Mappe, die sie sich unter den Arm klemmt, und dem äußerst gewinnenden Lächeln.

»Monsieur Martin?«, spricht sie uns an, mustert ihn schnell und professionell und blickt dann zu mir. Sie blinzelt, und ihr Lächeln wird noch eine Spur strahlender.

»Wie wundervoll, Sie kommen zu zweit. Ihr Kleid ist grandios«, überfällt sie mich beinahe und reicht mir die Hand. »Rebecca Petit. Wir haben geschrieben«, stellt sie sich uns vor und schüttelt auch Pierres Hand.

Er hat sich wohl an seiner eigenen Zunge verschluckt, denn er nickt nur und wirft mir einen so Hilfe suchenden Blick zu, dass ich mir das Grinsen verkneifen muss.

»Wie schön«, sage ich, auch wenn es sich vollkommen bedeutungslos anfühlt. Aber schließlich muss Pierre hier einen guten Eindruck machen, wenn er eine Wohnung bekommen will.

»Sollen wir gleich hochgehen?« Rebecca Petit geht direkt zu

den Aufzügen, ohne eine Antwort abzuwarten, und wir folgen ihr.

»Ich freue mich, dass Sie sich auf die Anzeige gemeldet haben. Die meisten scheinen abgeschreckt zu sein, wenn sie das Gebäude sehen. Das letzte Pärchen ist nicht aufgetaucht, weil sie dachten, es müsse sich um einen Betrug handeln«, erzählt sie uns freiheraus, und ihre Stimme hallt wirklich sehr adrett durch das Foyer.

»Es sieht eben sehr edel aus für den Preis in der Anzeige«, schafft Pierre es endlich, seine Stimme wiederzufinden, als wir in die breite Aufzugskabine steigen.

»Ja, manchmal ist das so«, sagt Rebecca Petit mit einem Flackern in der Stimme, und ich habe sofort das Gefühl, sie redet nur um den heißen Brei. Er hat recht, irgendwas stimmt mit dieser Wohnung nicht. Und das weiß ich, noch bevor ich sie gesehen habe.

Ich schicke Pierre einen bedeutungsvollen Blick und kneife ihn zusätzlich noch in den Arm, doch er sieht nur verwirrt aus. Zu nervös, um auf solche Nuancen zu achten.

Wenn ich an seiner Stelle wäre, würde es mir sicher nicht anders gehen, und ich genieße es sehr, dass es hier nicht um mich geht und ich nur eine völlig unbeteiligte Statistin bin.

Die Fahrt dauert lang und kurz gleichzeitig, und Rebecca Petit gibt uns in diesen Minuten einen Überblick über das Alter des Gebäudes, die Entstehungsgeschichte und die Instandhaltung des Aufzugs.

Die Türen öffnen sich im achten Stock und geben den Blick auf einen breiten Flur frei, den wir nur wenige Schritte nach links gehen, ehe wir vor einer hellen Wohnungstür zum Stehen kommen.

Schlüssel klimpern im Schloss, die Absätze meiner Riemchenschuhe klackern leise auf dem Parkett, und Pierre gibt einen erstickten Laut von sich.

Die Wohnung ist absolut umwerfend.

Wir stehen direkt im Wohnzimmer, die Decken hoch, die Fenster bodentief. Die Aussicht zeigt leider nicht Paris, sondern in Richtung des Innenhofes, was dem Licht nicht wehtut, das wundervoll warm hereinscheint. Das helle Parkett leuchtet wie Gold, und Staub tanzt auf romantische Weise durchs leere Zimmer.

»Wow«, entfährt es mir, und ich trete mutig ein paar Schritte ins Zimmer.

Die Türen, die vom Raum abgehen, stehen alle offen. Ich sehe ein Stück der Küche, ein leeres, längliches Zimmer, ein weiteres mit niedrigerer Decke und ein Bad mit Tageslicht.

»Es ist eines der kleinsten Apartments im Gebäude, aber das Licht ist hervorragend. Vorher hat ein Künstler hier gewohnt, der viele seiner Porträts in Öl dort vorn angefertigt hat«, erzählt Rebecca Petit im heiteren Singsang und zeigt auf die Stelle neben dem länglichen Zimmer.

»Kommen Sie, ich zeige Ihnen die Küche. Sie wurde vor sechs Jahren eingebaut, ist aber in sehr gutem Zustand.« Sie lockt Pierre in den nächsten Raum, während ich im Wohnzimmer zurückbleibe und einen Blick aus dem Fenster riskiere. Der Innenhof liegt weit unter mir, und ich spüre ein irrwitziges Kitzeln im Magen, als ich mich zu nah an die Scheibe wage.

Ich habe keine Höhenangst, aber ich denke, dass jedem bei dem Ausblick ein wenig flattrig werden würde.

Ich horche auf die Geräusche des Hauses und höre lediglich ein leises Knistern, das sofort wieder verebbt. Doch ein seltsamer Geruch sticht mir in meine absolut unfehlbare Nase. Schwimmbad. Es hat also jemand in dieser Wohnung mit Chlor hantiert. Entweder, um die Ölfarbenflecken aus dem Parkett zu bekommen, oder aber, um Schimmel zu entfernen.

Die Wohnung ist wirklich edel, und auch wenn ich den Mietpreis nicht kenne, bin ich mir nach Pierres Reaktion sicher, dass hier etwas nicht stimmen kann.

Wenn sie hier ein Schimmelproblem haben, kann ich es sicher herausfinden.

Ich schleiche mich ins Bad, um dort weitere Nachforschungen anzustellen, doch der Chlorgeruch wird milder und verschwindet schließlich ganz, als hätte man es nur im Wohnzimmer angewendet.

Doch die Ölfarben-Theorie?

Ich fühle mich wie eine Detektivin. Nancy Drew, im schicken Kleid. Oder eine Enthüllungsjournalistin wie Jeanne aus *Le monde d'Aveline.*

Dieser Gedanke prickelt wie pures Abenteuer durch meine Adern, und ich reibe mir innerlich die Hände wie ein Cartoon-Bösewicht. Ich schleiche noch einmal um die geflieste Regendusche herum, halte meine Nase in die doch sehr schmale Badewanne und kontrolliere die Ecken ein zweites Mal.

Alles schimmelfrei, keine Wasserflecken, nur Staub, der sich da wohl in den letzten Wochen angesammelt hat.

Ich frage mich, ob man den Namen des Künstlers wohl in Erfahrung bringen kann. Dann könnten wir ihn kontaktieren und nachfragen, was hier wohl faul ist.

»Sie schrieben, dass Sie im Finanzwesen tätig sind?«, erkundigt sich die Maklerin, und ihre Stimme wird mit jedem Schritt lauter. Schnell stelle ich mich zurück ans Fenster, damit es nicht so aussieht, als hätte ich geschnüffelt, als sie und Pierre zurück ins Zimmer kommen.

Gut, dass die beiden beschäftigt sind, denn ich bin alles andere als unauffällig. Für ein wahres Journalistinnen-Dasein muss ich noch ein bisschen üben oder mich stärker in Jeanne hineinversetzen. Sie ist tough und vorlaut und mutig und sich nie zu schade, einen Fuß in eine sich schließende Tür zu stellen, um sich noch reinzuschmuggeln.

»Ja, das ist richtig. Ich fange Anfang Juli bei Intelligent Movement in der Finanzabteilung an«, antwortet Pierre und sieht zu mir. Ich bedeute ihm, aufrecht zu stehen, und er hört auf mich. Guter Junge.

»Das klingt ja hervorragend. Festanstellung?«

Er nickt und wirkt dabei viel kleiner als sonst. Wo ist nur sein Selbstbewusstsein hin? Ich habe schon gesehen, dass er äußerst einnehmend und selbstsicher aufzutreten weiß, doch gerade ähnelt er einem eingefallenen Soufflé.

»Die Eigentümerin der Wohnung ist eine besondere ältere Lady«, erzählt Rebecca Petit uns aus dem Nichts und lotst uns ins nächste Zimmer.

Besondere alte Lady. Ich bin mir sicher, es handelt sich dabei um einen Euphemismus.

»Sie hat gewisse Vorstellungen von ihren Mietern. Also nicht, dass sie jemals nachsehen würde – sie wohnt in Montpellier –, aber ich tue meine Arbeit sehr gewissenhaft. Und ich muss ehrlich sein, Sie beide sind die Ersten, die auf das Profil passen. Sie sind geradezu perfekt.«

Ich blinzle und verziehe, dank meines neu geweckten Jeanne-Modus, keine Miene. Mein Gehirn schaltet aus unerklärlichen Gründen extrem schnell, und mir werden zwei Dinge bewusst. Rebecca Petit hält uns für ein Pärchen, und Pierre bekommt die Wohnung nur, wenn sie weiter annimmt, dass wir hier zusammen einziehen.

»Ähm …«, setzt Pierre an, sicher um sie zu korrigieren, und ich unterbreche ihn.

»Das klingt ja ausgezeichnet. Das freut uns sehr«, sage ich bestimmt und hake mich wieder bei Pierre ein, der perplex auf mich herabsieht.

Er ist der absolut mieseste Schauspieler, der mir je untergekommen ist, und ich würde ihn gerne treten. Doch das wäre leider zu auffällig.

»Stil sollen sie haben, meinte Madame Dupin. Und das haben Sie ja offensichtlich.« Rebecca blickt wieder mit verträumtem

Blick auf mein Kleid, und ich winkle ganz adrett ein Bein an, um den Charme des Schnittes noch zu betonen. »Außerdem ist es ihr sehr wichtig, dass keine einsamen Männer mehr hier wohnen.« Sie redet weiter, während sie ins nächste Zimmer tänzelt, und Pierre hält mich zurück, ehe ich ihr nachgehen kann.

»Was tust du?«, zischt er mir zu, und ich ziehe streng die Augenbrauen zusammen.

»Willst du die Wohnung oder willst du sie nicht? Reiß dich zusammen und sei kein einsamer Mann. Wir haben hier eine echte Chance«, weise ich ihn zurecht und denke gleichzeitig über Rebecca Petits Worte nach. Der Künstler war also ein einsamer Mann, und das hat offensichtlich zu Problemen geführt.

Oh, ich fühle mich so *enthüllerisch.*

»Ich bin nicht einsam«, grummelt Pierre, doch ich ignoriere ihn, und wir wandern durch die Zimmer, begutachten das Bad und hören uns etwas über Stuckleisten, Geräuschdämmung in Boden und Wänden, sanierte Elektrik und völlig neues Parkett im Wohnzimmer an.

Doch wenn das Parkett neu ist, dann wurden sicher auch keine Flecken entfernt. Woher stammt dann der Geruch?

»Die Fenster lassen sich aus Sicherheitsgründen nur noch im oberen Drittel öffnen«, erwähnt die Maklerin und hält eben inne, um den Fenstermechanismus zu demonstrieren. Meine Chance, die Informationen aus ihr herauszukitzeln.

»Gibt es einen bestimmten Grund, wieso es hier im Wohnzimmer nach Chlor riecht? Wurde hier Schimmel entfernt?«, frage ich ganz direkt, um sie zu überraschen und so eine ehrliche Reaktion hervorzurufen. Zumindest in meinen Romanen klappt das meistens.

Rebecca Petit friert in ihrer Bewegung ein. Es sieht auf der einen Seite ziemlich witzig aus, weil sie auf einem Bein steht, den Fenstergriff in der Hand, den Mund halb geöffnet. Andererseits hat es etwas Gruseliges an sich, dass meine Frage sie offenbar so schockiert hat, dass sie geschlagene drei Sekunden nicht in der Lage scheint, sich zu bewegen.

»Ich müsste es Ihnen nicht mitteilen, weil diese Wohnung nur zur Miete ist, aber Sie werden es eh von den Nachbarn erfahren, falls Sie hier einziehen.« Sie lässt den Fenstergriff los, schnappt sich ihre Mappe, die sie sich unter den anderen Arm geklemmt hat, und hält sie so fest in beiden Händen, dass es ungesund aussieht.

Ich bereue, dass ich so direkt war. Sie scheint den Stress ihres Lebens zu haben.

Sie seufzt tief und räuspert sich dann. »Der letzte Mieter, der Künstler, ist in der Wohnung verstorben. Selbstmord.«

»Oh, Schei… nicht so gut«, stottert Pierre, und ich kann für einen Moment gar nichts sagen.

Es fühlt sich tatsächlich wie eine Szene aus meinem Buch an. So hätte ich es geschrieben. Nur dass Jeanne nachforschen würde und sich dann herausstellen könnte, dass es doch kein Selbstmord war und es vom Mörder nur inszeniert worden ist, um ungestraft davonzukommen.

Oder eine Mörderin! Vielleicht aus Rache. Oder eine Tat aus Leidenschaft, weil der Künstler heimlich ein Bild von ihrer Verlobten angefertigt hat, woraufhin sich ein Baron in sie verliebte und die beiden Frauen gezwungen waren, die Stadt zu verlassen, um weiterhin zusammen sein zu können. Doch vorher mussten sie natürlich den Baron und den Künstler um die Ecke bringen. Das Gemälde haben sie gestohlen, es für viel Geld auf dem Schwarzmarkt verkauft und finanzieren sich jetzt damit den Anfang ihres neuen Lebens.

Ich sollte mir das dringend notieren, damit ich es Sophia pitchen kann. Und ich sollte googeln, was man für das Gemälde eines toten Künstlers auf dem Schwarzmarkt bekommt.

»Ist die Wohnung deshalb so günstig?«, möchte Pierre wissen, der noch voll bei der Sache ist, während ich mein Handy zücke und ganz eilig in Stichwörtern eine Notiz verfasse und an Luna schicke, damit sie mich später fragt, was es damit auf sich hat, und ich es auf diese Weise nicht vergessen kann.

»Ja, leider. Er war ein sehr zurückgezogener Mann, und man hat ihn leider erst gefunden, als der Geruch sich durch den Boden gefressen hatte. Unschöne Sache. Seitdem sich das im Haus herumgesprochen hat, ist es quasi unmöglich, Mieter zu finden, mit denen Madame Dupin einverstanden ist. Bitte, bitte sagen Sie mir nicht, dass dies die Wohnung für Sie ausschließt. Sie wären wirklich perfekt.«

Die arme Frau tut mir beinahe schon leid, und ich sehe zu Pierre.

Ich hätte absolut kein Problem, in einer Wohnung zu leben, in der jemand gestorben ist. Schließlich haben sie den Boden erneuert, und falls ich an Geister glauben sollte und sich ein solcher hier rumtreibt, dann gibt es sicher Methoden, ihn zu besänftigen. Wenn ich etwas kann, dann ist es recherchieren.

Doch ich darf nicht vergessen, dass ich nicht hier einziehe. Pierre muss damit einverstanden sein.

»Wo muss ich unterschreiben?«, fragt er und grinst auf eine so spitzbübische Art, dass ich lachen muss.

17
Neue Nachrichten

Kaum berührt mein Hintern die Couch, weiß ich, dass ich mich übernommen habe. Zu viel Aktivität in zu wenigen Tagen ist etwas, das ich auf Dauer nicht leisten kann.

Es ist mein fünfter Tag in Paris, und ich war auf einer Vernissage, hatte eine Besprechung, war auf einer Modenschau, bin auf zwei Dates gewesen und habe eine Wohnung besichtigt.

Ich bin durch, völlig am Ende, habe quasi die Energiereserven für die nächste ganze Woche verbraucht. Ich bin so schlapp wie ein Lappen. Man könnte mit mir den Boden aufwischen.

Pierre hievt mich aus den Polstern der Couch, damit ich ins Bad gehen kann. Meine Zähne putze ich wie in Trance, was schlecht ist, weil es gut sein kann, dass ich meine Backenzähne dann gar nicht erwische und vorn dafür dreimal drübergehe. Oder eben andersherum. Ich weiß es nicht.

Ich kann Pierre gerade noch mitteilen, dass ich es nicht schaffe, mit ihm noch in eine Bar zu gehen, um seinen unterschriebenen Mietvertrag zu feiern, dann falle ich ins Bett. Ich lege das Tablet zur Seite, das hier noch rumliegt, ziehe mir die Decke bis ans Kinn und schlafe augenblicklich ein.

Als ich das nächste Mal blinzle, ist mein Sichtfeld verschwommen, Morgensonne sticht mir in die Augen wie Laserwaffen, und mein Schädel gaukelt mir vor, in tausend Stücke zu zerspringen, sollte ich auch nur eine falsche Bewegung machen.

Irgendwo in den Tiefen meines unordentlichen Koffers habe ich Migränemedikamente, aber keine Kraft, danach zu suchen. Also bleibe ich ganz still liegen, rühre nicht den kleinsten Finger, während meine Haut sich anfühlt, als würde sich mein Inneres nach außen stülpen. Mir bleibt nichts anderes übrig, als es auszuhalten, denn selbst wenn ich an meine Medis kommen würde, wäre es eh zu spät, und sie könnten auch nicht mehr viel an meiner Lage ändern.

Irgendwann schleppe ich mich aufs Klo und hole mir einen Krug Wasser aus der Küche. Ich sehe Pierre nirgendwo, wahrscheinlich ist er unterwegs. Dafür entdecke ich meine Handtasche mit meinem Handy, das mal wieder einen leeren Akku hat. Ein gängiges Problem bei mir.

Ich schließe es an, hole mir mit letzter Kraft doch noch eine Schmerztablette und falle zurück in meinen komatösen Migräneschlaf in der Hoffnung, dass alles ein bisschen besser ist, wenn ich das nächste Mal erwache.

Ich träume von fliegenden Buchstaben, die sich nicht fangen lassen, von toten Künstlern, die in irgendwelchen Wohnzimmern vor sich hin gammeln, und von Fio. Sie ist immer in meiner Nähe, ich spüre es ganz genau, aber wenn ich mich nach ihr umdrehe, löst sie sich in goldenem Nebel auf. Ich atme ihn ein, spüre ihre Lippen auf meinen, ihre Hände an meiner Taille, um dann im Nichts zu verschwinden.

Als ich die Augen aufschlage, ist mein Magen flau, und mein Körper fühlt sich an, als wäre ich von einem Güterzug überrollt worden. Meine Zunge ist geschwollen, und mein Gehirn schwappt in meinem Schädel hin und her. Aber die Schmerzen sind auf ein Minimum zusammengeschrumpft, und ich kann auch endlich wieder richtig gucken.

Umständlich angle ich nach meinem Handy und linse mit halb geschlossenen Augen aufs Display.

Halb sechs am Nachmittag.

Ich habe beinahe einen ganzen Tag geschlafen.

Einundzwanzig neue Nachrichten werden mir angezeigt. Eine winzige Panikwelle schwappt von innen gegen meinen Brustkorb. Ich stecke das Handy vom Kabel ab, ziehe es unter die Decke und hasse mein Leben.

Sophia
Hey du Herz. Ich habe hier eine Mail von Danielle, die mir berichtet, dass das letzte Meeting sehr gut lief. Und ich erinnere dich hiermit daran, dass du morgen um 15:00 Uhr ein weiteres hast.

Sophia
Hast du dir die Entwürfe fürs Kostümdesign angeschaut, die sie dir mitgegeben haben? Ich finde die Zweite ja richtig gut. Du auch? Teile mir gerne mit, ob da schon was für dich dabei ist. Weil wenn nicht, würde ich sie gerne vorher darauf vorbereiten, dass sie weitersuchen dürfen.

Sophia
Meldest du dich kurz, wenn du das hier gelesen hast?

Sophia
Ist alles okay bei dir? 😟

Sophia
Oder ignorierst du mich, weil's dir grade zu viel ist zu antworten?

Sophia
Schick mir eine Ente, wenn es so ist. 🦆

Sophia
Oh, ja, und denk an die Lesung von Chiara Nino. Die ist übermorgen Abend. 18:00 Uhr. Ich schick dir den Link zum Flyer. Da steht auch die Adresse drauf.

Ich reibe mir die Stirn, spüre den Nachklang der Migräne auf meiner angespannten Haut und in den schmerzenden Knochen.

Aber ich überwinde mich und schreibe Sophia sofort.

Ich
Tut mir leid. Migräne-Attacke. Aber bis zum Meeting morgen bin ich fit und am Start. Ich schau mir die Entwürfe heute noch genauer an. Aber die Zweite finde ich auch gut.

Ich wische den Chat zur Seite, reibe mir die Augen und erstarre. Da sind noch mehr Nachrichten. Drei von Luna, ein ganzer Haufen von Vittoria, die immer noch nicht damit klarkommt, dass ihr jemand Blumen geschickt hat. Und zwei von Fio.

Mein Herz rast, als hätte ich zu viel Grüntee getrunken, hart und sprunghaft, und ich ziehe mir die Decke noch weiter über den Kopf, als könnte ich mich damit vor der Realität abschirmen.

Fio
Hey du. Ich weiß gar nicht, wie ich das hier anfangen soll …
Aber es tut mir leid, dass unser letztes Date so dumm geendet hat. Ich war sehr aufgewühlt, und du kannst absolut nichts dafür. Das war nur ich. (Und vielleicht auch meine Vermieterin.) Wie auch immer, ich habe falsch reagiert, und es tut mir leid. Wenn du sauer bist, versteh ich das.

Fio
Bitte schreib mir.
Ich vermiss dich ♡

Ich drücke mir das Handy an die Brust, als könnte ich damit Fio umarmen. Ganz nah halte ich es, sodass mir der Rahmen ins Brustbein drückt. Am liebsten würde ich es zwischen meine Rippen schieben und Fios Nachrichten in meinem Herzen aufbewahren.

Ich
Hey du zurück.
Tut mir auch leid, dass ich nicht geschrieben habe. Ich hatte eine Migräne-Attacke und war die letzten 20 Stunden ausgeknockt.
Bin grade erst aufgewacht.

Ich tippe gerade die zweite Nachricht, da erscheint oben in der Leiste unter Fios Namen klein *online*, und sie schreibt mir zurück.

Fio
Oh, Gott*. Du Arme. Wie geht's dir jetzt?
Hast du das öfter?

Ich
Es fühlt sich ein bisschen an, als wäre man die Treppen runtergefallen und hätte jetzt im Gehirn einen großen blauen Fleck. Aber das wird in den nächsten Stunden sicher wieder gut. Die letzte Woche war viel, und ich habe mir keine Pausen gegönnt. Da passiert das mal.

Fio
Brauchst du was? Kann ich dir irgendwie helfen?

Ich
Nein. Das muss ich ausschlafen. Aber danke.

Ich
Wie läuft es mit den Entwürfen für dein neues Thema? Hast du den Tod schon eingefangen?

Fio
Ich habe ein bisschen gezeichnet. Aber ehrlich gesagt habe ich mehr an dich gedacht.

Ich
Ja? ♡

Fio
Darf ich dich wiedersehen?
Ich kann erst übermorgen wieder und dann auch nur am Abend. Aber vielleicht hast du ja Lust, mit mir was essen zu gehen?

Ich
Ich muss übermorgen Abend auf eine Lesung.
Aber vielleicht möchtest du mitkommen? Die Autorin ist eine Bekannte von mir, die französische Poesie schreibt. Chiara Nino.

Fio
Bei Kunst und Kultur bin ich immer dabei. Das klingt voll gut. Sicher, dass du mich da mitnehmen willst?

Ich
Ganz sicher. ♡

18

Das Haus Marielle Bernard

Als ich diesmal das Bürogebäude von NiNet France betrete, bin ich nicht mehr so nervös. Schließlich kenne ich den Weg und die Leute und den Typ mit den Dreadlocks am Empfang, der mir freundlich zulächelt.

Er begleitet mich zu Danielles Büro und hält mir die Glastür auf, damit ich eintreten kann. Es ist nur Danielle da, und ich bin erleichtert, dass es nicht wieder ein Meeting ist wie letztes Mal. Das ganze Planungsteam um mich sitzend, darauf wartend, dass ich das Gesicht verziehe.

Allerdings schleiche ich nur rein und hebe verschämt die Hand zum Gruß, weil Danielle gerade am Telefon hängt.

»Ja. Das sind großartige Nachrichten. Mhm … ja, genau. Nächsten Monat … Auf jeden Fall. Ich danke Ihnen, Monsieur Trombé. Auf Wiederhören«, trällert sie geradezu in den Hörer und signalisiert mir mit viel Augenbrauengewackel, dass gerade etwas sehr Gutes passiert ist.

Kaum hat sie aufgelegt, gibt sie einen Schrei von sich, der für mich so unerwartet kommt, dass ich zusammenzucke.

»Die Schauspieler haben alle zugesagt!«, ruft sie und kommt um ihren Schreibtisch herum, als würde sie tanzen.

Ich muss unwillkürlich lächeln, weil Danielle mich mit ihrer Euphorie ansteckt.

»Auch Amelie Mariné?«, kommt es wie von allein aus meinem Mund, und Danielle klatscht in die Hände.

»Ja! Alle bereit. Die Genehmigungen für die Drehorte sind

alle durch. Das Team steht. Es fehlt nur noch die Entscheidung für die Kostümdesignerin.«

»Dafür bin ich hier«, sage ich, und plötzlich steht sie direkt vor mir und drückt mich stürmisch an sich.

Ich bin so überrumpelt, dass ich keine Ahnung habe, was ich tun soll, da lässt sie mich auch schon wieder los.

»Das wird so großartig!«, jubelt sie und winkt mich zu der kleinen Sofaecke im hinteren Bereich.

»Kaffee?«

»Ja, gerne«, erwidere ich und lasse mich in die Polster sinken. Sie sind aus Leder und so straff auf das Möbelstück gespannt, dass sie dabei laut knarzen.

Danielle setzt sich mir schräg gegenüber. Stellt zwei moderne Glastassen unter die winzige Kaffeemaschine auf dem Beistelltisch und drückt vergnügt drei Knöpfchen.

Sie ist so gut drauf, dass ich das Gefühl habe, sie ist zu allem fähig. Wäre dies hier eine Serie, würde sie jetzt anfangen zu singen, und alle Kolleginnen und Kollegen, die auf dem Gang an uns vorbeilaufen, könnten auf einmal alle die gleiche Choreografie.

»Möchtest du dir die Entwürfe noch mal ansehen? Ich habe mittlerweile auch ein größeres Portfolio von den Kandidatinnen bekommen, falls du noch Entscheidungshilfe brauchst«, beginnt Danielle unser Meeting und beugt sich zu ihrem Schreibtisch, um ihr Tablet zu holen.

»Ich habe bereits meine Favoritin, aber ich schau mir die Entwürfe gerne an.«

»Wirklich?« Ihr Lächeln ist so breit, dass ich mir Sorgen um ihre Mundwinkel mache.

»Ich finde Gina M. Charon gut. Ihre Kleider sind geschichtlich am akkuratesten.«

»Ja, das habe ich mir gedacht. Hugo hat geschworen, dass du dich für Francesca Fidell entscheiden würdest. Aber wie ich dich kennengelernt habe, bist du klassisch orientiert.« Sie reicht mir das Tablet, und ich nehme es ihr ab.

»Zucker, Milch?«, fragt sie mich, und ich nicke.

Ich liebe, dass wir hier nur zu zweit sitzen und es sich wie ein Treffen unter Freundinnen anfühlt. Vielleicht liegt es am Kaffeegeruch oder daran, dass Danielle überglücklich ist. Oder aber ich bin endlich mit ihr warm geworden. Ich mag sie, und sie scheint mich auch nicht für zu schrecklich und umständlich zu halten.

»Also. Ich befürworte deine Wahl sehr. Sie war auch mein Favorit. Außerdem ist Manon ein Goldschatz«, nimmt sie das Thema wieder auf und schaufelt sich einen sehr stark gehäuften Löffel Zucker in ihren Kaffee.

»Moment, Manon?«, frage ich irritiert nach und bin mir nicht sicher, ob wir über die gleiche Person sprechen.

»Ja, Gina Manon Charon. Wir saßen während der Modenschau bei ihr.«

In meinem Kopf wirbeln die Gedanken durcheinander, und Puzzlestücke verbinden sich an Stellen, an denen ich es nicht erwartet habe. Es ist wirklich Manon. Mit den bunten Haaren, mit dem feixenden Humor.

»Das … das wusste ich nicht!«, kommt es aus meinem Mund, und Danielle lächelt verschwörerisch.

»Ja, ich weiß. Wir wollten dich in keinster Weise beeinflussen.«

»Wusste Viktor es?«, will ich wissen, und sie zwinkert mir sehr offensichtlich zu. Er wusste es.

Ich lege das Tablet auf den Tisch vor mir, ohne die Entwürfe richtig gesehen zu haben. Aber ich muss diese neue Information erst einmal sacken lassen und nehme meine Tasse in beide Hände, um mich daran festzuhalten. Das herbe Aroma steigt mir in die Nase, hilft mir dabei, mich zu entspannen, und ich lehne mich auf dem Sofa zurück. Wieder knarzt das Leder.

»Da jetzt fast alles in trockenen Tüchern ist, können wir mit dem Dreh pünktlich beginnen. Außerdem gehen demnächst die ersten offiziellen Presseberichte raus. In einem Monat wird der Cast bekannt gegeben, und sobald die ersten Probeaufnahmen im Kasten sind, wird der erste Teaser erstellt. Es wird jetzt so schnell gehen«, erzählt Danielle aufgeregt, und ihre Stimme klingt auf erfrischende Weise nicht so gelassen und professionell wie sonst.

Und ich spüre es in meinem Bauch auch. Das Kribbeln, das Funkeln der Vorfreude. Etwas, mit dem ich vor einer Woche niemals gerechnet hätte. Es war eine Last gewesen, diese Verfilmung, die Planung, die Entscheidungen, die andere von mir verlangt haben. Doch jetzt bin ich voller guter Erwartung.

Danielle wird dafür sorgen, dass es gut wird. Ihr Team wird es hinkriegen. Die Kostüme werden mit Liebe gestaltet werden. Amelie Mariné spielt Aveline.

Ich nehme zufrieden einen Schluck Kaffee und verbrenne mir nicht die Zunge. Hach, es ist schön, wenn auch mal etwas gut läuft.

»Ich habe jetzt aber einen Überfall auf dich vor«, sagt Danielle plötzlich, und ich versuche mir ausnahmsweise mal nicht vorzustellen, was das bedeuten könnte. »Ich weiß, du bist eine viel beschäftigte Person …«

»Was kann ich für dich tun?«, frage ich sie und hoffe sehr, dass es nichts absolut Peinliches ist.

»Würdest du das Drehbuch lesen und uns deine Anmerkungen dazu geben?« Danielle sieht mich mit großen Augen an, und ich bin so überrumpelt, dass ich ein paar Sekunden brauche, um die Frage zu verarbeiten.

»Wenn du nicht möchtest, ist das auch okay. Dann …«

»Sehr gerne«, sage ich gleichzeitig, und Danielle richtet sich ein Stück in ihrem Sessel auf.

»Wirklich? Das wäre sehr hilfreich. Ich bin die *Eragon*-Generation. Ich will es also richtig machen«, gesteht sie mir, und ich lache. Denn ich weiß genau, was sie meint.

»Außerdem wäre es extrem cool, wenn du Lust auf einen Cameo-Auftritt hättest«, fügt sie noch hinzu, und ich umklammere meine Tasse fester.

»Äääåh. Darf ich darüber noch nachdenken?«, frage ich unsicher, während ich an Korsetts und Krinolinen und Tonnen von Make-up denke. Außerdem wäre dann Amelie Mariné dort, und ich würde vor Gaypanic sicher kein Wort rausbringen. Vielleicht eine Rolle ohne Text?

Danielle lacht. »Natürlich. Wie auch immer du dich wohlfühlst. Du bist auf jeden Fall eingeladen, bei den Dreharbeiten jederzeit vor Ort zu sein.«

Ich nicke nur, weil ich zu unsicher bin, um gleich zuzusagen. Aber mir gefällt der Gedanke, immer mal wieder am Set sein zu dürfen, mit ansehen zu können, wie mein Buch in Bilder umgewandelt wird, es nicht völlig aus der Hand geben zu müssen.

Außerdem will ich ja Fio weiterhin sehen, und sie wohnt nun mal hier in Paris. Das würde sich sicher verbinden lassen.

Ich habe das Bedürfnis, sie anzurufen und ihr davon zu erzählen, von allem, weil es sich anfühlt, als greife gerade alles perfekt ineinander.

Doch ich weiß, dass sie gerade arbeitet, und will sie dabei nicht stören. Wir haben uns gestern den ganzen Abend geschrieben, und es ist ein sehr erfüllendes Gefühl in meinem Bauch, wenn ich daran denke. Wie eine Wildblumenwiese. Ihre Lieblingsfarben sind Magenta und Burgunderrot, sie hört zur Entspannung Edith Piaf und Yael Naim, und sie hat eine ausgeprägte Hassliebe zu Chiffonstoffen.

»Oh, und ehe ich es vergesse«, meint Danielle plötzlich und zückt ihr Handy. »Monsieur Panagiotidis hat mich gebeten, dich nach der Adresse deines Hotels zu fragen, damit er dir dein Kleid zuschicken kann, das du in seinem Auto vergessen hast.«

Ups, das habe ich ja total vergessen. So ein Mist, jetzt hat er auch noch Arbeit mit mir, nur weil ich meinen Kram nicht beisammenhalten kann.

»Es ist ein Ferienapartment. Aber er muss es nicht schicken. Ich habe den restlichen Nachmittag frei. Ich kann es gerne bei ihm abholen«, sage ich schnell und schwenke den letzten Schluck Kaffee in der Tasse.

»Das ist natürlich auch eine wundervolle Idee«, bestärkt Danielle mich, und ich bin irritiert. Sie scheint doch ein bisschen sehr begeistert darüber zu sein, dass ich niemandem Umstände bereiten möchte.

»Wirklich?«

»Ja! Ich schreibe Monsieur Panagiotidis direkt. Er kann dir die Werkstätten zeigen, und vielleicht möchtest du Manon persönlich die guten Nachrichten mitteilen«, ruft Danielle und beginnt zu tippen.

»Nein, nein! Ich will keine Umstände machen«, versuche ich sie noch abzuhalten, doch sie hört mir nicht zu. Oder aber sie ignoriert meinen Protest, weil sie ihn für Höflichkeit hält.

»Ach was, es wird ihnen eine Ehre sein. Ich schreib dir gleich die Adresse auf.« Sie sieht von ihrem Handy auf, wedelt wegwerfend mit der Hand und tippt dann weiter. »Ach, weißt du was? Ich bestell dir ein Taxi.«

Fünfzehn Minuten später steige ich aus einem Taxi, das so stark nach Erfrischungsbaum riecht, dass mir richtig schlecht ist. Ich nicke dem Fahrer zu, ehe ich die Tür zuschlage und mich dem Gebäude zuwende. Es ist ein verdammtes Schloss, mit Türmchen und Rosengarten und einem Tor aus verziertem Holz. Die Fenster sind gesäumt mit schweren Samtvorhängen, und es stehen prunkvolle Kleider auf Schneiderpuppen darin, wie die kopflosen Herrinnen dieses Anwesens.

Laut Wikipedia hat Marielle Bernard es in den 1940ern gekauft, als ihre Modelinien sie nach Ende des Zweiten Weltkriegs reich gemacht hatten. Doch irgendwie hat es auf den Fotos viel kleiner ausgesehen.

Ich fühle mich winzig und unbedeutend, als ich die breiten Treppenstufen zum Tor emporsteige, und frage mich, wie es sich wohl anfühlt, hier zu arbeiten. Jeden Morgen in dieses Schloss zu spazieren, ist sicher gut fürs Selbstbewusstsein.

Ob Fio auch hier ist?

Ist es das einzige Anwesen von Marielle Bernard? Ich bezweifle es. Also mache ich mir nicht zu viele Hoffnungen, trete ans Tor und beuge mich zu den sehr modernen grauen Klingeln.

Werkstatt eins, zwei und drei, Büros mit Bezeichnungen, die mir gar nichts sagen, und ein paar unleserliche Kürzel. Ich bin überfordert.

Glücklicherweise geht in diesem Augenblick der eine Flügel des Tores auf, und ein bekanntes Gesicht blickt mir entgegen.

»Romina!«, quietscht Manon begeistert, und ich atme vor Erleichterung auf.

»Ich … äh … bin hier, um das Kleid mitzunehmen, das ich vor der Modenschau in Viktors Limousine vergessen habe«, erkläre ich und trete näher, weil sie mich zu sich winkt.

»Ich weiß, Liebes. Ich bin hier, um dich abzuholen«, lacht sie nur und zieht mich ins Gebäude. »Willkommen im Haus Marielle Bernard«, ruft sie und sieht auf meinen Rock. »Du siehst süß aus«, kommentiert sie, und wir sehen beide auf meinen Rock mit Eulenprint.

Ich lächle unsicher und streiche die Falten glatt, die im Taxi entstanden sind. »Den habe ich mit Fio in Marais gekauft«, sage ich, und in Manons Augen blitzt es wissend.

»Soso, mit Fio«, wiederholt sie meine Worte, und wir betreten den kühlen Eingangsbereich.

Es ist wirklich sehr herrschaftlich hier drin. An den Wänden hängen riesige Gemälde von Frauen in Rokokokleidern und alten

Männern mit seltsamen Bärten. Die Deko besteht aus goldenen Kerzenhaltern und elendslangen Stoffbahnen, die von der hohen Decke nach unten fließen wie schimmerndes, weiches Wasser.

»Wir waren in einem Secondhandladen und haben danach Crêpes gegessen«, erzähle ich ihr, weil ich weiß, dass es sie interessiert, und sie beißt sich auf die Unterlippe.

»Klingt nach einem Date, wenn du mich fragst.«

»War auch ein Date«, erwidere ich, und meine Wangen erhitzen sich, ohne dass ich es unterdrücken könnte.

Manon kichert dreckig und hakt sich bei mir unter. »Sehr gut. Ich bin stolz auf euch.«

Wir gehen eine Treppe nach oben, und der Gang verliert hier schnell das Schlossfeeling. Es sieht alles moderner aus, viel Weiß und Metall, und viele Wände sind auch durch Glas ersetzt worden, sodass man in Büros sehen und einen Blick in die Werkstätten werfen kann.

»Ich bringe dich zu Monsieur Panagiotidis. Er will dich gern persönlich rumführen. Aber er muss noch seine Besprechung beenden«, teilt Manon mir mit, und ich winde mich unangenehm in dem Gefühl, allen eine Last zu sein.

Dabei dachte ich, es sei für alle leichter, wenn ich das Kleid eben abhole.

»Ist das wirklich in Ordnung?«, traue ich mich, Manon zu fragen, und sie grinst mich breit an.

»Natürlich, Schatz. Ich weiß nicht, wie, aber du hast dem kleinen Meister den Kopf verdreht. Er hat übrigens all deine Bücher in einer Vitrine in seinem Büro stehen.«

Gott*, so genau wollte ich es nicht wissen.

»Ich möchte dir auch etwas mitteilen«, überwinde ich mich endlich, mit der Sprache rauszurücken, und Manon bleibt abrupt stehen. Sie greift nach meinem Arm, als versuche sie, mich von einer Klippe fortzuziehen, ehe ich falle, und ihr Gesicht wird ganz blass.

Sie scheint sofort zu wissen, worum es geht.

»Hast du mich ausgewählt?«, fragt sie dünn, und ich nicke.

Ihre Augen werden riesig, sie öffnet den Mund und schließt ihn wieder, und dann atmet sie zittrig ein.

»Das ist … oh, das ist … ich kann nicht fassen, dass …«, stottert sie, und ich lege meine Hand auf ihre, ehe sie mir den Arm zerquetschen kann.

»Freust du dich?«, frage ich, und jetzt erscheint endlich ein Lächeln auf ihren vollen Lippen.

»Ich bin so unfassbar glücklich. Ich heule gleich«, krächzt sie und sieht wirklich so aus, als würde sie in Tränen ausbrechen.

»Ich habe mich auch sehr gefreut, als Danielle mir gesagt hat, dass du es bist.« Ich streiche ihr über den Arm, um sie zu beruhigen, und sie blinzelt ganz schnell, damit ihr Eyeliner nicht verläuft.

»Das wird so großartig. Ich freu mich so sehr auf diese Verfilmung«, versichert mir Manon, und auch in mir prickelt es freudig bei dem Gedanken daran.

Es fühlt sich so gut an, dass das alles geklärt ist und ich endlich nicht mehr den Stein der Entscheidung auf mir lasten fühle. Am liebsten würde ich mich lachend im Kreis drehen.

Oder schreiben.

O. Mein. Gott*! Ich will schreiben!!!

Doch ehe ich es in die Welt schreien kann, hebt Manon den Blick und lässt mich los. »Ah, da kommt er ja schon«, sagt sie, und ich drehe mich ebenfalls um.

Viktor kommt den Gang entlang. Seinen vollkommen schwarzen Aufzug hat er diesmal mit einem blutroten Einstecktuch aufgepeppt, was den Vogel-Vibe seiner Bewegungen noch verstärkt, und ich komme mir direkt wieder underdressed vor.

»Guten Tag, Madame Ciantia. Ich fühle mich geehrt, Sie unter unserem Dach willkommen zu heißen«, begrüßt er mich und reicht mir die Hand.

Ich ergreife sie, er dreht meine in einer fließenden Bewegung mit dem Handrücken nach oben und neigt den Kopf wie zu einem angedeuteten Handkuss. Meine Güte, dieser Kerl ist ja mal absolut überdramatisch. Mir ist es einen Ticken zu viel, und ich versteife mich völlig, um nicht nervös von einem Fuß auf den anderen zu treten.

»Ich mich ebenfalls«, bringe ich heraus, weil ich nicht unhöflich sein will, und er lässt meine Hand zu Glück wieder los.

»Folgen Sie mir gerne«, fordert er mich auf, und wir bewegen uns in die Richtung, aus der er gekommen ist.

Manon begleitet uns die Treppe nach oben in den ersten Raum. Er ist beinahe rund, woraus ich schließe, dass wir uns in einem der Türmchen befinden müssen. Die Einrichtung vereint hier Herrenhaus und modernen Arbeitsbereich, und ich sehe mich mit angehaltenem Atem um. Die Wände sind hell, der Teppich dick und so flauschig, dass ich mit den Schuhen darin einsinke. Die Sofas zeigen mit dem dunklen Holz und den bestickten Polstern einen klaren Kolonialstil und passen damit perfekt zu den Samtvorhängen. Unter einem der Buntglasfenster steht eine alte Pfaff-Nähmaschine aus Metall, verschnörkelt und mit einem Tretpedal.

Im Kontrast dazu stehen im Raum feine Glastische mit Ordnern voller Stoffproben, Zeichenmaterial in kunstvoll geblasenem Glas und Papier. Alles ist voller Zeichnungen. Sie hängen an den Wänden, klemmen an beigen Tafeln, sind an eine Spitzengardine geklippt. Sie liegen in Stapeln auf den Tischen, bedecken große Teile des Bodens. Ich sehe Kleidungsstücke, eine Jacke mit großen Aufschlägen, eine Hose mit hohem Bund, Schmuck aus verschiedenen Steinen, doch auch Skizzen, bei denen ich mit meinem ungeschulten Auge nichts weiter sehe als eine Handvoll unzusammenhängende Striche, Wolken oder andere Farbkleckse.

»Das ist der Kreativraum«, erklärt Viktor unnötigerweise.

»Das sieht man«, sage ich atemlos, und Manon neben mir lacht.

»Heute ist er besonders chaotisch, weil die neue Session geplant wird. Sonst kann man hier zumindest durchlaufen.«

»Ich kann mir vorstellen, dass auch die Räumlichkeiten in diesem Gebäude an sich schon sehr inspirierend sind«, meine ich, und sowohl Viktor als auch Manon stimmen mir zu.

Ich sehe mich ganz deutlich auf einem der Sofas sitzen, die Schuhe neben mir am Boden, die Füße in den Polstern versteckt, mein Tablet auf dem Schoß, den Kopf weit weg im 18. Jahrhundert, aber doch genau am gleichen Ort.

Ich wünsche mir insgeheim, dass eine Szene von der Verfilmung von *Le monde d'Aveline* hier gedreht wird. Das muss ich unbedingt Danielle vorschlagen.

»Guten Tag, Madame Ciantia«, grüßt mich plötzlich eine Person von der Seite, die mir bisher entgangen ist, und ein älterer Herr erhebt sich von einem Sessel, der von uns abgewandt an einem Fenster steht.

Es ist Arnaud Brissall, der große Meister, der Topdesigner von Marielle Bernard, der abgehackt in meine Richtung nickt.

Ich winke ihm zu, weil ich sonst nicht weiß, wie ich mich verhalten soll, komme mir aber sofort dumm dabei vor.

»Guten Tag, Monsieur Brissall«, sage ich, und er setzt sich wieder, die Aufmerksamkeit auf seine Zeichnungen gerichtet, und ich halte ihn immer noch für einen seltsamen Kauz.

Viktor führt mich zu einem anderen Zimmer voller Stoffbahnen, aufgerollt auf großen Rollen. Die Regale sind voll davon, und es fühlt sich an, wie in ein Labyrinth einzutauchen, das kein Ende zu nehmen scheint. Jede Farbe ist hier vertreten, jede erdenkliche Struktur, jedes Muster. Es fallen Begriffe wie Jacquard und Hahnentritt, Batist und Atlasbindung, und ich merke schnell, wie mir die Begriffe nur noch durch den Kopf ziehen wie fremde Wanderer, die nur auf der Durchreise sind.

Doch mit den Fingerspitzen über all die unterschiedlichen Texturen zu streichen, kitzelt etwas in meinem Gehirn, das sich unfassbar gut anfühlt, und ich trete mit einem Lächeln zurück auf den Flur.

»Es ist nur das kleine Lager«, meint Viktor, als ich mich wundere, dass wir den Weg nach draußen tatsächlich wiedergefunden haben, und lächelt dabei so verstohlen, als würde er sonst dafür bestraft werden, Empfindungen zu zeigen.

»Das kleine?«, stoße ich verdattert hervor, und seine Mundwinkel zucken für einen Sekundenbruchteil noch weiter nach oben.

»Ja, das große ist im Sockelgeschoss. Zusammen mit dem Kleiderlager und dem Schmuck. Es ist mit einer Safetür verschlossen, daher hoffe ich, dass Sie es mir nachsehen, wenn wir heute nicht hinuntergehen«, entschuldigt der Designer sich zerknirscht bei mir, und ich winke ab.

Die Stoffe waren schon genug für mich. Ich denke nicht, dass ich noch mehr davon aufnehmen kann. Das würde meine Sinne überfordern. Und mit den Kleidern verhält es sich ja nicht anders.

»Alles gut. Ich bin ausreichend beeindruckt«, gestehe ich, und er sieht zufrieden aus.

Meine Finger kribbeln immer noch von all den Stoffen, als ich auf dem Weg nach unten meine Hand über das Geländer gleiten lasse.

»Hier drüben sind die Studios für Shootings. Aber heute finden leider keine statt.« Viktor weist auf ein paar Türen, als würde er mit den Flügeln schlagen, und Manon springt neben ihm beinahe an die Decke. Ihr Gesicht sieht aus, als wäre gerade eine gigantische Glühbirne über ihr angegangen. Und mir schwant nichts Gutes.

»Vielleicht sollte Madame Ciantia mal für uns modeln. Vielleicht vor der Ankündigung der Zusammenarbeit mit NiNet.

Und sie würde sich bestimmt auch gut für die Vintage-Kampagne machen«, verkündet sie, und Viktor richtet sich noch gerader auf.

Ich erinnere mich daran, wie viel Zeit es Luna gekostet hat, ein einziges anständiges Foto von mir zu schießen, das ich fürs Vorschauheft an den Verlag schicken konnte. Ich würde bei einem Shooting dastehen wie ein Stock und keine Ahnung haben, was ich sonst mit meinen Armen anstellen sollte.

»Das wäre eine ausgezeichnete Idee«, stimmt Viktor natürlich sofort zu, und ich fühle mich schon ein wenig verraten von Manon. Sie wusste genau, dass ich Fotos hasse.

Oder sie hat es wieder vergessen. Würde mir auch passieren.

»Wenn Madame Ciantia dazu bereit wäre«, fragt er an mich gewandt, und ich lächle so angestrengt, dass man es mir sicher ansieht.

»Schicken Sie doch die Konditionen an meine Agentin. Und ich schau es mir mal an«, sage ich, um ihn nicht enttäuschen zu müssen, und er dreht sich mit einem Lächeln wieder nach vorn.

»Das klang megaprofessionell«, flüstert Manon mir hinter seinem Rücken zu, und ich stemme provokant die Hände in die Seiten.

»Ja, manchmal kann ich das«, witzle ich und wackle herausfordernd mit den Augenbrauen.

Sie kichert, und ich bin mir sicher, dass sie das mit den Fotos nicht vergessen hat. Sie wollte mich nur ärgern.

Weiter vorn im Flur öffnen sich die Wände zu Glasscheiben, durch die die hell erleuchtete Werkstätte zu sehen ist, und diesmal sehe ich genauer hin. Es sind unzählige Menschen hier, sie stehen an riesigen Tischen und lassen Scheren durch Stoffe gleiten wie Boote, die durch Wasser schneiden. Das Rattern der Nähmaschinen ist trotz Glas zu hören, und als wir eintreten, rieche ich eine eigentümliche Mischung aus neuen Kleidern und Dampf, der aus den Bügelstationen kommt.

»Das ist eine von drei Werkstätten im Haus. Hier werden gerade die ersten Probestücke für die Herbst-Winter-Kollektion gefertigt«, erklärt Viktor, und ich wundere mich lieber nicht darüber, dass wir noch nicht mal Sommeranfang haben. Schließlich habe ich auch schon mal eine Weihnachtskurzgeschichte im Frühling abgegeben. Gute Dinge brauchen nun mal ihre Zeit.

Niemand stört sich daran, dass wir den Raum betreten haben, und ich stoße beinahe mit einer Schneiderpuppe zusammen, die an mir vorbeigehievt wird.

»Monsieur Panagiotidis?«, wird er direkt von einer kleinen runzligen Frau angesprochen, und er gibt ihr mit einem Handzeichen zu verstehen, dass er gleich für sie da ist. Er tut es sehr respektvoll und mit Augenkontakt, und ich find es gut. Keine Ahnung, was ich von Arnaud Brissall halte, aber Viktor ist einer von den Guten.

Und das finde ich nicht, weil er all meine Bücher in seinem Büro in einer Vitrine stehen hat.

Ich sehe mich nach Manon um und stelle fest, dass wir sie auch schon irgendwie im Raum verloren haben. Sie steht bei einer jungen Frau, vielleicht in meinem Alter. Sie beugt sich mit ihr über einen großen Bogen Schnittpapier und zieht einen Bleistift aus dem blauen Haarknoten auf ihrem Kopf.

Viktor wendet sich an einen jungen Mann, der grauen Samt an eine Art kleines Schächtelchen steckt. »Gabriel, würdest du dir einen Moment Zeit nehmen und Madame Ciantia die Werkstatt zeigen?«, fragt er, und der Angesprochene nickt.

»Ich bin gleich wieder für Sie da«, sagt er zu mir, und ich lächle ihm nur zu, damit er weiß, dass er sich ruhig um seinen Kram kümmern kann. Ich wollte ja sowieso niemandem die Zeit rauben.

»Guten Tag, Madame Ciantia. Schön, Sie wiederzusehen«, zieht Gabriel meine Aufmerksamkeit auf sich, und ich muss wohl so irritiert dreinschauen, dass er sofort präzisiert. »Wir sind uns diese Woche auf der Modenschau begegnet.«

Ich habe absolut keine Ahnung. Alles, an was ich mich erinnere, sind Fio und ihr verschmitztes Lächeln. Und dass sie gesagt hat, dass ich schön bin. Mein Bauch flattert aufgeregt, wenn ich nur daran denke.

»Tut mir leid«, erwidere ich, und sein Lächeln schwankt minimal.

»Nicht schlimm«, behauptet er, auch wenn ich deutlich sehe, dass er nicht erfreut ist. »Waren Sie schon mal in einer Schneiderei?«, fragt er mich, und ich schüttle den Kopf.

Ich erzähle ihm nicht, dass meine Mama früher für uns genäht hat und ich zumindest weiß, wie Kleidungsstücke entstehen. Es kommt mir zu intim vor, und er ist mir zu fremd.

»Dies hier ist keine Produktionswerkstatt, sondern quasi nur das Kreativlabor«, erklärt er mir und führt mich an den Tisch, an dem er gerade den Stoff auf die Schachtel steckt. »Hier werden die Entwürfe von unseren Hauptdesignern von Papier in Textil umgewandelt, um zu sehen, wie alles zusammen aussieht. Das sind oft keine echten Kleidungsstücke, sondern nur Rohlinge, die dann vom Designer besichtigt und angepasst werden.«

Er hält mir eine Zeichnung hin, auf der ein Hauch von nichts zu sehen ist. Etwas Schwarzes und etwas, das wie ein Schmierer aussieht, aber auch eine Blume sein könnte. Ich finde, es hat nicht im Entferntesten Ähnlichkeit mit der Schachtel, aber ich verkneife mir diese Äußerung, verschränke nur meine Hände hinter dem Rücken und versuche, niemandem im Weg zu stehen.

»Das ist ein sehr kniffliger Prozess, weil man die Vision des Designers einfangen und umsetzen muss«, meint Gabriel, als hätte er mich gerade in ein großes Geheimnis eingeweiht.

»Ihr müsst also raten«, kann ich mir nicht verkneifen zu sagen, und er gibt sich große Mühe, nicht pikiert auszusehen.

»Wir denken die Kunst weiter«, korrigiert er mich, und ich bin lieber wieder still.

Er führt mich weiter, als würde ich ein Königreich besichtigen, und zeigt mir die Nähmaschinen, eine Wand voller Garnrollen – die schon ziemlich cool ist, weil sie nach Farben sortiert einen Regenbogen ergeben – und so etwas wie eine halbe Jacke auf einer Schneiderpuppe.

»Dieses Jackett habe ich nach dem Entwurf von Arnaud Brissall zusammengesteckt, und er meinte, ich hätte seine Vision genau getroffen. Es ist mehr, als nur zu raten. Es ist ein Einfühlen in die Zeichnung, ein Eintauchen in die Welt der Muster«, erzählt er mir, und ich habe Mühe, ihm zuzuhören.

Wollte ich nicht eigentlich nur eben mein Kleid abholen?

Ich könnte jetzt auch schreiben, anstatt hier zu stehen und einem mir fremden Kerl beim Schwafeln zuzuhören.

»Ich bin vollkommen konzentriert auf meine Aufgaben und lebe für die Mode. Sie können jeden hier fragen«, berichtet er mir und sieht mich erwartungsvoll an, als müsste ich eine Meinung dazu haben.

»Wird das ein Bewerbungsgespräch?«, erkundige ich mich spaßhaft, und er lacht nicht.

»Arbeiten Sie nicht mit NiNet zusammen?«, erwidert er, und da begreife ich, dass ich den Nagel auf den Kopf getroffen habe. Er bewirbt sich bei mir.

Offensichtlich scheint er nicht wirklich zu wissen, wer ich bin und dass ich zwar *mit* NiNet arbeite, aber nicht *für* NiNet. Ich betreibe hier gerade kein Scouting, und es nützt gar nichts, sich mir anzupreisen.

»Ähm …«, mache ich, weil ich dieses Gespräch jetzt lieber beenden würde, und recke den Hals, um Viktor oder Manon zu entdecken.

Doch meine Augen erhaschen weißblonde Haare und eine Hand voller silberner Ringe, und Glücksgefühle schwemmen meinen Körper. Mir wird ganz schwindelig.

»Fio«, sage ich ihren Namen und spüre an dem sehnsüchtigen Glühen in meiner Brust, wie sehr ich sie vermisst habe.

Dabei waren nicht einmal achtundvierzig Stunden vergangen, seit ich sie das letzte Mal gesehen habe.

»Wie bitte?«, fragt Gabriel, dessen Existenz ich für einen Moment vergessen habe.

»Entschuldige mich«, murmle ich nur, schiebe mich an ihm vorbei und um einen Schnitttisch herum.

Fio steht mit dem Rücken zu mir. Sie trägt ein korallenrotes Etwas, das vielleicht ein Pullover, vielleicht aber auch ein Wellengang ist und das ihre Unterarme umspielt wie die Tentakel eines Oktopus. Und – o mein Gott*– ihr Hintern in dieser Jeans sieht zum Niederknien sexy aus, sodass mir ganz schwindelig wird.

Sie hat mich noch nicht entdeckt, konzentriert sich vollkommen auf den Stoff in ihren Händen. Schwarz und seidig glatt gleitet er durch ihre langen Finger, umschmeichelt ihren Arm, als sie ihn vom Tisch zieht und an eine Schneiderpuppe steckt.

Es hängt bereits ein Kleid daran, dunkelgrau und schlicht, mehr ein Rohling als ein wirkliches Kleid. Fio zieht eine Stecknadel aus dem Kissen, das an ihren schmalen Handgelenken klemmt, und steckt den schwarzen Stoff an den Ausschnitt des Kleiderrohlings fest.

Ich sehe ihr dabei zu, wie sie geschickt kleine Falten in den Stoff legt, sie mit Nadeln am Oberteil sichert und innerhalb von Sekunden aus dem schlichten Ding ein Traum aus flüssiger Dunkelheit entsteht. Es sieht magisch aus.

Ich kann nicht wegsehen, auch wenn ich vielleicht sollte. Schließlich möchte ich nicht wie eine Stalkerin hier stehen und Fio bei der Arbeit beobachten. Doch wenn ich sie anspreche, zerstöre ich ihre Konzentration, und das will ich ja auch nicht.

Sie tritt einen Schritt vom Kleid zurück, betrachtet es mit zusammengekniffenen Augen, sieht dabei selbst aus wie das Kunstwerk, und mein Herz klopft so hart gegen meine Rippen, dass es schmerzt.

Mein Blick färbt alles rosa, meine Hände sehnen sich danach, ihre zu halten, meine Lippen wollen geküsst werden, und ich weiß, bis ins Tiefste meiner Seele, dass ich verliebt bin.

Ich bin so verliebt in Fio, dass ich kaum meine Form halten kann, und wenn ich nicht aufpasse, werde ich zerfließen.

»Ja, ich weiß, es sieht beeindruckend aus, aber Stoffe zu drapieren ist wirklich keine Königsdisziplin«, sagt Gabriel neben mir mit deutlicher Abneigung und reißt mich so hart aus meiner kleinen Blase der Glückseligkeit, dass es wehtut.

»Was stimmt denn nicht mit dir?«, werfe ich ihm an den Kopf, weil ich nicht verstehen kann, wie jemand glauben kann, andere schlechtzureden würde sie selbst in einem besseren Licht darstellen.

Eine Hand legt sich ganz sacht auf meinen Rücken, und eine Gänsehaut rieselt angenehm heiß und kalt meine Wirbelsäule nach unten. Ich atme den Geruch nach Lavendel und warmem Kuchen ein und hebe den Blick zu Fio.

»Hey«, sagt sie, und man hört ihr die Überraschung deutlich an. Doch es ist gute Überraschung, mit einem Lächeln und kleinen Sternen in ihren Augen.

»Hey«, erwidere ich und klinge so geschmolzen, wie ich mich fühle.

»Mal wieder falsch abgebogen und in der Modebranche gelandet?«, fragt sie mich auf Deutsch, und ich strecke ihr spielerisch die Zunge raus.

»Ich bin eigentlich nur hier, um etwas abzuholen, das ich vergessen habe, und scheine jetzt von Viktor eine ganze Führung durchs Haus zu bekommen«, erzähle ich und weise flüchtig in die Richtung, in der Viktor steht und einen bestickten Stoff ins Licht hält, um ihn zu begutachten.

»Ha, ha, ha! Er versucht anzugeben, um dich zu beeindrucken.« Fio grinst verschmitzt und hebt nur die eine Augenbraue, was meinen Unterleib dazu bringt, durchzudrehen.

»Er muss mich doch gar nicht beeindrucken. Die Sache mit

NiNet steht schon«, murmle ich und berühre vorsichtig den Saum von Fios Oberteil, weil sie so nah bei mir steht, dass ich nicht ertragen kann, sie nicht zu berühren. Ihre Hand liegt auch immer noch auf meinem Rücken, und sie scheint nicht die Absicht zu haben, sie da wieder wegzunehmen.

»Wegen des Kostümdesigns? Hast du dich für eine Designerin entschieden?«, will sie wissen, und ich nicke.

»Ja. Und sie heißt Gina Charon.«

Fio lacht auf, und der Klang ist süß wie Honig. »Du weißt, dass das Manon ist, oder?«

»Jetzt schon. Als ich mich entschieden habe, nicht«, erzähle ich ihr, und wir sehen beide gleichzeitig in ihre Richtung.

Sie steht auf der anderen Seite der Werkstatt und scheint durch Zauberei zu spüren, dass wir über sie sprechen, denn sie sieht in diesem Moment auf und winkt uns.

»Weiß sie es schon?« Fio lehnt sich noch näher zu mir, als sie das sagt, als wären wir zwei Verschwörerinnen.

»Ich hab's ihr grade gesagt. Sie hätte fast geweint vor Freude«, flüstere ich ihr zu wie ein Geheimnis und wünschte, wir wären allein. Nur einen Moment.

Doch wahrscheinlich kann ich schon glücklich sein, dass Fio sich die Zeit nimmt, neben mir zu stehen und mit mir zu sprechen, obwohl sie bei der Arbeit ist.

»Ich wusste nicht, dass Manon sich beworben hat. Aber es wundert mich auch nicht. Sie hat ein Faible für Kostümgeschichte. Sie hat mir bei der Recherche für mein Cello geholfen.«

»Ihr kennt euch?«, unterbricht Gabriel unser Gespräch auf Französisch und sieht Fio so böse an, als wollte er sie allein mit seinem Blick erdolchen.

Ich nehme an, dass es sich um eine rhetorische Frage handelt, da Fios Hand beinahe auf meinem Hintern liegt und ich halb an ihre Seite geschmolzen bin. Es ist offensichtlich, dass wir uns kennen. Schon allein, weil wir in unserem Gespräch sofort auf

Deutsch gewechselt haben. Ich habe nicht aktiv vorgehabt, Gabriel von unserer Unterhaltung auszuschließen, aber es tut mir auch nicht leid.

»Was geht es dich an, Gab?«, erwidert Fio genervt, und spätestens jetzt ist klar, dass die beiden sich spinnefeind sind.

»Was hast du ihr grade erzählt?«, fordert er zu wissen, und ich drücke mich näher an Fios Seite, damit ganz klar ist, zu wem ich hier gehöre.

»Das ist privat«, sagt Fio ruhig und schiebt mich noch ein Stück weiter weg von dem Kerl, der uns ansieht, als hätten wir ein Kapitalverbrechen begangen. »Vielleicht gehst du einfach zurück an deinen Tisch, kümmerst dich um deinen hässlichen Hut und lässt uns in Ruhe.«

»Monsieur Panagiotidis hat mich gebeten, Madame Ciantia die Werkstatt zu zeigen. Und der Hut heißt Fascinator«, gibt er pikiert zurück, und man sieht an der pochenden Ader an seiner Stirn, wie sehr er sich zusammenreißt, nicht ausfallend zu werden.

»Wirklich?«, erkundige ich mich bei Fio, weil es klingt, als hätte er das Wort erfunden, und Fio nickt.

»Ja, heißt er.«

»Das ist ja spannend«, sage ich, ziehe mein Handy hervor und google den Begriff, ehe er meinem Kopf entgleiten kann.

Sofort werden mir viele kleine käseschachtelförmige Hüte angezeigt, deren Tüll man sich adrett vors Gesicht ziehen kann.

Fio beugt sich mit mir über den Bildschirm, wieder wundervoll nah, und wir scrollen kurz durch die ersten paar Bilder. Ihre Haare fallen nach vorn, und eine Strähne streichelt meine Wange. Ich glaube innerlich zu verglühen.

»Uh, der würde dir richtig gut stehen«, meint sie leise und zeigt auf ein hellgrünes Hütchen mit gedrehten Blumen. »Der könnte richtig fantastisch zu deinem Jumpsuit aussehen.«

»Meinst du?«, frage ich sie, und ich höre selbst, dass meine Stimme nur verliebte Sahnecreme ist.

Gabriel räuspert sich laut, und es ist schon fast bewundernswert, wie hartnäckig er versucht, sich in unser Gespräch zu drängen. Aber nur fast.

»Findest du es nicht ein bisschen dreist, mit den Gefühlen einer netten jungen Frau zu spielen, nur um dir für die nächste Runde bessere Chancen zu sichern?«, fragt er aus dem Nichts, und ich brauche ein paar Sekunden, um mir zusammenzureimen, was das bedeuten könnte.

Aber ich nehme an, dass es um die Designaufgaben und um Viktor geht. Und ich bin mir noch sicherer, dass er nicht wirklich eine Ahnung hat, wer ich bin.

Fio neben mir versteift sich so sehr, als würde ich an einer Säule lehnen, und ich bin auf der Stelle alarmiert.

»Findest *du* es nicht ein bisschen dreist, solch haltlose Anschuldigungen in den Raum zu werfen? Wenn hier jemand mit den Gefühlen anderer spielt, dann sicher nicht ich«, sagt sie so kalt und hart wie der Marmor zu unseren Füßen, und ich habe die Ahnung, dass hier gerade mehr in der Luft liegt als eine berufliche Konkurrenz. Es fühlt sich persönlich an.

»Du bist so nachtragend«, schnaubt Gabriel, dreht sich gespielt lässig von uns weg und geht. Endlich. Ich mag ihn nicht, ich traue ihm nicht, und ich weiß nicht, wie, aber auf eine Weise hat er Fio wehgetan.

Ich sehe zu Fio auf und sehe etwas Dunkles, Schmerzhaftes durch ihre Augen huschen, und es sticht mir unangenehm in die Brust, es zu sehen.

»Bist du okay?«, frage ich und schiebe ihr meine Arme um die Taille. Ich will sie festhalten, auch wenn ich gar nicht weiß, ob sie das möchte.

»Ich?« Fio blinzelt, scheint verwirrt, und ich kann nicht ausmachen, wieso. »Ich bin okay«, behauptet sie beinahe tonlos, und ich glaube ihr nicht. Sie seufzt, fährt sich durchs Haar, drückt mir unerwartet einen Kuss auf die Stirn, und mir wird ganz warm im Bauch. »Es wäre jetzt zu viel, das zu erklären«, meint sie und gibt mir damit recht. Etwas stimmt nicht, etwas ist vorgefallen. »Aber … das Konkurrenzverhalten hier ist brutal.«

»Ist er auch in dem Nachwuchsprogramm?«, traue ich mich zu fragen, weil es sich wie die unverfänglichste Frage anfühlt. Ich will mehr wissen, ich will alles wissen. Aber ich möchte nicht unangenehm neugierig sein, nicht unwissentlich in Wunden piksen.

Sie nickt. »Ja. Und er ist wirklich, wirklich gut. Aber leider auch ein Arschloch.«

»Merkt man«, bestätige ich, um sie vielleicht ein bisschen aufzumuntern, und streiche ihr noch einmal die Seite entlang, ehe ich sie loslasse.

Viktor löst sich gerade aus seiner Unterhaltung, kommt in unsere Richtung und gibt mir mit einem Handzeichen zu verstehen, dass wir weitergehen können.

Ich hoffe so sehr, dass ich am Ende nicht so viel gesehen habe, dass ich mein Kleid wieder vergesse.

»Wir sehen uns morgen Abend?«, frage ich Fio, als ich mich von ihr wegbewege, und das Lächeln kehrt auf ihre geschwungenen Lippen zurück.

»Ich freu mich drauf, meine Schöne«, sagt sie, und ich sterbe innerlich einen karamellisierten Tod.

Manon schiebt sich neben mir zwischen zwei Tischen durch, klemmt sich an meine Seite und sieht verschwörerisch zwischen Fio und mir hin und her.

»Flirtet ihr etwa schon wieder?«, zieht sie mich auf, und ich kann mir ein Kichern nicht verkneifen.

19
Buchwelt

Es ist kurz vor neunzehn Uhr, und Fio trägt das Mopshemd. Ich kann nicht anders, als sie kontinuierlich anzustrahlen, nur weil sie neben mir steht und meine Hand hält. Sie ist so cool, und ich bin so glücklich, dass sie mich begleitet.

Ich bin nicht bereit für diesen Abend.

Bisher war mein Paristrip, trotz der NiNet-Meetings, eine Auszeit von meinem Leben. Raus aus dem Schreibdruck, weg von den Rezis, die es zu lesen gibt, weit entfernt von all dem Buchweltzeug. Keine Kolleginnen oder Kollegen, die von ihrem Schreibfortschritt erzählen, keine Coverreleases, die man auf Instagram teilen kann, keine Klappentexte, über die man mal eben drüberlesen soll.

Ich war kurz weg, und jetzt fühlt es sich an, als würde ich zurückkehren. Wir stehen einige Meter von der Buchhandlung entfernt, in der in einer halben Stunde die Lesung von Chiara beginnt, und ich klammere mich an Fios Hand.

In meinem Bauch blubbert es, und ich kann nicht sagen, ob es gut oder schlecht ist.

Ich freue mich, Chiara wiederzusehen. Wir kennen uns, seit vor vier Jahren meine ersten zwei Bücher von *Le monde d'Aveline* auf Französisch erschienen sind und wir beide bei einem Buchfestival in Straßburg am gleichen Signiertisch saßen. Es war ein sehr spaßiger Tag, an dem so ziemlich alles schiefgegangen ist.

Aber dort drin sind noch mehr Leute, unter ihnen welche, die womöglich auch meine Bücher gelesen haben, und ich will nicht erkannt werden, nicht freundlich lächeln müssen, auch wenn ich lieber wegrennen möchte. Nicht geduldig Fragen über kommende Bücher beantworten, bei denen ich mich unwohl fühle, weil ich gerade selbst nicht so genau weiß, wie es mit mir weitergeht. Wann anders ja. Aber nicht heute. Heute möchte ich mit Fio hier sein und nicht für meine Leserinnen und Leser.

Ich umschließe Fios Finger fester, und sie lächelt mich an.

»Hier war ich noch nie«, sagt sie und blickt die Fassade der Buchhandlung nach oben. Es sieht so gut aus, wie sie das Kinn nach oben reckt und dadurch die Linie ihres Kiefers noch stärker zur Geltung kommt. Um den Hals trägt sie eine feine Silberkette mit einem dunklen Stein, der sich in die Kuhle zwischen ihren Schlüsselbeinen schmiegt. Und in mir erwacht der Wunsch, sie dort zu küssen, sie nach der Lesung mit nach Hause zu nehmen, um sie so lange zu knutschen, bis wir kaum noch atmen können.

Doch da ist die leise Stimme in mir, die mir sagt, dass das letzte Mal nicht gut ausgegangen ist. Dass es uns guttun würde, es langsamer anzugehen, uns hinzusetzen und zu reden, anstatt übereinander herzufallen.

Fio hat sich entschuldigt, und das schätze ich sehr, doch leider weiß ich immer noch nicht, was wirklich in diesem Moment passiert ist.

Ich möchte nicht einfach so nachfragen, weil sie es mir von sich aus erzählen soll. Wenn sie bereit dazu ist, es mit mir zu teilen. Schließlich schuldet sie mir nichts. Wir daten uns, mehr nicht. Sie ist nicht meine feste Freundin und ich nicht ihre, und auch wenn ich es mir wünsche, haben wir nichts davon ausgesprochen.

Außerdem ist jetzt, so kurz vor der Lesung, nicht der richtige Zeitpunkt. Aber ich habe mir ein kleines Café in der Nähe ausgeguckt, das noch lang bis in den Abend geöffnet ist. Wir können uns einen Kaffee holen oder einen Kakao und an der Seine entlangflanieren, während wir über wichtige Dinge reden. Ich kann ihr erzählen, wie ich mich mit dem Ende unseres letzten Dates gefühlt habe, und sie öffnet sich dann vielleicht auch, damit ich verstehe, was in ihr vorging.

Aber nicht jetzt.

»Ich kenne ja echt viele kleine Ecken von Paris. Aber hier war ich wirklich noch nie«, wiederholt Fio, lehnt sich zu mir und drückt mir einen winzigen Kuss auf die Schläfe. Mein Herz fliegt einen Looping, und ich ermahne mich selbst, sie nicht zu offensichtlich verliebt anzusehen.

»Das ist der Geheimtipp auf Bookstagram. Gleich nach Shakespeare & Co.«, erzähle ich ihr. Ich war schon einige Male hier, meistens um selbst die Autorin zu sein, die vorn sitzt und vorliest.

»Bücher haben ihre eigene Bubble auf Instagram?« Fio sieht mich geradezu verstört an, und ich muss darüber lachen.

»Alles hat seine eigene Bubble auf Instagram.«

»Auch wieder wahr.«

Ich ziehe sie mit mir, ehe ich zu lange darüber nachdenken kann, die Lesung zu überspringen und direkt über alles zu reden. Es ist ein verführerischer Gedanke. Aber Chiara weiß, dass ich komme, und ich möchte sie nicht enttäuschen.

Wir schlendern auf die weit geöffnete Tür zu, und es fühlt sich sehr vertraut an, über die Schwelle in den Laden zu treten, so wie jedes Mal, wenn ich eine Buchhandlung betrete. Es ist eine eigene Welt, voller flüsternder Seiten und tanzender Wörter, bewohnt von Teegremlins und Deckentrollen. Der Geruch von Büchern heißt uns willkommen. Mit ihren bunten Buchcovern, bekannten und unbekannten, blinzeln die Bücher mir zu, locken mich, sie in die Hand zu nehmen, sie zu wenden, sie aufzuschlagen.

Und ich nehme Fio mit. Ich halte ihre Hand und sie meine, und es ist das erste Mal, dass ich mich nicht fühle, als würde ich den Büchern etwas vorgaukeln. Ich bin das erste Mal hier als die, die ich bin.

Ich nehme kein Romance-Buch in die Hand und behaupte, es irgendwann zu lesen, auch wenn ich weiß, dass die Geschichten zwischen einem Mann und einer Frau mich niemals so packen werden wie die zwischen zwei Frauen. Ich schiele nicht heimlich zum LGBTQIA+-Regal und behaupte vor mir selbst, ich wäre nur ein Ally und nichts weiter.

Die Buchwelt weiß nicht, dass ich mich nur wirklich in Frauen verliebe, egal wie oft ich etwas anderes geschrieben habe, aber ich will, dass sie es weiß.

Ich fühle mich flatterig bei dem Gedanken, als würde ich zum ersten Mal meine Flügel ausprobieren, um herauszufinden, ob sie mich tragen können. Aber es fühlt sich gut an. Neu, aber gut.

Doch die Aufregung wird stärker, als ich sehe, wie viele Leute schon da sind. Sie sitzen in den Stuhlreihen, stehen an den Seiten, bedienen sich an den Getränken, die bereitgestellt sind, und blättern aufgeregt durch das neue Buch von Chiara.

Niemand kommt mir bekannt vor, aber das heißt nicht, dass sie nicht vielleicht mich kennen. Ich schüttle mich bei dem Gedanken, dass sie mich ansehen, etwas in ihren Augen blitzt und sie sich zu ihrer besten Freundin/Mama/Buchclub-Bekannten umdrehen. »Ist sie das?«, werden sie sich zuflüstern, und die Angesprochene wird mein Instagram checken, um herauszufinden, dass ich zurzeit in Paris bin und es also wirklich möglich ist, dass ich es bin.

Ich komme mir so eingebildet vor bei dem Gedanken. Wahrscheinlich stelle ich es mir viel krasser vor, als es wirklich wäre, und in echt wird gar nichts passieren, wenn mich jemand erkennt. Meine Worst-Case-Szenarien treffen für gewöhnlich nie ein, und am Ende ist alles immer sehr viel entspannter als erwartet.

»Wusstest du, dass Shakespeare & Co. von einer Lesbe gegründet wurde?«, frage ich, auch um mich selbst abzulenken, und bleibe etwas abseits von den anderen stehen. Ich drehe mich

Fio zu, mit dem Rücken zu den beiden Frauen, die uns am nächsten sind.

»Was??« Fio sieht mich mit großen Augen an, und ich genieße ihre Überraschung, weil sie mir damit so offen zeigt, wie sehr sie all mein unnützes Wissen schätzt.

Ich lächle verlegen, weil ich mich so schlau fühle, wenn sie mich so ansieht.

»Sylvia Beach hat die Buchhandlung, die auch eine Leihbücherei war, 1919 gegründet. Sie hatte eine Lebenspartnerin namens Adrienne Monnier«, erzähle ich und schiebe mich ganz nah an Fios Seite. Es ist wie ein Drang, ein inneres Bedürfnis, meinen Körper an ihren zu schmiegen.

Sie scheint es zu merken, legt den Arm um meine Taille und zieht mich ganz nah an sich. Ich spüre die Wärme ihrer Haut durch den dünnen Stoff meiner Bluse, wie ihre Finger sich in meine Seite drücken, als wollte sie mich besonders gut festhalten, und ich lehne meinen Kopf an ihre Schulter. Ich fühle mich so dreist dabei, weil ich genau weiß, dass andere uns dabei sehen. Sie werden denken, dass wir zusammengehören, ein Paar sind, und ich liebe die Vorstellung, aber ich weiß auch, dass wir es nicht sind.

Noch nicht, denkt eine kleine Stimme in meinem Kopf, und ich lächle verstohlen an Fios Schulter.

»Hast du speziell danach gesucht, oder bist du bei einem Rechercheloch drübergestolpert?«, fragt sie mich, und ich blicke in ihre warmen Augen. Die Züge ihres Gesichts werden mir immer vertrauter, der Leberfleck auf ihrer Wange, die kleine Narbe in ihrem Augenwinkel, die Anzahl ihrer Ohrlöcher.

»Ausnahmsweise war's mal ein Podcast«, erzähle ich und nehme mir vor, ihn ihr zu schicken. »Es ist einer meiner liebsten. In der Folge geht es um Frauen der Zwanzigerjahre in Paris.«

»Das klingt gut. Aber wieso steht das nirgendwo dran? Ich war schon so oft bei Shakespeare & Co. und wusste das einfach nicht.« Eine kleine Falte erscheint auf Fios Stirn, die ihre Empörung kennzeichnet. »Jeder Pups steht auf einem Schild, damit alle davon wissen, aber lesbische Geschichte ist so oft unsichtbar«, beschwert sie sich, und ich gebe ihr recht.

»Leider«, sage ich und drücke heimlich einen kleinen Kuss auf ihre Schulter.

Es ist so schön, dass sie hier ist, dass wir zusammen etwas Autoriges unternehmen, ein kleines Stück von meiner Welt, nachdem ich in der letzten Zeit so viel von ihrer gesehen habe.

»Romina?«, spricht Fio mich an, und ich folge mit den Augen der Geste ihres Kinns in den Raum hinein.

Und da steht Chiara und winkt mir zu.

Sie hat sich die Haare geschnitten. Das letzte Mal habe ich sie mit einem langen Zopf gesehen, jetzt fällt ihr das nussbraune Haar in einem frechen Bob ums Gesicht.

»Das ist Chiara Nino«, informiere ich Fio und löse mich widerwillig von ihrer Seite. »Ich geh kurz mit ihr quatschen, ehe es losgeht. Magst du mitkommen?«, biete ich ihr an, und Fio schüttelt den Kopf. Sie sieht schüchterner aus als sonst und hebt die Schultern beinahe bis zu den Ohren.

»Mach deine Autorinnen-Dinge. Ich warte hier und schau mir ein paar Bücher an.« Sie zeigt zu einem Regal. Es ist mit einem Banner überschrieben, auf dem *Femmes à la tête* steht.

Das ist also Fios Buchgeschmack. Feministische Schinken. Finde ich gut.

Ich lächle sie an und trete auf der Stelle, weil ich sie gar nicht allein lassen will. Und sie weiß das, denn sie grinst mich an wie ein Wolf, frech und mit dieser Süße im Mundwinkel, und schmilzt damit zielsicher mein Herz. Sie greift mit einem Finger in meinen Rockbund, zieht mich zu ihr zurück und küsst für einen Sekundenbruchteil meine Lippen. Mein Herz macht einen Satz, meine Gedanken wirbeln davon, und meine Knie sind augenblicklich weich wie Gelee.

»Ich bin hier«, wiederholt sie und schiebt mich in Chiaras Richtung.

Ich nicke, weil ich meine Stimme noch nicht wiederhabe, und konzentriere mich angestrengt auf das, was ich gerade tun wollte. Chiara treffen. Hallo sagen.

Ich schleiche mich an ein paar Frauen vorbei, in dem Moment, in dem sie sich gerade gemeinsam über ein Buch beugen, und verschwinde durch die Tür, in der ich gerade noch meine Autorenkollegin gesehen habe.

Es ist ein kleines Büro, vollgestellt mit Bücherkartons und Bestellungen, und es ist gerade so viel Platz, dass man von der Tür zum Wasserkocher laufen kann.

Chiara fällt mir geradezu um den Hals, als sie mich sieht, und der voluminöse Kragen ihrer Bluse drückt sich in mein Gesicht.

»Aaaahh, ich bin so froh, dich zu sehen!«, ruft sie und bemerkt dann, dass ich nichts sehen kann. »Ups, Entschuldigung.« Sie glättet den flattrigen Stoff und grinst mich mit rosa geschminkten Lippen breit an.

»Du bist in Paris! Ich habe mich so über deine Nachricht gefreut.«

»Ja, ich bin hier zum Schreiben«, sage ich, auch wenn mein Vorhaben bisher nicht viele Früchte getragen hat. Selbst nachdem ich gestern wieder so Lust zu schreiben hatte, ist nicht besonders viel Text auf die Seiten in meinem Tablet geflossen.

»Und wie läuft's?«, fragt sie, und ich verziehe das Gesicht.

»Uff, ja. Kenn ich«, bestätigt sie mir, ohne dass ich etwas sagen muss. »Aber jeder Satz zählt. Jedes geschriebene Wort bringt dich ein Wort näher an das Ende des Buches«, versucht sie, mir Mut zu machen, und ich schätze es, auch wenn ich nicht sicher bin, ob es mir diesmal helfen wird.

»Ich gratuliere dir erst mal zu deinem neuen Buch«, lenke ich von mir ab und greife nach einem cremefarbenen Buch mit Chiaras Namen darauf. Es steht eine ganze Kiste davon direkt neben mir, und ich streiche über das Cover, geschmückt mit Lilien und goldenem Spotlack.

»Das Cover ist toll geworden«, lobe ich, und sie legt sich grinsend die Hände an die Wangen wie ein Mädchen aus einem Anime.

»Ja, nicht wahr? Ich habe so gekämpft, um es zu bekommen. Der Verlag wollte mir was ganz Aufwendiges geben, und das ist auch sehr nett von ihnen, aber es passt gar nicht zu mir.«

Es ist egal, wie lange wir uns nicht gesehen oder gehört haben, mit Chiara ist es immer, als wäre man keinen Tag getrennt gewesen.

Die Tür geht auf, als wir gerade gemeinsam durch ihr Buch blättern, und eine schmale Frau mit großer Brille steckt den Kopf zur Tür rein. Sie ist hinter den Bücherkartons kaum zu sehen.

»In zehn Minuten geht's los«, teilt sie Chiara mit, und die zeigt ihr einen Daumen hoch.

»Möchtest du mit mir auf die Bühne?«, erkundigt Chiara sich mit einem Glimmen in den Augen, wie ein Kobold bei einem Handel, der einen möglicherweise die Seele kosten wird. »Ich habe vorne im Laden auch eine Menge von deinen Büchern gesehen. Du könntest signieren.«

»Nein, heute bin ich inkognito da und möchte es auch bleiben«, sage ich und deute mit den Händen an, mir eine Kapuze über den Kopf zu ziehen wie einen unsichtbaren Mantel. »Außerdem habe ich gerade ein Date.«

»Wirklich?« Chiara verzieht ihren Mund zu einem kleinen, knittrigen, erstaunten Oh, und der dunkle Eyeliner lässt ihre Augen gigantisch wirken. »Dumm von mir. Ich dachte, ich hätte dich vorhin bei einer Frau stehen gesehen«, meint sie, und mein Bauch zieht sich zu einem kleinen Knoten zusammen.

Wieso ist sich zu outen jedes Mal aufs Neue so nervenaufreibend?

»Sie ist eine Frau«, bestätige ich und versuche, gelassen zu klingen, als wäre es das Selbstverständlichste der Welt.

Chiara öffnet den Mund, schließt ihn wieder, und die Sekunden, in denen sie nichts sagt, fühlen sich an wie eine Ewigkeit. Meine Hände schwitzen, und meine Kopfhaut juckt, und der Knoten in meinem Bauch zieht sich noch mehr zusammen.

Ich hätte nichts sagen sollen, ich spüre es, aber jetzt ist es zu spät, und ich will diese Unterhaltung nicht weiterführen und nur zurück zu Fio.

»Das ist … eine Überraschung. Hattest du nicht mal einen Freund?«, erkundigt Chiara sich und klingt dabei bemüht neutral. Mein Lächeln zerbricht in kleine Scherben und rinnt mir durch die Finger wie Staub. Chiara lacht nervös, und ich habe das Gefühl, geohrfeigt worden zu sein, ohne wirklich zu wissen, wieso.

»Ich sollte dann mal raus. Aber schön, dass du hier bist.« Sie speist mich ab, und all der Enthusiasmus, den sie sonst verströmt, ist verschwunden. Halbherzig drückt sie meinen Arm, schiebt sich an mir vorbei und verschwindet aus dem Raum, als müsste sie fliehen.

Ich lege das Buch, durch das wir gemeinsam geblättert haben, auf den Stapel zurück, von dem ich es habe, zähle langsam bis dreißig und gehe dann zurück in den Verkaufsraum.

Die Menschen strömen zu den Plätzen, tuscheln aufgeregt, nippen an ihren Sektgläsern und Kaffeetassen, und ich halte Ausschau nach Fio.

Sie sitzt an der Seite, in der vorletzten Reihe, den Arm lässig um die Stuhllehne neben sich gelegt, um mir den Platz frei zu halten, und der Knoten, der mich gerade noch so schlimm gedrückt hat, lockert sich wieder.

Ich laufe zu ihr, den Kopf gesenkt und die Haare vor einer Gesichtshälfte, damit mich wirklich niemand erkennt. Jetzt will ich es noch weniger als zuvor.

Fio lächelt mich an, als ich auf sie zukomme und mich neben sie auf den Klappstuhl schiebe. Ich drücke mein Gesicht gegen ihre Schulter, spüre, wie sie sofort den Arm um mich legt, und atme tief ihren Geruch ein. Ihren süßen, wärmenden Geruch nach Nähe und Geborgenheit.

»Ist was passiert?«, flüstert sie mir zu, und ich zwinge mich, mich wieder aufzurichten, um nicht die Aufmerksamkeit der Leute zu erregen, die um uns herumsitzen.

»Ich weiß nicht. Ich erzähl es dir später«, sage ich nur, doch Fio lockert den Griff um meine Schulter nicht, hält mich weiterhin fest an ihrer Seite, und ich schmiege meine Wange etwas unauffälliger an ihre Schulter als gerade.

Chiara betritt das kleine Podium vorn, und wir klatschen mit allen anderen zusammen, ohne auch nur einen Millimeter Abstand voneinander zu nehmen.

Eine der Buchhändlerinnen spricht ein Vorwort, und mein Blick trifft den von Chiara. Sie starrt mich geradezu an, mustert sehr offensichtlich Fio und wird dann abgelenkt, weil ihr das Mikrofon übergeben wird. Es sieht aus, als würde sie einen Schalter umlegen, und schon ist sie wieder die freudestrahlende, quirlige Chiara Nino, die alle kennen und lieben. Die ich dachte zu kennen.

»Hat sie was zu dir gesagt?«, wispert Fio mir zu, und die besorgt zusammengezogenen Augenbrauen zeigen mir, dass sie sehr genau weiß, dass es stimmt.

»Sie war seltsam, als ich ihr gesagt habe, dass du mein Date bist«, flüstere ich zurück, nah an ihrem Ohr, und in Fios Gesicht springen die Emotionen hin und her.

»Das tut mir sehr leid.« Sie drückt mir einen Kuss auf die Stirn, und ich schließe kurz die Augen, um das Gefühl ihrer Lippen auf meiner Haut zu genießen.

Die Frau neben uns räuspert sich genervt, weil wir tuscheln, obwohl Chiara vorne eine Anekdote darüber erzählt, wie sie es mit der Metro hierhergeschafft hat.

»Wäre es besser gewesen, wenn ich nicht mitgekommen wäre?«, erkundigt Fio sich leise, und ich schüttle sofort den Kopf.

»Nein. Du bist nicht das Problem, Fio. Wenn sie ein Problem hat, dann ist es ihrs«, sage ich bestimmt, schiebe meine Finger zwischen ihre und halte sie ganz fest.

20
Fallen nach oben

Chiaras neues Buch ist gut. Es ist eine Mischung aus Roman und Prosa, und sie schreibt sehr leichtfüßig über das Vergehen von Zeit und den Tod ihrer Mutter.

Ich weiß, sie ist in den letzten zwei Jahren durch eine schwere Zeit gegangen, und ich finde es wunderbar, sie wieder so offen lachen zu sehen. Doch in der sehr schnell vergehenden Stunde wird mir auch klar, dass die freudige Bekanntschaft, die sie und ich gepflegt haben, ein Ende gefunden hat. Chiara sieht kein einziges Mal mehr in meine Richtung, während der gesamten Lesung nicht, und stürzt sich danach am entgegengesetzten Ende des Raums in lebhafte Unterhaltungen mit ihren Leserinnen und Lesern.

»Wart ihr gut befreundet?«, fragt Fio mich und lehnt sich neben mich ans Regal.

»Nein. Wir waren eher gute Bekannte. Wir haben uns etwa einmal im Jahr auf irgendeiner Messe gesehen und dann viel geredet und auch mal zusammen Mittag gegessen. Ihre Bücher erscheinen im gleichen Verlag wie meine französischen Übersetzungen. Es war sonst immer sehr nett«, erzähle ich ihr und atme tief durch.

Es kann nicht nur gute Reaktionen geben, denke ich mir und finde, ich habe bisher sehr viel Glück gehabt. Wenn ich daran denke, dass Fios Familie sie nicht unterstützt, wird mir ganz schlecht.

»Willst du mit ihr reden?« Fio berührt flüchtig meinen Arm,

streicht über meine Armbeuge, und eine Gänsehaut stellt all meine Härchen auf.

»Irgendwann. Jetzt arbeitet sie.« Ich seufze. »Vielleicht schreibe ich ihr eine Nachricht. In ein paar Tagen. Vielleicht lasse ich es aber auch auf sich beruhen. Es ist ihre Sache, ob sie noch mit mir zu tun haben will, nicht meine. Sie müsste sich melden.«

Die Stimmung im Raum ist ausgelassen, man unterhält sich laut, Menschen lachen, Bücher werden herumgereicht und von Chiara signiert.

Doch ich sehe die Szenerie nur von außen, bin nicht Teil der Gruppe, fühle mich ausgeschlossen. Das ist mir in der Buchwelt schon lange nicht mehr passiert. Zu Anfang mal, als noch niemand wusste, wer ich bin, und ich noch keinerlei Kontakte hatte. Jetzt, selbst wenn die Leser*innen mich nicht kennen, stehe ich immer irgendwie in Wechselwirkung zu meinen Kolleginnen und Kollegen.

Es ist ein seltsames Gefühl, nicht schlecht, nur anders als sonst, und ich wünsche mir zu gehen. Die Lesung ist beendet und mein Kopf überfordert mit den vielen hellen Lampen, den Farben, den Geräuschen, dem Klirren der Gläser und Tassen. Nichts davon lässt sich mehr wirklich filtern, und mein Verstand wird mich gleich aus der Realität in ein Paralleluniversum katapultieren.

Ich greife nach Fios Hand. Sie ist kühl, und der sachte Druck ihrer Finger auf mein Handgelenk erdet mich. Mein Blick begegnet ihrem, und ich richte meine Aufmerksamkeit ganz bewusst auf sie. Ihre verzaubernden Augen, den kantigen Zug ihres Kiefers, den Schwung ihrer Lippen. Ihr Haar sieht heute besonders weich aus, wie weißblonde Wolken, und ich wünsche mir, mit ihr allein zu sein. Ich spüre, wie ihr Blick zu meinem Mund wandert, sehe, wie sie sich unbewusst mit der Zungenspitze über die Lippen fährt, und werde ganz kribbelig.

Sehnsucht erblüht in meinem Bauch, breitet sich schleichend

aus, wird wärmer, je länger wir uns ansehen. Wir haben uns nicht bewegt, stehen immer noch im gleichen Abstand zueinander, das Bücherregal in unserem Rücken, aber die Luft zwischen uns beginnt zu knistern.

Ich träume davon, dass sie mir näher kommt, mich weiter nach hinten gegen das Science-Fiction-Regal schiebt, das man von hier nur halb sehen kann. Sie könnte sich gegen mich drücken, und wir würden uns ganz heimlich küssen, umgeben von Büchern.

Oder wir gehen und suchen uns eine Lesbenbar, um dort ein Lakritzbier zu trinken und rumzumachen.

Gerade will ich Fio mitteilen, dass ich aufbrechen möchte, da bleibt eine Frau vor uns stehen. Sie verharrt mitten in der Bewegung, wollte wahrscheinlich an uns vorbei aufs Klo, und sieht mir direkt ins Gesicht.

»O mein Gott*!«, stößt sie schockiert aus, erschreckt mich gleich mit, weil ich in Gedanken gerade ganz woanders gewesen bin. Sie stolpert zwei Schritte nach hinten und fasst sich an die Brust, als erleide sie gerade einen Herzanfall. »Romina Ciantia!«, ruft sie meinen Namen wie einen Glockenschlag, und ich will mich auf der Stelle in Luft auflösen.

»Waren Sie schon die ganze Zeit hier?«, erkundigt sich die Frau, wieselt auf mich zu und zückt ihr Notizbuch und einen Stift.

»Sie sind meine absolute Lieblingsautorin«, sagt eine junge Frau mit Kurzhaarschnitt, als sie sich an meine freie Seite schiebt, und für einen Moment befürchte ich, dass sie mich umarmen wird.

»Würden Sie mir wohl die Seite signieren? Für Louise«, sagt in diesem Moment die Frau mit dem Notizbuch.

»Romina!«, ruft eine andere von weiter hinten. »Ich bin's, Cloé, von *Les mondes de l'encrier*. Dem Buchblog. Wir haben letztens über Instagram geschrieben.«

Mit Erschrecken sehe ich, wie die Ersten zum Regal mit den historischen Romanen eilen und sich einen Band von *Le monde d'Aveline* herausziehen und damit zur Kasse gehen. Chiara winkt mir plötzlich zu, als hätte sie mich gerade erst bemerkt, und ich will mich in Luft auflösen.

Zögerlich nehme ich den Stift entgegen, der mir hingestreckt wird, muss dafür aber Fios Hand loslassen, und die scharfen Zähne einer Panikattacke beißen mir in den Nacken.

Ich bin auf Messen und Lesungen gründlich vorbereitet. Ich habe Snacks und Wasserflaschen, Abstand zu meinen Leserinnen und Lesern durch einen Tisch. Mein Fokus liegt ganz darauf, die Autorin zu sein, die alle erwarten zu sehen. Lächelnd und zuvorkommend, dankbar, dass alle meine Bücher lesen und lieben, die Ruhe selbst. Auch wenn ich innerlich vollkommen ausraste und ständig vergesse, etwas Richtiges zu essen.

Aber heute bin ich es nicht. Ich habe absichtlich Abstand gehalten, bin als Privatperson unterwegs. Nur weil ich in einer Buchhandlung stehe, schulde ich meinen Leserinnen und Lesern nicht meine ganze Aufmerksamkeit.

Ich signiere in dem Notizbuch, ohne Widmung, ohne Text, und gebe es schnell wieder zurück.

»Tut mir leid, ich bin heute nicht als Autorin hier. Nur als Leserin«, erkläre ich, und jemand schiebt sich zwischen Fio und mich, um mir ein Buch hinzuhalten. Es ist *Le monde d'Aveline* Band drei, und ich bin eingekeilt zwischen dem Regal hinter mir und einem Buch, das ich nicht gewillt bin entgegenzunehmen.

»Nur ein Buch?«, fragt die Person neben mir, und die hinter ihr wedelt mit einem weiteren. Ein hartes Lachen bleibt mir im Hals stecken, und ich lasse es auch nicht frei.

Es ist nie nur ein Buch. Wenn ich jetzt anfange zu signieren, bin ich eine Stunde beschäftigt.

Ich schaue die Leute gar nicht direkt an, die Panik pocht laut in meinen Ohren, ich bekomme Beklemmungen in meiner eigenen Haut und recke den Hals nach Fio.

Wahrscheinlich war es ein Fehler, mit ihr ausgerechnet auf eine Lesung zu gehen. Ich dachte, ich könnte ihr einen kleinen Teil meiner Welt zeigen, aber gerade tritt mein Worst-Case-Szenario ein.

»Es tut mir leid. Aber ich möchte nicht. Ich möchte jetzt gehen«, sage ich viel zu zaghaft, und die Erste dreht sich weg, nur damit sich die nächste einreiht, als wäre schon beschlossen, dass ich jetzt den Stift schwinge.

Es frustriert mich so sehr, ungehört zu bleiben, und ich wünschte, ich könnte so richtig dramatisch ohnmächtig werden.

Doch ich bin nicht Aveline, und ich kann nicht praktischerweise eine Ohnmacht in mein Leben schreiben wie in ein Buch, um so einer Situation zu entgehen.

»Schluss jetzt!« Fios Stimme reißt mich aus meinem Kopf, zieht mich zurück in die Realität, und schon ist sie da, schiebt die Leute beiseite und nimmt meine Hand wieder in ihre.

»Brennst du mit mir durch?«, fragt sie mich, die Augenbrauen gewitterig zusammengezogen, die Lippen auf verwegene Weise zu einem Schmunzeln verzogen.

Ich beuge mich vor und küsse ihren Mundwinkel. Ich bilde mir ein, dass sie nach Mandeln und Honig schmeckt, und es ist mir egal, dass mich alle dabei sehen.

Nein, falsch, es ist mir nicht egal. Ich *will,* dass alle mich dabei sehen. Denn das ist, wie ich bin, und jeder kann es wissen.

Ich muss meine Mama anrufen und ihr sagen, dass ich in eine Frau verliebt bin, denke ich, als Fio mich aus dem Pulk der Leute zieht und weiter in den Laden hinein.

»Laufen wir nicht in die falsche Richtung?«, frage ich verwirrt und drehe den Kopf. Der Weg nach draußen ist versperrt, weil sich vor der Kasse eine Menschenschlange gebildet hat. Für eine spektakuläre Flucht eher hinderlich.

»Ich habe einen Plan«, antwortet sie mir, und wir laufen an Chiara vorbei, die uns anstarrt, als hätten wir uns in Füchse verwandelt.

Neben dem feministischen Regal drückt Fio gegen die Klinke eines Notausgangs, schiebt die Tür auf und zieht uns beide nach draußen.

Ich kann noch das empörte Schnauben einer Buchhändlerin vernehmen, da fällt die Tür krachend ins Schloss und hallt im gesamten Treppenhaus nach. Mein Herz klopft so laut, dass ich verwundert bin, dass es nicht ebenfalls das Treppenhaus füllt.

»Komm.« Fio führt mich weiter, und ich folge ihrem vorwitzigen Grinsen und ihrer lockenden Stimme. Wir steigen die Stufen nach oben, und ich merke diesmal nicht an, dass es die falsche Richtung ist, denn Fio scheint ein Ziel zu haben. Wie gerade eben auch schon.

Wir steigen bis nach oben, kommen dabei an einem Physiotherapeuten und einer Privatwohnung vorbei und erreichen ganz oben eine zerkratzte graue Metalltür.

Ich bin außer Atem, und meine Oberschenkel schmerzen, weil meine Muskeln leider unsportliches Kartoffelpüree sind. Aber ich bin getrieben von den Stimmen, die unter uns wispern, und einer sprühenden Abenteuerlust, die durch meine brennende Lunge strömt wie der Rauch von Wunderkerzen.

Fio öffnet die Tür, und wir springen übermütig über den Absatz hinauf in die milde Nachtluft.

Und da stehen wir auf dem Dach und blicken Händchen haltend über die Lichter von Paris. Sie glitzern wie ein buntes Meer aus Sternen. Autos schwappen wie Wellenkämme über die Straßen, und weit in der Ferne ist die spektakuläre Nachtbeleuchtung des Eiffelturms zu sehen.

Der Ausblick hat etwas Ergreifendes, gibt mir eine Ahnung davon, was Unendlichkeit bedeutet, und ich lächle aus der Tiefe meines Herzens heraus.

»Wow«, flüstere ich, und Fio nickt.

»Wir können noch weiter hoch«, wispert sie an meinem Ohr und zeigt auf eine Leiter, die nach oben aufs nächste Dach führt.

»Okay«, sage ich und bin von mir selbst überrascht. Allein würde ich mich das niemals trauen. Ich wäre nicht weggelaufen, hätte nicht den Notausgang genommen und mich dreist gefühlt, auf fremden Dächern herumzuspazieren.

Doch Fio ist bei mir, und sie erweckt in mir den Wunsch, dass alles möglich ist.

»Wie kommen wir hier je wieder runter?«, frage ich, und Fio zuckt lässig und sehr cool mit den Schultern.

»Hier gibt es irgendwo eine Feuertreppe nach unten. Wir müssen sie nur finden.«

Sie lacht, als wir die Leiter hochsteigen und ich umständlich nebenher meinen Rock halten muss. »Ich wusste ja nicht, dass wir über Dächer vor einem Mob flüchten würden«, verteidige ich mich spaßhaft und erklimme die nächsten Sprossen.

»Ich genieße nur den Ausblick. Respektvoll natürlich«, behauptet sie und meint nicht die Lichter. Verschämt ziehe ich den Rocksaum so zurecht, dass man von unten nicht mehr meinen Po sehen kann, und steige oben aufs nächste Dach.

Es ist nicht so breit wie das vorherige und geht an einer Seite abschüssig in die Tiefe, was in der Dunkelheit besonders gefährlich aussieht. Auf der anderen Seite ist eine kleine Mauer mit einem Tor, das auf eine Feuertreppe führt. Fio hatte also recht.

Gegenüber reihen sich weitere Dächer aneinander, und ich frage mich, wie weit man hier oben spazieren könnte, bevor man nicht mehr weiterkommt.

Fio steigt neben mir etwas zu schwungvoll über die Kante, stößt gegen mich, und wir klammern uns einen sehr erschrockenen Moment schwankend aneinander, ehe wir wieder sicher auf den Füßen stehen. Adrenalin rauscht durch meine Adern wie

Meereswind, und der Schreck erzeugt ein leicht hysterisches Lachen in meinem Innern.

Fio lacht ebenfalls, ganz nah an meinem Ohr, und ich kralle mich ganz fest in ihr Hemd, ziehe sie an mich, will sie nie wieder loslassen. Mit sachten Bewegungen schiebt sie mich weiter nach hinten, weg vom Abgrund und näher an die Mauer, und in meinem Bauch kribbelt es dabei so wundervoll, dass ich glaube, fliegen zu können.

Ihre Augen sind Universen aus heißer Dunkelheit, und ich bin gefesselt von ihrer Nähe und dem Duft an ihrem Hals.

»Küss mich«, sage ich, weil es alles ist, an was ich denken kann, und lege meine Hände in ihren Nacken.

Als ich den rauen Stein in meinem Rücken spüre, liegt Fios Mund schon auf meinem, und sie küsst mich wie ein Sturm auf hoher See. Zuckriges Glück schwemmt durch meine Adern, mir wird ganz schwindelig, und ich liebe das Gefühl von Fios Lippen auf meinen. Es ist wie ein Fallen nach oben, dem Himmel entgegen.

Mit der Zungenspitze berührt sie meine Unterlippe, und ich öffne mich ihr, ohne darüber nachzudenken. Ganz sanft gleitet sie mit ihrer Zunge an meiner entlang, mein Unterleib zieht sich zusammen, die Lichter flimmern vor meinen Augen.

Ich streichle ihre Wange, ihren Hals, ihre Arme und fühle mich gar nicht mehr dreist, nur noch schwerelos. Mein Verstand schaltet sich ab, und ich lasse allein meinen Körper entscheiden, was ich will. Und ich will alles.

Ich halte Fio fest, ertaste ihre schmale Taille, den Schwung ihrer Hüfte, hake meine Finger in die Schlaufen ihrer Jeans, um sie ganz an mich zu ziehen. Sie presst ihren Körper an meinen, seufzt an meinen Lippen, und ich vergehe.

In meinem ganzen Leben bin ich nie so geküsst worden, wie Meeresschaum, wie Sturmwellen, und habe auch noch nie auf diese Art geküsst. Ich möchte niemals wieder damit aufhören.

Ich taste unter den Saum von Fios Hemd, streiche über die

leicht verschwitzte Haut an ihrem unteren Rücken, und Fio flucht wunderschön. Ihre Stimme klingt rau und abgehackt und entfacht ein Pochen zwischen meinen Beinen, von dem ich nicht wusste, dass allein eine Stimme es hervorrufen kann.

Fio löst eine Hand von der Mauer, fährt mir in die Haare, zieht mich noch enger in den Kuss, und meine Kopfhaut kribbelt. Sie neigt meinen Kopf zur Seite, erobert meinen Hals wie eine Vampirin und beißt sacht in meine Haut. Blitze schießen durch meinen Körper, meine Finger zucken in dem Impuls, und ich kann mich kaum noch auf den Beinen halten. Ich bin so weich und gleichzeitig so unter Spannung, doch Fio hält mich weiter gegen die Mauer gepresst, saugt an meinem Hals, verpasst mir einen Knutschfleck, und ich kann nur stockend atmen, während ich innerlich verbrenne.

Ich bin dunkle Flammen und Meeresströmungen, und ich stöhne viel zu befreit, als Fio ihr Bein zwischen meine schiebt und die letzten Millimeter überbrückt, die noch zwischen uns existierten.

Ich öffne die Augen und sehe sie an. Ihr Atem streift meine Wange, mein Herz schlägt so fest gegen meine Brust, dass sie es spüren muss.

»Gott*, du bist so schön«, wispert sie an meinem Ohr, und meine Seele hätte es auch gerne zu ihr gesagt, wenn ich noch wüsste, wie man spricht.

Fio streichelt meine Seite entlang, entfacht kleine Strudel auf meiner Haut, küsst mein Schlüsselbein, und die Lichter des Eiffelturms verschwimmen. Es ist, als wäre die Zeit stehen geblieben, als könnte dieser Moment unendlich andauern.

Gierig schiebe ich meine Hände weiter unter Fios Hemd, ertaste ihre Wirbelsäule, ihren Rippenbogen, den Saum ihres Sportbustiers. Ich wünsche mir, ihr die Kleidung vom Körper zu schälen, sie mit Küssen zu bedecken, herauszufinden, wie sie schmeckt. Allein der Gedanke erregt mich so sehr, dass ich es verfluche, dass wir auf einem Dach stehen und nicht in meinem Apartment sind.

Mit den Daumen streife ich die Rundung ihrer Brüste und erschaudere. Fio seufzt noch tiefer, presst ihr Knie gegen meine Mitte, bringt mich noch mehr um den Verstand. Sie umfasst meinen Hintern mit ihren Händen, schiebt dabei meinen Rock ein Stück nach oben, und warmer Wind kühlt meine erhitzte Haut. Ich will, dass sie mich anfasst, will mit ihr verschmelzen, ein Teil ihres Kosmos werden.

Mein Atem geht viel zu schnell, alles in mir kocht und funkelt, und mein Herz geht auf, quillt über, benetzt meine Zunge mit Lust und Liebe. Und ich muss es ihr sagen.

»Ich bin so verliebt in dich«, kommt es über meine Lippen, weil ich die Worte nicht in mir halten kann.

Und Fio erstarrt. Eine Hand auf meinem Po, ihren Mund an meinem Hals, friert sie ein wie eine Skulptur.

Und ich weiß sofort, dass es ein Fehler war, es auszusprechen.

Ich brenne noch, doch gleichzeitig fühlt es sich an, als würde Fio alle Flammen von sich schieben, sie austreten, davor zurückschrecken, als hätte sie sich daran verbrannt.

»Fio?«, spreche ich sie an, weil sie sich auch nach mehreren Herzschlägen nicht bewegt hat, und da lässt sie mich los.

Sie zieht ihre Hände von mir zurück, mein Rock fällt über meine Beine, und sie tritt einen Schritt von mir zurück.

Es ist wie ein Donnerschlag aus Stille, in dem sie mich nicht ansieht, als wäre sie nicht mehr hier, sondern woanders.

»Das geht nicht«, sagt sie, und ich kann nicht verstehen, was sie meint. Ich bin noch zu kopflos, zu aufgewühlt, um zu begreifen, dass die Zeit sich wieder vorwärtsbewegt.

Und sie scheint geradezu davonzurasen.

»Das … tut mir leid, ich …«, stammelt sie und tritt noch einen Schritt zurück, auf die Feuerleiter zu, und dann sieht sie mich endlich an. Es ist zu dunkel, um den Ausdruck in ihrem Gesicht mit Sicherheit zu deuten. Ihr Hemd sitzt schief, sie hat Spuren von meinem Lippenstift am Hals, und ihr Haar ist das absolute Chaos. Sie ist mein Traum und gleichzeitig so weit weg, als würde eine Wasserströmung uns auseinanderdrücken.

»Was meinst du?«, schaffe ich es zu sagen, muss mich räuspern, um meine Stimme wiederzufinden, und stoße mich von der Mauer ab, um ihr wieder näher zu sein.

Meine Knie sind immer noch ganz zittrig, mein Kopf kommt nicht hinterher, und mir ist auf einmal unfassbar kalt.

»Ich brauche Zeit. Ich kann nur nicht … Das geht nicht«, gibt sie kryptisch von sich und flieht.

Es lässt sich nicht anders beschreiben, wie sie zur Feuertreppe hastet, sich unter der Kette hindurchbückt und mit lautem Gepolter die Stufen nach unten stürmt.

Und dann ist sie weg, einfach so, und ich stehe frierend auf einem Dach in Paris. Zurückgelassen.

21
Auf Abstand

Mein Herz rast in meiner Brust, viel zu schnell, viel zu schmerzhaft, und ich wundere mich, dass es überhaupt noch dazu in der Lage ist, sich zu bewegen. Der Rest von mir fühlt sich an wie versteinert. Ich bin eine Statue, gehauen aus Sandstein, vom sauren Regen zerfressen.

In meinem Kopf wohnt niemand, nur das Flattern von Tauben ist zu hören wie in einem verlassenen Kirchturm.

Meine Füße tragen mich über die Straße, langsam, ungelenk wie bei einem rostigen Roboter, und das Pfeifen der Metrobremsen könnte auch das meiner Knochen sein.

Lichter kommen und gehen, wie Gespenster kurz nach halb drei in der Nacht, auch wenn ich nicht denke, dass es schon so spät ist. Denn die Welt ist noch voller Menschen, laut, überfordernd, und die Einsamkeit überfällt mich wie ein wildes Tier. Es jagt in der Menge, dann, wenn man aus irgendeinem Grund denkt, dass man davor sicher ist.

Jetzt sitze ich hier und war niemals so allein wie in einem Waggon, gefüllt mit Fremden.

Es drückt mir auf den Kopf, dröhnt mir in den Ohren, und das Gefühl in meinen Fingern kommt zurück. Und es ist beißend wie Säure.

Schnell ziehe ich das Handy aus meiner Tasche und wähle die erste Nummer aus meinen Favoriten. Ich drücke es mir fest ans Ohr, hoffe, dass sie noch nicht schläft oder unterwegs ist oder einen Filmeabend mit ihrer Mitbewohnerin Svea veranstaltet.

Es dauert eine Unendlichkeit oder auch nur einen Wimpernschlag, da nimmt Luna ab.

»Sweetheart, was gibt's?«, begrüßt sie mich fröhlich, und ich höre sie an einem Getränk schlürfen. Höchstwahrscheinlich ein Schwarztee mit Hafermilch und Zimt. »Bist du noch auf der Lesung?«, fragt sie, bevor ich die Worte finde, etwas zu sagen. »Wait! Hast du nicht grade ein Date?«

»Ja. Nein. Ich weiß nicht …«, bringe ich heraus, und meine Stimme klingt zersprungen und scharfkantig. Meine Augen brennen, füllen sich wie von selbst mit Tränen und laufen über, ehe ich auch nur versuchen kann, sie aufzuhalten.

Ein Schluchzen drängt sich meine Kehle nach oben, bricht gewaltsam aus mir heraus, und ich ziehe die Knie an die Brust, würde mich am liebsten zusammenrollen wie ein Ball. Doch ich sitze in der hintersten Ecke eines Metrowagens, und die Frau neben mir sieht mich mit mitleidigen großen Augen an.

Ich muss hier raus, aber ich bin noch nicht da, und die Strecken in Paris sind zu weit, um sie zu laufen.

»O *Liebeling*«, schnurrt Luna sofort. »Was ist passiert?«

»Sie ist vor mir weggelaufen.«

»Wer? Fio?«

»Ich habe ihr gesagt, dass ich in sie verliebt bin, und sie ist geflohen«, schluchze ich und verstehe die Welt nicht. Was habe ich falsch gemacht? Was ist schiefgelaufen?

»Romina, das tut mir so leid«, sagt Luna, und ich bin wirklich froh, dass sie abgenommen hat.

Ich zittere, fühle mich fiebrig, kann nicht richtig atmen. Die Luft im Waggon riecht nach zu vielen atmenden Menschen und dem Parfüm von dem Typ mir gegenüber, der angestrengt auf sein Handy sieht, um mir nicht beim Weinen zuzuschauen.

Ich drehe mein Gesicht dem Fenster zu, auch wenn in den Tunneln nichts als Schwärze zu sehen ist.

»Was hat sie gesagt? Wie hat sie's gesagt?«

»Was?«, erkundige ich mich verwirrt, weil ich die Frage nicht verstehe.

»Den Korb. Sie hat dir doch einen Korb gegeben«, erklärt Luna und hält dann inne. »Oder nicht?«

»Ich weiß nicht.«

»Was ist denn passiert?«

»Sie ist buchstäblich geflohen, Lu. Ich habe gesagt: *Ich bin in dich verliebt.* Und sie ist davongerannt«, flüstere ich, schlucke einen weiteren Schluchzer nach unten, durchwühle meine Tasche nach einem Taschentuch. Die Frau neben mir reicht mir eins, ehe ich fündig werde, und ich nehme es mit einem gequälten Lächeln entgegen.

Sie spricht mich zum Glück nicht an. Vielleicht weil ich telefoniere. Oder weil ich bisher nur Deutsch gesprochen habe.

»Sofort? Wie soll ich mir das vorstellen? Sie hat sich umgedreht und ist gerannt?«

Ich putze mir geräuschvoll die Nase und drücke die Tränen aus meinen Augen, ehe sie zu dramatisch über meine Wangen laufen können.

»Sie ist … Wir waren auf einem Dach. Es war megaromantisch, mit den Lichtern und allem. Und wir haben geknutscht. O fuck!«, stoße ich aus und halte mir das Taschentuch vor die Augen, als die frische Erinnerung über mich hereinbricht und mein Körper ganz unpassend zu meinen Tränen zu kribbeln anfängt. »Es war wirklich … sehr intensiv«, flüstere ich und hoffe inständig, dass hier keine deutschen Touristen um mich herumstehen und alles mit anhören. Ich würde es auch lieber mit Luna besprechen, wenn ich schon zurück im Apartment bin. Aber bis dahin wäre ich auseinandergefallen, wenn ich mich nicht an Lunas Stimme klammern könnte.

»Und dann?«

»Dann habe ich in einem Aufwallen meiner Gefühle gesagt, dass ich verliebt bin, und sie hat mich losgelassen. Sie ist rückwärts davongeschlichen und hat gestammelt, dass das nicht geht. Und dann ist sie zur Feuerleiter gelaufen und in der Tiefe verschwunden.« Ich hole tief Luft, weil ich zwischendurch nicht geatmet habe, und bereue es sofort. Das Parfüm von dem Typen setzt sich in meiner Lunge fest, bringt mich zum Husten, verstärkt meine Kopfschmerzen.

Der Platz um mich herum wird auch immer enger, und irgendein betrunkener Junggesellenabschied entert gerade den Waggon.

Ich muss hier raus. Sofort.

Ich springe auf, auch wenn die Türen schon laut piepsen, und schreie heiser auf Französisch, dass man sie für mich aufhalten soll. Ein Typ stellt seinen Fuß in die Lichtschranke, ich zwänge mich so schnell ich kann zwischen den Menschen hindurch und stolpere auf den Bahnsteig.

Mein Puls rauscht, und der Boden ist voller alter Kaugummiflecken. Erst jetzt schaue ich auf das Stationsschild, um herauszufinden, wo ich mich befinde. Noch nicht in Montmartre, aber nah genug.

Ich bin so schlau und rufe die Navigationsapp meines Handys auf. Wahrscheinlich finde ich sonst heute nicht mehr zurück.

»Bist du rausgekommen?«, fragt Luna, und ihre Sorge um mich ist deutlich herauszuhören. Sie hängt ganz laut in der Stille dazwischen, und ich lege sie um mich wie einen schützenden Schal. Denn so bin ich weniger einsam.

»Ja. Aber noch lange nicht zu Hause«, keuche ich und zwinge mich, loszulaufen. Immer einen Schritt nach dem anderen. Ich werde es schaffen, so wie ich alles schaffe. Dies hier ist nicht das Ende der Welt, auch wenn es sich ein bisschen so anfühlt.

»Soll ich dich begleiten?«, bietet Luna mir an, und ich nicke, auch wenn sie es nicht sehen kann.

»Ja. Gerne.«

Während ich die Stufen nach oben laufe, krame ich meine

Kopfhörer hervor, die wie durch schwarze Magie wieder wie ein hoffnungsloses Knäuel aussehen, und hasse es, dass ich von dem Mann angestarrt werde, der mir entgegenkommt.

»Was bedeutet: *Das geht nicht?* Was soll nicht gehen? Dass du in sie verliebt bist? Das ergibt doch gar keinen Sinn. Hätte sie nicht sagen können: Sorry, ich aber nicht in dich? Was ist das denn für eine Antwort?«, echauffiert Luna sich, und ich spüre, wie die Tränen zurückkommen.

»Ich habe keine Ahnung.« Meine Emotionen schwappen durch mich hindurch. Verwirrung, Angst, kleine Fetzen aus Panik. Wieso ist das nur so kompliziert?

Von ganz allein sehe ich Fio vor meinem inneren Auge. Wie sie auf dem Dach steht, sich fahrig durchs Haar fährt, die Lippen zu einem Strich zusammengepresst. Ist das wirklich passiert, oder spinne ich mir das jetzt nur zusammen?

»Das ist kein sehr erwachsenes Verhalten von ihr. Ich weiß, du magst sie, aber ich bin grad echt sauer auf sie«, schnaubt Luna, und ich wäre auch gerne sauer. Aber ich kann nicht.

»Ich weiß nicht, was ich grade fühle«, sage ich. In mir ist alles und nichts, und jeder Gedanke stellt dem nächsten ein Bein. Ich bin Chaos und Leere, und ich folge dem Pfeil auf meinem Handy, ohne wirklich meine Umgebung wahrzunehmen.

Ich spüre Fios Kuss auf meinen Lippen, ihre Hände an meiner Taille. Ich versuche, mich an ihren Geruch zu erinnern, doch es hängt immer noch das Parfüm von dem Typen aus der Metro in meiner Nase.

»Sie hat gesagt, sie braucht Zeit«, fällt mir wieder ein, und es stürzt mich nur in noch größere Unsicherheit.

»Okay«, meint Luna skeptisch. »Das macht's nicht besser. Wofür braucht sie Zeit? Um sich über ihre Gefühle klar zu werden? Um dir zu sagen, dass es nichts wird? Um was zu tun? Zeit wofür?«

»Wenn ich das wüsste, wäre ich selbst nicht so durcheinander«, schimpfe ich harscher als gewollt und hoffe, dass Luna weiß, dass es nicht an ihr liegt. »Entschuldige«, schiebe ich daher nach, und Luna schnaubt.

»Macht gar nichts. Schimpf ruhig! Ich bin supersauer, und ich würde am liebsten ein Ticket kaufen, zu dir fahren und ihr in den Hintern treten. Aber ich habe morgen Seminar, und übermorgen arbeite ich.« Ihr Ärger ist so laut, dass ich kurz den Kopfhörer aus meinem Ohr nehme und ein Stück weghalte.

Ich fasse mir an den Kopf. Jeder Schritt pocht schmerzhaft hinter meinen Schläfen. Aber ich will ins Bett, will mich mit sinnlosen TikToks ablenken, die Weinflasche leer machen, schon wieder in mein Kissen heulen. Also muss ich weiter. Denn Metro wäre noch anstrengender.

Ich kneife die Augen zusammen, reibe mir die Stirn. Die Nachtluft wird immer kälter, und ich wünschte, ich hätte mir eine Strickjacke eingepackt.

Um beschäftigt zu bleiben, erzähle ich Luna, was heute Abend alles passiert ist. Die Sache mit Chiara, die Luna zur Weißglut bringt. Wie Fio mich aus der Buchhandlung gerettet hat und wir aufs Dach gekommen sind. Und dann schweifen meine Gedanken ab, springen zu dem Moment, an dem wir uns das erste Mal gesehen haben, wie forsch sie war und wie sehr mein Gehirn abgestürzt ist, als sie den Ring auf der Zunge hatte.

Ich denke an die Modenschau und die Sterne in ihren Augen. An unser erstes Date und den Moment, an dem ich das erste Mal das Gefühl hatte, dass sie vor mir flieht.

In der Umkleidekabine in dem Secondhandladen in der Gayborhood, kurz nachdem sie mir den Reißverschluss am Kleid geschlossen hat.

»Gott, du wirst mein Untergang«,* höre ich Fio in meinem Kopf sagen und erinnere mich, wie sie mich im Spiegel angesehen hat. Einen Arm um ihren Oberkörper geschlungen, als müsste sie sich selbst festhalten, die andere Hand ungläubig vor

dem Mund. Was hat das alles zu bedeuten? Was ist mir da entgangen? Und wieso habe ich mich nie getraut, nachzufragen?

Das habe ich jetzt davon.

»Eigentlich hat sie die ganze Zeit schon Abstand gehalten«, sage ich zu Luna und sehe in den Himmel über mir. Er müsste schwarz sein und voller Sterne. Aber er ist durch die Lichtverschmutzung mit einem orangefarbenen Schleier überzogen.

»Bei unserem ersten Date hatten wir so einen sehr intensiven Moment in der Umkleidekabine, und ich hatte den Eindruck, dass sie danach nach draußen geflohen ist.« Meine Gedanken springen weiter. »Und dann, als wir bei ihr zu Hause waren, bevor das mit der Zeichnung war und bevor ihre Vermieterin aufgetaucht ist, da hat sie was sehr Romantisches gesagt. Es war wieder diese intensive Nähe. Nicht körperlich«, erkläre ich und korrigiere sofort. »Also auch körperlich. Aber halt nicht nur. Es war so eine seelische Nähe. Und Fio ist sofort danach vom Sofa aufgesprungen und in die Küche gerannt, um uns Tee zu machen.« Ich unterdrücke die Tränen, die sich in meine Augen schleichen wollen, schlucke den Kloß runter, der mir auf den Hals drückt, und gehe etwas schneller. »Und jetzt habe ich ihr gesagt, dass ich in sie verliebt bin, und es ist wieder passiert.«

»Klingt nach Bindungsangst«, kommentiert Luna trocken, und ich krame das Taschentuch heraus, um mir noch einmal die Nase zu putzen.

»Aber *sie* wollte doch unbedingt *mich* daten«, empöre ich mich, bin nun doch wütend, aber nicht auf Fio. Nur auf diese verzwickte Situation.

Luna atmet tief durch, und ich weiß, dass ich nicht hören will, was sie mir jetzt sagen wird. »Vielleicht wollte sie ja nur ein bisschen Fun und nichts Festes. Und immer, wenn es ernst wird, schreckt sie zurück«, meint sie, und ich hatte recht. Ich wollte es nicht hören. »Ich mein, hat sie je über die Zukunft gesprochen?

Wie oft ihr euch sehen wollt? Oder was ist, wenn du wieder zurück in Deutschland bist?«, fragt sie mich, und ich schließe für einen Moment die Augen, atme die kühle Nachtluft und reibe mir die kalten Arme.

»Nein«, antworte ich und hasse, wie ich mich dabei fühle. Die Welt dreht sich viel zu schnell, mir ist schwindelig und schlecht. Was habe ich mir nur dabei gedacht, mich zu verlieben?

»Hast du dann nicht deine Antwort?«, fragt Luna.

»Vielleicht bin ich nicht bereit, sie zu akzeptieren«, sage ich, trete an eine Bank neben einem geschlossenen Modegeschäft und lasse mich auf das kalte Holz sinken. Mit zittrigen Fingern schließe ich die Navigationsapp und öffne WhatsApp. Der Chat mit Fio ist an zweiter Stelle, gleich unter Luna, und ich zögere nur einen Wimpernschlag, ehe ich ihn auswähle.

»Dann solltest du ihr schreiben, und ihr solltet drüber reden«, weist Luna mich auf etwas hin, was ich bereits weiß.

Ich schreibe Fio, noch während ich den langen Weg nach Montmartre gehe, tippe ich auf mein Handy ein. Es entstehen mehrere Entwürfe, die ich allesamt wieder lösche, und entscheide mich schließlich für etwas Simples.

Ich
Hey Fio.
Was auch immer los ist …
können wir darüber reden?

Sie antwortet nicht. Zuerst kommt die Nachricht gar nicht bei ihr an, und ich schaue nervös alle zwei Minuten auf mein Handy, um das zu kontrollieren. Ich schalte meine mobilen Daten ein und wieder aus, verbinde mich noch einmal neu mit dem WLAN, als ich zurück im Apartment bin, und starte schlussendlich mein Handy neu. Aber es liegt wohl nicht an mir.

Ich tigere durch die Wohnung, gehe mit meinen Schritten sicher allen Nachbarn auf die Nerven, da es mittlerweile mitten in der Nacht ist.

Wäre Pierre noch hier, wäre es sicher einfacher. Doch er ist zurück in Südfrankreich und holt seinen Kram, um ihn in seine neue, superfancy Vintage-Wohnung zu stellen. Er hat mir versprochen, dass ich dann auch mal bei ihm auf der Couch pennen darf, was wir beide in dem Moment sehr witzig fanden.

Am Anfang wollte ich, dass sich unsere Wohnsituation sofort löst und ich ihn wieder los bin. Jetzt stelle ich fest, dass er mich wohl von meiner WG-Abneigung geheilt hat. Es war angenehm, heimzukommen und ab und an jemanden zu haben, mit dem man quatschen und essen und lachen kann.

Ich will mir gar nicht vorstellen, wie heftig es für mich werden wird, nach Stuttgart zurückzukommen. In meine leise, kleine, leere Wohnung. Allein die Vorstellung sorgt schon dafür, dass Einsamkeit mein Herz zusammenschnürt.

Nach Stunden kommt meine Nachricht an.

Vielleicht hatte Fio ihr Handy ausgeschaltet, vielleicht ist es auch nur ein Schluckauf im Netz, doch mit jeder weiteren Stunde, die vergeht, ohne dass sie sich meine Zeilen ansieht, fühle ich mich beschissener.

Die Sonne geht wieder auf, ich ziehe die Vorhänge zu und fühle mich, als hätte ich Watte im Kopf.

Ich leere die Weinflasche aus dem Kühlschrank, was wahrscheinlich keine schlaue Idee ist. Aber ich scheiß auf Schläue und nehme, was ich kriegen kann. Und das ist, angetrunken auf meinem Bett zu liegen und die Frau zu vermissen, die mich möglicherweise nicht vermisst.

Ohne sie zu sein, fühlt sich an, wie die Luft anzuhalten. Als könnte ich nur wirklich atmen, wenn sie bei mir ist. Es zerquetscht mir den Brustkorb, Herz und Lunge brennen fürchterlich, alles in mir schreit nach Sauerstoff, und es tut so weh. So unendlich weh.

Die Tränen laufen mir über das Gesicht, und ich lasse sie. Ich heule so hässlich, dass ich mich selbst nicht ertragen kann, und ziehe mir die Bettdecke über den Kopf, um mich vor der Welt zu verstecken.

Vielleicht schlafe ich, ich weiß es nicht genau. Doch irgendwann bin ich so verzweifelt, dass ich mir mein Handy schnappe und Fio anrufe. Ich will ihre Stimme hören, will, dass sie mir sagt, dass es ihr gut geht und wir uns wiedersehen und wir über alles reden werden.

Für schrecklich sehnsüchtige Sekunden warte ich darauf, dass sie abnimmt. Es tutet und tutet, und dann sagt mir mein Handy, dass der angerufene Teilnehmer nicht abgenommen hat.

Tief atme ich ein und wieder aus und wieder ein und ertrage, dass mein Herz durchstochen darniederliegt und flattrig im Todeskampf ringt.

Bin ich dramatisch? Ja.

Finde ich es angemessen? Verflucht, ja!

Langsam, aber sicher werde ich verrückt, hier allein in diesem Apartment. Ich muss weggehen, etwas anderes sehen, meinen Kopf mit anderen Orten füllen, aber ich kann mich nicht überwinden, zu duschen und das Haus zu verlassen. Also esse ich den Gouda, der noch im Kühlschrank liegt, am Stück, trinke einen schwarzen Kaffee mit viel Zucker, weil die Milch leer ist, und schnappe mir mein Tablet.

Denn es gibt mehr als die Welt da draußen, in die ich gehen kann.

Ich blende alles aus, dränge meinen Schmerz zurück, meine Verwirrung, das Gefühl, verloren zu sein, und fliehe aus der Wirklichkeit. Ich renne, so schnell mich meine Gedanken tragen, vergrabe mich in Recherche, wühle mich durch Vintage-Webseiten und historische Texte und Wikipedia-Artikel, bis ich vollkommen im Jahr 1889 verschollen bin.

Ich bin Aveline, als sie herausfindet, dass der Tod ihres Vaters kein Selbstmord war, sondern Mord. Ich bin Jeanne, die neue Hinweise entdeckt und sich dabei in Lebensgefahr begibt. Ich bin Looïs Lire, der erfolgreich sein neues Druckverfahren zur Weltausstellung bringt, ehe seine Konkurrenten ihm den Garaus machen können. Es ist knapp und nervenaufreibend und voller Misstrauen und unerwarteter Offenbarungen.

Meine Finger fliegen über die Tasten, und ich löse mich auf, bin nicht mehr ich, bin nicht mehr hier. Aveline rennt keiner heißen Mechanikerin mehr in die Arme, sondern konzentriert sich darauf, die letzten Schritte ihres Vaters nachzuverfolgen, ehe er starb. Looïs Lire rettet Jeanne im letzten Moment aus einer brenzligen Situation und schafft, es am Hafen einen zwielichtigen Geschäftsmann davon zu überzeugen, dass sie niemand ist, den es zu belangen lohnt. Es stellt sich heraus, dass auch Looïs auf der Spur des Mörders ist, und die drei setzen sich zusammen hin und teilen ihre gesammelten Informationen.

Looïs stellt sich als der Gute heraus, gesteht Aveline seine Liebe, und ich schaffe es sogar, einen Kuss zu schreiben, ohne viel darüber nachzudenken. Es fühlt sich mechanisch an, mein Kopf rattert wie eine zahnrädrige Uhr, und ich tue lediglich, was ich kann: schreiben.

Es ist keine Kunst, nicht diesmal, kein tiefes Gefühl und auch nicht das große Ereignis, das ich immer darin für mich erhofft habe. Es ist reines Handwerk. Ich schreibe, wie ich gelernt habe, es zu tun. Subjekt, Prädikat, Objekt. Spannungsbogen, Sieben-Punkte-Methode und dabei nicht vergessen, Gerüche zu beschreiben. Was sieht Aveline, was denkt sie, was fühlt sie? Wo war noch mal Osten? Kann sie die Sonne in ihrem Zimmer aufgehen sehen?

Synonym für »sagte«. Wie schreibt man Portemonnaie? Wie viel Grad hatte es in Paris im Januar 1890?

Es ist ein ganzer Kriminalfall, und Jeanne bekommt die größte

Story ihrer bisherigen journalistischen Laufbahn. Sie verkauft sie an eine Zeitung, ein Mord wird aufgeklärt, und alles spitzt sich noch mal zu, als der Mörder, ein ehemaliger Geschäftspartner von Avelines Vater, in das Haus einbricht, in dem Aveline und Jeanne wohnen. Looïs kommt beinahe ums Leben, ein Heiratsantrag passiert zwischen Tür und Angel, Jeanne rettet sie alle.

Und dann ist da schon der Epilog. Große Gefühle, die mein Herz nicht zum Pochen bringen, die Hochzeit von Aveline und ihrem Looïs, die so kitschig ist, dass mir die Zähne unangenehm schmerzen, weil ich die Kiefer so fest zusammenbeiße. Zum Schluss bekommt Aveline, um das unglaubwürdige Happy End noch auf die Spitze zu treiben, einen Teil ihres verloren geglaubten Vermögens zurück, und ich weiß, es ist geschafft.

Das Wort *Ende* tippe ich wie in Trance, starre es an wie ein seltsames Tier, das die Wände hochkriecht, sich in meinem Bettzeug versteckt, mir unter die Haut kriecht. Und dann wache ich auf.

Das Zimmer ist dunkel, und der Bildschirm meines Tablets ist die einzige Lichtquelle im Raum. Der Cursor blinkt im Dokument, auch wenn jedes Wort geschrieben ist.

Es ist beendet. Ich habe den letzten Band geschrieben.

Nichts davon ähnelt auch nur im Entferntesten dem Exposé, das ich vor langer Zeit angefertigt habe, doch das ist nicht wichtig.

Ich dachte immer, diese Reihe zu Ende zu schreiben, würde mit Fanfaren und Trompeten geschehen. Ein Hochgefühl wie bei einer Achterbahnfahrt, Höhen und Tiefen und Tränen und Lachen und absolut alles.

Aber ich empfinde nichts.

Ich bin vollkommen leer.

Irgendwo in den Wänden rauscht Wasser, wahrscheinlich eine Klospülung im Apartment über mir. Mein Mund ist ausgetrocknet, meine Handgelenke brennen bis in die Ellbogen hoch, und an meiner rechten Hand sind kleiner Finger und Ringfinger beinahe taub.

Ich weiß nicht, wie viel Uhr es ist, welcher Tag. Aber es interessiert mich auch nicht wirklich.

Mit wenigen Klicks exportiere ich mein Dokument als PDF und schicke es als unbearbeitete Leseversion an meine Agentin.

Fertig, tippe ich in die Betreffzeile, schalte das Tablet aus und schiebe es auf den Wohnzimmertisch.

Ich fühle mich so hohl, dass es sich seltsam anfühlt, wie meine Lunge sich beim Atmen mit Sauerstoff füllt. Mein Körper ist so laut, er gluckert und pocht, und ich lausche meinem eigenen Herzschlag, während ich auf dem Rücken in den Samtkissen liege und an die finstere Decke starre.

Alles hat an Bedeutung verloren, nichts fühlt sich wirklich real an, und ich schließe die brennenden Augen.

22

Neue Ziele, neues Ich

Mein Rücken weckt mich mit einem Stich in die Wirbelsäule direkt oberhalb des Steißbeins.

»Auaaa«, nörgle ich gedehnt und versuche mich so vorsichtig wie möglich auf die andere Seite zu drehen.

Verwirrt blinzle ich ins trübe Licht, das durch die geschlossenen Vorhänge dringt, und brauche ein paar Sekunden, ehe mein Kopf versteht, wo ich mich befinde.

Ich liege auf der Couch, in meinem Ferienapartment, in Paris. Ich bin immer noch in Paris.

»Wie zum Teufel hat Pierre das ausgehalten?«, grummle ich laut, und meine Stimme kratzt unangenehm rau in meinem Hals. Mir tut absolut alles weh. Mein Rücken, mein Kopf, meine Beine, meine Arme, sogar meine Finger.

Zum Glück ist es nicht wieder Migräne. Wäre auch nicht verwunderlich, wenn ich darüber nachdenke, wie ich mich die letzten Tage selbst behandelt habe.

Ich seufze laut und hieve mich ungelenk wie eine alte Oma aus den Polstern. Dringendstes Bedürfnis zuerst, sage ich mir und wanke wie ein Zombie aufs Klo.

Mein Unterbauch verkrampft sich ein paarmal, als ich endlich auf der Schüssel sitze, und das ist selten ein gutes Zeichen. Ist es schon so weit für meine Menstruation, oder findet es mein Darm nur nicht witzig, dass ich gestern nur ein großes Stück Käse und eine halbe Flasche Wein zu mir genommen habe? Ist es denn gestern gewesen? Oder doch vorgestern?

Ich bin mir sicher, dass es dunkel war, als ich eingeschlafen bin. Es ist also wahrscheinlich, dass ich nur eine Nacht geschlafen habe.

Wie viel Uhr haben wir denn?

Doch ich bin mehr durstig als neugierig, und so halte ich erst einmal meinen gesamten Kopf unter den Wasserhahn. Ich trinke direkt aus der Leitung, lasse meine Haare durchweichen, genieße, wie es mir kalt über den Nacken rinnt.

Verflucht, ich muss ganz dringend duschen.

Und Essen besorgen. Und mich bei Luna melden.

Ich denke nicht an Fio, nicht daran, wie weh es tun wird, wenn sie mir nicht geschrieben hat. Nicht an ihre Augen und ihre Hand in meiner. Nicht an das süße Kräuseln in ihrem Mundwinkel, wenn sie lächelt. Nicht … ach verflucht!

Ich raufe mir die Haare, spüre kaltes Wasser meinen Rücken nach unten rinnen und quietsche auf. Schnell befreie ich mich aus meinem Schlafshirt, denke grade noch dran, die Socken auszuziehen, ehe ich in die Dusche hüpfe.

Ich wasche mir die Haare, lasse ganz lange die Spülung einwirken und komme erst wieder raus, als meine Finger schrumpeln und mein Kopf wach genug ist, um mich der Realität zu stellen.

Der Druck in meinem Bauch bleibt, wie ein kleiner, knotiger Stressball, und ich wünschte, ich könnte meine Mama anrufen und ihr alles erzählen. Alles, alles.

Kaum habe ich den Gedanken gefasst, legt er sich wie ein warmer Mantel um mein zitterndes Herz, und ich weiß, dass es an der Zeit ist.

Nicht unbedingt jetzt. Aber bald. Sobald ich zu Hause in Deutschland bin, setze ich mich mit ihr hin und erzähle ihr, dass ich lesbisch bin. Und dass da diese Frau ist … war … ist.

Ich schüttle den Kopf, schiebe die Gedanken wieder ganz weit nach hinten, damit das Stechen in meiner Brust nachlässt.

Stattdessen wickle ich mich in ein Handtuch, drapiere meine

Haare in einem Jerseytuch auf meinem Kopf und gehe entschlossen auf die Suche nach meinem Handy.

Es hängt tatsächlich am Kabel, und der Akku ist voll. Eine Seltenheit in meinem Leben. Ich klopfe mir innerlich selbst auf die Schulter und nehme es mit in die Küchennische. Noch wage ich nicht, draufzusehen. Für so viel reicht meine Entschlossenheit dann doch nicht.

Ich hätte gerne Kaffee, aber dafür fehlt mir jetzt wirklich die Milch. Also fülle ich den Wasserkocher für Tee, gebe mir einen Ruck und entsperre mein Handy.

Zu viele Mails, zu viele Nachrichten. Keine davon von Fio.

Ganz bewusst atme ich ein und aus, bemühe mich, bloß nicht schon wieder zu heulen, auch wenn meine Augen brennen und meine Schläfen pochen. Aber ich möchte nicht mehr weinen. Lieber treffe ich noch mehr Entschlüsse. Gute, wichtige Ziele. Denn ich habe gerade eine Reihe beendet, die mich schon viele Jahre begleitet.

Zehn Jahre, geht mir auf. Ich war fünfzehn, als ich die erste Idee dazu hatte, und auch wenn sich seitdem so ziemlich alles daran verändert hat, ist Aveline doch schon so lange bei mir gewesen.

Ich habe erwartet, dass es sich wehmütig anfühlen würde, es irgendwann zu beenden und gehen zu lassen. Aber das tut es nicht. Ich bin erleichtert, und daher weiß ich, dass es Zeit war.

Zeit für eine neue Ära. Zeit für ein neues Ich.

Ein wahres Ich.

Ich schnappe mir mein Handy und wähle die Nummer meiner Agentin. Die Uhrzeit sagt, es ist Nachmittag, was sich total falsch anfühlt, und ich fürchte, ich habe mal wieder meinen Biorhythmus komplett zerschossen.

Aber darum werde ich mich später kümmern.

»Du bist fertig!«, ruft Sophia sofort, und ein Lächeln stiehlt sich auf meine Lippen. Es fühlt sich wund an und ungewohnt, aber es ist auch schön. Denn ich möchte mich über meine Erfolge freuen.

Auch wenn dieses Gespräch nicht leicht wird.

»Mein Herz, hast du es schon deiner Lektorin geschickt?«, fragt sie mich, und ich schüttle den Kopf.

»Nein. Ich muss es noch einmal überarbeiten. Ich setz dich dann in CC.«

»Danke. Das ist großartig. Ich freu mich so für dich. Ich bin so gespannt, was sie sagen werden. Und ich bin auch so froh, dass du nach Paris gefahren bist. Wundervolle Idee. Das scheint dir ja richtig gutgetan zu haben. Und NiNet hat sich auch bei mir gemeldet, dass jetzt alles geklärt wäre mit dir. Hach, das wird großartig«, blubbert sie Worte heraus wie eine Seifenblasenmaschine, und ich fühle mich endlich nicht mehr davon überfordert. Der Druck wegen des Buches ist weg, mein Kopf hat wieder Kapazitäten, alles wird gut.

Zumindest, sobald ich endlich den Mund aufgemacht habe und ihr sage, was ich wirklich will.

»Ich habe mich mal wieder nicht ans Exposé gehalten«, entschuldige ich mich, weil ich nicht weiß, wie ich anfangen soll, und ärgere mich, dass ich mir das nicht vorher überlegt habe.

»Ja, aber solange die Lektorin zufrieden ist, wird das, denke ich, wie immer kein Problem sein«, antwortet Sophia mir, und ich höre sie in die Hände klatschen. »Perfekt. Dann fehlt uns nur noch das Exposé zu Band dreizehn und dann …«

»Ich werde keinen weiteren Band schreiben«, unterbreche ich sie, ehe mich der Mut verlässt, und es ist raus. Erste Hürde geschafft.

»Wi… wie bitte?« Sophia klingt verwirrt. Verständlicherweise.

»Ich habe das Ende geschrieben. Das absolute Ende. Alles ist durch. Alle sind zufrieden. Sie heiraten sogar«, erzähle ich ihr, und sie macht ein sehr unwilliges Geräusch.

»Untersteh dich, mich zu spoilern«, schimpft sie streng und holt damit unerwartet etwas Leichtigkeit in das Gespräch.

Ich schmunzle, nehme mir meinen Tee und laufe zum Sofa.

»Okay, okay. Lies es selbst«, sage ich und lasse mich mit einem tiefen Seufzer in die Kissen sinken. »Aber wirklich, Sophia. Ich kann nicht mehr. Die letzten Monate, vielleicht sogar die letzten zwei Jahre, war ich so gehemmt, und meine Gedanken waren ein einziger Sumpf. Ich will, dass die Reihe zu Ende ist. Ich will sie gehen lassen und was Neues schreiben.«

»Wieso hast du das nicht früher gesagt? Du hättest doch mit mir reden können«, meint sie, und ich bin froh, dass sie nicht wütend ist. Oder enttäuscht oder etwas anderes.

»Ich musste erst mal selbst dahinterkommen«, beteuere ich, damit sie nicht denkt, ich hätte sie monatelang hinters Licht geführt.

»Verstehe«, sagt sie, und ich habe wirklich das Gefühl, sie versteht es. »Und was möchtest du schreiben?«

Ich setze mich aufrecht hin und atme so tief ein wie schon seit Tagen nicht mehr. »Ich will eine lesbische Liebesgeschichte schreiben. Vielleicht New Adult.«

»Oh. Das ist … neu. Gut, also, das geht natürlich. Ich kenn einige Verlage, die grade gezielt danach suchen, um mehr Diversität in ihr Programm zu bringen. Wenn es nicht Own Voice ist, brauchten wir nur einen Sensitivity Reader und …«

»Und wenn es Own Voice ist?«, falle ich ihr schon wieder ins Wort und presse mir das Handy so fest ans Ohr, dass es schmerzt.

»Romina?«

Ich sage nichts, lasse es einen Moment auf sie wirken, und dann höre ich sie nach Luft schnappen. »Outest du dich grade vor mir?«

»Ja«, flüstere ich. »Ich … ich weiß seit einer Weile, dass ich lesbisch bin, und würde daher gerne lesbische Liebesgeschichten schreiben.«

»Ich … ja, klar, natürlich. Wenn du das möchtest. Du darfst alles schreiben, was du willst.«

»Danke.«

Mir fällt ein so großer Stein vom Herzen, dass ich sicher abgehoben wäre, würde es nicht gleichzeitig in meiner Brust schmerzen wie auf einem Schlachtfeld.

»Ich danke *dir*«, erwidert Sophia, und auch sie ist leiser geworden, ruhiger in ihrem Ton. »Ich fühl mich geehrt, dass du's mir gesagt hast.« Es entsteht eine kurze Pause, und ich denke schon fast, dass sie aufgelegt hat oder die Verbindung abgebrochen ist, da sagt sie: »Können wir's dann auch als Own Voice vermarkten?«

»Sophia«, lache ich, weil es so typisch für sie ist, gleich drei Schritte vorauszudenken. »Eins nach dem anderen.«

»Ich frag ja nur? Es gibt sooo viele Möglichkeiten. Auf jeden Fall wirst du die Buchwelt schocken. Oh! Das wird so gut«, schnurrt sie begeistert und scheint sich dann wieder auf mich zu besinnen. »Außer natürlich, du willst damit nicht offen sein. Das wäre ja auch in Ordnung. So, wie es sich für dich am besten anfühlt. Vielleicht magst du über ein Pseudonym nachdenken. Dann müssten wir …«

»Durchatmen, Sophia! Ganz langsam«, stoppe ich sie schon wieder vor einem Berg von Überlegungen. »Ich will kein Pseudonym. Ich bin fertig mit Versteckspielen. Vor allem vor mir selbst.«

»Gut, vermerkt. Hast du schon was im Sinn? In welche Richtung soll es gehen? Arbeitest du schon an was?«, erkundigt sie sich, und ich denke nach.

Habe ich schon was? Und schon ist da wieder Fio und die Vernissage, die Modenschau, die Dates, der Bruch. Jetzt fehlt mir nur noch ein Happy End.

»Noch nicht wirklich. Aber ich habe da so ein … Gefühl«, sage ich bedeutungsschwanger und blicke aus dem Fenster in den pastellblauen Himmel.

Die letzten Tage waren ein absolutes Abenteuer, und wieso nicht zur Abwechslung mal etwas schreiben, das mit mir zu tun hat?

»Hat es mit Paris zu tun?«

Ich höre ein Lächeln in Sophias Stimme. Möglicherweise ahnt sie ja etwas mit ihrem unfehlbaren Agentinnengespür.

»Vielleicht.« Auch ich lächle, wenn auch bittersüß, und denke daran, dass Fio und ich so eine fantastische Lovestory sein könnten. Dass ich es lieben würde, wenn unsere Geschichte nicht hier endete und möglicherweise sogar eine unerwartete Wendung bekäme.

»Uuuuh! Ich freu mich, es zu lesen. Pitche es mir, sobald du drüber nachgedacht hast.« Sophia verabschiedet sich und beendet das Gespräch und lässt mich mit meinen Gedanken allein zurück.

Und ich weiß, dass ich etwas tun muss. Ich darf hier nicht auf meinem Hintern sitzen und warten, dass meine Ritterin kommt und mich rettet.

Außerdem vermisse ich Fio ganz schrecklich. Ich will sie sehen, sooo unbedingt. Aber kann ich es wagen, mich in Rüstung zu schmeißen, mich in den Sattel eines weißen Rosses zu schwingen und zu ihr zu reiten?

Also sinnbildlich natürlich. Ich kann nicht reiten, und ich bin allergisch gegen Pferdehaare.

Gott*, ich wäre so eine miese Ritterin.

Außerdem hat sie gesagt, sie braucht Zeit. Aber wie viel ist genug Zeit? Und meldet sie sich bei mir, wenn diese Zeit verstrichen ist?

Es gibt so viele Unsicherheiten, und ich kann es nicht mehr aushalten. Ich meine, ich kann ja auch zu ihr fahren, und sie kann mir dann ins Gesicht sagen, dass sie sich nie wieder bei mir melden wird. Oder sie ist gar nicht da oder macht mir nicht auf. Aber ich will ganz sicher nicht auf diese Zeit zurückblicken und wissen, dass ich heimgefahren bin, ohne es wenigstens versucht zu haben.

Und ich bin wirklich nicht mehr lange in Paris. Gerade mal drei Tage sind übrig von meinen zwei Wochen, und ich bin schockiert darüber, wie schnell sie vergangen sind. Und wie viel seitdem passiert ist.

Ich nehme mir vor, mich schnell anzuziehen und dann direkt loszudüsen. Bis ich bei Fio ankomme, wird sicher noch mal eine Dreiviertelstunde ins Land gehen, und ich möchte nicht mehr nach Sonnenuntergang allein durch die Straßen laufen.

Doch das Anziehen stellt sich als schwieriger heraus als gedacht. Die meisten meiner Klamotten sind mittlerweile schmutzig, und das, was noch übrig ist, finde ich dem Anlass nicht angemessen.

Es macht mich nervös, doch ich habe keine Wahl und keine Zeit.

Also schmeiße ich mich in eine petrolfarbene Chinohose und ein schwarzes Samtoberteil, die zusammen aussehen, als wäre ich 1980 einem Hexenzirkel beigetreten. Dazu nehme ich mir nicht die Zeit, meine Haare zu föhnen, meine Locken werden nachher also unter Garantie aussehen wie explodiert.

Mit gepackter Handtasche verlasse ich das Apartment. Entschlossen, vorbereitet, zu allem bereit.

Zumindest sage ich mir das selbst, um nicht in meiner eigenen Unsicherheit zu ertrinken. Sie sticht mich, schickt mir immer wieder heiße, panische Schauer über den oberen Rücken, doch ich ignoriere sie.

Stattdessen schreibe ich Luna. Besser ist besser.

Und weil ich ein elendiger Feigling bin, fange ich mit den unverfänglichsten Informationen zuerst an.

Ich
Ich habe mein Buch fertig geschrieben.

Luna
OMG! Wie das????

Ich
Hyperfocus

Luna
Du hast doch 'ne Macke …

Luna
Wann hast du das letzte Mal was gegessen?

Ich
Ja, ja. Ich kümmere mich gerade. Steh beim Italiener vorn an der Straße und hol mir ein riesiges Stück Spinatpizza.

Luna
Ist es lesbisch geworden?

Ich
Was?

Luna
Na, dein Buch

Ich
Nein. Es ist genau so geworden, wie es alle haben wollen. Brav mit ganz viel Kitsch und Liebesgeflüster und einer fliederfarbenen Hochzeit.

Luna
Du hast dich also der Heteronormativität gebeugt

Ich
Ich habe es so zu Ende gebracht, dass alle Leser*innen zufrieden sind. Das ist mein Job. Und irgendwie hab ich auch das Gefühl, nachdem ich so lange mit der Geschichte im Krieg war, habe ich mich jetzt damit versöhnt.

Luna
Okay … und wie hast du dich versöhnt?

Ich
Ich weiß auch nicht genau. Die Sache mit Fio hat mich schon gestärkt. Ich fühl mich das erste Mal so sicher in mir selbst und in dem, was ich will. Und das macht es auch leichter, zurückzusehen. Mit etwas Abstand. Nur weil Aveline und Monsieur Lire sich kriegen, heißt das ja nicht, dass mir das auch wieder passiert und ich am Ende mit einem Mann zusammen sein muss.

Ich
Das Ende ist halt nicht für mich. Ich bin ja auch nicht Aveline. Ich hab gesehen, wie die NiNet-Leute sich auf die Produktion freuen und wie der Designer von Marielle Bernard die Bücher liebt. Sie haben ihr Happy End verdient.

Luna
Okay, heftig. Das heißt, du schreibst weiter Heterokram?

Ich
Nope. Ganz sicher nicht. Ich will mein eigenes Happy End!

Luna
😂😂 Gut so.

Luna
Apropos! Hat die Neonfee sich gemeldet?

Ich
Nein

Luna
Ich fass es nicht

Ich
Sie hat die Nachricht nicht mal gelesen. Zumindest wird sie mir als ungelesen angezeigt.
Ich mach mir Sorgen, Lu.
Was, wenn irgendwas passiert ist?

Luna
Was, wenn sie dich einfach nur ghostet?

Ich
Ich fahr jetzt zu ihr!

»Ich will ihr wenigstens noch mal ins Gesicht sehen, ehe ich wieder fahre«, nehme ich eine Sprachnachricht auf und beiße in mein Pizzastück. Es ist heiß und so lecker, dass ich mich frage, wie es schon wieder sein kann, dass ich so lange nichts gegessen habe. Dabei liebe ich Essen.

»Außerdem hat sie mir keinen Korb gegeben«, führe ich weiter aus. »Sie hat mich nach einem Date gefragt. Sie war absolut hinter mir her, und ich akzeptiere nicht, dass das nur zum Spaß gewesen sein soll. Blödsinn! Ich glaube das nicht«, rufe ich, und es ist mir egal, dass sich zwei Frauen irritiert nach mir umschauen.

Denn ich habe eine Mission. Eine ritterliche Pflicht.

Meine Güte, bin ich nervös.

Meine Hände schwitzen, mein linker Oberschenkel zittert, und mein Auge zuckt ständig. Ich bin noch kribbeliger als vor unserem ersten Date, aber ich weiß, dass ich es tun will.

Lunas letzte Nachricht brennt mir ein Loch in meine Eingeweide. Natürlich wäre es dumm, diese Möglichkeit nicht in Betracht zu ziehen, dass Fio sich lediglich auf unelegante Weise aus meinem Leben zieht, genauso plötzlich, wie sie auch hereingeplatzt ist.

Aber ich will nicht. Ich will lieber dumm sein und hoffen, dass es das nicht war. Dass es nur ein holpriger Anfang ist und nicht das Ende. Dass alles nicht wirklich so dramatisch ist, wie es sich für mich anfühlt.

Ich gehe nicht auf unseren Chat, weil dort sowieso keine Nachricht von ihr auf mich wartet, und drücke stattdessen auf den Namen darüber, während ich in der Metro unter der Stadt hindurchrattere. Pierre.

Der nackte Mann
Hey, ich hoffe, bei dir läuft alles gut.
Wie lange bist du noch in Paris?

Ich
Ich habe das Apartment noch bis Samstag.
Wieso? Wann bist du zurück?

Der nackte Mann
Morgen Mittag. Wollen
wir zu Abend essen?

Ich
Klar.

Der nackte Mann
Kann ich dich auch bitten, dann noch mal mit zur Wohnung zu kommen? Es ist Schlüsselübergabe, und ich mag echt nicht allein auftauchen. Ich lad dich auch zum Essen ein.

Ich
Mach ich gerne.
Weißt du was? Ich habe mein Buch fertig.

Der nackte Mann
Waaaas??!! Glückwunsch! Hast du die Inspiration wiedergefunden?

Ich
Ich habe Realitätsflucht begangen, wegen eines schmerzenden Herzens.

Der nackte Mann
Fuck. Erzähl mir alles, wenn ich da bin. Ich schick dir eine Umarmung, und halte durch!

Ich
Du auch

23
Ritterin in der Not

Ich verlaufe mich beinahe, bis ich den blauen Briefkasten an einem Haus wiedererkenne und in die richtige Straße einbiege.

Nervosität flutet durch meine Adern, pocht im Takt meines Pulses und wird mit jedem Schritt schlimmer, den ich näher zu Fios Wohnung komme.

Ich bin noch nervöser als an dem Tag unseres ersten Dates, und ich würde sicher den Kopf verlieren und davonlaufen, wenn es nicht *sie* wäre. Doch mein Herz schlägt in flattriger Vorfreude, dazu verdammt, Fio zu gehören, ob sie es nun will oder nicht.

Denn ich will sie.

Zittrig fahre ich mir mit den Fingern durch die Locken, mache die strubbelige Mähne noch schlimmer. Es ist, als würde das Chaos meiner Gedanken auf meine Haare expandieren, weil es nicht genug Platz in meinem Schädel hat.

Doch ich gehe entschlossen voran, fühle mich wagemutig und auch ziemlich übergeschnappt. Die Haare passen also doch irgendwie dazu.

Mir ist heiß in der Junisonne, und ich schwitze in meinem Samtoberteil. Hoffentlich stinke ich gleich nicht nach Stressschweiß. Verflucht, ich möchte so gerne einen guten Eindruck machen. Wenn meine Locken schon nicht mitspielen und mein Outfit auch nicht, dann muss ich wenigstens vorzüglich riechen.

Und dann erreiche ich die Tür. Es ist die richtige, da bin ich mir sicher. Ich checke die Klingeln und finde ganz oben in schnörkeligen Lettern *F. Jansen.*

Ich wünschte, die Buchstaben würden von einem Glitzern umrahmt werden und ein Glockenspiel erklänge in meinem Kopf wie in einem alten Anime. Nichts anderes wäre der Reaktion angemessen, die in meinem Bauch stattfindet, als ich ihren Nachnamen lese.

Jetzt muss ich die Klingel nur noch drücken und beten, dass sie zu Hause ist.

Ich hebe die Hand, halte dabei die Luft an, zittere vor Spannung. Die Welt bewegt sich in Zeitlupe. Oder ich bin so langsam, dass es sich danach anfühlt.

Mein Herz schlägt so hart, als wollte es aus meinen Rippen ausbrechen, und mein Magen vollführt einen Purzelbaum.

»Drück diese verfluchte Klingel«, raune ich mir selbst zu und schiebe mir die Locken aus dem verschwitzten Nacken.

Wieso habe ich eigentlich kein Haargummi dabei?

Von innen ertönt Gerumpel, und ich ziehe erschrocken die Hand zurück. Eine mir vage bekannte Stimme schimpft ausdrucksstark, ohne dass ich ein Wort verstehe. Mit jeder Sekunde wird sie lauter, und das schreckliche Gefühl von Ohnmacht schleicht sich in meine Brust. Das ist Fios Vermieterin.

Ich kann gerade noch von der Tür zurückweichen, da wird sie auch schon aufgerissen, und es steht eine große Frau auf der Schwelle. Die Hand auf der Türklinke, sieht sie von mir weg, die Treppe hinauf.

»Ich mische mich ein, wo immer ich möchte«, keift sie auf Französisch, wirft ihre brünette Föhnwelle nach hinten und mir beinahe ins Gesicht.

Ich weiche noch einen Schritt zurück, und mir stellen sich sämtliche Härchen am Körper auf, obwohl ich nur ihren Rücken sehe. Sie steht extrem gerade da, den Kopf hocherhoben, und wirkt so dominant, wie sie klingt.

Und ich kann sie nicht ausstehen.

»Sie hatte mir gesagt, dass sie heute Zeit hat«, höre ich Fio sagen. Sie klingt leise und unglaublich müde, und alles in mir gerät in Wallung. Ich habe sie so unfassbar vermisst, und ich ertrage es kaum, sie nicht endlich zu sehen.

Doch Fios Vermieterin steht genau zwischen uns, sodass ich mich verrenken müsste, um an ihr vorbeizusehen. Ich will gerade aber keine Aufmerksamkeit auf mich lenken, bevor ich nicht weiß, was los ist.

»Hat sie aber nicht. Sie muss mit mir in den Salon fahren«, sagt die große Frau und stemmt ihre perfekt manikürte Hand in die Seite.

»Was denkst du, wie lange wird das dauern?«, erkundigt Fio sich, und ihre Stimme erreicht mich noch schlechter.

»Hm«, macht jemand, und ich entdecke durch den Spalt zwischen Vermieterin und Tür noch eine dritte Frau. Doch ich erhasche nur Kleinigkeiten von ihr. Einen braunen Pferdeschwanz, schlaksige Arme, eine graue Hose.

»Rede nicht mit ihr, sondern mit mir«, geht Fios Vermieterin dazwischen und tritt wieder einen Schritt weiter ins Haus. »Sie wird heute keine Zeit mehr haben. Sie wird niemals Zeit dafür haben.«

»Aber …«, sagt Fio und klingt noch leiser als gerade eben. Als würde jedes Wort, das sie mit dieser Frau austauscht, ihr Energie entziehen. Wie bei einer Vampirin, die sich von Lebensenergie ernährt.

»Hör zu, wenn du zu dumm oder zu faul bist, deine Arbeit allein zu machen, sollte das nicht das Problem meiner Tochter sein«, gibt die Vampirin von sich, und die Wut, die ich die ganze Zeit unterdrücke, bricht in mir hervor.

Ich habe keine Ahnung, worum es geht, und doch bringt mich dieser Satz zur Weißglut. Es ist nichts, was man anderen Leuten ins Gesicht sagt. Selbst wenn sie recht hätte, und das bezweifle ich zutiefst, ist es nur gemein. Was stimmt mit dieser Person denn nicht?

»Das hat damit doch gar nichts zu tun. Ich habe die Arbeit gemacht, sie wäre nur mein Model dafür«, erwidert Fio, viel zu ruhig und viel zu versöhnlich dafür, dass sie gerade beleidigt worden ist, und die Puzzleteile fallen an ihren Platz.

»Du willst sie für deine Zwecke ausschlachten. Verstehe. Ich verbiete das«, macht die Vampirin weiter, und ich will laut aufschreien. Emotionen rasen ungehalten durch mein Blut, und ich schwöre, ich bin kurz davor, ihr in die Haare zu greifen und feste daran zu ziehen.

»Sie ist zweiundzwanzig Jahre alt. Sie ist eine erwachsene Frau, die ihre eigenen Entscheidungen treffen kann«, ruft Fio, und das erste Mal, seit ich sie in dieser Unterhaltung höre, schwingen Gefühle in ihren Worten mit. Da ist Wut und Frustration und ein Zittern, das mir körperliche Schmerzen bereitet, weil es den Wunsch in mir erzeugt, sie ganz fest in den Arm zu nehmen.

»Lass es bitte«, flüstert eine leise, weiche Stimme, die der dritten Frau gehören muss. »Tut mir leid, dass ich dir nicht helfen kann.«

»Setz dich ins Auto, Fleur«, sagt die Vampirin streng, tritt zurück in die Tür und macht eine ausladende Geste mit dem Arm, als wäre Fleur ein kleines Kind, das gerügt werden müsste.

Fleur verlässt mit gesenktem Kopf das Haus, die Schultern hochgezogen, den Blick auf ihre Schuhe gerichtet. Sie kommt an mir vorbei, sieht mich nur schnell von der Seite an und reißt die Tür eines dunkelblauen Audis auf, um darin zu verschwinden.

»Und von dir lasse ich mir diesen Ton nicht weiter gefallen. Entweder du entschuldigst dich nachher bei uns, oder du siehst dich demnächst nach einer neuen Wohnung um.«

Ich bemerke zu spät, dass die Vampirin sich bewegt, da ich noch Fleur hinterherblicke. Sie dreht sich auf dem Absatz um und knallt beinahe in mich, rutscht mit ihren Absatzschuhen auf dem glatten Asphalt weg und rudert eine kritische Schrecksekunde lang mit den Armen.

Dann fängt sie sich jedoch wieder und sieht mich so bitterböse an, als wäre ich allein schuld am Welthunger.

»Pass auf, wo du hinläufst«, zischt sie mich an, obwohl sie diejenige ist, die sich bewegt hat, und ich immer noch an der gleichen Stelle stehe.

Ich strafe sie mit dem finstersten Blick, den ich je vor dem Spiegel geübt habe, und sage absolut gar nichts.

Sie wartet eine irritierte Sekunde lang darauf, dass ich vor ihr zu Kreuze krieche, doch nur weil sie lauter ist, bin ich nicht automatisch schuld. Sie schnaubt pikiert, rauscht an mir vorbei, als würde ich nicht länger existieren, und steigt ebenfalls in den dunkelblauen Audi.

Ich sehe ihr nicht nach, sondern richte endlich meine Aufmerksamkeit auf die Frau, wegen der ich hier bin. Fio steht auf der untersten Treppenstufe, die Haare zerrauft, der ausgeleierte Pullover halb über ihre Schulter gerutscht, die Augen nur auf mich gerichtet.

Sie spricht kein Wort, rührt sich nicht. Ich bin mir nicht mal sicher, ob sie noch atmet.

Meine Finger brennen, in meinem Bauch flattern die Schmetterlinge, doch auch ich bewege mich nicht.

Wir warten, und ich begreife erst, worauf, als neben uns der Motor aufheult und der blaue Audi die Straße nach unten rauscht.

Kaum ist er um die Ecke, bricht der Bann. Sie rennt auf mich zu wie ich auf sie, und wir knallen im Türrahmen aufeinander wie zwei Magnete, die man zu lang voneinander ferngehalten hat.

»O Gott*, ich bin so froh, dass du hier bist«, bringt Fio heraus und klingt so schwach, dass ich meine Arme noch fester um sie schlinge.

Sie hält mich und ich sie, und ich kann endlich wieder aufatmen.

»Ich habe dich vermisst«, sage ich, ohne viel darüber nachzudenken, und ich bereue es auch nicht, denn Fio vergräbt sofort ihr Gesicht an meinem Hals.

»Ich dachte nicht, dass ich dich wiedersehe«, flüstert sie in meine Haare und reibt ihre Nase an meiner Haut. Es kitzelt, und mein Bauch prickelt, als hätte ich zu viel Sekt getrunken.

»Wieso?«

»Hasst du mich nicht?«, fragt Fio, und ihr bricht zum Ende die Stimme weg.

»Ich bin verliebt in dich, Fio«, erwidere ich fest, setze damit alles auf eine Karte. Es ist die Wahrheit, und ich werde mich damit nicht zurückhalten. Schließlich bin ich genau deswegen hier.

Fio atmet zittrig ein und wieder aus, dann hebt sie den Kopf, und ich habe für einen Wimpernschlag stechende Angst, dass sie wieder davonläuft. Dass sie mich rauswirft und die Tür zuschmeißt und das mit uns ein tatsächliches, echtes Für-immer-Ende findet.

Doch ihre Augen erzählen mir etwas anderes. Als würde sie ihre Seele offenbaren, schimmern ihre Augen wie grünes Gold, gefüllt mit Tränen und so voller Hoffnung, dass ich direkt einen Kloß im Hals bekomme.

»Aber ich habe dich stehen lassen«, sagt Fio, tastet nach meinen Händen, umschließt sie mit ihren. »Und ich habe dir nicht geschrieben und war superseltsam. Schon wieder.«

Ihr entkommt eine Träne, perlt aus ihrem Auge, flieht über ihre Wange, und sie wischt sie eilig mit dem Handgelenk weg, jedoch ohne mich loszulassen.

»Dann solltest du mir vielleicht erzählen, warum du so warst«, erwidere ich weich und fühle, wie alles in mir schmilzt, weil Fio weint. Ich ziehe sie wieder zu mir, umschließe ihre Taille mit einem Arm, bette ihren Kopf zurück an meine Schulter.

»Und warum deine Vermieterin sooo gemein ist«, füge ich

hinzu, um abzulenken, damit ich nicht selbst in Tränen ausbreche.

Kaum habe ich die Vampirin erwähnt, wird der Druck in meinem Hals von Wut abgelöst, die mich wünschen lässt, ich hätte ihr ein Bein gestellt oder ihr Auto zerkratzt.

Fio schnieft, atmet schwer und wischt sich wieder über die Augen. »Ich glaube, sie hat eine narzisstische Persönlichkeitsstörung«, meint sie und blinzelt zu oft. »Fleur – also ihre Tochter, sie wohnt auch hier – wollte mir bei meiner Challenge helfen. Als Model. Und ihrer Mutter passt nicht, dass Fleur etwas tut, das ihr Spaß macht, ohne sie«, erzählt sie mir und zieht mich mit sich ins Haus.

»Wann musst du abgeben?«, frage ich besorgt, und Fio zuckt ungelenk mit den Schultern.

Mit dem Fuß schubst sie die Tür ins Schloss und nimmt mich mit die Treppe nach oben. Diesmal sind wir nicht leise, sie huscht nicht hinauf, und ich spüre auch keine Furcht in der Luft. Doch die Vampirin ist auch nicht hier, und das zeigt mir noch deutlicher, wie viel Angst Fio vor ihr hat.

Sie sollte hier nicht sein müssen.

»Morgen«, sagt sie trocken, und ich bleibe erschrocken stehen.

»Und sie hat dich damit einfach im Stich gelassen?«, rufe ich empört, und auf Fios Gesicht erscheint ein winziges Lächeln, das meine Seele erwärmt.

»Ich mach ihr keinen Vorwurf. Sie hat einen Studienplatz in Straßburg und zieht in einem Monat aus. Ihre Mutter ist eigentlich dagegen, hat ihr aber gesagt, dass sie sie finanziell unterstützt, damit sie sich das leisten kann. Ich würde niemals wollen, dass sie das gefährdet für eine, höchstens, Bekannte, die bei ihr unterm Dach wohnt«, verteidigt Fio sie eindringlich, und wir kommen an den Familienfotos an der Wand vorbei.

Ich sehe die Vampirin, stark und erhaben wie eine Königin,

daneben ein Mann, der beinahe durchsichtig erscheint. Und dann ist da Fleur, verwaschen und mit hochgezogenen Schultern, und ich kann ihr quasi an den Augen ansehen, dass sie ganz dringend psychologische Hilfe beanspruchen sollte.

»Zumindest *noch* unterm Dach wohnt«, ergänze ich. »Die Vampirin hat dir gedroht, dich rauszuschmeißen.«

»Die Vampirin?« Fio sieht mich mit zusammengekniffenen Augen an, doch ich kann sehen, dass sie sich noch nicht sicher ist, ob sie über diesen Ausdruck lachen darf oder nicht.

»Ja klar. Sie saugt Energie, und alle um sie herum werden müde und grau.« Ich zeige auf das Familienfoto an der Wand. »Sie ist ein Lebensenergievampir.«

Fio gibt ein warmes Glucksen von sich, und ich drücke ihre Hand fester.

»Du hast recht. Sie ist ein Energievampir. Aber leider einer, bei dem ich mir die Miete leisten kann.« Sie seufzt laut, und ihre Augen werden wieder stumpf, als würde ein kleiner Teil in ihr sterben. »Ich muss wohl mal wieder meinen Stolz schlucken und mich bei ihr …«

»Oder du ziehst aus«, unterbreche ich sie sofort, weil ich es nicht ertrage, was sie im Begriff ist auszusprechen. Ich will nicht, dass sie so behandelt wird. Aber noch weniger will ich, dass sie sich so auch noch behandeln lässt.

»Und wohin?« Fio klingt hart, und sie kneift die Lippen zu einem verzweifelten Strich zusammen.

Und da trifft mich eine Erkenntnis wie ein Vorschlaghammer, und ich fühle mich abgrundtief bescheuert, weil es mir nicht schon früher eingefallen ist.

»Würdest du mir glauben, wenn ich dir erzähle, dass ich einen Freund in Paris habe, der für seine schicke Art-déco-Wohnung eine weibliche Mitbewohnerin braucht?«, frage ich sie, ohne ein Wort mit Pierre darüber ausgetauscht zu haben. Aber ich weiß, wie unangenehm es ihm ist, dass er die Wohnung unter »falschen Tatsachen« bekommen hat, und es könnte somit ein Gewinn für beide sein.

Ich bin auf einmal so aufgeregt deswegen, dass ich kaum stillhalten kann. Die letzten paar Stufen hüpfe ich geradezu in Fios Wohnung.

»Ich würde es für einen gespenstischen Zufall halten«, erwidert Fio, die Augenbrauen skeptisch zusammengezogen, doch ich bin Feuer und Flamme.

O mein Gott*, was, wenn es funktioniert und ich ihr tatsächlich damit helfen kann. Das wäre absolut grandios.

»Es ist aber die Wahrheit«, beteuere ich und trete durch die offen stehende Tür in Fios Wohnzimmer. »Weißt du, ich habe mich getraut herzukommen, weil ich eine mutige Ritterin sein wollte, die dich erobert«, gestehe ich ihr in meinem Anflug von Euphorie und finde es noch passender, dass sie ganz oben wohnt. Wie in einem Turm.

Fio lacht leise, schließt die Tür und lehnt sich mit dem Rücken dagegen. Sie wirkt schüchterner als sonst, gehemmt, und ich komme zu ihr, warte, wie sie reagiert. Doch sie sieht mir in die Augen, hält meinem Blick stand, lächelt sogar vorsichtig, als ich direkt vor ihr zum Stehen komme. Meine Fingerspitzen zucken, weil ich sie so gerne berühren würde.

»Aber vielleicht darf ich dich ja auch ein bisschen retten?«, erkundige ich mich leise, und Fio senkt auf so entzückende Weise die Augen, dass mir ganz heiß wird. Sie beißt sich auf die Unterlippe, und ich sehe viel zu sehnsüchtig hin.

»Das fände ich wundervoll«, antwortet sie mir und blickt mich wieder an. Mein Herz stolpert, mein Mund wird ganz trocken, und ich will sie so dringend küssen.

Ich halte es nicht aus, reiße meinen Blick los, sehe mich das erste Mal im Raum um.

Die Nähmaschine ist vom Fenster weggerückt worden, auf dem Boden liegen keine Stoffreste mehr, und ein Metallhocker steht vor einem seidig schwarzen Tuch. Es gibt ein Ringlicht und eine Softbox und eine Fotokamera auf einem Stativ.

Fio hat alles vorbereitet, um mit einem Shooting zu beginnen. Ich kann immer noch nicht fassen, dass Fleur sie so im Stich gelassen hat. Natürlich verstehe ich ihre Gründe irgendwie, aber es ärgert mich trotzdem.

Aber na ja, ich bin schließlich als Ritterin hier, da kann ich mich auch gleich in eine allumfassende Rettungsaktion werfen.

»Brauchst du nicht noch ein Model?«, frage ich auffordernd und hebe mutig die Augenbrauen. Ich komme mir so draufgängerisch vor, als hätten Fio und ich die Rollen gewechselt, und ich grinse verschmitzt, damit völlig klar ist, was ich mit der Frage implizieren will.

»Romina …«, bringt Fio erstaunt hervor, aber es klingt nicht wie sonst, wenn sie versucht hat, mich abzuwimmeln. Eher überrascht und ein wenig unsicher, ob ich es wirklich ernst meine.

»Darf ich nicht?«, erkundige ich mich und entdecke etwas Dunkles auf einer Kleiderpuppe hängen. »Passt es mir nicht? Ich habe Fleur nicht wirklich gesehen. Aber sie ist schlanker als ich, oder?«

»Nein, ja. Also …«, stammelt Fio, stößt sich von der Tür ab und geht auf die Kleiderpuppe zu. »Ich müsste dich dafür anmalen und dann Fotos von dir machen, und es müsste für dich okay sein, dass sie in riesig groß in einem Raum ausgestellt werden«, erzählt sie mir, und mein Bauch krampft sich dabei ein wenig zusammen. Denn ich hasse es, auf Fotos ausgestellt zu werden. Natürlich hing ich nie in einer Galerie oder dergleichen. Aber auf Buchmessen gab es schon mein Gesicht auf Plakaten. In Buchhandlungen und Zeitungsartikeln auch.

Und leider habe ich Fio erzählt, wie sehr ich es verabscheue, in der Öffentlichkeit zu stehen. Sie weiß es also.

»Habe ich gesagt, dass du dabei so ziemlich nackt wärst? Es ist Bodypainting«, fügt sie noch hinzu, greift nach dem flattrigen

Stoff auf der Puppe und lässt ihn durch ihre Hände gleiten. Er existiert quasi nicht, so durchsichtig ist er.

»Oh«, mache ich, weil mir aufgeht, wie voreilig ich war. »Hast du denn Alternativen?«, will ich wissen, und Fio sieht mich an.

Sie schweigt einige Sekunden, die sich wie eine Ewigkeit anfühlen, und das wäre eigentlich schon Antwort genug.

»Nein.« Es ist ein simples Wort, und doch hängt Fios komplette Zukunft daran. Alles, was sie sich erträumt und wofür sie die letzten Monate gekämpft hat. Ihr Lebenstraum, Designerin bei Marielle Bernard zu sein. Sie muss die Fotos machen, und sie müssen perfekt sein, damit Fio die nächste Runde erreicht.

Ich atme tief durch und werfe all meine Ängste aus dem Fenster.

»Na, dann ist es wohl okay für mich«, sage ich fest, und Fio schüttelt sofort den Kopf.

»Du musst nicht …«, versucht sie es mir auszureden, klingt viel zu sanft und verständnisvoll dafür, dass ich die einzige Option bin, und ich unterbreche sie erneut.

»Ich weiß. Aber ich möchte. Ich möchte dir helfen.«

Fio starrt mich an, mustert mich abwartend, als würde ich meine Meinung gleich wieder ändern.

Doch das tue ich nicht und werde es auch nicht. Ich bin für sie hier und auch für mich, und ich werde erst gehen, wenn ich habe, was ich will.

Antworten. Und ihr Herz. Und vielleicht auch ein bisschen knutschen, das wäre wirklich nice. Aber vor allem Antworten.

»Aber ich will auch, dass du mir dabei erzählst, was los ist«, füge ich deswegen hinzu, und Fio nickt sofort.

»Ja, mach ich«, versichert sie mir, doch ich war noch nicht fertig, und wir reden gleichzeitig.

»Ich habe so viele Fragen«, sage ich, während sie auf mich zukommt und ihre Hände an meine Taille legt. Genau an die Stelle, wo zwischen Samtoberteil und Hosenbund ein Streifen nackter Haut hervorblitzt.

»Ich will dir alles erzählen«, wispert sie, und meine Haut glüht dort, wo sie mich berührt.

»Wieso hast du so reagiert, als ich deine Zeichnung angeschaut habe? Wieso hältst du mich immer auf Abstand? Wieso macht es dir Angst, wenn ich dir nah bin? Wenn du mich nicht willst, dann sag es und ich …«

Und nun unterbricht sie mich, indem sie mich an sich zieht und ihren Mund auf meinen drückt. Sie ist Vanilleeiscreme und Sonnenschein, und ich schmelze in den Kuss wie Zucker im Topf, werde ganz und gar Karamell und schlinge ihr die Arme um den Hals, um ihr noch näher zu sein.

»Ich will dich. Sehr«, verspricht sie mir an meinen Lippen, und in meinem Bauch kribbelt es so sehr, dass ich nach Luft schnappe.

In meinem Kopf bricht ein Jubelchor aus, Feuerwerk prickelt farbenfroh in jedem Winkel meines Körpers, und ich glaube, vor Freude ohnmächtig zu werden.

»Ich bin auch in dich verliebt«, beteuert sie und küsst meine Wange. Dann hält sie inne. »Aber … ich habe auch wirklich schreckliche Angst davor.«

»Erzählst du mir, wieso?« Ich bin ganz ruhig dabei, auch wenn ich innerlich total ausflippe. Ich will sie bloß nicht wieder verschrecken, aber ich muss auch alles wissen.

»Ja.« Sie nickt, drückt ihre Lippen wieder auf meine Wange, dann auf mein Ohr, und wir schmiegen uns ganz nah aneinander.

»Darf ich?«

Fio nickt, und ich berühre ganz vorsichtig den Stoff. Er ist glatt, aber gleichzeitig weich und fühlt sich kalt an auf der Haut, wie eine düstere Schicht Neuschnee. Die Perlen glitzern ebenfalls wie Eiskristalle. Sie sind an feinen silbernen Ketten befestigt und ziehen sich in einem aufwendigen Netz über das ganze Oberteil. Wenn man von einem Oberteil sprechen möchte. Es besteht eigentlich nur aus wenigen Bahnen durchsichtigen Spinnenstoffes, der über die Schultern und einen Teil der Brüste gelegt werden wird.

Ein Unterteil gibt es nicht, und ich schlucke, weil es gleichermaßen schön und beängstigend ist.

»Tja, dann komme ich wohl doch noch zu Perlen auf einem Kleidungsstück«, versuche ich mich an einem schwachen Witz, und Fio lächelt.

»Dann bleiben diesmal deine Haare hoffentlich nicht drin hängen«, sagt sie neckisch, und das zuckersüße Kräuseln entsteht in ihrem Mundwinkel, das ich so vermisst habe.

»Tja, das kann ich nicht garantieren. Meine Haare sind heute außer Rand und Band.« Ich drehe mich zu ihr und lege ihr die Arme auf die Schultern.

»Deine Haare sehen heute sehr hexenhaft aus«, meint Fio, berührt eine zerstörte Locke und streicht sie mir aus dem Gesicht. Ich liebe, wie nah sie mir ist. Und ich wünschte, meine Locken wären definierter.

»Ja. Ich hatte es eilig, herzukommen, und habe sie nicht geföhnt. Jetzt kennst du mein dunkles Geheimnis. Meine Haare sehen aus, als hätte ich in die Steckdose gefasst, wenn ich sie nicht mit Produkten behandle.«

»Welch extrem dunkles Geheimnis«, raunt Fio, und ich strecke ihr die Zunge raus.

Sie lacht, wickelt sich eine Strähne um den Finger und küsst sie.

»Ich finde sie perfekt«, behauptet sie. »Besonders für den Look heute.«

»Da habe ich ja Glück gehabt.«

»Oder ich«, gibt sie zurück, haucht mir einen letzten Kuss auf die Lippen und zieht mich zu dem Metallhocker in ihrem Fotosetting.

Ich setze mich, und Fio zieht einen Holzstuhl heran, auf dem sie ihre Malutensilien geparkt hat. Töpfchen mit weißer und schwarzer Farbe und mehrere Grauschattierungen. Dazu silberner Glitzerstaub und andere Dinge.

»Bereit?«, will sie wissen und reicht mir ein flauschiges Haarband, damit ich mir die Mähne aus dem Gesicht halten kann.

Ich nicke und spüre die Aufregung in mir vibrieren. Jetzt wird es ernst. Fio nimmt einen braunen Kajalstift zur Hand, stellt sich ganz dicht vor mich und zieht die erste Linie über meine Nase nach unten.

Es fühlt sich seltsam an, weil ich noch nie von einer anderen Person geschminkt oder bemalt worden bin, aber es hat auch etwas Angenehmes, wie Fio ihren Handballen leicht an meiner Wange abstützt und in meinem Gesicht zeichnet wie auf einer Leinwand.

Ihre Augenbrauen sind konzentriert zusammengezogen, und in ihrem Blick schimmert reine Kunst, als sie mich einen Moment mit etwas Abstand betrachtet und dann an einer Seite nachbessert.

Ich liebe, wie ihre Finger mein Kinn berühren, sie sich ganz nah zu mir beugt und ihr Atem meinen Hals streichelt.

Dann nimmt sie den ersten Pinsel aus einem Becher und tunkt ihn ins Wasser.

»Ich bin eigentlich ein geselliger Mensch«, sagt sie plötzlich und durchbricht damit die Stille kreativen Schweigens. »In Berlin hatte ich einen großen Freundeskreis, und als ich nach Paris gekommen bin, wollte ich das hier auch. Ich dachte, ich kann mich mit den anderen Teilnehmenden des Trainingsprogramms anfreunden«, erzählt sie mir, und ich höre ihr zu, sauge jedes Wort auf, weil sie endlich mit mir spricht.

Der Pinsel ist kalt auf meiner Wange, als Fio mir mit Schwarz und Weiß Muster auf die Haut malt, die sie mit einem Schwämmchen ineinander verblendet.

»Wir hatten am Anfang Gruppenprojekte. Das war ziemlich cool und neu, und ich war sehr aufgeregt. Die meisten waren noch offen dafür, sich zu unterhalten, mal nach der Arbeit was zusammen zu unternehmen. Und mit einem der anderen habe ich mich besonders gut verstanden. Gabriel«, sagt sie seinen Namen, und eine schlimme Vorahnung blättert in meinem Innern auf. Ich bin Gabriel begegnet, erst vor ein paar Tagen in der Nähwerkstatt, und Fio und er waren mehr als unterkühlt zueinander. Es lag Feindseligkeit zwischen ihnen. Ich weiß also schon, dass die Geschichte ein schlechtes Ende genommen hat.

»Wir haben viel geredet, die Pausen miteinander verbracht und uns gegenseitig Tipps bei der allgemeinen Arbeit gegeben. Ich dachte irgendwie, dass der Vibe zwischen uns stimmt, weißt du?« Sie hält inne, starrt ins Nichts, verschwindet für einen Moment in der Vergangenheit. Und ich unterbreche sie nicht, betrachte nur ihr Gesicht, das gerade so ernst aussieht. Ihre Züge haben etwas Edles, Kantiges, und doch mit so vielen verspielten Details. Wie Jugendstilarchitektur.

»Und dann hat er mich auf seine Geburtstagsparty eingeladen. Das war vor einem Jahr. Dort habe ich seine Schwester kennengelernt«, fährt sie fort, seufzt tief und greift nach einem anderen Pinsel. »Sie heißt Lucienne, und sie hat mich damals ganz schön aus den Schuhen gehauen. Ich war Hals über Kopf in sie verliebt, und das mit uns ging alles sehr schnell.« Sie lächelt so traurig, dass mein Magen sich schmerzhaft zusammenkrampft. »Und dann hat sie meine Entwürfe geklaut und ihrem Bruder gegeben«, hängt sie schnell hintendran, als müsste sie die Worte ausspucken, ehe sie sie vergiften könnten.

»Wie bitte, was?!«, platzt es nun doch aus mir heraus, auch wenn ich mir vorgenommen hatte, nur zuzuhören. Doch ich bin zu entsetzt, um zu schweigen.

Fio reibt sich die Nasenwurzel mit zwei Fingern und hinterlässt einen schwarzen Farbschmierer auf ihrer Stirn.

»Ja, warte. Es war eine der ersten Challenges, die wir dann allein bestreiten mussten. Und ich hatte eine wirklich geniale Idee. Ich wusste, dass ich damit alle toppen würde und mir einen guten Stand erarbeiten könnte. Ich war megabegeistert und habe es Luci gezeigt. Ich habe Luci alles gezeigt. Aber ich wusste nicht, dass Gabriel das Thema damals sehr schwergefallen ist, und sie … sie wollte ihm nur helfen, indem sie ihm *einen Einblick in meine Gedankenweite gibt*. Zumindest ist es das, was sie später gesagt hat.

Aber Gabriel hat das anders gesehen. Er hat meinen Entwurf kopiert und sogar noch einen draufgesetzt, weil seine Familie freaking reich ist. Er hatte echte Perlen und teure Spitze. Und er hat vor mir abgegeben. Ich wäre wegen Plagiatsvorwürfen beinahe rausgeflogen.«

»O mein Gott*«, rufe ich und brauche nicht viel Vorstellungskraft, um nachzuempfinden, wie Fio sich gefühlt haben muss. Wenn jemand, in den ich verliebt bin, meine Schreibereien nehmen und meiner Konkurrenz geben würde, die es dann auch noch kopieren und unter eigenem Namen veröffentlichen würde … das wäre der höchste Verrat!

»Das hat was in mir kaputt gemacht, das immer noch am Heilen ist. Jemandem zu vertrauen, ist wirklich schwer geworden für mich«, sagt sie langsam und sieht mir dabei in die Augen, forschend, als erwarte sie, dass ich jetzt diejenige sein würde, die davonläuft.

Ich halte ihren Blick ganz bewusst, damit sie weiß, dass ich es verstehe.

»Romina«, spricht sie meinen Namen aus, ganz weich und voller Zuneigung, und in meinem Bauch entstehen warme Funken. »Ich habe dich gesehen, auf der Vernissage, wie du vor meinem Cello standest, und du sahst aus wie ein zauberhaftes Zauberwesen. Ich hatte auf der Stelle Herzklopfen und gleichzeitig solche Angst, mich zu verlieben. Aber du bist mir verflucht schnell unter die Haut gekrochen«, erzählt sie mir, und ich schmelze dahin, werde innerlich flüssig, will am liebsten gegen Fio sinken.

Aber ich sollte nicht. Ich darf die Farbe nicht verwischen.

»Du bist süß und kreativ und schlau und wunderschön und genau das richtige Maß weird«, zählt sie auf und lacht dabei auf diese Art, die auch ein Schluchzer sein könnte.

Ich erröte dabei, bin gerührt und kribbelig und finde es diesmal schade, dass man es unter der weißen Schminke nicht sehen wird.

»Das heißt, du vertraust mir nicht?«, frage ich vorsichtig nach, um es richtig zu verstehen, und Fio schüttelt energisch den Kopf.

»Doch. Ich vertraue dir. Aber das macht mir ja so viel Angst. Dass es sich für mich so leicht anfühlt, dir mein Herz zu öffnen, ist verrückt.«

»Für mich auch«, beteuere ich. »Ich habe vor die nie eine Frau gedatet. Ich hatte immer Gaypanic und habe den Mund nicht aufgekriegt. Es fällt mir aber so leicht, mit dir zu reden, mich in deiner Gegenwart zu bewegen und dir meine ganzen … Ticks zu offenbaren«, führe ich stockend aus, und Fio lehnt sich mir entgegen. Sie küsst mich ganz vorsichtig, auch wenn das sicher bedeutet, dass sie Linien mit dem Pinsel nachziehen muss, aber zum Glück scheint sie das nicht aufzuhalten.

»Deine Ticks sind wundervoll«, versichert sie mir, eine Hand an meinem Kinn, und ich schlage verlegen die Augen nieder.

»Ich habe ADHS«, gestehe ich ihr, und Fio kichert, als hätte ich ihr einen geheimen Witz erzählt.

»Hab ich mir schon gedacht«, gibt sie zu, und aus irgendeinem Grund müssen wir beide lachen.

24
Fio und ich

Fio bessert die Linien an meinen Lippen aus, fährt mit dem Pinsel über meine Mundwinkel, und ich muss aufpassen, dass ich sie nicht verziehe, obwohl es kitzelt.

»Okay«, sagt sie, als sie zufrieden ist, lässt den Pinsel klackernd in ein Wasserglas fallen und schnappt sich einen Handspiegel.

Ich bin ein Kunstwerk. Eine Hälfte meines Gesichts sieht aus, als wäre es nur noch ein Schädel, der sich über meiner Nasenwurzel in Rauch aufzulösen scheint und auf der anderen Seite in Schwaden im Nichts verschwindet.

Fio hat mir gerade die grobe Skizze gezeigt, aber ich hätte nie damit gerechnet, wie genial es aussehen würde.

»Ich sehe sooo tot aus«, raune ich begeistert, und Fio lächelt ihr Lächeln, das ganz sicher nach Blätterteig schmeckt, und ich schaue mich noch länger im Spiegel an.

»Nachher kommen da noch schwarze Rosen in deine Haare«, erklärt Fio und streicht mir eine einzelne Strähne aus dem Gesicht, die sich aus dem Zopf gelöst hat.

Dann blinzelt sie, und ihre Wangen fangen ohne ersichtlichen Grund an, sich rosa zu verfärben.

Sie räuspert sich. »Jetzt müsste ich mit … deinem Oberkörper weitermachen. Bist du immer noch okay damit? Wenn nicht, dann kannst du das sagen. Zu jedem Zeitpunkt.«

»Ich weiß«, beteuere ich und unterdrücke ein Grinsen. Auf keinen Fall darf die Farbe von meiner Wange blättern.

Doch trotz meiner Zusicherung spüre ich, wie Unsicherheit mir über die Haut krabbelt wie Spinnen. Oder ist es Aufregung? Oder beides?

Ich werde gleich oben ohne vor Fio sitzen. Und wenn ich ihren Worten von vorhin Glauben schenke, dann bin ich am Ende wahrscheinlich sogar vollkommen nackt.

Ganz langsam greife ich nach den Trägern meines Samtoberteils und schiebe sie mir über die Schultern. Zum Glück ist der Stoff dehnbar genug, es über die Hüfte zu schieben, sonst hätten wir jetzt ein Problem.

Zuerst denke ich, ich sollte es ganz schnell erledigen, wie ein Pflaster abzureißen, um vorzugeben, dass es gar kein großes Ding ist. Aber es ist ein großes Ding. Ich habe ihr gesagt, dass ich in sie verliebt bin, und sie hat es erwidert.

Und dann bemerke ich ihren Blick. Er ruht auf meiner entblößten Schulter, dort, wo gerade ein schmaler Träger über meine Haut geglitten ist, und es liegen Nachtträume darin.

Es reicht aus, um das Kribbeln, das meinen Bauch bewohnt, in Flammen zu verwandeln. Knisternd schießt die Hitze in mir nach oben, und ich fühle mich schüchtern und mutig gleichermaßen.

Langsam schiebe ich den einen Arm aus einem Träger und beobachte dabei Fios Gesicht. Wie ihre Augenbrauen nach oben wandern, wie verwunschen ihre Augen werden, wie sie versucht, sich nicht auf die Unterlippe zu beißen, wie es sie offensichtlich verrückt macht, mir dabei zuzusehen, wie ich aus meinem Oberteil schlüpfe und meine Brüste entblöße.

»O fuck«, stößt sie aus, klingt ehrfürchtig und buttrig und bedeckt ihre Augen mit einer Hand. »Du bist so wunderschön. Ich komm nicht klar. Und das ist grade sehr unprofessionell von mir.«

Ich würde lachen, aber brennende Blumen öffnen sich in mir und rauben mir die Stimme.

»Wieso musst du denn professionell sein?«, frage ich, und meine Stimme klingt rau. Ich habe mir nicht vorgestellt, dass sie mich das erste Mal auf diese Weise nackt sehen würde. Aber ich schäme mich definitiv sehr viel weniger, als ich angenommen hatte. Im Gegenteil. Es fühlt sich wundervoll an, wie Fio mich ansieht, als sie sich traut, die Hand runterzunehmen.

Statt etwas zu antworten, fährt sie sich mit der Hand durch die Haare, verteilt auch hier schwarze Farbe und nimmt einen breiten Pinsel zur Hand. Wie um sich abzulenken, rührt sie damit in der weißen Farbe herum, bis sich Bläschen bilden, und streckt ihn mir dann entgegen. Sie zögert, ehe sie ihn an meinem Schlüsselbein ansetzt.

Die Farbe ist kalt, die Borsten des Pinsels sind weich, und Fio gleitet damit zu meinem Hals und dann zwischen meinen Brüsten nach unten bis zu meinem Bauch. Es fühlt sich beinahe an wie eine richtige Berührung, eine Liebkosung von Fios Kunst, und es bildet sich eine Gänsehaut auf meinem Körper.

Wieder tunkt Fio den Pinsel in die Farbe und malt einen zweiten Strich neben den ersten.

Als sie an meinen Brüsten ankommt, sehe ich weg, fixiere den schwarzen Stoff, der neben mir an der Wand befestigt ist. Doch mein Körper reagiert viel zu offensichtlich auf die sanften Striche des Pinsels. Noch mehr Gänsehaut, und meine Brustwarzen ziehen sich zusammen. Ich kann nur zittrig einatmen, und Fio hält inne.

»Romina …«, setzt sie an, und ihre Stimme klingt sexy und schickt noch mehr Sonnenschein in meinen Bauch.

»Mal einfach weiter«, tue ich es ab, ehe sie etwas gesagt hat.

»Ist es unangenehm?«

Ich traue mich, sie wieder anzusehen, und sie sieht mich genauso an, wie ich mich fühle. Erhitzt, hingezogen, voller Summen.

»Nein«, flüstere ich.

Fio malt weiter, nimmt Schwarz und Grau dazu, stützt ihren

Handballen auf meinen Rippen ab, und ich kann an nichts anderes denken, als wieder auf ihrem Schoß zu sitzen, so halb nackt, wie ich gerade bin, und sie zu küssen. Ihre Lippen, ihren Hals und ihre Hände dabei an meinen Brüsten.

Gott*, ich komme um bei der Vorstellung und fühle mich gleichzeitig, als würde heißer Wind durch mich hindurchziehen und sich in meinem Unterleib sammeln.

Irgendwann, nachdem Fio auch meinen Rücken bemalt hat, muss ich meine Hose ablegen. Fio hilft mir mit dem Knopf, weil meine Hände bemalt sind, und es hat etwas sehr Erotisches an sich, wie sie den Reißverschluss öffnet und den Hosenbund vorsichtig über meinen Hintern schiebt.

Ich versuche, nicht zu seufzen, weil ich weiß, dass Fio das hier professionell machen will. Was auch immer das heißt. Denn im Moment bin ich nur »sehr professionell« scharf auf sie.

»Die auch?«, frage ich erstickt und lasse den Bund meines Höschens an meine Hüfte schnappen. Sie ist schwarz und schmucklos und aus Baumwolle, und ich dachte nicht, dass Fio sie heute zu Gesicht bekommen würde.

Was eigentlich ziemlich dumm ist, denn schließlich bin ich hergekommen, um sie zu erobern. Und sie sieht zum Anbeißen aus in dem grobmaschigen Pullover, der den Eindruck erweckt, er hätte bereits eine Apokalypse überlebt. Er rutscht ihr immer wieder über die kantige Schulter, und ich spüre den Drang stärker werden, ihr über die helle Haut zu lecken.

»Nein, die ist okay. Sonst kann ich mich nicht mehr aufs Malen konzentrieren oder überhaupt denken oder mich noch länger zurückhalten, dich zu küssen.« Fio hockt sich neben mich, den Pinsel wieder in der Hand, und zieht einen Strich bis zu meiner Hüfte nach unten.

»Dann verschmierst du aber die Farbe wieder«, necke ich sie, während ich auf sie herabblicke und mir heimlich wünsche, sie würde sich an mich schmiegen.

Sie seufzt so gequält, dass ich lachen muss.

»Du machst mich fertig«, grummelt sie an meinem Oberschenkel, und ich streiche ihr durchs verstrubbelte Haar. Eine Strähne ist schwarz eingefärbt, und es steht ihr wirklich gut.

»Ich habe gar nichts gemacht«, verteidige ich mich, und sie sieht mich böse an.

»Du existierst«, wirft sie mir vor und verblendet die letzten Farbschlieren, die sich nun zu meinem Hüftknochen nach unten ziehen.

»Oh, wow. Welch Skandal.«

Das Lachen bleibt mir jedoch im Hals stecken, als Fio sich plötzlich aus der Hocke erhebt und direkt vor mir steht.

Meine Brüste berühren beinahe ihren Pullover. Das Haar hängt ihr verwegen ins Gesicht, und ihr Selbstbewusstsein ist auf einen Schlag wieder zurück.

Sie ist mir so nah, und ich sehne mich mindestens genauso danach, sie zu küssen, wie sie mich küssen will.

»Bereit für Fotos?«, fragt sie jedoch, und ich nicke ergeben, auch wenn ich lieber ihre Hände zurück auf meiner Haut spüren möchte.

Fio geht, um das Gebilde aus Chiffon und Perlen zu holen. Sie legt es mir locker um die Schultern und schließt es mit zarten Kettengliedern in meinem Nacken.

Ich trage einen Hauch von einem Umhang, und ich fühle mich, mit dem gemalten Rauch auf meinem Körper, den Knochen und den Schlieren, wahrhaftig wie der Tod höchstpersönlich. Ich klimpere leise bei jeder Bewegung, und Fio führt mich zurück zu dem Hocker.

Ich bin aufgeregt, bewege mich so umsichtig wie möglich, um auf keinen Fall etwas kaputt zu machen. Und obwohl ich beinahe nackt bin, fühlt es sich nicht so an. Der Stoff umwabert mich, und ich bin die Dunkelheit der Nacht, der kalte Atem des Todes, die Begleiterin in die Tiefen des ewigen Schlafs.

»Ich weiß nicht, wie es dir geht, aber ich fühle mich wirklich, als hätte der Tod meinen Körper übernommen«, sage ich, und Fio drapiert die Stoffbahnen um mich herum.

»Solange du nicht anfängst zu morden«, witzelt sie und zeigt mir an, wo ich die Beine abstellen soll.

Ich überschlage sie, strecke meinen Fuß so elegant wie möglich und folge Fios Anweisungen, wie rund ich meinen Rücken halten soll.

Zum Glück raffe ich mich ab und an auf, Yoga zu machen, sonst würde ich mir jetzt sicher einen abbrechen.

»Ich habe schon so meine Liste. Aber ich würde natürlich auf keinen Fall deinen Teppich einsauen«, gebe ich zurück, und Fio grinst mich an.

»Sooo … oh, warte«, ruft sie und läuft, um etwas zu holen. Es ist eine Mischung aus einem schwarzen Blumengesteck, Perlen und Tüll. »Achtung, nass. Die Blumen standen grad noch im Wasser«, kündigt sie mir an und setzt mir das Gesteck auf den Kopf. Sie befestigt es mit Haarnadeln, die an meiner Kopfhaut ziepen, und öffnet mir dann die Haare. Sie quellen auf wie Kissenfüllung, und ich kann in Fios Blick sehen, wie begeistert sie davon ist.

»Deine Haare sind absolut perfekt, mein Liebling«, wispert sie mir zu, und in meinem Kopf, in dem es für ein paar Minuten nur um Chiffon ging, geraten die Gedanken wieder ins Trudeln. Denn sie hat mich *Liebling* genannt.

Mein Herz blüht auf wie die Rosen auf meinem Kopf, doch ich darf nichts damit anfangen, denn nun huscht Fio zu ihrer Kamera. Sie schaltet die Lichter ein, macht einen Weißabgleich mit einem keinen Gerät, das unfassbar professionell aussieht, und ich bin sehr beeindruckt davon.

»Letzten Monat musste ich im Fotostudio assistieren. Ich habe Cara Delevingne getroffen«, verrät sie mir mit einem verschmitzten Grinsen, und mir fällt vor Erstaunen der Mund auf.

»Reiß die Augen nicht so auf. Die Farbe ist nicht besonders belastbar«, lacht Fio mich aus, und ich hätte nach ihr geschlagen, wenn ich mich in dem Umhang hätte bewegen dürfen.

»Bereit?«, fragt sie mich, und jetzt wird es ernst. Bisher konnte ich mir einbilden, dass es eine witzige kleine Sache ist, bei der die Frau, die ich begehre, mich mit Farbe anmalt, aber hier treffen wir wieder auf die Wirklichkeit, in der sie mich ablichten wird.

Ich gebe ein undefiniertes Geräusch von mir. Aufregung blitzt durch meine Adern wie kleine Stromstöße, und ich versuche, nicht zapplig zu werden.

Fio schießt ein paar Probeaufnahmen und grinst mich dann breit an, nachdem sie sie auf dem Bildschirm ihrer Kamera betrachtet hat.

»Du bist so unfassbar schön, Romina. Das Drama vorhin war's tatsächlich wert, dass ich jetzt dich hierhabe anstatt Fleur.«

»Ich glaube, du bist voreingenommen, weil du auf mich stehst«, behaupte ich so souverän wie möglich, um nicht noch mehr durchzudrehen.

»Nein. Also ja, ich steh auf dich. Aber ich habe auch einfach recht.«

Fios Komplimente fühlen sich an wie Küsse, und ihre Augen werden mit jedem Foto und jeder neuen Pose, die ich einnehmen soll, weicher, wolkiger, begehrender. Ich spüre, wie ihr Blick über meine Haut tanzt. Die Spannung macht mich langsam, aber sicher wahnsinnig, und ich weiß ganz genau, dass meine Unterhose bereits einen nassen Fleck zeigt.

»Heb den rechten Arm ein Stück weiter nach hinten«, gibt Fio mir eine Anweisung, und ich folge ihrer Stimme, strecke den Rücken durch, hebe den Kopf, stelle die Beine anders ab, blicke nach oben, zur Seite, direkt in die Kamera, und es fühlt sich seltsam fremd an und gleichzeitig auch gut, weil es Fio ist, die mich durch die Linse betrachtet. Es ist privat genug, und ich ignoriere, dass eins der Bilder ausgestellt werden wird. Denn die Menschen, die mich begutachten werden, kennen mich nicht und werden nicht wissen, dass ich es bin.

Jedoch der Gedanke, dass Fio vor dem Bild stehen wird und sich daran erinnert, wie ich halb nackt vor ihr saß, ist wundervoll erregend.

Ich hebe die Brüste noch ein Stück, spüre den kalten Stoff über meine Haut gleiten, wünsche mir, dass es Fios Hände sind, und schließe die Augen, angetrieben von der Fantasie ihrer Küsse auf meinem Körper.

»Ich bin fertig«, teilt Fio mir plötzlich mit, und ich reiße die Augen wieder auf. Eilig legt sie die Kamera auf das Sofa neben ihr und wendet mir ihren Rücken zu. Ihre Schultern sind verkrampft, und sie fährt sich viel zu oft durch die Haare.

»Bist du dir sicher?«, frage ich noch einmal nach, weil es zu plötzlich kam, und sie nickt.

»Ja.«

»Hast du genug Fotos?«

Fio seufzt verzweifelt – oder ist es begehrend?

»Wahrscheinlich nicht. Aber … Romina … ich kann nicht mehr. Du bist zu sexy und ich … meine … Gott*. Meine Selbstbeherrschung reicht dafür nicht mehr«, klagt sie, und ich bin so kribbelig, dass ich lachen muss.

»Komm her«, sage ich zu ihr, und sie zögert erst, eine Spur von Argwohn in ihrem Ausdruck, doch dann überbrückt sie die wenigen Meter zwischen uns.

Ich erhebe mich vorsichtig vom Hocker, streiche die Chiffonbahnen nach hinten und strecke meine rauchig bemalten Hände nach Fios Gesicht aus.

Ich umschließe ihre Wangen, streichle mit dem Daumen über ihre Haut, hinterlasse grauen Staub darauf.

Doch ich sehe ihr nur in die Augen. Sie sind im Licht der Softboxen so unfassbar grün, dass ich mich in ihnen einnisten will wie auf einem Bett aus Moos.

»Du kannst das. Du machst die Fotos, die du brauchst«, sage ich leise, und sie öffnet schon den Mund, um etwas zu erwidern. Doch ich lasse sie nicht, hebe mich ein Stück auf die Zehenspitzen und hauche ihr einen so zarten Kuss auf die Lippen, dass die Farbe hoffentlich nicht darunter leidet.

»Und dann …« Ich halte inne, um den Mut zu sammeln, auszusprechen, was ich ihr mitteilen möchte. »… gehe ich mich abduschen, und wir können all die Dinge ausprobieren, die in deinem Kopf gerade vor sich gehen.«

Fio reißt die Augen auf.

»Oder in meinem«, gebe ich zu, und auf Fios Lippen erscheint ein überaus verschmitztes Grinsen.

»Ist das so?«, fragt sie ganz und gar nicht unschuldig, und ihr Blick wandert ganz offensichtlich über meinen Körper. »Du könntest nackt auf meinem Schoß sitzen«, flüstert sie, und mir wird ganz schwindlig vor Gefühlen.

»Du … kannst auch gleich mit in die Dusche kommen. Du hast Farbe auf der Stirn.«

»Wenn das für dich okay ist.«

»Ist es.«

Fio schießt nicht mehr viele Aufnahmen. Noch zwei Posen soll ich einnehmen, dann zieht sie mich mit sich in ihr winziges, fensterloses Badezimmer und öffnet die Verschlüsse in meinem Nacken. Sie hilft mir aus dem Umhang, löst die Blumenkrone aus meinen Haaren. Es ziept, und sie entschuldigt sich bei mir mit einem kleinen Kuss auf meinen Scheitel.

Ich bin so aufgeregt, so kribbelig, dass ich die ganze Zeit kichere, als wäre ich betrunken, und Fio lässt sich von meiner Albernheit anstecken.

»Wir wollen wirklich dein Werk zerstören?«, erkundige ich mich ein letztes Mal, als ich mir das Höschen von den Beinen schiebe und in die Wanne steige. Sie ist mit einem Blümchenvorhang vom Rest des Raumes getrennt und so niedrig unter der Schräge, dass ich mich frage, ob Fio hier drin überhaupt aufrecht stehend duschen kann.

»Entweder das, oder ich habe gleich wirklich ein Rendezvous mit dem Tod«, sagt sie verschmitzt und sieht mich wieder mit diesem brennenden, weichen Blick an, der mich ganz verrückt macht. »Und danach ist die Schicht Farbe garantiert auch von deiner Haut runter. Man muss Prioritäten setzen.«

»Okay. Du hast recht«, erwidere ich atemlos. »Kannst du mir ein Haargummi leihen? Die Katastrophe sollte echt nicht nass werden.«

»Ich weiß nicht, was du hast, ich steh auf den Look.« Sie reicht mir ein gekringeltes Haargummi aus ihrem Spiegelschank und schickt mir einen Luftkuss, den Blick immer wieder auf meinem Körper. Und es gefällt mir.

»Ich sehe explodiert aus«, sage ich und schnüre mir das ungebändigte Stroh zu einem festen Dutt zusammen.

»Du siehst explosiv aus«, korrigiert Fio mich säuselnd, schiebt ihre Hände an meine Seite, beugt sich zu mir, um mir ihre Lippen aufs Ohr zu drücken. Sie kann keinen Moment die Finger von mir lassen, und ich wünsche mir sehnlich, diese Farbe endlich loszuwerden, um ihr wirklich nah sein zu können.

»Wortklauberei«, schimpfe ich wenig ernst und sehe aus den Augenwinkeln dabei zu, wie Fio sich den Pullover über den Kopf zieht. Sie trägt nichts drunter, und ihre Brüste sind so zart und vollkommen wie Pfirsichblüten.

Ich blicke verschämt weg und wieder hin und wieder weg und wieder hin. Irgendwo in meinem Gehirn schreit eine Stimme, dass ich sie nicht so sehen darf, doch Fio ist so betörend für mich, dass es eine Schande wäre, ihren Anblick nicht zu genießen.

Sie sieht blass aus im elektrischen Licht des Badezimmers. Ich liebe, wie sie sich bewegt, so schamlos und Platz einnehmend und selbstverständlich. Wie Cremetorte am Geburtstag. Und sicher ist sie auch genauso lecker.

Sie kommt zu mir in die Wanne – nackt – und versetzt damit meinen Kopf in hellen Aufruhr.

Es ist anders, sie ohne Klamotten zu sehen, als ob ich erst jetzt ihr wirkliches Ich sehen könnte. Ihre schmale Taille, die Leberflecken auf ihrer Haut, der Kontrast zwischen ihrer runden Hüfte und den kantigen Schultern. Sie ist wunderschön, und sie ist alles, was ich will.

Ich kann kaum atmen, so ergriffen bin ich von ihrem Anblick, und das Lächeln auf ihren Lippen wird eine Spur fahriger, als sie meinen Blick bemerkt.

»Wir müssen die Farbe abwaschen. Sonst fühle ich mich vom Tod beobachtet«, lacht sie und schiebt mich unter den Duschkopf.

Ich drehe mich gehorsam und stelle vorsichtig das Wasser an.

»Ja, ich komme, um mir deine Seele zu holen«, raune ich gefährlich und nutze die ersten kalten Tropfen, um meine Hände zu waschen. Die Farbe läuft in einer grauen Suppe meine Arme nach unten. Zum Glück geht sie sehr leicht wieder ab, und ich halte mein Gesicht unter den Strahl, spüre, wie sich die Pigmente von meiner Haut lösen und fortgeschwemmt werden.

Fio kommt langsam zu mir, und ich spüre die Hitze ihres Körpers, ehe sie mich berührt, und ich weiß, dass ich nichts sehnlicher will, als von ihr berührt zu werden. Sie drückt sich an meinen Rücken, und ich bin überwältigt von dem Gefühl von Haut auf Haut. Ich kann an nichts anderes denken als daran, wie unendlich weich sie sich anfühlt.

»Das hast du doch schon«, flüstert sie, greift an mir vorbei und dreht das Wasser wärmer, sodass der Strahl sehr schnell die perfekte Duschtemperatur erreicht. Ihre Hand liegt kühl auf meiner Hüfte, als sie sich den Schwamm schnappt, der an der Duschstange hängt, und sich dabei gegen mich lehnt. Ihre Brüste drücken sich heiß gegen meine Schulterblätter, und ich bin so entflammt wie nie zuvor in meinem Leben.

Mit sanften Bewegungen beginnt sie mir die Farbe von den Schultern zu reiben, löst sich dann ein kleines Stück von mir und streicht über meine Seite, die eine Hand immer noch auf meiner Hüfte.

Meine Haut prickelt, als Fio all die Farbe von meinem Körper wäscht. Ich drehe mich zu ihr um, lasse sie meinen Hals abwaschen, meine Brüste, meinen Bauch und verbrenne innerlich. Ich spüre Sehnsucht und Knistern und schmecke nass und leidenschaftlich ihre Lippen auf meinen, als sie mich küsst.

Es fühlt sich an wie Sommerregen, nur dass Fio diesmal nicht davor davonrennt, und ich fühle mich, als würden wir tanzen, während ich ihr meine Arme um die Mitte lege und sie an mich ziehe. Mit jeder meiner Bewegungen zeige ich ihr, wie sehr ich sie begehre, sie umwerbe, sie vergöttere.

Sie ist mir so nah, dass ich mich fühle, als würde ich mit ihr verschmelzen, wie zwei Bäume, die ineinanderwachsen. Rinde an Rinde geschmiegt.

Ich streichle ihren Rücken, folge mit den Fingern dem Strom des Wassers, das über ihre Wirbelsäule rinnt, berühre ihren Hintern und bin fassungslos darüber, wie sinnlich sie sich anfühlt.

Sie seufzt leise und wundervoll an meinen Lippen, und dieses Geräusch reicht aus, um all meine Sinne in Ekstase zu versetzen. Ich bin Sternenlicht und wirbelnde Stürme, ich bin Blütenregen und Geigenmusik.

»Können wir in dein Bett gehen?«, kommt die Frage verzweifelt über meine Lippen, und Fios Lachen kitzelt auf meiner Haut.

»Sehr, sehr gerne«, erwidert sie, küsst mich noch einmal tief und stellt dann das Wasser ab.

Es ist kalt außerhalb der Dusche, aber es fällt mir kaum auf. Ich bin viel zu ungeduldig, viel zu erregt. Fio wickelt mich in ein großes Handtuch, schnappt sich ihr eigenes und schiebt mich, mit der gleichen Dringlichkeit, die ich auch spüre, aus dem Bad.

Sie nimmt meine Hand, zieht mich mit sich die Treppe nach oben, und ich sehe ihr auf den absolut perfekten Hintern, während ich ihr folge. Sie hat diese entzückende Delle zwischen Hüfte und Oberschenkel, und ich möchte sie ganz dringend an dieser Stelle küssen.

Das Holz unter meinen Füßen quietscht, als wir oben ankommen. Es ist mehr eine Plattform als ein zusätzliches Stockwerk. Der Boden besteht nur aus Latten, die teilweise von einem flauschigen Teppich verdeckt werden. Es ist gerade Platz für eine breite Matratze und eine Lampe, die auf dem Boden danebensteht. Lichterketten hängen in den Stoffbahnen, die an der Schräge befestigt sind und dem Ganzen den Eindruck von einem Feennest geben.

»Hätte ich gewusst, dass du herkommst, hätte ich das Bett gemacht«, sagt Fio, und ich lache, ziehe sie an mich, trockne mit dem Zipfel meines Handtuchs die Tropfen auf ihrer Schulter.

»Wofür denn?«, frage ich, erwarte aber keine Antwort. Stattdessen sinken wir zusammen auf die Matratze, schälen uns aus den Handtüchern und werfen sie über das Geländer nach unten in den Wohnbereich.

Fio schnappt sich eine der Strickdecken und zieht sie über unsere nackten Körper, wie einen Schutzschild gegen die Außenwelt, und wir kuscheln uns aneinander in dem kleinen Nest aus Kissen und Geborgenheit.

Alles daran fühlt sich richtig an. Vielleicht sogar vorbestimmt. Als hätten mich alle wichtigen Erkenntnisse meines Lebens an diesen Punkt gebracht. Zu Fio.

Ihr Atem kitzelt auf meiner Haut, und ich küsse ihren Mund, ihren Hals, verschränke meine Finger mit ihren.

Ich bin verloren in Fios Berührungen, genieße, wie sie über meine Hüfte streichelt, meine Seite nach oben, meinen Arm entlang. Wir sind uns so nah, dass ich ihren Herzschlag spüre, und ich hebe den Kopf, um meine Lippen daraufzudrücken.

»Ich küsse dein Herz«, flüstere ich an ihrem Ohr.

»Romina. Wenn du zu irgendeinem Zeitpunkt etwas nicht willst oder es zu schnell geht, sag es mir, ja? Du sagst *Stopp,* und wir hören sofort auf«, wispert sie, und ich nicke.

»Ja. Du auch«, bringe ich hervor und klinge dabei wie Wackelpudding.

Fios Kichern erfüllt meine Seele, und sie reibt ihre Lippen sanft an meinen. Bedacht greife ich ihr ins störrische Haar, streiche über die kurz rasierten Stellen, die meine Fingerspitzen zum Kribbeln bringen.

Ich will ihr noch näher sein, ihr unter die Haut kriechen, mich in ihrem Brustkorb verstecken. Ich will mit allem an ihr vertraut werden, ihre Seele erforschen, genau wie ihren Körper.

Sie verhakt ihre Beine mit meinen, und Himmelsleuchten erglimmt in meinem Unterleib. Mein Gott*, ihre Schenkel sind so zart wie Seidenchiffon, und ich ergebe mich meinem Verlangen.

Ich ziehe Fio noch fester an mich, um ihre Haut zu kosten, überall, und spüre, wie sie erzittert.

Ihre Küsse sind Blütenblätter, und Honig und Zimt liegen auf ihrer Zunge. Ich schmiege mich an sie, fühle mich geborgen in ihren Armen, willkommen in ihren Berührungen, angenommen in den Liebkosungen ihrer Lippen.

Und ich falle in ein Meer aus Blumen.

***

Die letzten Sonnenstrahlen des Tages blinzeln durch das Dachfenster, während ich schwer atmend über Fios Schultern streiche. Sie vergräbt ihr Gesicht an meinen Brüsten und drückt einen kleinen neckischen Kuss darauf.

Wir sind verschwitzt, die Decke ist uns irgendwann abhandengekommen, und ich habe absolut keine Ahnung, wie spät es ist.

»Die Sonne geht unter«, sage ich, und Fio nickt. Ihre Haarspitzen kitzeln über meine überreizte Haut.

Fio rührt sich, streckt den Arm zu der Lampe, die neben dem Bett auf dem Boden steht, und zaubert einen Wecker hervor.

»Es sind vier Stunden vergangen«, teilt sie mir mit, und ein Schreck zuckt durch mich hindurch.

»VIER STUNDEN?!«, rufe ich, und Fio lacht herzhaft. Sie schlingt sich um mich wie ein Tintenfisch, reibt ihre Nase an meinem Hals.

»Lesbensex, Baby«, sagt sie süffisant, und ich schüttle nur den Kopf.

»Ja, aber … wann sind die denn vergangen? Es hat sich nicht nach vier Stunden angefühlt«, behaupte ich.

»Das tut es nie.«

»Wenn du das sagst. Ich habe in dem Bereich noch nicht besonders viel Erfahrung«, gestehe ich, und Fio hebt den Kopf.

Im ersten Moment denke ich, dass sie mich damit aufziehen wird, doch ihr Lächeln wird so verwegen, dass das Flattern sofort wieder in mir erwacht.

»Hat sich anders angefühlt«, sagt sie vieldeutig, und Hitze schießt mir augenblicklich in die Wangen. Ich drehe mich zur Seite und drücke mein Gesicht in die Kissen.

Sie riechen nach Fio.

Sie lacht wieder, schmiegt sich ganz eng an mich, bringt mich mit ihrer Umarmung dazu, mein Gesicht zu ihr zu drehen, und küsst mich.

»Hey. Alles ist gut. Ich liebe dich«, kommt es aus ihrem Mund, und sie erstarrt.

Und auch ich habe es gehört, es rauscht wie Glitzer durch meine Adern, umgarnt mein Herz, erleuchtet meine Seele. Sie hat gesagt, sie liebt mich.

Doch ihre Starre macht mir Angst, und ich lege die Arme um sie, halte sie fest an mich gepresst, wünsche mir, dass sie nicht wieder davonrennt.

Und sie tut es nicht. Sie bleibt, atmet weiter, entspannt sich wieder, und ich höre, wie sie schluckt.

»Brich mir nicht mein Herz, okay?«, flüstert sie an meiner Haut, küsst mich wieder und wieder, löst meine Angst auf und hinterlässt nur warme, zuckersüße Liebe. Ich bin voller wichtiger Versprechen, die alle wahr sind und die ich ihr alle in die Seele schreiben möchte.

»Ich liebe dich auch«, sage ich und streichle ihr sacht übers Haar.

Fio holt tief Luft, hält sie an und atmet dann so lang aus, dass ich geradezu beeindruckt bin.

»Danke, dass du mich retten kommst«, meint sie plötzlich und bringt mich zum Lächeln.

»Immer«, erwidere ich, auch wenn ich nicht genau weiß, was sie meint. Die Sache mit der Wohnung? Das Shooting? Dass ich ihr hinterherlaufe, um sie für mich zu erobern?

Kleinigkeiten, denke ich, wenn ich darüber nachdenke, was sich alles in meinem Leben verändert hat, seit ich ihr begegnet bin.

»Ich muss mich ja schließlich revanchieren«, sage ich, und Fio hebt den Kopf.

»Weil du mit den Haaren an den Perlen hängen geblieben bist?«, fragt sie und schiebt sich die Haare hinter die Ohren. Sie sind wild und noch leicht feucht von der Dusche, und sie sieht sehr aus wie damals, als ich sie das erste Mal auf der Vernissage getroffen habe.

»Auch. Aber es ist so viel mehr«, erkläre ich ihr und betrachte sie im Licht der untergehenden Sonne. Der Spitzenvorhang wirft Blumenmuster auf ihre weiche Haut, und sie ist wirklich das anbetungswürdigste Geschöpf, das mir jemals begegnet ist. »Als ich nach Paris gekommen bin, war ich absolut verloren. Ich wusste, was mein Herz will, aber ich habe mir nichts davon erlaubt. Ich hatte so viel Chaos im Kopf, dass ich in meinem eigenen Leben stecken geblieben bin. Es ging nicht vor und nicht zurück, und ich konnte nicht mal mehr schreiben.« Ich räuspere mich leise, versuche, den Kloß loszuwerden, der sich in meinem Hals bildet und auf meine Tränendrüsen drückt. »Und dann hast du diesen Ring von deiner Zunge gefischt, und mein Gehirn ist explodiert«, füge ich schnell hinzu, ehe ich noch anfange zu heulen, und Fios Augen blitzen auf.

»Wirklich?«, will sie wissen, und ihr Raubtierlächeln sagt mir deutlich, dass sie genau gewusst hat, was sie tut.

»Als ob du das nicht mit Absicht gemacht hättest«, werfe ich ihr vor, und sie zuckt lässig mit den Schultern.

»Klar. Aber es ist trotzdem gut zu hören, dass es gewirkt hat.«

»Hat es. Deine Zunge ist sehr talentiert«, bringe ich heraus und verschlucke mich fast an meiner eigenen Kühnheit.

Fio lacht so laut, dass mein Körper mit ihrem mitvibriert, und steckt mich dabei mit an.

Ich will nicht aufstehen und Fio offensichtlich auch nicht, denn sie zieht mich wieder mit sich ins Nest, fischt nach der Decke und wickelt uns beide darin ein.

»Ich habe mich vor meiner Literaturagentin geoutet und ihr gesagt, dass ich lieber lesbische Bücher schreiben möchte«, erzähle ich Fio, und sie reißt überrascht die Augen auf.

»Wow! Und wie lief's?«, fragt sie dann noch recht vorsichtig, und ich lehne meinen Kopf zurück, um ihr in die Augen zu sehen.

»Gut. Ziemlich gut.«

»Ich gratuliere dir.«

»Danke«, sage ich leise, taste nach Fios Hand und schiebe meine Finger zwischen ihre. »Und danke, dass du mich in all dem Chaos in meinem Kopf gefunden hast«, füge ich hinzu, und sie küsst mich.

»Es ist Paris, mein Liebling. Vielleicht ist es Schicksal, aber es gibt keinen besseren Ort, um gefunden zu werden.«

Ende

Epilog
Fio

Die Nähmaschine rattert in gleichmäßigem Takt, während ich die endlos erscheinende Stoffbahn darunter durchlaufen lasse. Wie, um Himmels willen, bin ich auf die absolut widersinnige Idee gekommen, ein Kleid mit einem dreifachen fünfundzwanzig Meter weiten Saum zu designen? Ich werde wahnsinnig werden, ehe ich auch nur mit dem ersten fertig bin.

Zum Glück ist Pierre heute mit Kochen dran. Ich höre ihn durch die Wand singen, als ich den Fuß vom Pedal nehme und das Klackern der Nadel verstummt.

Ich lausche ganz genau, um herauszufinden, um welches Lied es sich handelt. Das ist oft nicht so leicht, weil er mit Leidenschaft singt, nicht mit Talent. Und ich finde es heute auch besonders schwer, weil mein Kopf voller Watte ist.

Seit vorgestern nähe ich fast ununterbrochen, und ich brauche dringend eine Pause. Mir schon ganz schlecht vor Müdigkeit.

Ich ziehe mir das Nadelkissen vom Arm, schiebe einen der Kartons zur Seite, die ich immer noch nicht ausgepackt habe, und lasse mich rückwärts auf mein Bett fallen.

Mein Nacken knackt, mein Kreislauf schwankt, und ich schließe für einen kleinen Moment die Augen. Nur kurz.

Auf keinen Fall darf ich einschlafen, aber es hilft schon, das Sonnenlicht auszusperren und mir die Schläfen zu massieren.

Ich erlaube meinen Gedanken, über etwas anderes nachzudenken als Schnittteile, Klebeeinlage, nahtverdeckte Reißverschlüsse und Paspelknopflöcher, und da ist sie sofort. Romina.

Ich sehe sie vor meinem inneren Auge. Ihren verschämten Blick, ihr glockenhelles Lachen, ihre vollen Lippen. Ich denke daran, wie sie zu Queen durch mein Zimmer tanzt, wie aufmerksam sie mir zuhört, wenn ich über die Beschaffenheit von Cool-Wool-Stoffen nerde, wie sie an mich geschmiegt in meinen Armen schläft und dabei ab und an leise schmatzt.

»Gott*, ich vermisse sie«, erzähle ich der viel zu hohen Zimmerdecke, die mich an die Altbauwohnung in Berlin erinnert, in der ich als Teenager mal gewohnt habe.

Lang, lang ist's her. Doch es kommt mir seltsamerweise nicht so lang her vor wie das letzte Mal, als ich meine weiche, wunderschöne Freundin geküsst habe. Was Quatsch ist. Ich habe sie erst vor zwei Wochen gesehen, aber es kommt mir vor wie verfluchte Ewigkeiten.

Meine Haut zieht, als wäre sie mir zu klein, und mein Herz flattert wie ein verletzter Vogel, weil ich mich so schrecklich nach ihr sehne.

Es ist nicht meine erste Fernbeziehung, aber definitiv die erste, die mich in den Wahnsinn treibt. Wie habe ich das denn früher ausgehalten?

Dabei ist Stuttgart nun wirklich nicht weit weg von Paris. Aber habe ich Zeit, in einen Zug zu steigen und sie zu sehen? Leider nein.

Ohne lange zu fackeln, schnappe ich mir mein Handy vom Nachttisch, entsperre es und drücke auf den grünen Hörer neben Rominas Foto. Es ist eins, das ich während des Umzugs von ihr gemacht habe. Sie steht da, die medusahafte Lockenmähne in einem hohen Knoten, und schwingt Paketklebeband wie einen Armreif um ihr Handgelenk.

Zweieinhalb Monate ist das her, und es kommt mir vor wie aus einer anderen Welt. Es hat sich so viel verändert seitdem. Ich habe keine Angst mehr, mich in meinen eigenen vier Wänden zu bewegen, wie ich will. Ich komme und gehe, wie es mir gefällt.

Und wer hätte voraussagen können, dass ich trotz meiner stressigen Arbeit und der zeitaufwendigen Projekte Freizeit haben würde, weil ich nicht mehr den kompletten Haushalt einer Narzisstin schmeißen muss? Jeder wahrscheinlich, aber ich musste es am eigenen Leib erfahren, um es ebenfalls zu sehen.

Pierre ist nicht die Person, mit der ich mir je vorgestellt hatte zusammenzuwohnen, aber ich bin zufrieden. Wir leben in friedlicher Koexistenz, und wenn wir es tatsächlich schaffen sollten, trotz unserer verschobenen Lebensrhythmen einen Filmeabend zu machen, dann kann ich mir wirklich vorstellen, dass wir Freunde werden. Er macht hervorragenden Kaffee, er räumt hinter sich auf, er pinkelt im Sitzen, und er telefoniert dreimal die Woche mit seinem kleinen Bruder, was ich überaus sympathisch finde.

Es tutet in der Leitung, und ich wippe mit den Füßen, während ich darauf warte, dass Romina abnimmt. Manchmal muss man sie zwei- oder dreimal anrufen, ehe sie drangeht. Oder sie muss ihr Handy erst suchen und ruft dann zurück. Oder ihr Akku hat mal wieder nur ein Prozent, und das Gerät schaltet sich ab, noch ehe sie meinen Anruf annehmen kann.

Sie ist chaotisch und verpeilt, und ich liebe, liebe, liebe sie.

»Liebling!«, ruft sie, und ich muss den Lautsprecher von mir weghalten, weil es bei ihr viel zu laut ist. »Alles okay? Wie geht's dir? Was macht das Kleid?«

»Es ist der Horror. Ich schlage grade den Saum ein, und ich will mich lebendig begraben«, schnaube ich, und sie kichert wie kleine Schnecken. Zumindest stelle ich mir gerne vor, dass Schnecken kichern können.

»Aber wenn du fertig bist, wird es sooo großartig aussehen!«, feuert sie mich an, und Autos rauschen im Hintergrund.

»Bist du unterwegs?«, erkundige ich mich und setze mich auf. Mein Bett quietscht. Ich habe es gebraucht gekauft, und ich muss dringend die eine Schraube nachziehen, ehe Romina wieder hier ist. Wir wollen ja nicht, dass das ganze Stockwerk hört, wenn wir Sex haben. Oder uns nur nachts umdrehen.

»Ja. Aber ich bin gleich da, dann ist es leiser. Tut mir leid.«

»Nicht schlimm. Wo geht's denn hin?«

Ich raffe mich auf, um den Schraubenzieher zu holen. Besser gleich erledigen, bevor ich es wieder eine Woche lang vergesse.

Fuck, ich will nicht, dass es noch acht Tage dauert, bis ich sie wiedersehe. Das halte ich nicht aus.

»Nicht mehr ins Café! Ich hab mein Exposé nämlich gestern Abend zu Hause fertig geschrieben und an Sophia geschickt«, erzählt sie mir, und ich höre ihr an, wie stolz sie ist.

»Yeah! Wie gut. Hat sie sich schon zurückgemeldet?«, will ich wissen, verlasse mein Zimmer und trotte zum Verschlag im Flur.

»Essen ist in fünf Minuten fertig«, ruft Pierre mir aus der Küche zu, und ich gebe ihm mit einem Handsignal zu verstehen, dass ich ihn gehört habe.

»Was gibt's?«, erkundigt Romina sich, und ich zucke mit den Schultern.

»Riecht nach irgendwas mit Käse«, erwidere ich und krame in Pierres Werkzeugkasten nach dem richtigen Schraubenzieher.

Bei Romina rattert es laut, und dann wird es auf einmal ganz leise.

»Vielleicht dieses Käserisotto, das er das letzte Mal gemacht hat, als ich da war«, rät sie wild drauflos. »Oh, da hätte ich jetzt so Lust drauf«, stöhnt sie, und ihre Stimme klingt so sexy, dass ich innerlich umkomme.

»Tja, dafür müsstest du aber hier sein«, halte ich dagegen, finde den Schraubenzieher endlich und verschwinde zurück in mein Zimmer.

»Ja, das sollte ich wirklich.« Sie lacht, und plötzlich bricht der Ton ab. Mein Herz macht einen entsetzten Satz.

»Romina?«, frage ich viel zu panisch dafür, dass es wahrscheinlich nur ein winziges Funkloch ist. Aber ich hasse es, wenn so was passiert.

»… du … lieb …« *Krrr.* »Gleich wird's sicher bes…« *Krrr.* »Meine Güte, wieso?«, schimpft sie, und auf einen Schlag ist der Ton wieder da.

»Ich vermiss dich so schrecklich«, jammere ich und werfe den Schraubenzieher achtlos aufs Bett.

»Ich dich auch, mein Schatz. Diese Messe hat gefühlt hundert Jahre gedauert. Aber ich hatte ein tolles Gespräch mit meiner neuen Lektorin«, erzählt sie mir gerade, da klingelt es. Und im ersten Moment bin ich mir nicht sicher, ob das Geräusch bei ihr oder bei mir war.

»Machst du auf? Sonst brennt mir alles an«, ruft Pierre aus der Küche, der bisher erstaunlich still gewesen ist. Sonst fängt er immer sofort an, mir ins Gespräch zu quatschen, wenn er merkt, dass ich mit Romina spreche. Er vergöttert sie. Und wieso nicht? Sie ist wundervoll, und ich vergöttere sie schließlich auch.

Also laufe ich zurück in den Flur.

»Uh, ist das die, die eine Freundin in Hamburg hat? Mit der fluffigen Katze?«, frage ich, greife nach der Türklinke und öffne, ohne mich zu erkundigen, wer da ist.

Meistens sind es eh nur irgendwelche Pakete für Pierre.

»Überraschung«, ruft Romina, und ich erstarre.

Ich muss träumen. Vor mir steht sie, die Haare zurechtgemacht, eins von ihren superschicken Vintagekleidern am Körper, die Wangen gerötet von dem Marsch durch die Straßen. Sie ist so schön, dass ich nicht atmen kann. Noch viel schöner, als ich sie in Erinnerung habe, und ich lasse das Handy sinken wie einen Fremdkörper, von dem ich nicht mehr weiß, was man damit macht.

»Ich liebe dich«, kommt es über meine Lippen, mein Herz rast in meiner Brust, und ich spüre, wie die Gefühle in mir überlaufen und sich als Tränen in meinen Augen vergießen wollen.

Romina lässt ihren Rucksack zu Boden fallen und wirft sich mir geradezu in die Arme.

Ich ziehe sie an mich, hebe sie von den Füßen, atme ihren Geruch ein. Wie ein Morgenwind fegt sie meinen Kopf durch, und meine Gedanken werden ganz leicht.

»Ich liebe dich auch«, säuselt sie, presst sich ganz fest an mich und übersät meinen Hals mit vielen kleinen Küssen.

Mir ist so warm im Bauch, meine Hände zittern richtig, weil ich so überwältigt bin von ihrer Anwesenheit.

»Du bist hier«, bringe ich heraus, und sie lacht.

Meine Knie werden zu Pudding.

»Ich habe dich auch vermisst. Also habe ich mein Exposé so schnell wie möglich fertig geschrieben, meine Meetings auf online verlegt, Sophia gesagt, sie soll meine Signiertermine mit dem Verlag nach hinten verschieben, und bin in den ersten Zug gestiegen.«

»Hast du wieder nachts um drei deinen Koffer gepackt?«, frage ich amüsiert, und sie blickt mich so ertappt an, dass ich nicht anders kann, als ihr einen Kuss auf die Nasenspitze zu drücken.

Sie hat also wirklich wieder alles Hals über Kopf entschieden.

»Ich wollte dich halt sehen«, verteidigt sie sich, und ich ziehe sie in die Wohnung, werfe die Tür zu und schiebe ihren Rucksack an die Wand, damit sie nicht aus Versehen darüberfallen kann.

»Wenn ich keine Unterhosen dabeihabe, leih ich mir deine«, kündigt sie mir schon an, und ich erinnere mich genau daran, dass sie noch immer drei Pullover von mir haben muss.

»Ist es Romina?«, ruft Pierre aus der Küche, und ich mache große Augen. Denn er klingt alles andere als überrascht.

»Hast du etwa gewusst, dass sie kommt?«, will ich wissen und lege einen sehr anklagenden Ton in meine Stimme.

»Klar. Ich musste doch Käserisotto vorbereiten«, tönt es aus der Küche, Romina lacht, und ich schüttle den Kopf über die beiden.

Doch ich kann nicht lange darüber nachdenken, denn meine süße Romina zieht mich zu sich, sodass sie mit dem Rücken zur Wand steht, und hebt so sehnsüchtig ihre Lippen zu meinen, dass ich genau weiß, was sie will.

Was ich will.

Ich küsse sie, halte sie, spüre Glück wie flüssiges Karamell durch meinen Körper ziehen und weiß eins genau: Egal, was die Zukunft bringt, wohin mich meine Reise noch führen wird, ich habe keine Angst mehr davor. Denn ich tue es an ihrer Seite.

Danksagung

Ihr Lieben,

da sind wir nun, am Ende des Buches. Es hat länger gebraucht, geschrieben zu werden, als ich wollte, weil ich so viel tiefer in mich gegangen bin als beabsichtigt.

Diese Geschichte war eine wichtige Reise für mich. Denn ich habe mich in ihr verloren und selbst wiedergefunden. Ich bin nicht Romina, auch wenn wir beide lesbische Autorinnen mit ADHS sind. Aber durch viele Konflikte, die Romina mit sich, mit ihrer eigenen Identität und auch mit ihrem Job austrägt, bin ich auch gegangen. Und mit Romina zusammen bin ich zu vielen Erkenntnissen gekommen.

Dabei haben mich viele Menschen begleitet. Meine beste Freundin **Jule,** die immer nur eine dreißigminütige Sprachnachricht weit entfernt ist. Meine Schwester **Becci,** die mich anspornt, mich auf meinen Arsch zu setzen und was geschafft zu bekommen. Meine zuckerhafte Agentin **Ebru,** die für mich einen kühlen Kopf bewahrt hat.

Ich danke meinen Lektorinnen **Sabine** und **Anika,** die mich mit Warmherzigkeit durchgetragen und mich in meinem Selbstvertrauen gestärkt haben.

Und meinen Testleserinnen **Inken** und **Leandra.** Es war so gut, das Buch aus euren Augen zu sehen.

Doch vor allem danke ich der Frau, die mein Leben verändert hat. Ich war so viele Jahre verloren, und als ich anfing, mich selbst zu finden, kam **Sarah** in mein Leben und zeigte mir, wie wunderschön es ist, ich sein zu können. Ich lache und weine an ihrer Seite und weiß endlich, was wahre Liebe bedeutet.

Danke, *Amore,* dass du da bist, mich aufbaust und wertschätzt, mich liebst und hältst. Ohne dich gäbe es dieses Buch nicht. Ohne dich wäre der Urlaub in Paris nicht halb so schön gewesen. Ohne dich wäre mein Leben nicht so wunderschön, wie es jetzt ist.

Und danke an **Ernie.** Bester Hund diesseits der Milchstraße!